다감 선생님은 아이들이 싫다

공민철 연작소설

다감 선생님은 아이들이 싫다

아프로스
미디어

프롤로그

언니, 힘내. 언니라면 분명 이겨 낼 수 있을 거야, 그렇지?

수업 시간에도, 쉬는 시간에도, 정신을 차리고 보면 아직 전하지 못한 말들을 생각하는 내가 있다. 그 말들을 선생님이 칠판에 쓰는 내용을 받아 적다 이어 쓰기도 하고, 친구들과 이야기를 나누다 툭 내뱉기도 한다. 내가 생각해도 참…… 무얼 하는 건지 모르겠다.

사정을 아는 몇몇 친구들은 안쓰러운 눈빛을 보냈다. 입 모양만으로 '괜찮아?'라고 묻는 친구에게 고개를 끄덕이며 미소를 지었다. 친구가 나와 같은 표정을 지을 때까지 양 볼에 힘을 꽉 주고 광대를 끌어올리면서 말이다.

나는 괜찮다. 괜찮기 위해선 웃어야 한다. 그래야 나를 걱정하는 사람들을 안심시킬 수 있다. 그리고 내가 걱정하는 사람마저도 웃게 해 줄 수 있다. 그렇게 믿고 싶다. 하지만 엄마는 애써 밝은 얼굴을 하는 내가 탐탁잖은 모양이다.

"다감아, 철이 너무 없는 거 아니니? 다정이가 힘들어하고 있잖아. 가뜩이나 머릿속이 복잡한데 넌 뭐가 좋아서 그렇게 즐거운 거니?"

아침의 식탁에서 엄마는 내게 그렇게 핀잔을 주었다. 그 차갑고 낮은 목소리에 내 얼굴도 딱딱하게 굳었다.

엄마는 언니의 방문 쪽을 힐끗 쳐다보고는 자리에서 일어났다. 나는 홀로 식탁에 덩그러니 남겨졌다. 순간 서운한 감정이 차올랐다. 코끝이 찡해지고 눈앞이 반짝반짝 일렁거렸다.

아니야, 엄마. 나도 하나도 안 즐거워. 나도 노력하고 있는 거야. 어떻게든 억지로 웃어 보려고 한 거라고. 나까지 침울해져 버리면 우리 집에서는 웃음이 사라져 버리잖아. 언니가 다시 힘을 내려 할 때 옆에서 응원하며 웃어 줄 수 있는 사람이 한 명 정도는 있어야 하잖아? 안 그래?

나는 젓가락을 천천히 내려놓으며 머리가 빙글빙글 돌 정도로 생각에 열중했다.

물론 알고 있다. 언니가 아무것도 먹지 않아도 엄마는 언니가 좋아하는 반찬을 매일같이 만들었다. 엄마도 노력하고 있다. 단지 지금의 언니를 걱정하는 마음이 커서 둘째 딸 마음을 생각할 겨를이 없는 것이다. 그런 건 알고 있다. 나는 그런 엄마에게 조금이라도 기운을 북돋아 주고 싶었는데…….

언니가 막 교대에 입학했을 참이니 내가 열두 살 때였다. 친구와 다투고 마음이 상한 나는 학교를 안 가겠다고 떼를 썼다. 밥도 먹지 않고 방에서 울기만 했다. 저녁 무렵 돌아온 언니는 엄마로부터 얘기를 듣고 조심스럽게 내 방을 찾았다.

"다감아, 기운 내. 그렇게 찡그리면 예쁜 얼굴이 못나지잖아. 언니는 네가 웃는 게 좋은데."

언니는 두 팔로 나를 꼭 안아 주었다. 위로를 받으니 괜히 눈물이 났다.

"언니, 나 지금 기분 안 좋단 말이야. 기분이 나쁜데 어떻게 웃어? 그건 가짜 웃음이잖아."

기분이 조금 풀어진 나는 언니의 눈을 피하며 툴툴거렸다.

"억지로 웃어도 기분이 좋아질 수 있어. 나를 봐 봐."

언니는 나와 눈을 맞추며 일부러 장난스럽게 키득거렸다. 내가 피해도 자꾸만 얼굴을 가까이 들이밀었다. 그만두라고 말하는 나의 목소리에도 어느새 웃음기가 묻어 있었다.

"어때, 기분이 좋아졌지? 이러면 가짜도 진짜가 되지? 그리고 다감아, 사람과 마주하는 건 거울을 보는 거랑 같대. 다감이가 지금 언니를 보고 웃은 것처럼, 웃는 얼굴로 다가가면 상대방도 웃게 될 거야. 어때, 그렇게 할 수 있겠어?"

솔직히 그때의 나는 이렇게 말하고 싶었다.

'언니, 그런 말은 생각 없는 저학년한테나 통하는 거야!'

하지만 언니의 부드러운 미소를 보며 나는 고개를 끄덕이고 말았다. 언니가 웃으면 커다란 눈망울은 예쁜 초승달처럼 가늘어졌다. 그 미소가 나는 좋았다.

결국 언니의 말이 옳았다. 내가 쑥스럽게 웃으며 사과하자 그 친구 역시 웃음으로 받아 주었다. 하지만 그렇게 화해를 한 건 진심으로 미안했기 때문은 아니었다. 그저 언니에게 칭찬을 듣고 싶었을 뿐이었다.

"언니, 고마워. 만약 언니한테 안 좋은 일이 생기면 내가 웃어 줄게. 언니 기분이 좋아질 때까지!"

나는 언니에게 팔짱을 끼며 한껏 어리광을 부렸다. 그리고 언니가 정말로 좋은 선생님이 될 수 있을 거란 말도 했다. 내 말을 들은 언니는 기쁜 얼굴로 웃었다.

중학교를 졸업할 무렵, 언니에게 그날의 일을 이야기하자 언니는

"내가 그런 말을 했었나?" 하고 고개를 갸웃했다. 하지만 언니는 분명 내게 알려 주었다. 내가 세상을 향해 웃으면 세상도 나를 향해 웃는다는 것을.

나는 여전히 그 말을 믿고 있다. 왜냐면 오늘 아침의 언니는 달랐으니까. 언니도 나를 따라 미소 지어 주었으니까.

"언니, 나 다녀올게."

나는 언제나처럼 언니의 방 앞에서 작게 인사말을 건넸다. 언니가 대답해 주지 않아도 괜찮았다. 밤새 울다 지쳤을 언니에게 한마디의 말이라도 붙이고 싶었다. 조용히 방문을 바라보다 발걸음을 옮기려는데 문득 눈앞의 문이 스르르 열렸다.

"언니?"

핼쑥한 얼굴의 언니는 두 팔을 뻗어 나를 꼭 안아 주었다. 그리고 살짝 세운 손끝으로 내 머리칼을 몇 번이나 쓰다듬어 내렸다. 교복 위로 따뜻한 체온이 전해졌다.

"다감아, 매일 나 때문에 야자도 빠지고 오는 거지? 미안. 정말 미안해."

나는 몸을 떼고 언니의 얼굴을 보았다. 눈언저리가 조금 붉었다.

"뭐가 미안하다는 거야. 내 걱정은 안 해도 돼. 그나저나 언니, 오늘은 기분이 좀 어때? 괜찮은 거야?"

"난 이제 괜찮아. 그러니 다감아, 내 부탁 하나만 들어 줄래? 앞으로 무슨 일이 있어도 나 때문에 힘들어하지 않기야. 어때, 그렇게 해 줄 수 있지?"

언니는 새끼손가락을 들어 올렸다. 나는 언니의 눈을 잠시 들여다보았다. 언니의 눈망울 안이 반짝반짝 빛나기 시작했다. 나는 언니가 더는 슬퍼하지 않았으면 좋겠다고 생각했다. 그래서 서둘러 새끼손가락을 걸었다.

“알았어, 언니. 약속해. 도장도 꼭 찍자.”

나는 언니의 엄지에 내 엄지를 꾹 눌렀다. 언니는 다시 한번 나를 꽉 안아 주었다. 뼈가 눌려 조금 아팠다.

아아, 빨리 집에 가고 싶다.

점심시간, 시끌벅적한 교실 안에서 나는 한쪽 팔을 베고 책상에 엎드려 그런 생각을 했다. 그저 언니의 곁에 있어 주고 싶었다. 문득 책상 위에 올려놓은 스마트폰 화면이 빛났다. 나는 허리를 일으켰다.

다감아, 지금 수업 중이니? 전화 줄 수 있으면 전화 줘.

엄마에게 온 메시지였다. 오늘 아침의 일을 사과하려는 거구나. 입가에 어쩔 수 없다는 미소가 떠올랐다. 하긴, 엄마는 미안하다는 말을 꼭 먼저 전하는 사람이었다. 마음이 넓은 내가 용서해 줄 수밖에 없겠지. 아침에 엄마와 그런 일이 있었지만 오늘의 나는 기분이 좋았다. 언니가 그 사고를 딛고 앞으로 나아가려 하고 있구나. 그런 생각에 무척 마음이 놓였다.

나는 복도로 나왔다. 곧 5교시 수업이 시작되겠지만 잠깐 통화할 정도의 시간은 될 것 같았다. 통화 연결음이 한 번 울렸고 곧바로 다감아, 하는 엄마의 목소리가 들렸다.

[잠깐 장을 보러 갔다가 돌아왔는데 다정이가 사라졌어. 기다려도 안 오고, 어디 갔는지 모르겠어.]

엄마는 떨리는 목소리로 다급하게 말했다.

"엄마, 천천히 다시 말해 봐. 언니가 없어졌다고?"

엄마는 열한 시가 조금 넘어 집으로 돌아왔다고 했다. 언니가 집을 나간 지 두 시간이 조금 넘게 지난 것 같았다. 전화는 걸어 봤는지 물으려다 언니의 스마트폰이 그 사고와 함께 불타 버린 것이 생각났다. 한 달이 지난 지금도 언니는 핸드폰을 새로 장만하지 않았다.

[너도 알잖아, 다정이는 이렇게 아무 말도 없이 사라질 애가 아니라는 거.]

"응, 그렇지."

나는 고개를 끄덕였다. 언니는 어디 가는지 메모라도 남길 사람이었다.

[다감아, 오늘도 학교 갈 때 다정이한테 인사했지? 혹시 그때 별말 없었니? 어디 갈 곳이 있다든가 그런 말 없었어?]

나는 아침의 일을 떠올렸다. '언니는 걱정할 필요 없을 거야. 좋은 방향으로 나아가고 있어.'라고 말하고 싶었다. 그런데 갑자기 눈앞이 캄캄해지면서 아무런 말도 하지 못했다. 미간에 바짝 힘을 주고 눈을 감았다 뜨니 창밖의 교정이 보였다. 등 뒤의 교실에서 왁자지껄한 웃음소리가 터져 나왔다.

[다감아, 듣고 있어?]

나는 "응, 듣고 있어."라고 목소리를 높였다. 복도를 지나가던 남자아이가 깜짝 놀라며 나를 힐끗 쳐다보았다.

"에이, 엄마. 너무 걱정하지 마. 언니는 퇴원하고 나서 계속 집에만 있었잖아. 바람이라도 좀 쐬고 싶었겠지. 금방 돌아올 거야."

엄마를 안심시키고 싶었지만 정작 내 목소리까지 미세하게 떨렸다.

"엄마가 불안해하니까 괜히 나까지 불안해지잖아. 나 곧 수업 시작하니까 끊어."

나는 괜히 툴툴거렸다.

[……그래, 조금 더 기다려 볼게. 너도 너무 걱정하지 마.]

엄마가 내쉰 한숨은 전화를 끊은 후에도 한참이나 귓가를 맴돌았다.

5교시가 어떻게 흘러갔는지 알 수 없을 정도로 수업에 집중하지 못했다.

엄마, 언니 왔어?

쉬는 시간이 되자마자 나는 엄마에게 메시지를 보냈다. 언니는 아무도 없는 곳에서 혼자 울고 있는 게 아닐까. 그런 생각이 들었다.

언니는 매일 울었다. 새벽에 일어나 언니의 방문에 가만히 귀를 대고 있으면 작게 흐느끼는 소리가 들려왔다. 무어라 중얼거리는 말속에 간간이 미안하다는 말도 섞여 있었다. 마음 같아선 당장 문을 열고 들어가 언니를 꼭 안아 주고 싶었다. 무사해서 다행이라고, 살아남아 줘서 고맙다고 언니를 붙들고 얘기해 주고 싶었다. 그러니까 그렇게 슬퍼하지 말라고. 하지만 그 말은 언니에게 오히려 깊은 상처가 될 것 같았다. 나는 소리가 들리지 않을 때까지 벽에 기대어 앉아 있다 내 방으로 돌아올 수밖에 없었다.

어떻게든 언니에게 마음을 전하고 싶었다. 그래서 나는 하고픈 말을 언니에게 카톡 메시지로 보내 놓았다. 언젠가 언니가 다시 일상으로 돌아오게 되면 스마트폰을 장만할 것이고, 이전의 계정을 그대로 사용한다면 내가 보내 놓은 메시지를 볼 수 있을지도 모른다고 생각했다. 나는 언니가 걱정될 때마다 내가 보낸 메시지를 읽고 또 읽었다. 신기하게도 내 안에서 언니라면 분명 극복해 낼 수 있을 거라는 믿음이 단단해졌다.

엄마에게서 언니가 아직 오지 않았다는 답이 왔다. 나는 작게 한숨을 쉬며 언니와의 채팅방에 들어갔다. 순간 움찔, 몸이 떨렸다. 언니에게 보낸 메시지, 그 끝에 붙는 숫자 '1'이 사라져 있었다.

이상했다. 나는 오늘 오전에도 습관처럼 채팅방을 확인했다. 그때는 분명 숫자가 있었다. 언니는 스마트폰이 없을 텐데……. 혹시 오늘 새로 장만한 걸까? 그것 때문에 외출을 한 걸까? 엄마한테 아무런 얘기도 하지 않은 점이 마음에 걸렸지만 그럴지도 모른다고 생각했다. 왜냐하면 오늘 아침의 언니는 조금 달랐으니까. 오늘 아침의 언니는……. 어라?

또다시 암전이 되듯 눈앞이 캄캄해졌다. 주위의 소리가 뚝 끊어지듯 사라졌다. 동시에 머릿속에서 아침에 언니와 나눈 대화가 천천히 재생되었다. 그 속도만큼 차가운 날붙이가 심장 근처를 서서히 이동하는 기분이 들었다.

나는 자리에서 벌떡 일어섰다. 의자가 뒤로 밀쳐지며 요란한 소리가 났다. 반 아이들의 시선이 일제히 내게 닿았다. 옆자리 아이가 내게 뭐라고 말을 했지만 귓가에 울리는 고동 소리가 너무 커서 잘 들리지 않았다. 자꾸 눈앞이 일그러지듯 흔들렸다. 서둘러! 누군가의 외침이 머릿속에서 울렸다. 나는 책상 걸이에 걸린 가방에서 지갑을 꺼냈다. 그리고 교실을 뛰쳐나갔다.

학교 정문을 나와 정류장 방향으로 달리다 도로변에 서 있는 택시를 발견했다. 말도 없이 조수석 문을 열며 뛰어들 듯 올라타자 운전석의 택시 기사가 화들짝 놀랐다. 죄송하다고 거듭 사과한 나는 우선 언니가 근무하던 초등학교까지 가 달라고 말했다. 정확한 주소는 몰랐지만 근처까지 가면 어떻게든 찾아갈 수 있었다.

"학생, 거리가 꽤 되는데 괜찮겠어요?"

"네, 빨리 가 주세요."

나는 떨리는 손으로 안전띠를 매었다. 용돈에 포함된 한 달 치 교통비를 다 써야 할 판이었지만, 상관없었다.

택시가 출발하고 얼마 뒤 담임 선생님에게 전화가 걸려 왔다. 망설이다 결국 받지 않았다. 말해 봤자 선생님은 이해해 주지 못할 것이다. 그다음으로 엄마에게 걸려 온 전화도 받지 않았다. 보나 마나 화를 낼 게 뻔했다. 두 사람에게는 나중에 몰아서 혼나자고 생각했다. 무엇보다 이상할 정도로 가슴이 두근거리는 이 기분을 지금 당장 말로 설명할 자신이 없었다.

언니는 내가 보낸 카톡 메시지를 읽었다. 핸드폰을 사서 메신저 앱을 깔았을 수도 있지만, 만약 그게 아니라면 남은 건 PC의 프로그램으로 로그인을 한 것이었다. 언니는 자취방에 있을 노트북으로 내 메시지를 읽었을지도 모른다.

언니는 왜 자취방에 간 것일까. 사고 이후 아빠는 병원에서 퇴원한 언니를 곧바로 집으로 데려왔다. 언니의 손때가 묻은 짐 대부분이 그곳에 있었다. 단순히 짐을 챙기러 그곳에 갔을 수도 있다. 하지만 그곳은 언니의 추억이 가득한 곳이었다. 언니에게 있어 가장 괴로울 장소였다.

어쩌면 그 사고를 극복하기 위해서, 마음을 굳게 먹기 위해서 간 걸 수도 있잖아? 나는 어떻게든 좋은 쪽으로 생각하려 했다. 하지만 여전히 느낌이 좋지 않았다.

40분 정도 도로를 달리자 익숙한 거리가 눈에 들어왔다. 언니의 자취방은 몇 번이나 놀러 간 적이 있었다. 나는 앞쪽을 주시하며 기사 아저씨에게 이리저리 방향을 알려 주었다. 다행히 빌라 건물 앞에 정확히 내릴 수 있었다.

택시에서 내리자마자 계단을 뛰어올라 언니의 자취방 문 앞에 섰다. 나는 곧장 벨을 누르며 언니를 불렀다.

"언니, 나야. 거기 있지? 문 좀 열어 줘."

문을 두드린 후 문 가까이 귀를 대 보았지만 인기척은 느껴지지 않았다. 나는 손잡이를 잡고 슬쩍 힘을 주어 보았다. 찰칵, 소리와 함께 손잡이가 내려갔다. 슬쩍 열린 문틈으로 바닥을 살피니 가지런히 정리된 신발 뒤로 조금 비뚤게 벗어 놓은 언니의 운동화가 보였다. 언니가 여기에 있는 게 분명했다.

"언니, 나 들어갈게."

현관으로 들어서자마자 부엌 겸 거실로 쓰는 방이 나왔다. 고요했다. 깔끔하게 정리된 방은 시간이 멈춘 듯한 착각을 일으키게 했다. 안쪽에는 방이 하나 더 있었다. 나는 조심스레 걸음을 옮겼다. 반쯤 열린 방문으로 언니의 옷자락이 살짝 보였다. 언니는 방 한가운데에 우두커니 서 있었다.

"언니?" 하고 부르자 언니가 대답을 하듯 살짝 몸을 움직였다.

"아, 뭐야. 거기 있었잖아. 내가 얼마나 걱정한 줄 알아?"

방문을 열며 그렇게 말하던 때였다. 허공에 뜬 두 발이 눈에 들어왔다. 나는 무릎을 찧으며 그대로 주저앉았다. 언니는 외줄에 매달려 아주 천천히 흔들리고 있었다.

창문에 블라인드가 쳐져 있어서 방 안은 약간 어두컴컴했다. 문득, 여기에서 멀리 내다보면 자신이 다니는 초등학교 건물의 귀퉁이가 살짝 보인다며 언니가 웃으며 말해 줬던 기억이 떠올랐다.

언니의 장례식에는 많은 사람들이 참석했다. 언니를 사랑해 주는 사람이 이토록 많다는 사실을 나는 새삼 깨닫게 되었다. 아빠와 엄마는 어린아이처럼 꺼이꺼이 울었다. 이상하게도 장례를 치르는 동안 나는 눈물이 나지 않았다. 딱 한순간만 빼고는.

"김다정 선생님이라면 그럴 것 같았어요. 혹시 안 좋은 생각을 할까 봐 걱정은 했지만 설마 그럴 줄은 몰랐네요."

"맞아요, 선생님은 누구보다 아이들을 사랑했잖아요. 전부 구하지 못했다는 죄책감 때문에 견디기 힘들었을 거예요."

장례식장 안의 어느 테이블에서 그런 대화가 들렸다. 한번 나의 귀로 들어온 그들의 말은 사라지지 않고 머릿속에서 윙윙거렸다. 언니라면 그럴 것 같았다고? 아이들을 사랑했기 때문에? 나는 무언가에 홀린 듯 비틀거리며 그들에게 다가갔다. 그리고 나지막한 목소리로 물었다.

"왜요?"

그 테이블의 사람들이 일제히 나를 바라보았다. 나는 무표정한 얼굴로 계속해서 물었다.

"언니가 왜 죽어야만 한 건데요?"

장례식장 안이 순간 나의 목소리처럼 싸늘해졌다.

"아이들을 사랑하는 거랑 언니가 그런 선택을 한 거랑 무슨 상관이 있는데요? 언니가 왜 죽어야만 한 거냐고요! 왜요? 왜냐고요! 애들이 죽든 말든 나는 전혀 상관없는데! 언니만 살아 주면 되는데!"

나는 18년 동안 단 한 번도 내지 않은 카랑카랑한 목소리로 악에 받쳐 소리쳤다. 누군가가 등 뒤에서 나를 붙들었다. 나는 저지당해 버둥거리면서 앉아 있는 사람들에게 계속해서 무어라 소리를 질렀다.

정신을 차리고 보니 나는 캄캄한 어느 곳에 누워 있었다. 장례식장 한편에 딸린 방 같았다. 목구멍이 찢어질 듯 아팠다.

언니가 겨우 몸을 추스르고 퇴원하게 되었을 때 아빠는 말했다. 자기 일을 사랑하던 아이였으니 어떤 말로도 위로할 수가 없을 거라고. 사고에 대해 스스로 얘기를 꺼낼 때까지 우린 그저 기다려 주자고. 그래서 나는 언니에게 그 말을 직접 전하지 못했다. 살아 줘서 고맙다고. 나는 그 애들이 어떻게 되든 전혀 상관없었다고. 그 버스 안에서, 불에 타 죽기 전에 탈출을 한 언니가 너무나 고맙다고.

언니는 자살하기 전 노트북으로 내가 보내 놓은 카톡 메시지를 확인했다.

'언니, 살아 줘서 고마워. 언니가 무사해서 나는 정말 기뻐.'

그런 내 마음은 언니에게 닿지 않았다. 그러니까 언니는 우리 가족의 곁을 떠난 것이다. 언니, 이렇게 가 버릴 거면 그날 아침 왜 나를 불러 세운 거야? 왜 나에게만 마지막 인사를 한 거야?

언니의 자살은 절대 충동적인 것이 아니었다. 언니는 그날 자기가 죽을 걸 알고 있었다. 그래서 굳이 나에게 마지막 인사를 남긴 것이다. 하지만 그게 뭐야. 자기 때문에 더 이상 슬퍼하지 말라고? 그런 작별 인사가 어디 있어, 언니.

왜 눈치채지 못한 걸까? 말보다 더 확실한 게 있는데 왜 몰랐던 걸까? 애써 눈물을 참으며 입술을 꽉 깨물면서 내게 보였던 그 미소, 다시는 보지 못할 사람에게 건네는 마지막 인사였는데…….

문을 열고 나가자 장례식장 안에는 아빠와 엄마뿐이었다. 두 사람은 넋이 나간 얼굴로 동시에 나를 보았다. 무표정한 듯 보였지만 나는 알 수 있었다. 표정은 있었다. 깊은 슬픔의 표정. 우리 가족은 다시는 원래대로 돌아가지 못한다는 것이 두 사람의 얼굴에 그대로 드러나 있었다.

두 사람을 보며 나는 장례식 내내 눈물이 나지 않았던 이유를 깨달았다. 나는 언니가 왜 자살을 한 것인지 도저히 이해할 수 없었던 것이다. 현실로 받아들일 수 없었기 때문에 슬픔조차 느껴지지 않았던 것이다.

언니가 원망스럽다. 차라리 아빠나 엄마에게처럼 내게도 아무 말 남기지 말지. 나는 아마 그런 언니를, 그리고 언니를 데려간 아이들을 평생 용서할 수 없을지도 모른다. 그리고 언니의 죽음을 막지 못한 나를 절대로 용서할 수 없다. 나는 아마 이 괴로움에서 평생 벗어나지 못하겠지.

아빠는 갈라진 목소리로 나에게 괜찮은지 물었다. 나는 고개만 살짝 끄덕였다. 엄마는 나에게서 시선을 돌려 다시 언니의 영정 사진을 보았다. 나는 두 사람 곁으로 다가가 앉았다. 그리고 함께 영정 사진을 바라보았다.

언니, 나는 언니가 왜 우리를 떠났는지 알고 싶어. 그러니까 나는 선생님이 될 거야, 언니처럼.

나는 부드러운 미소를 짓는 언니를 바라보며 그런 생각을 했다.

1장 시아의 꿈

1

나는 정말 선생님이 되고 싶었던 걸까.

이른 아침 복도를 걷다 빈 교실을 들여다보다가도, 수업 준비실에서 다음 수업 시간에 쓸 프린트를 정리하다가도, 방과 후 선생님들과 하루를 되돌아보며 이야기를 나누다가도 갑자기 주위의 소리가 멀어지고 눈앞이 조금 흐릿해질 때가 있다. 그리고 나와 꼭 닮은 목소리로 누군가 귓가에 속삭인다.

'다감아, 너는 정말 선생님이 되고 싶었던 거야?'

그럴 때마다 나는 눈을 살포시 감고 고개를 살래살래 흔든다. 흘러내린 머리칼 끝이 목 언저리를 간질이는 느낌에 집중하면 나를 괴롭히는 목소리는 어느새 스르르 사라진다. 이제는 제법 요령도 터득했다. '그만, 그만.' 하고 주문을 외듯 마음속으로 중얼거리면 더욱 빨리 현실의 나로 돌아온다.

문제는 그다음이다. 종종 선생님들이나 아이들, 길거리의 낯선 사람들까지도 이상하다는 듯 나를 바라볼 때가 있다. 그럴 때마다 나는 아차, 싶어 애매하게 웃어 보이거나 후다닥 자리를 뜬다. 나도 참, 내가 무얼 하고 있는지 모르겠다.

선생님이 되고 싶었냐고? 당연하잖아. 그러니까 내가 지금 여기에 있는 거잖아. 언니의 죽음 이후 내 마음속 나침반은 한 곳을 가리켰다. 지침 끝에는 분명 초등학교 선생님이 있었다.

장례식이 끝난 다음 날부터 나는 공부에만 몰두했다. 슬퍼할 시간도 없었다. 전국의 어느 교대든 안정권으로 들어갈 수 있을 정도까지 모의고사 성적을 끌어올려야만 했다. 책상 앞에 앉아 펑펑 눈물을 쏟으면서도 문제집 한 장을 더 넘겼다.

그렇게 나는 언니가 졸업한 교대에 진학했고, 적성에 맞지도 않는 교대 생활을 4년 동안 꾹꾹 참으며 했다. 임용 고시도 죽어라 하고 공부해서 단번에 통과했다. 분명 절박함이 통한 것이겠지. 애초에 임용 고시에 떨어졌다 하더라도, 혹은 임용이 된 후에 곧바로 발령을 받지 못했다고 하더라도 나는 곧장 기간제 교사 자리를 알아봤을 것이다. 어떻게든 언니와 같은 곳에 서고 싶었다.

하지만 어째서일까. 정신을 차려 보면 머리가 어지러울 정도로 스스로에게 되묻는 내가 있다. 북극의 어느 지점에 다가가면 나침반 지침은 어디도 가리키지 못하고 빙글빙글 돈다는데, 지금의 내가 꼭 그랬다. 정작 원하던 목적지에 도착했지만 왠지 갈 곳을 잃은 기분이다.

운동장 스탠드에 앉은 나는 작게 한숨을 내쉬며 저 멀리로 시선을 던졌다. 그 끝에는 상쾌할 정도로 맑은 3월의 하늘이 펼쳐져 있었다.

이곳 길벗초등학교에 교과 전담 교사로 발령받은 지도 벌써 보름이 지났다. 맡은 학년은 6학년, 전담 과목은 과학이다. 하지만 몇 학년을 맡을 것인지도, 담임 선생님을 맡을 것인지 아니면 전담 선생님을 맡을 것인지도, 어떤 업무를 맡을 것인지도, 어느 하나 내 의견이 들어간 부분이 없는 결정이었다. 비어 있는 자리에 충원된 것이니 당연한 일이기도 하지만…….

처음에는 그 결정이 불만스러웠다. 나는 언니처럼 담임 선생님을 맡고 싶었기 때문이다. 하지만 6학년 다섯 개의 반을 돌아가며 수업을 하고 난 뒤 생각이 180도 바뀌었다. 한 교시 수업만 들어가도 이렇게 지치는데, 종일 내 에너지를 쭉쭉 가져가는 아이들과 같이 있어야 한다니……. 안 돼, 안 돼. 나는 그렇게 못 할 거야.

그렇다고 해서 지금의 자리가 만족스러운 것도 아니다. 조금 전, 나는 전담실로 찾아온 교감 선생님의 눈치를 살펴야 했다.

"김다감 선생님, 제가 엊그제 말씀드렸잖아요. 3월은 바쁘니까 미리미리 해 주면 좋겠다고요. 오늘 오후에 무조건 기안 올려 주세요, 아셨죠?"

"저…… 교감 선생님, 제가 아직 잘 몰라서요. 좀 더 걸릴지도 모르겠어요."

나는 머리를 긁적이며 말했다. 교감 선생님의 이마에 찡긋 주름이 졌다.

"여태 모르다니요. 김선주 선생님께서 안 가르쳐 줬나요?"

"배우긴 배웠는데……."

나는 무어라 대답하기 어려워 말끝을 흐렸다. 공문을 작성하고 결재받는 방법에 대해서는 겨우 한두 번 설명을 들었을 뿐이다. 아직 모르는 부분이 많았다. 교감 선생님은 눈썹을 살짝 찌푸렸다.

"선생님, 저희 학교에서 교과 전담은 업무 전담이기도 해요. 신규 선생님이라 어려운 거 잘 압니다. 하지만 앞으로 더 많은 일을 맡을지도 모르니 묻고 또 물어서 제대로 배워 놓으시는 게 좋아요. 좋은 교사는 업무를 잘 처리하는 교사이기도 하니까요. 어쨌든 오후까지는 꼭 처리해 주세요."

교감 선생님은 그 말을 남기곤 전담실을 떠났다.

좋은 선생님…….

홀로 남겨진 나는 그 말을 잠시 곱씹어 보았다. 일에 시달리는 전담 선생님이 좋을까, 아이들에게 시달리는 담임 선생님이 좋을까? 담임 선생님이라고 업무가 없는 건 아니고, 전담 선생님이라고 아이들에게 시달리지 않는 건 아니지만, 나는 51 대 49의 느낌으로 지금이 낫다고 생각했다. 이렇게 운동장 스탠드에 앉아 잠깐 바깥 공기를 쐴 시간은 있으니까.

확실한 건 나는 교사가 맞지 않는 사람이란 사실이다. 아이들을 사랑하건, 업무를 잘 처리하건 애당초 좋은 교사가 되고 싶은 생각은 없었다. 알고 싶은 건 오직 언니의 마음뿐이다. 애초에 이런 계기로 교사가 된 사람이 좋은 교사가 될 수 있을 리가 없잖아?

'될 수 있어.'

문득 언니의 목소리가 메아리처럼 귓가를 맴돌았다.

고등학교 입학을 앞둔 중3 마지막 겨울 방학이었다. 저녁 식사를 하던 도중 성적 이야기를 꺼내며 엄마는 "너는 커서 뭐가 되려고 그러니?" 하고 내게 핀잔을 주었다. 너는 언니랑 다르게 왜 만날 그 모양이냐고.

나는 특별히 기분이 상하거나 하지는 않았다. 나에게, 우리 가족에게 그런 비교는 당연한 일이었다. 오늘 날씨 참 좋네, 하는 것처럼 의미 없이 흘려보내는 말이었다. 물론 나도 가끔 그 말이 짜증이 날 때가 있었다. 그날은 "나도 언니처럼 선생님이나 하지 뭐."라며 입술을 삐죽였다. 물론 반항심에 비꼬는 말이었고, 아니나 다를까 엄마는 내게 더 큰 잔소리를 퍼부었다. 그때였다.

"될 수 있어."

옆에서 가만히 듣고 있던 언니가 불쑥 엄마의 말을 잘랐다.

"다감이는 분명 좋은 선생님이 될 수 있을 거야."

"다정아, 얘가 어떻게 선생님이 되니. 공부도 못하는 애가……."

"엄마, 성적이야 올리면 되지. 그리고 다감이는 관찰력이 좋잖아. 그건 선생님으로서 아주 중요한 자질이야."

언니는 나와 눈을 맞추며 싱긋 웃었다. 관찰력이 좋다는 부분에서 엄마는 눈을 동그랗게 뜨고 고개를 갸웃했다. 그 어리둥절한 표정을 보고 순간 웃음이 터졌다.

"거봐, 언니도 내가 선생님이 될 수 있을 거라잖아."

엄마는 나를 쏘아봤지만 곧 피식 웃어 버렸다.

"큰딸이 얘기한 거라 그런지 뭔가 그럴듯하게 들리네?"

그러는 엄마에게 나는 "그냥 해 본 소리야. 내가 선생님은 무슨 선생님이야."라고 딱 잘라 말했다.

"차라리 다시 초등학생이 되는 게 더 가능성이 높겠다. 맞다. 언니네 반 학생으로 들어가면 되겠다, 그치?"

나는 어리광을 부리듯 언니를 쳐다보았다. 언니는 자상하게 미소 지었고, 엄마는 푹 한숨을 쉬었다. 역시 나에겐 기대를 못 하겠다면서.

나는 지금도 엄마의 기대 바깥에 서 있는 것 같다. 엄마는 내가 교대에 진학하는 것을 끝끝내 반대했다. 대학 생활을 할 때도 임용 고시를 준비할 때도 엄마는 안 된다며, 제발 그 길을 가지 말아 달라며 내게 애원하듯 부탁했다. 심지어 요즘도 가끔 지금이라도 다른 길을 찾아봤으면 좋겠다는 말을 한다.

언니가 죽은 후 내가 미친 듯이 공부에 몰두한 것처럼 아빠는 미친 듯이 일에 빠져 살았다. 그리고 엄마는 점이나 사주 같은 미신들에 집착하기 시작했다.

“다감아, 지금이라도 마음을 바꾸면 안 될까? 너는 아이들이랑 같이 있으면 안 되는 사람이래. 네가 선생님이 되면 너의 주변에 안 좋은 기운이 모여들 거라고 했어. 네 주변에 사건들이 자주 발생한대. 엄마는 너무 불안해.”

사주라니, 그런 걸 전혀 믿지 않는 나로서는 엄마의 말을 한 귀로 듣고 한 귀로 흘릴 수밖에 없었다. 내 주변에 사건들이 자주 발생한다고? 정말 그렇게 된다고 해도 나는 전혀 두렵지 않다. 이미 나한테는……, 아니 우리 가족한테는 너무나도 커다란 사건이 닥쳐 버렸다. 그보다 더 큰 일은 내 인생에 없을 것이다.

나는 한동안 언니가 말해 준 내 자질에 대해 천천히 곱씹어 보았다. 야금야금 갉아먹듯 스스로를 오랫동안 책망했다. 관찰력이라니, 아니야, 언니. 내게 그런 관찰력이 있었더라면 나는 언니가 혼자 죽도록 내버려 두지 않았을 거야.

이런저런 생각으로 답답한 마음에 잠시 밖으로 나왔지만 너무 오래 자리를 비울 수도 없었다. 슬슬 전담실로 돌아가야 했다. 나는 스탠드에서 일어나 구령대 옆 건물로 들어가는 계단을 올랐다. 봄바람이 쓰다듬듯 등을 밀어 주었다.

‘쿵쿵.’

응? 뭐지?

중앙 현관 앞에 다다랐을 때 학교 건물 안쪽에서 그런 소리가 들렸다.

‘쿵쿵쿵.’

이게 무슨 소리지?

마치 안쪽이 텅 빈 철판을 두드리는 것 같은 소리였다. 그 소리가 중앙 계단 쪽으로 걸어갈수록 점점 더 크게 들렸다. 나는 소리의 진원지를 찾아 왼편 복도의 모퉁이를 돌았다. 순간 심장이 높은 소리를 내며 쿵, 하고 뛰었다.

엘리베이터 앞에서 한 여자아이가 허공에 뜬 채 버둥대고 있었다. 아이는 이윽고 힘이 빠진 듯 그대로 축 늘어졌다.

2

그날, 시간이 멈춘 듯 고요했던 방에서 언니는 아주 천천히 흔들렸다. 문득 정신을 차리고 보니 눈앞에 두 손으로 내 뺨을 잡고 무어라 소리 지르는 아빠가 있었다.

"다감아, 정신 차려!"

시간이 얼마나 흘렀는지조차 알 수 없었다. 나는 무릎을 꿇은 채 하염없이 울고 있었다. 교복이 어느새 눈물로 흠뻑 젖어 있었다.

지난 6년 동안 하루라도 언니를 생각하지 않은 날이 없었다. 나의 머릿속에서 언니는 늘 그렇게 흔들렸다. 나는 잘 알고 있다. 나의 삶 역시 언니가 흔들리는 그 리듬처럼 끝없이 흔들릴 것을.

종종 나는 목이 터져라 언니를 부르고 싶은 충동에 사로잡혔다.

언니, 언니, 언니, 언니!

'다감아!'

들릴 리 없는 목소리가 귓가에 울렸다. 순간, 눈이 아플 정도로 시야가 확 밝아졌다. 귓가에 심장 소리가 크게 울렸다. 나는 튀어 나가듯 움직였다. 아이의 얼굴은 낯이 익었다. 내가 가르치는 6학년 어느 반의 아이가 분명했다.

엘리베이터로 달려간 나는 우선 아이의 허리를 붙들고 들어 올렸다. 그러자 엘리베이터 문틈으로 이어진 줄이 느슨해지는 것이 보였다. 축 늘어진 아이는 생각보다 무거워 윽, 하고 나도 모르게 소리를 냈다. 다리가 떨려 금방이라도 주저앉을 것만 같았다. 하지만 동시에 믿지 못할 정도로 힘이 솟았다.

숨은?

질식했을 시 뇌로 통하는 혈류가 멈추는 것이 무엇보다 위험하다고, 언젠가 도서관에서 그런 내용의 책을 읽으며 하염없이 울던 내 모습이 머릿속에 떠올랐다 빠르게 사라졌다.

품에 안은 아이의 얼굴이 스르르 떨어져 내 목덜미에 닿았다. 입술에서 흘러나온 침이 축축했다. 작게나마 들숨과 날숨이 느껴졌다. 괜찮다. 아직 괜찮다. 나는 깊게 들이쉰 숨을 천천히 내쉬었다.

일단 아이를 내려야 한다. 그렇게 생각하며 도움을 요청하려고 막 소리를 지르려 할 때였다. 중앙 계단이 있는 오른편 복도에서 누군가 불쑥 튀어나왔다.

"다감 선생님? 어떻게 된 일이에요? 시아가 왜 이런 거예요?"

"장예은 선생님!"

5학년 3반의 장예은 선생님이었다. 모든 것이 낯선 학기 초에 몇 번이나 친근하게 말을 걸어 와 줘서 이름을 기억하고 있었다. 그녀의 말을 듣고 나는 아이의 이름을 떠올렸다. 그래, 시아. 6학년 1반의 이시아.

"선생님! 빨리요. 시아를 먼저 내릴게요. 끈 좀 풀어 주세요."

예은 선생님은 재빨리 엘리베이터의 열림 버튼을 눌렀다. 전광판의 숫자가 2에서 1로 바뀌며 엘리베이터 문틈으로 이어진 끈이 아래로 내려왔다. 나는 시아를 안은 채로 그 속도에 맞춰 천천히 무릎을 꿇고 앉았다.

문이 열리자마자 예은 선생님이 엘리베이터 안으로 들어가 손잡이에 묶여 있는 끈을 단번에 풀어냈다. 나는 자세를 고치며 조심스레 시아를 양팔로 안아 올렸다. 정신을 잃은 시아가 내 품 안에서 축 늘어졌다.

우선은 보건실로 가기로 했다. 나는 복도 맨 끝에 있는 보건실까지 잰걸음으로 걸었다. 마음 같아선 있는 힘껏 달리고 싶었다. 하지만 힘없이 축 늘어진 시아의 목과 팔다리가 실이 끊긴 인형처럼 뚝 분리될 것 같은 기분에 무서워 더 속도를 낼 수 없었다.

나를 앞질러 보건실에 도착한 예은 선생님이 미닫이문을 열어 주었다. 나는 미끄러지듯 안으로 들어갔다. 의자에 앉아 있던 보건 선생님이 화들짝 놀라며 일어섰다.

"세상에나, 이게 어떻게 된 거예요?"

보건 선생님이 팔을 뻗어 침대를 가리키며 그렇게 물었다.

"엘리베이터에 끈을 묶어서 목을 매었어요. 매달린 직후에 정신을 잃었고요. 다행히 숨은 제대로 쉬고 있는 거 같아요."

목소리를 가늘게 떨며 대답한 나는 조심스럽게 시아의 몸을 옮겼다. 하얀 침대 위에 시아를 눕히자 시아의 목을 죄는 갈색 끈이 눈에 들어왔다. 얇은 끈으로 재질은 부드러웠다.

끈은 시아의 목에 팽팽하게 묶여 있었다. 나는 매듭 부분을 살펴보았다. 한 번 고리를 만들어 교차해서 묶고, 그 위로 다시 한번 똑같이 교차해서 묶는 간단한 매듭으로 보였다. 하지만 내 짧은 손톱으로는 풀 수 없을 정도로 꽉 묶여 있었다.

"선생님, 혹시 뭔가 자를 게 있을까요?"

보건 선생님은 "가위는 어디 있는지 안 보이고, 이거면 될까요?" 하며 내게 커터 칼을 건네주었다. 칼을 받은 나는 끈을 당겨 틈새를 만들었다. 그리고 틈 안으로 최대한 조심스럽게 칼날을 넣었다. 칼날을 바깥쪽으로 향하게 하고 톱질을 하듯 살살 움직였다.

아얏.

손이 떨린 탓에 끈을 끊어 낼 때 왼손 엄지를 베이고 말았다. 나는 살짝 혀를 찼다. 시아의 목에는 새빨갛게 끈 자국이 남아 있었다. 그 주변으로 벌겋게 손톱자국도 남아 있었다. 그런 시아를 보니 손을 베인 아픔 따위 상관없어졌다.

보건 선생님은 시아의 눈꺼풀을 열고 펜라이트로 불빛을 비춰 보았다. 손으로 목 언저리를 짚어 보고 시아의 손을 몇 번 만지작거리며 무언가를 확인하듯 고개를 끄덕였다. 나는 숨을 죽이며 그 모습을 바라봤다.

그때 보건실 문이 벌컥 열렸다. 교장 선생님과 교감 선생님이 황급히 안으로 들어왔다. 뒤따라 들어온 장예은 선생님이 보건실 문을 조심스레 닫았다. 그녀가 두 사람을 불러온 듯했다.

"윤 선생님, 시아는 좀 어떻습니까?"

교장 선생님이 보건 선생님에게 낮은 목소리로 다급하게 물었다.

"제가 살펴본 바로는 아마 괜찮을 것 같습니다."

"그 말씀은 생명에 큰 지장은 없다는 거죠?"

"예, 자세한 건 정밀 검사를 해 봐야 알겠지만……."

보건 선생님은 시아를 쳐다보며 말끝을 흐렸다.

"맞아요. 목을 맨 사람은…… 혹시라도 목뼈나 목 인대를 다쳤다면 후유증이 오래 남을 수도 있어요."

내가 옆에서 그렇게 덧붙이자 교장 선생님이 미간을 찡그렸다.

"그렇군요. 알겠습니다. 그러면 교감 선생님은 담임이신 최보라 선생님을 불러와 주세요. 그리고 장예은 선생님, 아까 이시아 학생 학부모 연락처를 알고 있다고 하셨죠?"

"네, 알려 드릴게요."

장예은 선생님은 스마트폰 화면을 몇 번 두드리고 교장 선생님에게 그대로 화면을 내밀었다.

"알겠습니다. 그러면 김다감 선생님, 장예은 선생님, 조금 있으면 2교시가 끝날 테니 두 분은 각자 자리로 돌아가 주시고요. 이 일은 아무에게도 말씀하지 말아 주세요, 아시겠죠?"

교장 선생님의 말에 장예은 선생님은 알겠다며 고개를 끄덕였다. 하지만 나는 잘 이해가 되지 않았다. 어차피 구급차를 부르면 모두 알게 되는 게 아닐까. 그 말뜻이 무엇인지 물으려는 순간 교장 선생님이 교감 선생님을 향해 턱 끝을 살짝 들어 보였다. 교감 선생님은 "가시죠." 하며 우리 두 사람을 이끌었다. 나는 쫓겨나듯 보건실을 나가야 했다. 문이 닫히기 전, 교장 선생님이 보건 선생님과 무언가 이야기를 나누는 것이 보였다.

"들으신 대로 이 일은 일단 비밀로 해 주세요. 교장 선생님께서 다시 지시를 하실 겁니다."

교감 선생님은 그렇게 말하고는 보건실 옆에 있는 계단으로 급히 올라갔다. 나는 두세 계단씩 성큼성큼 올라가는 교감 선생님의 등을 잠시 바라보았다.

"다감 선생님, 그거 푸셨네요. 단단히 묶여 있던 것 같은데."

문득 예은 선생님의 시선을 느낀 나는 내 왼손을 보았다. 나도 모르는 사이 풀어낸 끈을 내 손에 둘둘 말고 있었다.

"네, 워낙 단단히 묶여 있어서 결국 잘라 냈어요."

나는 손에서 끈을 풀어 들여다보았다. 쭉 펼쳐서 보니 두 개의 끈을 묶은 것이었다. 매듭 부분은 서로 다른 두 개의 매듭이 가운데에서 뭉쳐 있는 모양이었다. 처음 보는 매듭이었다. 끈의 끝이 필름으로 감싸져 있는 것으로 봐서 운동화 끈이 아닐까 하는 생각이 들었다. 예은 선생님이 내게 한번 봐도 되는지 물었다. 나는 그녀에게 끈을 건네주었다.

"믿기지가 않네요. 학교에서 학생이 자살을 시도하다니, 이 일이 알려지면 난리 날 것 같은데요. 선생님도 많이 놀라셨죠? 이건 제가 버리도록 할게요."

그렇게 말한 예은 선생님은 끈을 돌돌 말아 뒷주머니에 넣었다. 그리고 가시죠, 하고 먼저 중앙 계단이 있는 쪽으로 발걸음을 옮겼다. 나도 순순히 그 뒤를 따랐다. 조금 전, 필사적으로 이 복도를 뛰었다는 게 실감이 나지 않았다.

장예은 선생님이 맡은 5학년 3반은 1, 2교시가 과학 시간이라고 했다. 나는 고개를 끄덕였다. 5학년 전담 선생님인 유나경 선생님이 오전부터 전담실을 비우고 있는 것이 생각났다. 그녀는 교감 선생님에게 업무 관련 이야기를 하러 교무실로 내려오다가 우연히 나를 보았다고 했다.

"그런데 다감 선생님, 어디서 안전 교육을 받으신 적이 있으신 건가요? 놀랄 정도로 침착하신 것 같던데……."

"아니에요. 방금 전에 제가 한 일이 생각이 나지 않을 정돈데요."

하지만 나는 머릿속 한구석에서 최악의 상황까지 가정하고 있었다. 만약 시아가 숨을 안 쉬었다면 심장 마사지까지 시도할 생각이었다. 어떻게 그럴 수 있었냐고 묻는다면, 언니의 죽음에 대해 매 순간 후회했기 때문이라고 말할 수밖에 없다. 하지만 예은 선생님은 더 이상 묻지 않았다.

전담실로 돌아가니 자리를 지키던 4학년 전담 선생님이 "분위기가 소란스럽던데 무슨 일 있나요?" 하고 내게 물었다. 나는 아무 일도 아니라는 대답을 하며 어색하게 웃었다.

3, 4교시는 6학년 4반의 과학 수업이라 쉬는 시간에 과학실로 향했다. 수업을 준비하면서도 매달린 채 발버둥을 치는 시아의 모습이 자꾸만 떠올랐다. 생각할수록 마음이 좋지 않아 자꾸만 깊은 한숨이 나왔다.

4교시가 끝난 후의 점심시간. 수업을 마치고 전담실로 돌아오니 교감 선생님이 전담실 앞 복도를 서성이고 있었다.

"다감 선생님, 기다렸습니다. 가시죠. 교장 선생님이 기다리고 계세요."

교감 선생님은 내 대답도 듣지 않고 성큼성큼 앞장서 갔다. 나는 교감 선생님의 등을 따라 정오의 햇빛이 비쳐 드는 복도를 걸었다. 교장실 앞에 멈춰 선 교감 선생님이 슬쩍 주위를 살피더니 문을 똑똑 두드렸다.

"오셨군요. 얼른 들어오세요."

문을 열어 준 사람은 5학년 부장을 맡은 심지섭 선생님이었다. 나는 머릿속의 업무 분장표를 더듬어 그가 안전 교육에 관한 업무를 담당하고 있다는 것을 생각해 냈다.

무언가 분위기가 이상했다. 아무 말 없이 나를 데려온 교감 선생님도, 눈이 마주치자 가볍게 눈인사를 하는 부장 선생님도 모두 가면을 쓴 듯 딱딱하게 굳은 얼굴이었다. 책상에 앉은 채로 나를 맞이한 교장 선생님도 마찬가지였다. 혹시 시아가 잘못되기라도 한 걸까. 마음이 불안해지기 시작했다. 교장 선생님이 손깍지를 끼며 앞으로 몸을 기울였다.

"김다감 선생님, 이제야 감사의 말씀을 전하네요. 장예은 선생님과 함께 이시아 학생을 구했다고 들었어요. 큰일 하셨습니다."

나는 고개를 저었다.

"아니에요. 그보다 시아는 어떻게 됐나요?"

"3교시가 시작된 직후에 눈을 떴습니다. 의사소통을 할 수 있을 정도라 보건 선생님 말로는 괜찮을 거라고 합니다."

나는 안도의 숨을 내쉬었다.

"다행이에요. 시아는 왜 그런 짓을 한 건가요?"

"그게……, 이시아 학생은 아무 말도 하지 않았습니다. 어머님이 오셔서 학생을 데려갈 때까지도요. 보아하니 이시아 학생 어머님은 이유를 짐작하고 계신 눈치였습니다만……, 저희에게 자세한 이유까진 말해 주지 않았습니다."

교장 선생님은 한쪽 눈을 살짝 찌푸리더니 계속해서 말을 이었다.

"그리고 어머니께서는 돌아가면서 저희에게 부탁했습니다. 시아가 한 행동을 부디 비밀에 부쳐 달라고요."

"네에?"

나도 모르게 순간 고개를 갸웃했다.

"아이가 죽을 뻔했는데 이유도 얘기 안 해 주고 비밀로 해 달라고요? 어떻게 그런……."

목소리가 점점 날카롭게 높아지는 것을 나 자신도 느낄 수 있었다. 교장 선생님은 나를 잠시 바라보다 자리에서 일어났다.

"김다감 선생님, 저희 역시 이시아 학생 어머님과 같은 마음입니다. 이 사실을 학교 밖으로 새어 나가게 하고 싶지 않습니다. 그러니까 선생님도 동참해 주셨으면 합니다. 여기 계신 교감 선생님, 부장 선생님은 물론 이시아 학생의 담임인 최보라 선생님도 동의를 했고, 장예은 선생님도 동의했습니다. 김다감 선생님도 그렇게 해 주실 수 있으시죠?"

교장 선생님이 나를 내려다보며 말했다. 표정은 온화했지만 그의 눈빛은 날카롭게 빛났다.

"이시아 학생 어머니께서는 일이 커지지 않기를 바라셨습니다. 자녀의 미래를 위해서요. 초등학생이 학교에서 자살을 시도했다는 이야기가 밖으로 나가 봐요. 아이들이 얼마나 혼란스럽겠습니까. 아이들 마음을 생각해 보세요. 지금은 우선 이렇게 넘어가도록 해요, 알겠죠?"

나는 순간 숨 쉬는 것조차 잊어버렸다. 숨을 의식하기 시작하니 가슴 한구석이 작게 부풀어 오르고 다시 줄어드는 것이 생생하게 느껴졌다. 숨쉬기 못지않게 이 자리가 불편했다.

아이들의 마음을 생각해 보라고? 정말로 이 상황에서 그렇게 생각하는 게 맞는 걸까? 슬쩍 눈길을 돌려 교감 선생님과 부장 선생님의 얼굴을 차례로 보았다. 두 선생님 모두 내 눈을 보더니 슬그머니 시선을 피했다. 교장 선생님은 처음부터 이 일을 외부에 알릴 생각이 없었던 것 같다. 만약 정말 시아를 생각했다면 시아를 보자마자 119를 불렀어야 했다.

아아, 그렇구나. 내가 과학실에서 3, 4교시 수업을 하는 동안 모든 이야기가 끝난 것이다. 이것은 비밀로 해 달라는 부탁이나 권유가 아닌 일방적인 통보에 가까웠다. 문득 언니의 얼굴이 머릿속을 스쳤다.

"……알겠습니다. 말씀대로 할게요."

갑자기 기분이 안 좋아졌다. 나는 당장 이 자리를 피하고 싶었다. 내 말에 교장 선생님이 안도의 미소를 지었다.

방과 후, 퇴근 시간이 가까워질 때까지 나는 전담실에서 멍하게 앉아 있었다. 내가 옳은 선택을 한 것일까? 교감 선생님에게 오늘 오전에 얘기 들었던 공문에 관해 물으니 이번만 자신이 처리해 준다고 했다. 대신 다른 선생님들에게 꼭 배워 놓으라는 말도 덧붙였다.

"참, 다감 선생님. 자세히 말씀드리긴 어렵지만, 사실 이시아 학생의 어머니는 꽤 유명한 분입니다. 시아가 그런 행동을 한 거…… 저 역시 외부에 알리지 않는 게 좋다고 생각합니다. 시아도, 시아의 어머니도 많이 곤란해질 테니까요. 그리고 정말 시아의 상태가 좋지 않았다면 당연히 먼저 병원으로 옮겼을 겁니다. 선생님은 아직 초임이시라 잘 모르시겠지만, 교장 선생님이나 저희는 선생님들을 보호하기 위해서 고려해야 할 부분이 많답니다. 더 큰 불로 번지기 전에 잘 막은 거라고 생각해 주세요. 부디 양해 부탁드립니다."

알았다고 대답했지만 여전히 이해할 수 없었다. 어쩌면 학교란 참 이상한 곳인지도 모른다. 전담실을 나가 복도를 걸어 현관으로 향하며 나는 그런 생각을 했다.

학교 외부, 정문이랑 후문 쪽, 그리고 운동장 쪽에는 CCTV가 설치되어 있다. 그러나 교내의 어디에도 CCTV는 설치되어 있지 않다. 그러니까 교장 선생님도 우선 묻어 두자는 이야기를 아주 자연스럽게 꺼낼 수 있었던 것이다. 수업 시간에는 교실 밖에서 어떤 일이 일어나는지, 옆반 교실에서 무슨 일이 일어나는지 알 수 없다.

당연한 것에 대한 상식이 흔들린다. 단순하게 생각하면 교실 밖에서 무슨 일이 일어나도 모르는 게 당연하다. 당연한 건데…… 이젠 뭐가 뭔지 잘 모르겠다. 이상한 건 학교 그 자체인지, 아니면 너무도 당당하게 비밀로 해 달라는 교장 선생님인지, 거기에 대고 아무런 대꾸도 못 한 나인지.

선생님 내일 봬요, 하고 6학년 어느 반의 아이들이 내게 꾸벅 인사를 했다. 나는 적당히 손을 흔들고는 깊은 한숨을 내쉬었다.

3

상자 안에 당장 수업에 필요한 물건부터 담았다. 책상 위를 싹 정리하니 상쾌한 기분이 들었다.

어제저녁 8시경, 6학년 부장인 김선주 선생님으로부터 전화가 왔다. 최보라 선생님이 휴직 신청을 했다는 내용이었다. 그리고 교감 선생님과 진지하게 상의를 한 결과 아무래도 내가 내일부터 최보라 선생님의 자리를 대신해야만 할 것 같다고 했다. 결국 또 통보구나. 나는 알겠다고 대답할 수밖에 없었다.

전화를 끊기 전에 최보라 선생님이 휴직한 이유를 물었다.

[최보라 선생님은 임신 중이셨거든요. 초기가 가장 중요한데, 어제

일로 충격을 많이 받은 것 같아요. 몸 상태가 너무 안 좋아지셨대요. 당분간 학교랑 연락을 끊고 푹 쉬고 싶다고 하셨어요. 벌써 전화기까지 꺼 두었더라고요.]

"아아, 그렇군요……."

이 말은 바통을 이어받은 내가 아이들과 학부모에게 일일이 설명을 해 줘야 한다는 뜻이기도 했다. 가볍게 골이 아파 왔다.

아침에는 교장 선생님이 급하게 나를 교장실로 불렀다.

"다른 말씀은 하지 마시고요, 1반 학생들에게는 담임 선생님이 바뀌었다는 이야기만 하시고 바로 수업 진행해 주세요. 이시아 학생은 학생 어머니께서 며칠 학교를 보내지 않겠다고 말했으니 아이들에게는 별 얘기 안 하셔도 될 겁니다."

"그래도 되나요? 뭐라고 설명은 해 줘야 하지 않나요?"

"학기 중에 담임 선생님이 바뀌는 건 생각보다 흔한 일입니다. 혹시 물어보면 몸이 안 좋아졌다고 대충 둘러대면 됩니다. 아이들도 금방 적응할 거예요. 아시겠죠?"

내가 뭐라 대답하지 못하자 교장 선생님은 다시 한번 아시겠죠, 하고 낮은 목소리로 강조했다.

수업 시작 전에 전담실을 찾아온 교감 선생님은 나에게 당분간만 고생해 달라고 했다. 4학년, 5학년 전담 선생님은 힘내고 가서 잘하라며 격려해 주었다.

"다시 돌아오게 될 테니 그렇게 마지막처럼 인사하지 말아 주세요."

나는 씁쓸하게 웃으며 그렇게 말했다.

6학년 1반의 교실은 서편 계단을 끝까지 올라가자마자 바로 보이는 곳에 있었다. 나는 창문으로 슬쩍 교실 안을 들여다보았다. 삼삼오오 모인 아이들끼리 떠들썩하게 수다를 떨고 있었다. 그 소리가 복도까지 새어 나왔다. 교실 앞문은 열려 있었고 뒷문은 닫혀 있었다. 아마도 1반 아이들이 최보라 선생님과 함께 정한 규칙일 것이다. 최보라 선생님은 아침마다 교실로 들어오는 아이들에게 인사를 건넸겠지.

나는 살짝 심호흡을 하고 앞문으로 들어갔다. 순간 교실이 조용해졌다. 아이들은 책상으로 걸어가 상자를 올려놓을 때까지 가만히 나를 보고만 있었다.

"선생님, 1교시는 과학 시간이 아닌데요."

뒤쪽에서 한 남자아이가 손을 들며 말했다.

"알고 있어."

나는 상자 안의 물건을 꺼내며 대답했다. 아이들은 저들끼리 슬슬 눈치를 보다가 앞쪽으로 몸을 돌렸다. 교실을 돌아다니던 아이들도 자리에 앉았다. 그리고 조용히 내가 할 다음 말을 기다렸다. 역시 6학년 아이들이란 생각이 들었다.

1반의 학생 수는 스물세 명으로 기억했다. 나는 비어 있는 한 자리에 잠시 시선을 두었다. 그리고 다시 나를 쳐다보는 스물두 명의 눈동자에 골고루 시선을 주며 입술을 떼었다.

"얘들아, 당황스럽겠지만 놀라지 말고 들어 줬으면 좋겠어. 최보라 선생님께서 몸이 안 좋아지셔서 갑작스럽게 학교를 쉬게 되셨어. 그래서 오늘부터 당분간 내가 담임을 맡을 거야."

"네에?"

아이들의 목소리가 일제히 터져 나왔다. "얼마나 안 좋으세요?", "어디 아프신가요?" 등 나에게 질문들이 쏟아졌다. 어떤 아이들은 저들끼리 얼굴을 맞대고 이러쿵저러쿵 얘기했다. 그 와중에 1교시 수업 시작을 알리는 종이 울렸다. 나는 손바닥으로 책상을 가볍게 두드렸다.

"자자, 나는 내 할 일을 할 테니 너희들도 너희가 할 일을 하자. 내가 담임을 맡는 건 당분간일 뿐이고 곧 새로운 선생님이 오실 거야. 어쩌면 최보라 선생님께서 몸이 괜찮아지시면 금방 돌아오실지도 모르지. 1교시 과목은 뭐지?"

문득 한 여자아이가 손을 번쩍 들더니 자기 옆의 빈자리를 가리켰다.

"선생님, 아직 시아가 안 왔어요."

"시아는 오늘 몸이 안 좋아서 오지 않을 거야."

최보라 선생님은 말을 하기 전에 손을 들고 이야기하자는 규칙을 만들었나 보다. 몇몇 아이들이 여기저기서 손을 번쩍 들었다. 하지만 나는 더는 아이들의 질문을 받지 않았다.

1교시 국어 시간부터 아무런 준비도 없이 수업에 들어가야 했다. 수업 지도서와 교과서를 펼쳐 놓고 번갈아 보며 즉석에서 수업을 진행하다 보니 당연히 제대로 수업이 될 리 없었다.

"선생님, 수업 재미없어요."

3교시의 수학 시간. 맨 뒷자리에 앉은 태형이가 그렇게 말하더니 키득거렸다. 몇몇 남자아이들이 따라 웃었다.

"재미가 없다는 건 전부 다 알고 있어서겠네. 나와서 한번 풀어 볼래?"

칠판에 써 놓은 수학 문제 풀이를 시키자 태형이는 그제야 조용해졌다. 표정이 싸늘하게 굳어 가는 것이 스스로 느껴졌다. 내 표정이 전염된 것일까, 아이들도 굳은 얼굴로 조용히 문제를 풀기 시작했다. 자신들에게 아무 말도 없었던 부분은 섭섭해했지만, 놀랍게도 아이들은 담임 선생님의 교체를 쉽게 받아들이는 것 같았다.

3교시가 끝난 후의 쉬는 시간, 나는 자리가 가까운 서연이와 진호에게 다가가 최보라 선생님에 대해 슬쩍 물어보았다. 어제의 최보라 선생님은 아이들의 눈에도 무언가 이상하게 비친 모양이다.

"되게 재밌었어요. 수업하다가 땀을 뻘뻘 흘리고, 했던 말을 다시 하기도 하고요. 저희가 불러도 대답도 잘 안 해 주시고, 고장 난 로봇 같았어요."

진호의 말에 짝꿍인 서연이가 진호를 흘겨보았다.

"야, 재밌었다가 뭐니? 선생님은 몸이 안 좋으셨던 거야."

나는 서연이에게 더 자세한 상황을 물었다.

"어제는 2교시 중간에 시아가 갑자기 화장실에 가고 싶다고 했어요. 그런데 그러고 나서 안 돌아오는 거예요. 그리고 조금 있다가 교감 선생님이 보라 쌤을 복도로 불러냈어요. 보라 쌤이 잠깐 나갔다가 온다고……, 시아도 계속 안 돌아오고…… 아마 그다음부터였지?"

서연이가 진호를 보며 묻자 진호가 고개를 끄덕였다.

"시아는 또 무슨 대회 때문에 갑자기 조퇴한다고 했어요."

"맞아요. 시아는 작년에도 학교 대표로 그런 데 많이 나갔어요. 그치?"

어느새 내 주위로 다가온 아람이와 수지가 수줍게 웃으며 한마디씩 말을 더했다. 아이들은 시아가 갑자기 자리를 비워도 별로 이상하지 않은 듯했다.

"선생님, 그런데 시아한테 무슨 일이 있어요? 전화도 계속 꺼져 있던데."

나도 뭐가 어떻게 된 건지 모르겠단다, 라고 솔직하게 말할 수도 없었다. 대신에 핸드폰 사용은 방과 후부터라고 적당히 말을 돌렸다.

"시아는 좋겠네. 몸만 왔다 갔다 하면 돼서. 나도 그러고 싶다."

문득 진호가 어깨를 으쓱이며 말했다. 그게 무슨 말인지 물으니 시아가 가방을 챙겨 가지 않았다는 것이었다. 진호는 최보라 선생님이 대신 챙겨 놓았다면서 손가락으로 캐비닛을 가리켰다.

서연이와 진호, 두 아이에게만 넌지시 물어볼까 했는데, 점점 더 주변으로 아이들이 몰려들기 시작했다. 피로감이 몰려와 나는 작게 한숨을 내쉬었다.

"알겠어. 얘기해 줘서 고마워. 그만 자리로 돌아가서 다음 수업 준비하자."

나는 등을 홱 돌려 선생님 책상이 있는 곳으로 돌아갔다. 자리에 앉은 후 다시 아이들을 보니 아이들은 당황한 듯 서로의 얼굴만 멀뚱히 바라보고 있었다.

하루가 어떻게 지나가는지 모를 정도로 빠르게 지나갔다. 방과 후, 나는 학부모들에게 최보라 선생님이 갑작스럽게 휴직을 하게 되어서 임시로 담임을 맡게 되었다는 내용의 메시지를 보냈다. 많은 문의가 있을 거라고 생각했지만 대부분 잘 부탁한다는 간단한 답장만 돌아왔다. 알았으니 학원 시간만 늦지 않게 해 달라는 학부모도 있었다.

문제는 시아의 부모님이었다. 문자만 남길 수도 있었지만 시아의 상태를 듣고 싶었다. 나는 시아 어머니의 핸드폰 번호로 직접 전화를 걸었다. 곧 스마트폰에서 쾌활한 여자의 목소리가 들렸다.

"안녕하세요, 시아 어머님. 저는 새로 1반 담임을 맡게 된 김다감이라고 합니다. 문자 받으셨죠?"

[네. 반가워요, 선생님. 이전 담임 선생님은 갑자기 어디 가셨나 봐요. 무슨 일 있었나요?]

응? 나는 이 반응을 어떻게 이해해야 할지 알 수 없었다. 전혀 모른다는 이 태도는 무엇일까? 큰일을 겪은 아이의 어머니라고 생각할 수 없을 정도로 목소리가 밝았다. 혹시 모르는 척을 하는 걸까?

"……저기, 어머님. 시아는 좀 어떤가요? 괜찮은가요?"

[네?]

통화가 끊긴 듯 잠시 침묵이 흘렀다. 나는 혹시나 해서 물었다.

"시아 어머니 맞으시죠?"

[……그럼요.]

나는 아주 천천히 귀에서 스마트폰을 떼었다. 세부 사항까지는 모르지만, 담임 선생님은 학기 초 학부모의 동의를 얻어 기초 정보 조사서를 작성하는 것으로 알고 있다. 그리고 나는 최보라 선생님이 정리해 둔 학부모 명단을 보고 연락을 한 것이었다.

어제 보건실에서 장예은 선생님은 교장 선생님에게 시아 어머니의 연락처를 전달했다. 그리고 시아 어머니가 학교로 시아를 데리러 왔다고 들었다. 그렇다면……, 그녀의 반응은 역시 이상했다. 나는 으음, 하고 앓는 소리를 내며 입을 열었다.

"저기, 솔직하게 말씀해 주세요. 시아 어머님은 아닌 거 같은데, 시아랑은 어떤 관계이신가요?"

그녀는 잠시 말이 없었다. 곧 작은 한숨 소리가 들렸다.

[저는 시아 이모예요. 제가 시아 엄마가 아닌 걸 어떻게 아셨나요?]

"어떻게 알았냐면……."

나는 침을 꼴깍 삼켰다.

"이모님, 놀라지 말고 들어 주세요. 시아가 어제 학교에서 자살 시도를 했어요."

[뭐라고요?]

되묻는 소리가 마치 비명에 가까울 정도로 날카로웠다. 나는 시아가 엘리베이터에 목을 매어 자살 시도를 했다는 것, 시아의 어머니가 시아를 데려갔다는 것, 그리고 시아가 오늘 학교에 나오지 않은 것을 조심스럽게 말했다.

[하아. 언니, 대체 언제까지 그렇게……]

이를 앙다물듯 그렇게 혼잣말하는 소리가 들렸다. 전화기 너머 그녀의 분노가 느껴져 나도 모르게 숨을 죽였다. 그녀는 코를 한번 훌쩍이더니 선생님, 하고 나를 불렀다.

[선생님은 혹시 배우 장미선을 아시나요?]

"장미선이요? 네에, 뭐…… 유명하잖아요."

뜬금없는 질문에 나는 떨떠름하게 대답했다. 갑자기 상관없는 여배우 얘기는 왜 하는 건지 알 수 없었다.

[그렇죠, 유명하죠. 전 국민이 모르는 사람이 없을 정도로 유명하죠. 선생님, 시아는 그 사람의 딸이에요.]

나는 순간 놀라서 아무런 말도 할 수 없었다.

"저…… 그런데, 시아는……."

[무슨 말을 하고 싶으신지 알아요. 전혀 안 닮았죠? 화려한 언니와 다르게 시아는 수수하니까요. 아마도 시아는 아빠를 많이 닮았을 거예요.]

아마도, 라는 말이 조금 걸렸다. 그녀는 다시 한번 크게 코를 훌쩍였다.

[언젠가 시아가 크게 엇나갈 거라는 생각을 하곤 있었지만 설마 자살 시도까지 할 줄은 몰랐어요. 겨우 열세 살이잖아요!]

넋두리하듯 흐느끼는 그녀의 목소리를 듣고 있으니 깊은 웅덩이 속으로 잠겨 드는 기분이 들었다. 시아는 도대체 왜 자살을 하려 했을까. 정신없는 하루 속에 가라앉아 있던 의문이 천천히 떠올랐다.

4

“김다감 선생님!”

현관을 나와 정문 쪽으로 걸음을 옮기는데 등 뒤에서 누군가 나를 불러 세웠다. 돌아보니 장예은 선생님이었다.

“시아네 반 담임을 맡으셨다고 들었어요. 갑자기 담임을 맡다니, 오늘 정말 힘드셨죠?”

“아니라고는 말 못 하겠네요.”

나는 작게 쓴웃음을 지었다.

장예은 선생님은 퇴근길에 내가 교장실에 들어가는 것을 보고 밖에서 기다렸다고 했다. 나는 장예은 선생님의 옆모습을 가만히 바라봤다. 나보다 서너 살 많을까. 자신감이 넘치고 당당한 느낌이었다. 아마 기억 속의 언니와 비슷한 나이일 것이다. 그녀는 걸음을 옮기며 교장 선생님과 무슨 이야기를 나누었는지 물었다.

“아이들이 이상하게 생각하지는 않았느냐, 뭐 그런 이야기였어요. 학부모들한테도 사정을 잘 설명했는지도 물어보셨고요.”

"교장 선생님이 또 신신당부했죠? 시아가 자살하려고 한 거 절대 비밀로 해 달라고요."

나는 고개를 끄덕였다.

"네, 잘 아시네요."

"역시……. 결국 그 말 하려고 부른 거예요. 그런 사람과 앞으로 몇 년이나 부딪쳐야 한다니, 끔찍하네요. 저도 작년부터 함께 지내 봤지만 좋은 관리자는 절대 아니에요. 저는 곧 떠나지만 선생님은 각오하시는 게 좋을 거예요."

"휴직하시는 건가요?"

"아, 잘 모르셨겠군요. 저는 기간제예요. 발령 대기 기간 동안만 이 학교에서 기간제 교사를 하고 있었어요. 작년 2학기부터요."

"아아, 그러시군요."

장예은 선생님은 다음 달까지만 근무하게 되었다고 했다.

"원래는 계약상 올해 말까지 근무할 예정이었는데, 휴직을 신청했던 정교사 선생님께서 복직한다고 하셨나 봐요. 교장 선생님이 갑작스레 저한테 다음 달까지만 나와 달라고 하시네요."

"그래도 되는 건가요?"

그녀는 나를 잠시 빤히 쳐다보았다.

"다감 선생님, 지금 스물넷이신가요?"

"네."

"대학 졸업하고 임용 고시 합격 후에 곧바로 발령을 받으셨겠네요? 성적이 굉장히 좋으셨나 봐요."

성적은 아마도 상위 1퍼센트였을 것이다. 하지만 나는 어떻게든 언니와 같은 자리에 서고 싶어 필사적이었을 뿐이다. 나는 고개를 끄덕이기만 했다.

"저는 다감 선생님 같지는 않았거든요. 임용 시험도 떨어지면서 다른 학교에서 기간제 교사를 해 봐서 알아요. 종종 있는 일이에요. 계약서에는 쓰진 않지만, 계약을 할 때 그런 경우가 일어날지도 모릅니다, 하고 미리 이야기하거든요. 아쉽진 않아요. 뭐어……계약직이라고 하면 차별과 불안함의 상징처럼 여겨지는데, 초등 교사는 사정이 다르잖아요. 어차피 교대 졸업생이나, 임용 합격한 다음 대기 발령자나, 퇴직한 선생님들이 지원하니까요. 오히려 기간제 교사 쪽이 더 선택권이 많아요. 저도 곧 발령을 받겠지만, 할 수만 있으면 기간제 교사만 하고 싶어요. 자기 시간을 자유롭게 쓸 수 있으니까요."

그녀의 표정이 문득 굳어졌다.

"하지만 이렇게 갑자기 잘리니 솔직히 불쾌하네요. 아무리 땜빵처럼 여겨져도 양해도 없이……. 세상에 이런 대우가 어디 있어요."

그때 몇 명의 남자아이들이 키득거리면서 우리 곁을 뛰어 지나쳤다.

"선생님, 내일 봬요." 하고 한 남자아이가 멈춰 서서 말했다.

"너희들, 설마 실내화 신고 축구한 거니?"

장예은 선생님이 목소리 높여 아이들에게 말했다.

"에이, 선생님도 어제 실내화 신고 나오셨잖아요. 저희한테만 뭐라 하지 마세요."

남자아이는 그렇게 말하고는 "같이 가." 하고 다른 아이들을 쫓아 달려갔다.

"선생님네 반 아이들인가요?"

장예은 선생님은 그렇다고 말하며 웃었다. 아이들의 뒷모습을 가만히 바라보는 그녀의 눈빛에 많은 감정이 담겨 있었다. 그것이 무엇인지 나는 정확히 알 수 없었다.

"많이 아쉬우시겠어요, 곧 헤어져야 하니까."

내 말에 장예은 선생님은 쓴웃음을 지었다.

"……아니요. 어쩌면 저희 반 아이들하고 좀 더 오래 볼지도 모르겠어요. 교장 선생님에게 얘기했어요. 원래 계약 기간대로 가지 않으면 시아의 일을 언론에 말해 버리겠다고."

나는 제자리에 우뚝 멈춰 섰다. 그녀도 함께 발걸음을 멈췄다. 협박, 이라는 단어가 머릿속에 불쑥 떠오르자 인상이 절로 찌푸려졌다.

"선생님, 알고 계실 것 같지만 한번 물어볼게요. 시아 어머니가 누군지 알고 계시죠?"

"그럼요, 전 작년 2학기 때 시아 담임을 맡았으니까요. 그때 시아랑 상담을 하면서 어머니 이야기를 듣게 되었어요. 어머니의 진짜 연락처도 그때 알게 되었고요. 저도 처음 듣고 깜짝 놀랐어요. 내가 아는 그 배우 장미선에게 숨겨 둔 아이가 있다니."

내 표정이 점점 차갑게 굳어 가는 것이 느껴졌다.

"예은 선생님, 시아의 일을 언론에 말해 버리면 시아가 장미선의 딸이라는 것도 금세 알려질지도 몰라요."

내 말에 장예은 선생님은 후후, 하고 웃어 보였다.

"다감 선생님, 걱정하지 마세요. 저는 시아의 일을 절대로 얘기할 생각이 없으니까요. 학년이 바뀌었지만 시아도 제 학생이에요. 저는 그저 이 시기에 시아가 그런 행동을 해 줘서 참 고마울 뿐이에요. 교장 선생님에게 한 방 먹일 수 있으니까요."

자살을 시도한 게 고맙다니…….

"장예은 선생님, 교장 선생님이 그렇게 싫으신가요?"

"네, 싫어요. 보세요, 학교에서 학생이 그런 행동을 했는데 숨기자고 하는 사람이에요. 원래부터 그렇게 말해도 이상하지 않은 사람이지요. 그러니까 저는 시아가 그런 짓을 한 걸 계속 숨길 거예요. 오히려 아무도 몰라 줬으면 좋겠네요. 그래야 교장 선생님을 계속 곤란하게 할 수 있으니까요."

그녀의 눈빛이 날카로워졌다. 나는 아무런 말도 할 수 없었다.

"그럼 저는 이쪽으로 갈게요. 조심해서 들어가세요."

큰길로 나오자 장예은 선생님은 그렇게 말하곤 등을 돌려 자기 길을 갔다. 나는 잠시 멀어져 가는 그녀의 뒷모습을 지켜보다 택시를 불러 세웠다. 조금이라도 빨리 시아를 만나고 싶었다. 문득 택시를 타고 언니에게 달려가던 그날의 기억이 떠올랐다.

건물 로비로 들어서자마자 하얀 백자처럼 빛나는 복도가 눈에 들어왔다. 주홍빛으로 반짝이는 샹들리에가 눈이 부셨다. 안내대로 가서 시아 이모님으로부터 들은 주소를 말하며 부탁하니 경비원이 인터폰을 연결해 주었다. 수화기에서 여보세요, 하고 중년 여성의 목소리가 들렸다. 집에 시아를 돌봐 주는 가정부 아주머니가 있다는 이야기는 미리 전해 들어 알고 있었다.

"안녕하세요. 시아 담임을 맡은 김다감이라고 합니다. 시아 이모님께 제가 오후에 방문한다는 이야기 들으셨죠?"

[네, 안녕하세요. 얘기는 들었어요. 사모님 일까지 전부 다 알고 계신

다고……. 그런데 시아가 오늘은 몸이 안 좋은 모양이에요. 아무도 만나기 싫다고 해서…….]

"아……, 그런가요."

나는 맥이 빠지는 것을 느꼈다. 그녀는 서둘러 죄송하다고 말을 이었다.

"할 수 없죠. 그럼 시아한테 전해 주세요. 오늘부터 과학 선생님이 담임 선생님이 되었다고요."

나는 당분간, 이라는 말을 더할까 하다가 그만두었다. 내 말에 수화기 너머에서 아아, 하고 목소리가 커졌다.

[어쩐지. 오늘부터 새로 오신 선생님이시군요. 어제저녁 사모님이 계실 때도 시아 담임 선생님께서 오셨거든요. 그런데 어제랑 목소리가 다르셔서 좀 이상하다 했어요.]

아무래도 최보라 선생님도 어제 시아를 찾아왔었나 보다. 그녀도 시아가 많이 걱정되었을 것이다. 나는 시아에게 잘 전해 달라 말하곤 발길을 돌릴 수밖에 없었다.

정류장에 내릴 즈음 하늘은 저 먼 끝자락부터 점점 옅은 남색으로 물들고 있었다. 터덜터덜 집으로 돌아가는 길에 나는 잠시 근처 공원에 들렀다. 오전에 시아의 진짜 어머니에게 종일 촬영으로 바쁘니 저녁 7시 이후에 연락 달라는 메시지를 받았다. 지금은 통화가 가능할 것이었다. 나는 벤치에 앉아 그녀에게 전화를 걸었다.

[여보세요?]

우아하고 고풍스러운 목소리에 가슴이 두근거렸다. 한순간에 내가 아는 배우 장미선의 얼굴이 머릿속에 그려졌다. 정말 그 사람이 맞구

나. 유명 연예인과 이렇게 통화를 하다니 조금 신기한 기분이었다.

[김다감 선생님, 시아를 구해 주신 분이라는 이야기를 들었어요. 미처 감사 인사를 못 드려서 죄송합니다. 정말 고마워요.]

왠지 그녀가 머리를 숙이는 것처럼 느껴져 나도 살짝 고개를 숙였다.

[동생한테 오늘 방문하신다는 이야기도 들었어요. 시아는 잘 만나셨나요?]

"그게 실은 시아가 절 만나 주지 않았어요. 기분이 좋지 않은 것 같았어요."

[정말요? 그래도 어제저녁에는 괜찮아진 것처럼 보였는데……. 죄송해요. 괜히 헛걸음하시게 만들었네요.]

"어제저녁이요?"

순간 머리가 띵했다. 그렇다면 그녀는 오늘 시아를 한 번도 보지 않은 셈이었다.

"어머님, 시아는 좀 어떤가요? 몸에 이상은 없나요?"

[네, 크게 걱정하실 필요 없으실 것 같아요.]

"병원에는 데려가지 않으셨죠?"

[……네. 시아도 괜찮다고 했고요. 대신 잘 아는 의사분을 직접 불러 진찰을 맡겼어요. 특별한 이상은 없다고 했어요. 안심해도 된다고요.]

나는 슬며시 인상을 찌푸렸다.

"그러면 어머님, 어제 자살을 하려 했던 시아가 오늘은 집에 혼자 있는 거네요."

나도 모르게 목소리에 날이 섰다. 그녀도 느낀 듯 잠시 아무런 말이 없었다.

[혼자는 아니죠. 가정부 아주머님도 시아랑 오래 알고 지냈어요.]

“아니에요. 제 말은…….”

거기까지 말한 나는 결국 입을 다물었다. 가슴 안쪽에 뜨거운 무언가가 번지는 기분이 들었다.

그녀는 딸이 있다는 사실을 대외적으로 숨기고 있다. 정밀 검사를 받지 않은 건 그 때문일 수 있다. 그래, 그것까지는 어떻게든 이해할 수 있다. 하지만…… 자살하려 했던 딸이 기적적으로 살아서 곁에 있다. 그렇다면 아무리 바빠도 일정을 빼서 곁에 있어 주는 게 맞지 않을까? 그게 당연하지 않을까? 나라면 분명 그랬을 것이다.

“어머니, 혹시 시아가 왜 자살을 하려 했는지 아시나요?”

나는 그녀가 시아의 마음을 아는지 확인하고 싶었다. 그녀는 깊은 한숨을 내쉬었다.

[아뇨, 실은 어제부터 물어봤지만 아무런 말도 안 해요. 학교에서 데려왔을 때부터 입을 꼭 다물어서…….]

“그렇군요, 알겠습니다. 부디 시아를 잘 챙겨 주세요.”

그녀는 전화를 끊기 전 시아를 구해 줘서 감사하다고 다시 한번 말했다. 조만간 꼭 찾아뵙겠다는 말도 했다.

통화를 마친 나는 완전히 어두워진 하늘을 가만히 올려다봤다. 마음 안쪽이 부글부글 끓는 이 기분은 뭘까. 오늘은 종일 눈앞에 언니의 얼굴이 아른거렸다. 그리고 자꾸만 언니의 얼굴이 시아의 얼굴과 겹쳐졌다. 부글부글 끓던 가슴속의 작은 기포 하나가 크게 부풀어 오르더니 팟, 하고 터져 버렸다. 불쑥 머리 위의 가로등이 켜졌다.

아아, 그렇구나……. 나는 겨우 깨달았다. 나는 화가 난 것이었다. 언니에게 화가 난 것처럼 시아에게도 화가 난 것이었다. 그리고 교장 선생님에게도, 장예은 선생님에게도, 시아의 어머니에게도, 아무튼 세상 모든 것에 화가 난 것이었다.

알고 싶다. 그런 생각이 자연스레 떠올랐다. 시아가 왜 자살하려 했는지 알고 싶었다. 그렇다면…… 가장 먼저 할 일은 사람들이 꼭꼭 숨기려 하는 시아의 일을 수면 위로 끌어올리는 것이었다.

5

다음 날, 예상대로 아침부터 학교가 발칵 뒤집혔다. 기자들이 교문 앞에 진을 치고 6학년 여자아이가 자살을 시도한 게 맞는지, 그리고 학교가 그 사실을 숨기려 한 게 정말인지 선생님들에게 질문을 퍼부었다. 교감 선생님과 선생님들은 기자들과 실랑이를 벌이며 아이들을 학교로 들여보내느라 진땀을 뺐다.

교장 선생님이 교무실로 전 교직원을 불러모았다.

"선생님들에게 드리고 싶은 말씀은 한 가지입니다. 학교 차원에서 입장 발표를 할 테니 그때까지는 밖에 있는 기자들한테 다른 말씀은 하지 말아 주세요. 지인들한테도 말씀 삼가 주시고요. 각자 교실로 돌아가셔서 아이들이 무슨 일이 있는지 물어봐도 잘 모르겠다고 말해 주세요. 평소처럼, 부디 평소처럼 행동해 주시길 바랍니다. 아시겠죠?"

굳은 얼굴로 그렇게 말한 교장 선생님은 장예은 선생님만을 따로 데리고 먼저 교무실을 나갔다. 고발자로 그녀를 의심하는 듯했다. 교장 선생님이 나가자마자 선생님들은 슬쩍 눈치를 보더니 나에게 우르르 몰려들었다.

“김다감 선생님, 엊그제 자살하려고 한 아이가 1반 아이 맞죠?”

“저희는 아무것도 모르는데 어떤 말을 하지 말라는 건지 모르겠네요. 다감 쌤, 자세히 얘기 좀 해 봐요.”

때마침 교무실에 들어온 교감 선생님이 “선생님들!” 하고 목소리를 높였다.

“부장 선생님들만 잠시 남아 주시고, 다른 선생님들은 그만 교실로 돌아가 주세요. 아이들 통제 잘 해 주시고요.”

교감 선생님은 손을 휘저어 선생님들을 교무실 밖으로 내보냈다. 복도로 나온 나는 선생님들이 더 묻기 전에 도망치듯 계단을 올랐다. 1반 교실은 복도까지 아이들의 말소리가 새어 나올 정도로 시끄러웠다. 하지만 내가 앞문으로 들어가자 아이들은 서둘러 입을 다물었다.

“선생님, 엊그제 저희 학교 애가 자살하려 했다는데, 그거 혹시 시아인가요? 시아가 그래서 학교를 쉰 거예요?”

불쑥 교실 가운데 앉은 현수가 물었다.

“보라 선생님이 안 나오시는 것도 혹시 그 일 때문인가요?”

다예도 손을 번쩍 들었다. 스물두 명의 아이들이 말똥말똥한 눈으로 나를 바라보았다.

1반 아이들과 지내는 시간은 길어 봤자 일주일 정도일 것이다. 교감 선생님은 곧 다른 기간제 교사를 구할 것이고, 나도 원래 있던 전담 교사의 자리로 되돌아가면 된다. 아무 말 안 하고 있으면 머지않아 시아의 일이 잠잠해질지도 모르는 일이었다. 나는 지금 이 순간 모르는 일이라고 적당히 얼버무릴 수도 있다. 하지만 여기서 한발 물러난다면 아이들은 나를 신뢰하지 않을 것이다. 신뢰? 지금의 내게 그게 필요할까?

"……맞아. 다들 엊그제 일 알지? 시아가 학교의 엘리베이터에 목을 맸어. 죽으려고 한 거야. 최보라 선생님도 그 일로 휴직을 하게 되셨어. 충격을 많이 받으셨나 봐."

나는 솔직히 있는 그대로 얘기했다. 아이들이 술렁거렸다. 이것은 신뢰의 문제가 아니었다. 언니의 죽음 이후로 나는 가슴 한가운데에 말뚝처럼 박힌 감정이 있다. 그래서 나는 진실을 모르는 채로 놔두는 것이 끔찍할 정도로 싫었다. 이 아이들에게도 진실을 알 권리가 있다.

"시아가 그런 건데 왜 최보라 선생님이 그만둬?"

"보라 쌤이 전부 책임을 지고 물러난 게 아닐까."

"흐음, 그렇구나."

선생님 책상 바로 앞쪽에 앉은 두 사람, 지수와 민영이가 자기들끼리 그렇게 말을 주고받았다. 그때 아아, 하고 뒤쪽에 앉은 태형이가 짜증스러운 목소리를 냈다.

"이시아, 바보같이. 죽으려면 조용한 데서 혼자 죽지 이게 무슨 민폐야."

반 여자아이들이 태형이에게 야유를 보냈다. 태형이는 거기에 환호를 받는 듯 손을 들며 장난스럽게 웃었다. 아무튼 애들은……. 나는 천천히 심호흡을 했다.

언젠가 언니에게 수업 시간에 말을 듣지 않거나 분위기를 흐리는 아이를 어떻게 혼내는지 물어본 적이 있다. 늘 온화하게 미소 짓는 언니가 화를 내는 게 상상조차 안 되었기 때문이다.

"아니, 나는 화는 잘 안 내는 것 같아. 아이들한테 네가 떠들면 선생님 수업하기 힘든데 나를 좀 도와주면 안 될까, 하고 솔직하게 말하면 결국 알아주던데? 그런 아이들은 사실 관심이 필요해서 그러는 거거든."

진심을 담아 얘기하면 그 마음은 반드시 전해진다고 언니는 웃으며 말했다. 그러나 그건 언니니까 가능한 일이다. 언니는 태양 같은 사람이라서, 태양은 결국에는 나그네의 옷을 벗길 수 있으니까, 그냥 언니답게 자연스럽게만 대해도 아이들의 마음을 얻을 수 있었을 것이다.

애초에 언니는 그렇게 솔직하게 말할 수 있는 맑은 영혼을 가진 사람이었다. 하지만 나는 결코 언니 같은 사람이 될 수 없다. 수업 시간에 아이들을 대할 때마다 주체할 수 없을 정도로 마음이 답답해진다. 그리고 아이들이 싫다는 생각을 하게 된다. 아이들 때문에 언니를 잃었다는 원망을 위한 원망을 하게 된다. 이런 내가 교사라 할 수 있을까.

'아이들의 마음을 얻으려면 솔직해지면 돼. 그게 제일 좋은 방법이야.'

언니의 말이 귓가에 울렸다. 문득 가슴속의 뜨거운 무언가가 혓바닥까지 치밀어올랐다.

"태형이 말이 맞아. 자살은 바보 같은 사람이나 하는 짓이야. 그러니까 시아는 정말 바보 같은 아이야."

나는 허리를 쭉 펴고 힘주어 말했다. 아이들은 깜짝 놀란 얼굴로 서로를 바라보았다. 교실의 공기가 급속도로 냉랭해졌다.

"시아 때문에 얼마나 많은 사람들이 곤란해진 줄 아니? 너희들 부모님은 곧 너희들에게 이렇게 말할 거야. 학교에서 어떻게 그런 일이 일어날 수 있냐고. 선생님은 뭘 하고 있었냐고. 어떻게 책임을 질 거냐고. 덕분에 최보라 선생님은 너희를 맡은 지 보름 만에 학교를 쉬게 되었어. 교장 선생님은 교육청 쪽이나 언론 쪽의 많은 사람들을 상대해야 할 거야. 다른 선생님들도 갑자기 학교 분위기가 안 좋아져서 많이 곤란하겠지. 나도 당분간이긴 하지만 너희들을 맡아야 하게 됐어. 하지 않아도 되는 일까지 생겨 버린 거야. 태형아, 심지어 너까지도 곤란해졌지? 네가 수업을 받을 권리까지 침해당했으니까?"

"저는 별로……."

태형이는 시선을 피하며 우물쭈물 말을 흐렸다. 나는 목소리를 더욱 낮추며 말을 이었다.

"……하지만 나는 시아가 살아서 진심으로 다행이라고 생각해. 주변 사람들을 곤란하게 만들긴 했지만, 누가 봐도 바보 같은 행동을 했지만, 정말 다행인 게 있어. 아무도 없는 곳에서 자살을 시도하지 않았다는 거야. 혼자서 죽어 버리려고 하지 않은 것이……."

나는 갑자기 울컥하여 크게 심호흡을 했다. 그리고 교실 앞쪽을 쳐다보았다.

"지수랑 민영이."

두 아이가 깜짝 놀라며 나를 보았다.

"최보라 선생님이 책임을 지고 물러나신 것 같다고 했지? 그게 정말 옳은 선택일까?"

두 아이는 잠시 서로를 보았다. 지수가 민영이에게 "네가 말해."라고 재촉했다.

"네, 담임 선생님은 그 반을 책임지시는 분이잖아요. 그러니까 무슨 일이 생기면 모든 책임을 지고……."

민영이가 나의 눈치를 살피며 말꼬리를 흐렸다.

"그래, 민영이 말대로 담임 선생님은 맡은 반을 책임져야 해. 하지만 최보라 선생님이 정말 책임을 지셨다고 생각하니? 그렇게 그만둬 버리는 게 책임지는 걸까? 그건 책임을 지는 행동이 아니라고 생각해. 오히려 책임으로부터 도망치는 거야. 물론 엊그제 최보라 선생님은 시아를 직접 찾아가셨어. 잘은 모르지만 시아를 꾸중하셨을 수도 있고, 자신의 관리 책임이라며 사과를 했을 수도 있겠지. 하지만 그걸로 끝내면 안 돼. 최보라 선생님은 너희에게도 사과를 했어야 했어. 그리고 시아가 왜 그런 행동을 했는지도 끝까지 알아봤어야 했어. 그리고 자살은 절대 해서는 안 된다는 걸 제대로 너희에게 알려 줬어야 했어. 선생님이 너희에게 보여 줘야 할 모습은 그런 거야. 나는 시아가 어떤 고민을 하고 있었는지, 왜 죽고 싶어 했는지는 몰라. 하지만 이제부터 알아낼 거야. 그리고 그걸 너희들에게도 알려 줄 거야. 너희는 그런 선택을 하지 못하도록 할 거야. 그게 짧은 시간 동안 너희들의 담임을 맡은 나의 책임이야."

나는 아이들뿐 아니라 나 자신까지도 깜짝 놀랄 정도의 서늘한 목소리로 마구 쏟아 냈다. 그것은 죽은 언니를 향한 외침이었다. 잘못된 방법으로 책임을 지지 말아 달라는, 그리고 도망치듯 죽어 버리지 말아 달라는 외침.

열변을 토하고 정신을 차리니 아이들의 얼떨떨한 표정들이 눈에 들어왔다. 얼굴이 약간 화끈거렸다. 마침 1교시 수업의 시작을 알리는 종이 울렸다.

"나는 너희가 그동안 얼마나 시아를 알고 있었는지 생각해 봤으면 좋겠어. 매일같이 얼굴을 마주하는 너희들에게도 책임이 있으니까."

나의 말에 아이들은 모두 당황하는 표정이었다.

"자, 이제라도 우리 모두 시아에 관해서 함께 생각해 보는 거야. 그게 오늘 1교시의 수업이야. 할 수 있겠지?"

나의 딱딱한 말투처럼 교실의 분위기 역시 서늘했다. 하지만 다행히도 아이들은 네, 하고 제법 기운차게 대답했다.

종례 후, 마지막으로 남은 아이가 자리 정리를 마치고 집으로 돌아갔다. 누군가 앞문을 똑똑 두드렸다. 태형이였다.

"선생님, 오늘도 시아 만나러 갈 거예요?"

태형이가 미끄러지듯 내 쪽으로 다가왔다.

"응, 갈 거야."

"그럼 시아를 꼭 다시 데리고 와 주세요. 그리고 아까는 죄송했어요."

무뚝뚝한 말투의 태형이는 꾸벅 인사하더니 후다닥 교실을 나갔다. 굳이 그런 말을 하기 위해서 가다가 다시 학교로 발길을 돌린 것이다. 그래도 참 용기가 있는 아이라는 생각이 들었다.

아이들은 시아에 대해서 여러 가지 이야기를 해 주었다. 시아 짝꿍인 민지는 급식 반찬은 어떤 것을 좋아하는지까지도 알려 주었다. 사실 그런 정보는 큰 도움이 되지는 않았다. 하지만 아이들이 쥐어짜 내며 생각해 주는 이런 태도는 분명 시아가 돌아온 후에 도움이 될 것이었다. 전보다 더 관심을 가져 줄 테니까.

"시아는 좀 다가가기 어려웠어요. 비밀이 있는 것 같다고 해야 하나……."

학기가 시작되고 이제 겨우 보름이 조금 지났을 뿐이다. 서로 친해질 시간이 넉넉한 것은 아니었다. 하지만 그렇다고 하더라도 시아는 반에서 붕 뜬 존재였던 것 같았다. 대부분의 아이들과 잘 지내는 편이었지만 그렇다고 특별히 친한 아이도 없었다. 아이들은 확실히 시아가 무언가를 숨기고 있다는 인상을 받은 것 같았다.

"5학년 때는 학기 초에 약간 친한 아이가 있었는데, 그 아이가 시아 집에 놀러 가고 싶다고 말하니까 정색을 하며 절대 안 된다고 했어요. 그래서 그걸로 크게 싸웠고요. 시아가 걔랑은 화해는 했지만 전처럼 친하게는 못 지냈어요."

작년에 시아와 같은 반이었던 유림이가 그런 이야기를 해 주었다. 나는 그 이유를 충분히 짐작할 수 있었다. 시아는 기본적으로 공부를 잘하는 아이였다. 고학년이 되면서부터 과학 경시 대회나 수학 경시 대회에 나가 여러 상을 타 왔다고 한다.

"학원은 안 다니고요, 집에 선생님을 불러서 공부한다고 들었어요. 중학교 언니, 오빠들이 배우는 걸 벌써부터 배운다고 했어요. 그런데 작년에 담임 선생님한테 울면서 더 이상 공부를 하기가 싫다고 말하는 걸 봤어요. 그렇게 공부를 잘하면서 왜 하기 싫다는 건지."

유림이는 그렇게 말하며 어깨를 으쓱했다.

나는 캐비닛 안을 살폈다. 아래쪽에 시아의 책가방과 신발주머니가 있었다. 책가방을 꺼내 안을 살필 때 괜히 죄책감이 들었지만, 잠시뿐이었다. 가방 안에는 교과서와 여러 권의 공책이 있었다. 그중에 눈에 띄는 두꺼운 노트가 한 권 있었다.

공책을 펼쳐서 내용을 보니 어느 드라마의 어떤 배우는 이러한 상황에서는 이렇게 연기를 한다, 감정은 어떻게 표현한다, 목소리는 어떻게 한다 등등 간단한 그림과 함께 글이 빼곡하게 적혀 있었다. 무언가 전문적으로 알고 쓴 내용이 아니라는 것만은 확실히 알 수 있었다. 시아 자신만의 언어와 해석으로 적은 글이라 읽어도 잘 이해되지 않았다. 누구의 도움 없이 혼자서 연구한 것 같았다. 무얼 해도 열심히 하고 잘할 아이구나, 하는 생각이 들었다.

나는 가장 최근 쓰인 부분을 살펴보았다. 최근에 방영되고 있는 어느 드라마의 아역 배우가 하는 연기에 대한 감상이 정리되어 있었다. 어느 부분은 어떻게 어색하고, 어느 부분은 어떻게 별로였다 등의 내용이었다. 배울 점 역시 잘 정리되어 있었다. 혹시나 해서 스마트폰으로 검색했더니 역시 주연의 이름에 장미선이라고 나왔다. 아역 배우는 장미선의 딸 역할이었다. 나는 공책에 쓰인 다른 작품들도 검색해 보았다. 역시 모두 장미선이 출연한 작품들이었다.

마지막으로 책가방 앞주머니에서 전원이 꺼진 스마트폰이 나왔다. 여기 있었으니 아이들과 내가 그토록 전화해도 받지 않았던 것이었다.

예상대로였지만, 남자아이들의 얘기는 별로 도움이 되지 않았다. 시아를 그저 조용하고 배려심 깊은 여자아이 정도로만 생각하고 있었다. 시아의 교우 관계에 대해 물어도 아이들과 잘 어울리지 못하는 것조차 눈치채지 못했다.

"시아요? 잘 지내는 것 같은데…… 아닌가? 걔는 예쁘잖아요. 여자애들이 질투해서 그런 거 아닐까요? 하여간, 여자애들이란."

몇몇 남자아이들은 관심을 장난을 치는 것으로 표현하는 것 같았다.

"제가 시아랑 장난치다가 줄을 끊어 버렸어요."

현수가 머리를 긁적이며 말했다.

엊그제 아침, 현수는 시아가 가방에서 기다란 리본 줄을 꺼내는 것을 보고 잠시 빌려 달라고 했단다. 시아는 망설였지만 결국 현수에게 리본을 건네주었다고 한다. 현수는 남자아이들과 체조 선수가 된 양 교실 뒤편에서 리본을 풀어서 가지고 놀았는데, 그러다가 리본이 사물함 고리에 걸려 여러 갈래로 뜯어졌다고 했다.

나는 현수에게 혹시 리본이 그날의 준비물이었는지 물었다. 현수는 그랬다면 시아 것을 빌리지 않았을 것이라고 했다. 나는 어쩌면 시아가 리본 줄을 자살할 때 쓰려고 가져온 것이 아닐까 하는 생각이 들었다.

그럼 그 끈은 뭐지? 그날 보건실에서 내가 커터 칼로 끊어 낸 끈은 좀 더 거칠고 투박한 느낌의 끈이었다. 그래, 그 끈은 분명히 끝의 심 부분이 필름으로 감싸져 있었다. 신발 끈? 나는 혹시나 하는 마음에 캐비닛에서 시아의 신발주머니를 꺼냈다. 시아 운동화의 끈은 제대로 묶여 있었다.

애당초 시아는 왜 하필 2교시에 자살을 하려 한 것일까? 아니, 시간은 아무 때라도 상관없었던 걸까? 머릿속에서 여러 가지 의문이 소용돌이쳤다. 나는 퇴근 시간이 되자마자 시아의 책가방과 신발주머니를 챙겨 교실을 나왔다.

6

시아의 어머니는 정말로 배우 장미선이었다. 알고는 있었지만, 시아의 이모에게 이야기도 듣고 직접 통화도 했지만 이렇게 실물을 보니 감탄할 수밖에 없었다. 주변의 공기가 다르다고 느껴질 정도로 아름다운 사람이었다.

하지만 시아 앞에서는 달랐다. 그녀는 시아 앞에서 답답한 마음과 애처로운 마음이 섞인 복잡한 표정을 짓고 있었다. 그녀는 그저 한 명의 평범한 어머니였다.

"시아야, 제발 대답해 줘. 왜 그런 행동을 한 거니?"

기운 없는 표정으로 침묵하고 있는 시아에게 나는 벌써 세 번째 같은 질문을 했다. 시아의 목 주변에는 여전히 희미한 멍이 남아 있었다. 그 자국이 아직도 시아의 목을 옥죄고 있는 것 같아 가슴이 아팠다.

"선생님이 이렇게 직접 찾아오셨잖니. 뭐라고 말이라도 해 줘, 시아야."

시아 어머니의 목소리에서 지친 기색이 묻어 나왔다. 시아는 사흘 동안 아무런 말도 안 하고 있다고 했다.

"시아야, 나는 이유를 듣고 싶어. 그래야 너를 도와줄 수가 있어. 엊그제 왜 그런 행동을 한 거였니? 왜 죽으려고까지 했던 거야?"

나는 어떻게든 시아와 눈을 맞추려고 노력했다. 하지만 시아는 내 쪽을 전혀 보지 않았다. 아무래도 오늘은 여기까지인 것 같았다.

"선생님, 어제 전화로 시아가 그런 행동을 한 이유를 물으셨죠? 저는 알고 있어요. 제가 시아가 하고 싶은 걸 하지 못하게 막고 있기 때문일 거예요. 반항심에 그런 짓까지 해 버린 거겠죠."

시아 어머니는 그렇게 말한 후 깊은 한숨을 쉬었다.

"반항이요?"

"네. 시아는 작년부터 연기를 하고 싶다고 했어요. 저처럼 연예계 활동을 하고 싶다고요. 저는 물론 절대로 안 된다고 반대했죠."

나는 시아가 공책에 쓴 내용들을 떠올렸다. 하지만 그렇다고 자살까지 하려 할까 하는 생각이 들었다.

"그러면 어머니께선 이제 시아가 하고 싶은 걸 허락하시는 건가요?"

"아니요, 더욱 그럴 수는 없어요."

"자칫했으면 정말로 목숨을 잃을 뻔했어요. 그래도 괜찮으시겠어요?"

그녀는 크게 고개를 끄덕였다.

"네, 그래서 더더욱 안 돼요. 겨우 제가 반대한 정도로 죽으려고 했어요. 이쪽 업계의 일은 그 정도의 마음가짐으로는 절대 할 수 없어요. 아니, 하면 안 돼요. 선생님도 스스로 목숨을 끊은 연예인들에 관한 기사를 보셨을 거예요. 시아는 이쪽 생활을 하기에는 마음이 너무 여려요."

나는 잠시 빤히 그녀를 바라보다 숨을 골랐다.

"……정말 그 이유뿐인가요?"

"네?"

나는 슬쩍 시아의 눈치를 보고 말을 이었다.

"혹시 어머님 자신의 이미지를 위해서 숨기고 싶으신 거 아닌가요? 시아, 그리고 시아 아버지의 존재까지도."

포근한 목소리, 아름다운 외모, 실력으로도 인정받는 톱 배우. 하지만 세상 사람들은 그녀에게 초등학교 6학년의 딸이 있는 것을 모르고 있다. 그녀는 무서운 얼굴로 나를 노려보았다.

"……그건 맘대로 생각하세요. 그래도 저는 분명히 말할 수 있어요. 평범하게 공부하고, 평범하게 진학과 취직을 하고, 좋은 사람을 만나서 사랑을 하고, 그렇게 사는 게 가장 큰 행복이에요. 전 시아를 위해서……."

"거짓말!"

시아가 탄식을 뱉듯 소리쳤다.

"그런 게 아니잖아! 엄마는 내가 싫은 거잖아! 나 같은 건 필요 없는 거잖아!"

그렇게 절규한 시아가 문득 소리 내어 울기 시작했다. 눈물이 뺨을 타고 무릎 위에 가지런히 올려놓은 손등으로 뚝뚝 떨어졌다.

응?

나는 순간적으로 시아의 얼굴에서 묘한 감정이 배어 나오는 것을 느꼈다. 이건 뭐지? 그 감정은 반항심도, 미움도, 분노도 아닌 것 같았다. 아니, 그보다 실낱같은 기대가 무너졌을 때의 절망감에 가까운 것이었다.

그때였다.

'다감이는 관찰력이 좋으니까 좋은 선생님이 될 수 있을 거야.'

언니의 말이 머릿속에서 웅웅 울렸다. 나는 천천히 심호흡을 했다.

지금부터 내가 하게 될 얘기는 분명 좋은 교사가 할 말은 아닐 것이다. 하지만 애초부터 좋은 교사가 되고 싶다는 생각은 없었다. 당장 이 일을 그만두게 되더라도 나는 어떻게든 알고 싶었다, 언니가 죽은 이유를.

시아가 자살을 기도한 이유를 알면 조금이라도 언니의 마음을 알 수 있을까? 나는 언니처럼 태양은 아니지만, 거칠게 몰아치는 태풍이지만, 그래도 지금은 이 직감을 따라가는 게 맞을 것 같았다. 나는 거센 흐름이 인도하는 대로 그저 몸을 맡겼다.

"그래, 그렇구나. 시아는 복수를 하고 싶었던 거지? 엄마가 너무 미워서 네가 죽는 걸로 엄마 마음을 아프게 하고 싶었던 거였어. 그렇지?"

시아 어머니는 놀란 얼굴로 아주 천천히 내 쪽으로 고개를 돌렸다. 그리고 나에게 불같은 눈빛을 쏘았다. 하지만 나는 피하지 않았다. 무어라 말하려는 그녀를 향해 나는 슬쩍 손을 들어 올렸다. 그리고 작게 고개를 저었다.

그녀는 잠시 멈칫하더니 시아를 힐끗 보고는 벌리던 입술을 슬며시 닫았다. 여전히 노려보고 있었지만, 나의 눈빛을 읽었는지 잠시 지켜보기로 한 듯했다. 나는 시아의 대답을 기다리지 않고 계속 말했다.

"맞아, 시아야. 선생님이 시아 너의 입장이었어도 복수하고 싶었을 거야. 왜냐하면 시아의 어머니는 그래도 싼 사람이니까."

시아가 무릎에 올려놓은 두 손을 가볍게 말아 쥐었다.

"시아야, 방금 네가 그랬지? 거짓말이라고. 엄마는 나 같은 건 필요 없다고. 그 말대로라고 생각해. 어머니가 왜 네가 연예계 생활을 하는 걸 반대한 것 같아? 네가 어머니랑 같은 쪽에서 일하면 언젠가 시아 네가 자식인 것을 밝혀야 할지도 모르잖아. 어머니는 그게 두려웠던 거야. 그래서 계속 너의 존재를 숨겨 온 거고."

"선생님!"

시아의 어머니가 나를 향해 소리 질렀다. 귀청이 찢어질 듯 날카로운 목소리였다. 하지만 나는 말을 멈추지 않았다.

"배우 장미선에게 딸은 필요 없어. 그래서 시아 너도 엄마가 필요 없다고 생각한 거지?"

"선생님, 더는 못 참겠네요. 이제 그만하세요!"

안 된다. 지금 그만두면 안 된다. 어쩔 수 없다. 미숙한 나는, 어리숙한 나는 이렇게밖에 할 수 없다. 거칠게 마음의 문을 두드릴 수밖에 없다. 그러니까 제발 대답해 줘, 시아야. 너의 솔직한 마음을!

시아의 온몸이 눈에 띌 정도로 부들부들 떨렸다. 눈물이 뺨을 타고 하염없이 흘러내렸다. 나는 더욱 목에 힘을 주었다.

"시아야, 너는 지금까지 살아오면서 너무나 불행했던 거지? 엄마가 너무 싫었지? 배우 장미선의 딸로 태어난 게 후회스러웠지? 그래서 차라리 죽어 버리려고 한 거지? 엄마는 너를 싫어하니까, 너 같은 건 필요 없으니까, 바라는 대로 해 주겠다고 마음먹은 거지? 시아 너 역시 엄마를 사랑하지 않으니까!"

시아의 어머니가 자리에서 벌떡 일어섰다. 하지만 시아가 소리를 지른 것이 먼저였다.

"나는 엄마 사랑해!"

시아는 온 집 안이 쩌렁쩌렁 울릴 정도로 소리쳤다.

"엄마가 나를 싫어해도 난 엄마가 좋단 말이야! 사랑한다고 말하고 싶단 말이야! 그리고 자랑하고 싶단 말이야! 내 엄마가 세상에서 제일 예쁜 배우라고! 근데 왜 나는 아무에게도 그런 얘길 못 하는 거야! 내가 죽다가 살아나면 전부 바뀔 줄 알았어. 하지만 이게 뭐야. 엄마, 나는 어떻게 해도 안 되는 거야?"

모든 것을 토해 내듯 말한 시아는 엉엉 소리 내어 울기 시작했다. 시아 어머니는 그대로 천천히 무너지듯 자리에 주저앉았다. 나는 그제야 안도의 한숨을 쉬었다. 나도 모르게 앞니로 아랫입술을 꽉 깨물고 있었나 보다. 혀끝에 아릿한 피 맛이 감돌았다.

"어머님, 잠깐만 시아랑 단둘이 얘기를 해도 될까요?"

어느새 시아 어머니도 손바닥으로 입을 틀어막고 펑펑 눈물을 쏟고 있었다. 그녀는 아무 말도 하지 않은 채 자리에서 일어나 부엌 쪽으로 향했다.

거칠게 숨을 몰아쉬던 시아가 진정될 때까지 나는 차분하게 기다렸다. 솔직하게, 정말 솔직하게 내 마음을 보여 주면 아이는 마치 메아리처럼 그 마음에 대답을 해 줘. 언니는 그렇게 말했다. 내가 웃으면 세상도 같이 웃어 준다고. 그렇다면…….

"시아야, 선생님한테는 여덟 살 차이가 나는 언니가 있었어. 그런데 어느 날 목을 매고 죽어 버렸어."

시아는 깜짝 놀란 얼굴로 나를 봤다.

"그 이후로 나는 늘 궁금했어. 언니는 왜 자살을 한 걸까? 사람은 왜 자살을 할까? 대체 어떤 마음으로 스스로 목숨을 끊는 것일까, 너무 궁금했어. 아니, 아직도 궁금해. 그래서 나는 언니처럼 선생님이 된 거야. 언니의 마음이 알고 싶어서. 그리고 너를 만나게 됐어. 그러니까, 시아야. 나는 꼭 알고 싶어, 네가 왜 그런 행동을 했는지."

시아는 처음으로 내 눈을 똑바로 바라봤다. 나 역시 시아의 반짝반짝 빛나는 눈동자를 들여다보았다. 잠시 시간이 멈춘 것 같은 착각이 들었다.

"언니는 정말 힘든 일이 있었거든. 정확한 이유는 알 수 없지만, 아마 그걸 견디지 못한 것 같아. 그런데 시아는……."

나는 갑자기 울컥하는 느낌을 겨우 참고 말을 이었다.

"내 생각에 자살을 시도한 이유가 좀 다른 것 같아. 시아 너는 살기 싫어서 목을 맨 게 아니야. 아까 분명히 그랬지? 죽다가 살아나면 바뀌어 있을 줄 알았다고. 엄마의 마음을 바꾸기 위해서 그런 일을 벌인 거였지?"

시아는 아주 천천히 고개를 끄덕였다.

"……보건실에서 눈을 뜨자마자 엄마가 보였어요."

"그때 어떤 마음이었어?"

"기뻤어요. 엄마가 학교에 온 게 처음이었거든요."

마음 안쪽이 크게 일렁거렸다. 순간 눈앞의 이 아이를 꼭 안아 주고 싶은 충동이 들었다. 나는 결국 시아의 진심을 확인할 수 있었다. 시아를 찾아온 목적은 달성한 것이다. 이제 시아의 마음을 아이들에게도 잘 설명해 주고, 시아가 다시 1반에 녹아들 수 있도록 자리를 마련해 주면 되었다.

그래, 여기까지면 됐다. 임시로 맡은 담임 선생님의 역할은 여기까지면 충분하다. 하지만 시아의 말을 듣고 있다 보니 도무지 그냥 흘릴 수 없는, 마음에 걸리는 부분이 새롭게 생겨 버렸다. 시아의 말대로라면…….

"시아야, 그런데 생각해 보니 네가 한 말이 좀 이상해. 너는 죽다 살아나면 모든 게 다 바뀔 줄 알았다고 말했어. 그건 처음부터 죽을 생각이 없었다는 얘기잖아. 죽지 않을 거라는 확신이 있었던 거잖아. 그렇지?"

나는 시아를 향해 바짝 몸을 기울였다.

"시아야, 그 확신은 어떻게 가진 거니? 그건 혹시 반드시 너를 도와줄 사람이 있었기 때문이니?"

시아는 입을 벌리고 눈동자를 이리저리 굴렸다. 실수했다, 라는 표정이었다. 시아의 조력자는 짐작이 갔다. 엊그제 그 시간, 시아를 구해 낸, 나를 제외한 단 한 사람.

"장예은 선생님이지?"

시아는 아무런 말 없이 또다시 고개를 푹 숙였다.

"……그렇구나. 고마워."

작게 중얼거린 나는 소파에서 일어나 시아 어머니를 불렀다.

7

시아가 자살을 기도한 지 나흘이 지났다. 학교의 분위기는 여전히 어수선했다. 선생님들은 수시로 나에게 시아의 근황을 물었다. 나는 잘 모르겠다며 어물쩍 웃어넘겼다. 1반 아이들은 오늘도 아침부터 시끄러웠다. 문득 민지가 내게 다가와 물었다.

"선생님, 시아는 언제 돌아와요?"

교실은 순식간에 조용해졌다. 아이들이 전부 나와 민지의 대화에 귀를 기울였다.

"시아는 곧 돌아올 거야. 그때까지 너희들이 시아를 위해서 무얼 해 줄 수 있는지도 생각해 둬."

나는 아이들 모두에게 그렇게 말했다.

기자들은 오늘도 종일 학교 앞에서 진을 쳤다. 방과 후, 업무에 관해 이런저런 조언을 해 준 김선주 선생님이 기자들이 어제보다 더 늘어난 건 교장 선생님의 대응이 원인 같다고 했다.

'안전사고가 발생했지만 학생의 건강에는 별 이상이 없었다. 교사의 적절한 판단으로 학부모를 불러 귀가 조치를 시켰다. 은폐 같은 건 절대 있을 수 없는 일이다. 부디 아이들을 위해서 억측은 자제해 주길 바란다.'

어제 오후, 교장 선생님은 언론을 향해 그렇게 입장을 밝혔다.

"교장 선생님도 나름 생각하시고 내린 결정이겠지만, 그런 태도를 취한 이상 앞으로 결코 좋지만은 않은 여론과 학부모들을 상대하셔야 할 거예요."

김선주 선생님은 참 힘들 것 같다며 쓴웃음을 지었다.

그녀의 도움으로 밀린 공문을 처리한 후 나는 5학년 3반 교실을 찾았다. 도서관에서 빌린 책을 챙기는 것도 잊지 않았다. 교실로 들어가기 전 나는 창문 아래쪽에 있는 신발장을 살폈다. 그 안에는 운동화 한 켤레가 덩그러니 놓여 있었다. 갈색의 운동화 끈이 체크무늬 모양으로 묶여 있는 것을 보며 참 손재주가 많은 사람이구나, 하고 감탄했다.

나는 잠시 호흡을 가다듬고 문을 노크했다. "네에." 하고 맑은 목소리가 안에서 들렸다. 문을 여니 책상에 앉아 있는 장예은 선생님이 보였다.

"예은 선생님, 바쁘신가요?"

"괜찮아요. 들어오세요."

나는 교실에 발을 들이며 안을 슬쩍 둘러보았다. 삭막한 우리 반과는 달리 교실 뒤편이 알록달록하게 꾸며져 있었다.

"벌써 다 꾸며 놓으셨네요. 빠르신데요?"

"다는 아니고요, 아직 절반 정도만 했어요. 월말쯤에 미화 담당 선생님이 언제까지 해 주세요, 라고 하기 전에 미리미리 해 둔 거예요. 다감 선생님도 미리 해 두시면 나중에 편할 거예요. 4월은 학부모 상담이다, 공개 수업이다 해서 정신이 없거든요."

"괜찮아요. 어차피 저는 원래 있던 전담 자리로 돌아가니까요."

6학년 1반의 환경 미화는 내 뒤에 올 선생님께서 잘 마무리해 줄 것이다.

그녀는 교실 앞자리에 있는 의자를 하나 들고 와서 내게 건네주었다. 나는 감사합니다, 하고 그녀와 마주 앉았다. 나는 그녀에게 기간제 교사의 계약은 어떻게 되었는지 물었다. 그녀는 사고가 폭로되는 바람에 교장 선생님과의 거래가 물 건너갔다며 쓴웃음을 지었다.

"어쩔 수 없죠. 교장 선생님이 장 선생님이 폭로했냐며 험악한 얼굴로 추궁하시던데, 제가 미쳤어요, 그걸 폭로하게? 아무튼 입장이 바뀌었다고 윽박지르는 꼴이란…… 정말 못 봐주겠더군요. 그나저나 누가 말한 건지 모르겠네요. 혹시 다감 선생님은 아니죠?"

별 의심 없이 물어본 것일 테지만, 내가 잠자코 있자 그녀의 얼굴이 점점 굳어져 갔다.

"어제 시아네 집에 갔어요."

나는 대답 대신 그렇게 말했다.

"아아, 그런가요? 시아는 괜찮던가요?"

장예은 선생님은 얼굴에서 스르르 사라지려던 미소를 붙들었다.

"네, 괜찮아요. 시간 되시면 또 가 보셔도 될 것 같아요. 사고가 있었던 날도 찾아가셨으니."

"……시아 어머니께 들으셨나 보군요."

가정부 아주머니에게 담임 선생님이 다녀갔다는 이야기를 들었을 때, 나는 당연히 최보라 선생님이 다녀가신 줄 알았다. 하지만 다녀간 사람은 눈앞의 그녀였다.

"그날은, 시아가 많이 걱정됐어요. 그래서 직접 시아 상태를 보려고……."

나는 고개를 저으며 끼어들었다.

"아니요, 장예은 선생님은 불안한 마음이 더 컸겠죠. 시아를 직접 만나 확답을 받고 싶었던 거 아닌가요? 선생님이 자살을 도운 것을 아무에게도 말하지 않겠다는 확답을요. 시아 어머님께 들었어요. 그날 선생님께서 시아랑 단둘이 이야기를 나누게 해 달라고 부탁했다고 하던데요? 선생님이 다녀간 다음 시아는 말없이 울기만 했다고 해요."

그녀의 얼굴에 감돌던 미소가 싹 사라지더니 눈빛이 매섭게 변했다.

"제가 시아의 자살을 도왔다고, 시아가 그러던가요?"

"아뇨, 시아는 아무 말도 안 했어요. 하지만 그날의 일을 그려 보면 쉽게 알 수 있어요. 잘 생각해 보니 이상하더라고요. 기억나세요? 장예은 선생님이 달려온 직후, 저는 시아의 몸을 들어 올린 상태에서 선생님께 끈을 풀어 달라고 부탁했었죠. 보통 그런 경우에는 목에 감긴 끈부터 풀지 않나요? 하지만 선생님은 바로 엘리베이터 버튼부터 눌렀어요. 마치 시아가 어떻게 목을 매었는지 잘 아시는 것처럼요."

"비상 상황에는 그런 행동도 할 수 있지 않나요? 설마 그거 때문에 저를 의심하시는 거예요?"

나는 고개를 저으며 말을 이었다.

"선생님은 엘리베이터 손잡이에 묶여 있는 끈을 단번에 풀어냈어요. 그러니까, 선생님은 이미 시아가 목에 묶은 매듭은 단단해서 풀리지 않는다는 것과 엘리베이터 안에 묶은 매듭은 풀기 쉽다는 것을 알고 있었던 거예요. 왜냐하면 그 매듭은 선생님이 묶은 것이니까요."

나는 가져온 책을 펴서 그녀를 향해 펼쳐 보였다.

"점심시간에 도서관에서 매듭법에 관한 책을 빌려 왔어요. 선생님이 묶은 매듭은 이거 맞죠? '보라인 매듭'. 배를 묶어 놓을 때 사용하는 거 맞죠?"

장예은 선생님은 어이가 없다는 듯 한쪽 빰을 씰룩거렸다.

"다감 선생님, 지금 매듭이 그렇게 중요한 건가요?"

"중요하죠. 그날 아침에 저희 반 현수가 시아가 가져온 리본 끈을 가지고 장난을 치다가 끊어 버렸어요. 시아는 그 사실을 장예은 선생님께 알렸겠죠. 직접 만나러 갈 시간은 없었을 테니 선생님께 스마트폰으로 메시지를 보냈을 겁니다. 끈을 사용하지 못하게 되었다고요. 그래서 시아가 목을 맬 끈을 선생님이 급히 준비했던 거예요."

그날 나는 보건실을 나오며 내 손에 둘둘 말고 있던 끈을 살폈다. 두 개의 끈이 두 개의 매듭으로 이어져 있는 모양새였다. 나는 책의 어느 페이지를 펼쳐서 손가락으로 가리켰다.

"이 '피셔맨 매듭' 맞죠? 낚싯줄을 단단하게 연결할 때 사용하나 봐요. 그러고 보니 선생님, 오늘 점심시간에 유림이가 선생님을 찾아갔지 않나요?"

그녀는 순간 인상을 찌푸렸다.

"네에, 고무줄놀이를 할 때 쓰는 긴 고무줄이 끊어졌다고……. 어? 설마…… 다감 선생님이 시킨 거였어요?"

나는 고개를 끄덕였다.

"아주 단단히 묶어 주셨더라고요. 꼭 이 그림처럼요."

그녀는 팔짱을 끼며 헛웃음을 지었다.

"참 나, 다감 선생님. 이건 배우기만 하면 누구든지 할 수 있는 쉬운 매듭이에요."

"하지만 이 학교에서 이런 매듭을 묶을 수 있는 분이 몇이나 될까요?"

나는 그녀의 눈을 똑바로 바라보며 맞받아쳤다. 교실 안에 침묵이 흘렀다. 나를 빤히 바라보던 그녀는 이윽고 어깨를 으쓱했다.

"맞아요. 저는 어린 시절 낚시가 취미인 아버지를 따라 다니다 보니 여러 가지 매듭법을 알게 되었어요. 매듭의 이름까지는 잘 모르지만요. 하지만 그게 어쨌다는 거죠? 그게 제가 시아의 자살을 도왔다는 증거가 되나요? 제가 그 끈을 준비했다고 하셨는데, 갑자기 그 끈은 또 어디서 나왔고요."

"끈은 그날 선생님이 신고 온 운동화의 끈이에요."

"운동화요?"

"네. 저희가 퇴근하면서 큰길까지 함께 걸었던 날 기억하세요? 그때 선생님네 반 아이들이 선생님도 어제 실내화를 신고 밖으로 나갔다고 했어요. 선생님은 그날 운동화를 신고 돌아갈 수 없었겠죠. 왜냐하면 보건실에서 제가 한쪽 부분을 잘라 버렸으니까."

장예은 선생님의 미간이 살짝 꿈틀거렸다. 생각해 보면 그녀가 대신 버려 주겠다며 끈을 가져간 것도 이유가 있었다. 하지만 다시 운동화에 끼워서 사용하진 못했을 것이다. 그녀는 내 말에 피식 코웃음을 짓더니 자신감 넘치는 투로 얘기했다.

"선생님, 분명 그날 제가 실내화를 신고 학교 밖을 나간 건 맞아요. 하지만 그 사실이 제가 시아의 자살을 도왔다는 증거가 되지는 않잖아요?"

나는 천천히 고개를 끄덕였다. 맞다. 그것만으로는 증거가 되지 않았다. 솔직히 나에게는 그녀를 이길 수 있는 무기가 없다. 모든 건 추측일 뿐이다. 그래서 나는 지금부터 도박을 할 것이다. 시아가 목숨을 걸고 도박을 한 것처럼.

나흘 전, 시아는 2교시가 시작되고 얼마 후 약속된 시간에 맞춰 교실을 빠져나와 1층의 엘리베이터로 향했다. 엘리베이터 손잡이에는 시아가 목을 맬 수 있도록 이미 끈이 묶여 있었을 것이다. 시아는 그 끈의 한쪽을 자신의 목에 묶었다.

시아의 목에 묶였던 매듭이 풀기 힘들게 되어 있었다는 것으로 장예은 선생님은 그 자리에는 없었다고 봐도 될 것이다. 그녀라면 좀 더 풀기 쉽게 묶어 주었겠지. 시아가 그녀에 의해 무사히 구조되어야 하니까.

그렇다면 장예은 선생님은 그때 어디 있었던 걸까. 그녀는 아마 2층 언저리에서 기다리고 있었을 것이다. 그리고 엘리베이터가 올라가고 시아가 엘리베이터 문을 발로 차기 시작하면 곧바로 계단을 뛰어 내려와서 구해 낼 계획이었을 것이다. 그 계획 사이에 불순물인 내가 끼어들었다.

나는 스마트폰을 꺼내 통화 화면에 숫자 '112'를 입력하고, 보란 듯이 장예은 선생님의 책상에 툭 올려놓았다. 그리고 엄지손가락을 편 왼손을 어깨 위로 올려서 뒤쪽을 가리켰다.

"선생님, 교실에 들어오기 전에 신발장을 봤어요. 끈이 예쁘게 묶여 있는 운동화, 제가 그날 본 그 갈색 끈이랑 같은 색이더라고요. 저는 생각해 봤어요. 혹시 이 끈은 시아가 목을 맬 때 썼던 끈이 아닐까, 하고요. 운동화 한쪽 끈은 잘라 냈지만 한쪽 끈은 멀쩡했으니까요. 운동화를 살 때 예비 끈이 하나씩 들어 있잖아요? 선생님께서 그 끈을 버리지 않고 그대로 사용했다면, 그리고 예비 끈을 사용하셨다면 운동화 두 짝 중 한 짝에는 시아가 목을 맬 때 사용한 끈이 묶여 있겠죠. 제 말이 틀린가요?"

"……그래서 지금 경찰에 신고하겠다는 건가요? 하아, 참…… 김다감 선생님, 억지 부리지 마세요. 저 끈이 목을 맬 때 사용한 끈이라는 증거가 어디 있다는 건가요?"

장예은 선생님은 아주 조금이었지만 짜증스레 목소리를 높였다. 처음으로 감정의 일각을 드러낸 것이다. 여기가 버튼이구나, 하는 생각이 불쑥 들었다. 상대의 숨겨졌던 일면이 튀어나오자 나는 더더욱 표정을, 몸짓을, 들숨과 날숨을 자세히 살피었다. 누군가의 심리 상태를 찬찬히 들여다보는 것, 그것은 6년 전 언니의 죽음을 막지 못한 후부터 생긴 나의 습관이었다.

"증거는 있어요."

내 말에 장예은 선생님의 눈동자가 살짝 커졌다.

"저는 끈이 있으면 손에 둘둘 감는 습관이 있어요. 그래서 이어폰도 만날 손에 감다가 고장 내기도 한답니다. 머리끈도 못 쓸 정도로 늘어져서 몇 번이나 다시 샀는지 몰라요. 그날도 그랬어요. 보건실에서 저는 시아가 목을 맨 그 끈을 제 왼손에 둘둘 감았어요. 그때 전 끈을 끊다가 왼손의 엄지를 베었어요. 기억하세요, 선생님? 저도 영화나 드라마에서 본 게 전부지만, 피라는 건 그렇게 쉽게 지워지지 않는다고 해요. 지금 복도에 있는 저 운동화 끈에는 제 피가 남아 있을 수 있다는 얘기예요. 제삼자인 경찰이 이 상황을 보면 어떻게 생각할까요? 아마 설명을 요구하겠죠? 장예은 선생님, 그 사실을 어떻게 설명하시겠어요?"

말을 끝낸 나는 회심의 미소를 지으며 손을 움직여 스마트폰 통화 버튼을 터치하려 했다. 덥석, 장예은 선생님이 내 손을 잡았다. 그 손이 싸늘할 정도로 차가웠다.

"……김다감 선생님, 제가 시아의 자살 계획에 개입했다는 걸 폭로하실 건가요? 저를 신고하실 건가요? 저는 그저 시아를 돕고 싶었을 뿐이에요. 시아는 연기 공부를 정말 하고 싶다고 했어요. 그런데도 오직 반대만 하고 자꾸 하기 싫은 공부만 시키는 어머니가 밉다고 했죠. 그래서 저는 조언을 해 줬을 뿐이에요. 자살 시도까지 하면 어머니가 마음을 바꿀지도 모른다고요. 모든 게 시아를 위해서였어요."

나는 고개를 흔들었다. 그녀는 아무것도 모르고 있었다.

"아니에요, 선생님. 그런 게 아니라고요. 시아는 공부를 잘하건 못하건, 연예인이 되건 말건 상관없었어요. 시아는 그저…… 아, 이제 와서 그런 말을 해 봤자 소용없겠죠. 신고할 거냐고요? 그럼요. 저희 학교에서 자살을 기도한 아이가 나왔다는 사실, 누가 폭로했다고 생각하세요?"

그녀의 얼굴에 분노의 빛이 떠올랐다.

"왜죠? 교장 선생님처럼 김다감 선생님도 제가 마음에 들지 않으신가요?"

그녀는 작년부터 시아가 진로에 대한 고민을 해 오던 것을 알고 있었다. 그래서 시아가 자살 시도를 하도록 유도한 것이었다. 협박으로 교장 선생님을 뒤흔든다. 그리고 교장 선생님이 그 협박에 굴복하는 순간 쾌감을 느낀다. 그렇게 상대를 제압하고 이겼다고 생각한다. 나로서는 그런 사고방식을 이해할 수 없었다.

"저는 시아가 왜 그런 행동을 했는지 알고 싶었어요. 그뿐이에요."

문득 짧은 침묵이 흘렀다. 그녀는 나를 노려보았고, 나도 시선을 피하지 않았다. 먼저 입술을 뗀 것은 그녀였다.

"김다감 선생님, 이겼다고 생각하시나요? 아니에요. 김다감 선생님은 절대 폭로하지 못할걸요. 저를 신고한다면 저야말로 폭로해 버릴 거예요. 배우 장미선에게 열세 살이나 되는 초등학생 딸이 있다는 걸요.

시아는 자기 아빠가 누군지도 모른다고 했어요. 대충 짐작해 볼 수 있어요. 만인의 연인이었던 그 유명한 여배우 장미선이 20대 중반에 사고를 쳐서 딸을 낳았다는 사실, 세상에 알려지면 어떨 것 같나요?"

그녀가 입꼬리를 뒤틀며 나를 향해 미소 지었다. 순간 높은 곳에 올라 탁 트인 시야를 내려다보는 듯한 감각이 찾아왔다.

아아, 그렇구나. 나는 순간 장예은 선생님이 시아네 집을 찾아간 다음, 시아가 왜 입을 다물었는지 짐작이 갔다. 그녀는 분명 이런 말을 시아에게 했을 것이다. 만약 자신이 도와준 것을 누군가에게 말할 시, 배우 장미선에게 딸이 있다는 것을 폭로해 버리겠다고. 그래서 시아는 그렇게 침묵을 지킬 수밖에 없었던 것이다. 엄마를 지키기 위해서.

역시 시아는 엄마를 사랑하고 있었다. 이 세상 그 누구보다도 더. 자기 자신보다도 더. 그건 마치…… 언니 같다. 자신을 기꺼이 희생하는 언니 같다. 나는 웃었다. 눈앞의 그녀가 몸만 어른이 된 바보 같은 모습의 나랑 닮아서.

"장예은 선생님, 저희끼리 이기고 지고를 따질 수는 없어요. 이미 저희는 오래전부터 엄마를 생각하는 시아의 마음에 져 버렸던 거예요."

나는 스마트폰에서 실시간 뉴스 기사를 검색했다. 검색 결과 화면에 배우 장미선이 기자 회견을 연다는 기사가 잔뜩 떠올랐다.

"그리고 시아가 사랑하는 사람이 이제야 그 마음에 보답하나 보네요. 저희 같은 선생님들은 교실 안에 있으면 밖에서 무슨 일이 벌어지는지 모른다니까요."

나는 그녀를 향해 스마트폰을 들어 올리며 쓴웃음을 지었다.

8

어느덧 임시로 담임을 맡기로 한 기간도 끝이 났다. 나는 원래 있던 과학 전담 교사 자리로 돌아갈 채비를 하고 있었다. 그런데 불현듯 교감 선생님이 나에게 다시 한번 양해를 구했다.

"갑자기 기간제 선생님을 구하려니 쉽지가 않네요. 아는 선생님들한테도 급히 연락을 돌려 봤지만…… 아무래도 자살 사건으로 떠들썩했던 교실을 맡는 게 부담이 큰가 봐요. 그래서 말인데, 김다감 선생님이 계속해서 1반 담임 선생님을 해 주시면 좋겠습니다. 아무리 6학년이라고 해도 담임 교체가 두 번이나 일어나면 아이들이 적응하기 힘들 거 같거든요. 기존 업무는 다른 선생님께 부탁드리면 돼요. 다감 선생님은 최보라 선생님이 하시던 걸 이어받으시면 되고요. 그럼, 부탁드립니다."

자꾸만 고개를 숙이는 교감 선생님 앞에서 나는 알겠다고 대답할 수밖에 없었다.

주변에서 우려하는 만큼 6학년 1반의 분위기는 그렇게 나쁘지 않았다. 시아가 교실로 돌아온 날, 아이들은 시아를 위해 4절지 앞뒤로 하고픈 말을 가득 적은 롤링 페이퍼를 만들었다. 선물을 받은 시아는 눈물을 글썽이며 아이들에게 감사 인사를 했다. 그전까지 아이들이 자신을 어떻게 대할지 내심 불안했을 것이다. 시아의 말에 아이들 역시 기뻐했다.

시아는 내 앞에서 꺼이꺼이 울던 그 아이가 맞나 싶을 정도로 온종일 얼굴에 웃음이 가득했다.

"시아야, 그렇게 좋니?"

내가 묻자 시아는 쑥스러운 듯 배시시 웃었다.

6학년 1반의 담임 선생님으로 정식 배정되었다고 했더니 김선주 선생님은 나에게 다시 한번 조언을 해 주었다.

"처음에는 학사 일정을 쫓아가기에도 벅차겠지만 계절을 한 바퀴 돌고 나면 감이 잡힐 거예요."

확실히 다른 반 선생님들을 보니 매 순간마다 신기할 정도로 자기 할 일을 알아서 척척 처리하고 있었다. 김선주 선생님 말대로 매년 같은 일이 반복되기 때문일 것이다.

"……매번 반복된다면, 그러면 아무런 변화 없이 1년을 보낼 수도 있겠네요."

순간 불안함이 찾아왔다. 과연 변화 없는 생활 속에서 언니의 마음을 알아낼 수 있을까?

"교사에게는 아무런 변화도 없는 1년은 없어요. 돌이켜 보면 매 순간 의미가 있고요. 두고 보세요, 다감 쌤도 내년에는 생각이 좀 달라지실 거예요."

김선주 선생님은 그렇게 말하곤 싱긋 웃었다.

나는 시아의 어머니와도 짧게 통화를 했다.

[선생님이 알려 주신 대로 시아가 쓰던 연기 공책을 읽어 봤어요. 제가 등장한 모든 작품에서 저를 찾아 분석해서 정리하고 있더군요.]

나는 시아에게 좋은 배우가 될 자질이 있는지 물었다.

[그건 아직 잘 모르겠어요. 설령 재능이 발견되어 저와 같은 길을 걷게 되어도 여전히 걱정이네요. 시아는 자기 힘으로 무언가를 이뤄 낼 때마다 엄마 덕을 봤다는 이야기를 끊임없이 듣게 될 거예요. 아마 굉장히

긴 시간 동안 제 그림자 안에서 살아갈 수밖에 없겠죠. 배우 장미선의 딸이라는 그림자는 시아에게 있어서 굉장히 힘든 짐이 될 겁니다.]

나는 오히려 시아가 그 사실을 자랑스럽게 생각하고 있어요, 라고 말하려다가 그만두었다.

그녀는 기자 회견에서 13년 동안 딸의 존재를 숨겨 왔다는 이야기를 가감 없이 이야기했다. 그녀는 지금도 굉장한 비난을 받고 있다. 하지만 생각보다 그리 힘들지 않다고 했다. 오히려 다 털어놔서 시원하다고.

하지만 앞으로 모녀가 받을 상처는 이루 말할 수 없을 것이었다. 세간에서 한동안 말이 많을 것이다. 누군가는 시아가 그녀의 딸이라는 것만으로도 시기하고 질투하겠지. 하지만 나는 거기까지는 생각하지 않기로 했다. 그 고민은 두 사람이 안고 가야 할 몫이니까. 나는 내 몫의 고민만으로도 숨이 막히니까.

"어머니랑 시아는 잘 이겨 낼 수 있을 거예요. 그래도 혼자가 아니라 둘이잖아요."

[네, 왜 진작 그런 생각을 못 했을까요. 저랑 함께라면 이겨 내겠죠, 분명……. 그나저나 다감 선생님, 저희 집에서 시아에게 하신 그거…… 분명 학부모에게 큰 반감을 살 수 있는 행동이셨어요. 자칫 잘못하면 교사도 아동 학대로 고발당하는 시대잖아요. 교사 생활을 계속하시려면 앞으로는 절대 그러지 마세요.]

그녀는 되레 나를 걱정해 주었다. 나는 알겠다고 대답하며 쓴웃음을 지었다.

장예은 선생님은 예정보다 일찍 기간제 교사를 그만두었다. 어차피 그녀는 임용에 합격했으니 내년 즈음 다른 지역의 학교로 발령을 받을 것이다.

나는 5학년 과목 전담인 유나경 선생님으로부터 장예은 선생님에게 있었던 일을 전해 들을 수 있었다. 작년, 장예은 선생님은 매를 들고 어느 남자아이의 손바닥을 때렸다. 그 아이는 여자아이를 상대로 유튜브에서 본 성적인 농담을 그대로 말했다. 여자아이는 마음에 커다란 상처를 받고 펑펑 울었다고 한다.

남자아이의 학부모는 다음 날 바로 교장실을 찾았다. 장예은 선생님을 교육청에 체벌 문제로 고발하겠다고 하자 교장 선생님은 장예은 선생님에게 무조건 사과를 하라고 했다고 한다.

"그 학부모도 참, 겨우 손바닥 몇 대 때렸다고 고발을 하겠다니 너무하죠. 하지만 요즘 세상에 선생님은 절대 폭력을 쓰면 안 되잖아요. 설령 그게 교육적인 의도였다고 해도 말이에요. 물론, 학부모가 교육청에 신고하더라도 장예은 선생님은 기간제 교사라 자르면 그만이었어요. 어차피 발령 대기 기간 중이었고, 장예은 선생님도 미련은 없었을 거예요. 하지만 학교의 평판이 문제였어요. 교장 선생님은 자신과 학교의 평판이 낮아지는 걸 끔찍이 싫어했어요. 그래서 장예은 선생님에게 무조건 무릎을 꿇고 싹싹 빌라고 했죠. 협박에 가까운 분위기였나 봐요. 장예은 선생님도 좋은 방향으로 훈계를 하고 싶었을 텐데…… 마음의 상처가 컸을 거예요. 학부모와의 갈등을 잘 풀어 주는 게 관리자 선생님의 일인데, 사실 그런 걸 잘 못하시는 분이죠. 뭐…… 그런 사람이기 때문에 교장이라는 자리에 오를 수 있었던 건지도 모르겠어요."

유나경 선생님은 역시 선생님들 입장에서는 어쩔 수 없이 몸을 사리게 된다면서 씁쓸한 표정으로 웃었다. 장예은 선생님이 이해는 되었다.

하지만 시아를 이용한 것은 여전히 용서할 수 없었다. 누군가를 전부 이해한다는 건 참 어렵구나. 나는 그 사실을 새삼 깨달았다.

나는 장예은 선생님에 대한 것까지는 폭로하지 않았다. 전부 시아에게 맡기기로 했다. 시아는 그녀를 비난하지 말아 달라고 했다.

"선생님, 장예은 선생님과 저의 비밀 끝까지 지켜 주셔서 감사합니다. 그리고…… 엄마 일을 포함해서 다른 것도 전부, 전부 다 감사합니다."

방과 후, 시아는 빈 교실에 있는 나를 찾아와서 그렇게 말했다. 그 말을 꼭 전하고 싶었다고 했다. 시아에게 있어선 그녀도 한 명의 선생님이었던 것이다. 나는 내친김에 시아에게 말했다.

"시아야, 언젠가 너도 어른이 되면 초등학교 때의 선생님이 한 말 같은 건 다 잊어버리게 될 거야. 그래도 딱 한 가지만은 기억해 주면 좋겠어. 앞으로 살아가면서 힘든 일이 더 많이 생길 거야. 하지만 무슨 일이 있어도 자살 시도는 안 돼. 설령 그게 이번처럼 누군가의 마음을 돌리기 위한 것이라 할지라도 절대 안 돼, 알겠지?"

시아는 방긋 웃으며 고개를 끄덕였다.

"정말 잘 알아들은 거야?"

"그럼요!"

하지만 불안한 마음이 가시지 않은 나는 한숨을 푹 내쉬었다.

나는 시아가 교실을 나간 뒤에도 시아가 있는 힘껏 달려나간 그 궤적을 한참이나 바라보았다.

2장 은경이의 결심

1

아이들이 잘 따라와 준 덕분에 6교시 수업이 생각보다 일찍 끝났다. 종례까지는 좀 더 기다려야 했지만 시간에 쫓겨 어영부영 단원을 마무리 짓는 것보다는 훨씬 나았다.

"남은 시간은 요약해서 말하기를 할 거야. 오른쪽에 앉은 사람부터 시작하는 거 알지?"

나는 TV 모니터 화면에 3분짜리 타이머를 띄우며 말했다. 몇몇 아이들이 과장되게 한숨을 푹 쉬거나 몸을 비비 꼬았다. 아아, 하고 하기 싫다는 듯 소리를 내기도 했다. 하지만 그런 아이들도 내가 "준비." 하고 말하자 움직임을 멈추고 내 목소리에 귀를 기울였다.

"자, 준비됐지? 시, 작."

수업이 일찍 끝나면 종종 이렇게 배운 내용을 짝꿍에게 요약해서 말하는 연습을 시켰다. 잠깐이라도 방금 배운 것에 대해 복습할 수 있는 시간이 있었으면 좋겠다고 생각했다. 무엇보다 다른 사람에게 설명을 하다 보면 그 지식이 자기 안에서 자연스럽게 정리가 되는 법이었다. 하지만 아이들의 생각은 조금 다른 것 같았다. 내가 남은 시간을 그냥 놀릴 수 없어서 자기들을 괴롭힌다고 생각하는 모양이었다.

생각해 보면 어렸을 때는 나도 그랬다. 선생님이 무언가를 시키면, 예를 들어 다음 진도를 공부시키거나 숙제를 내주거나 하면 선생님이 야속하기도 했다. 하지만 지금은 안다. 사실은 전부 나를 위하는 마음에서였을 거라는 걸.

이 자리에 서니 새삼 새롭게 보이는 것들이 있다. 그렇게 새롭게 느껴지는 것들이 있다. 하지만 여전히 언니의 마음은 알 수 없다.

6학년 1반의 담임을 맡은 지도 어느덧 3주가 지났다. 그동안 학부모 공개 수업과 학부모 총회가 있었다. 이제 겨우 한숨 돌릴 수 있겠다고 생각했는데, 다음 주는 학부모 상담 주간이라고 한다. 처음 하는 일에 준비해야 할 것들이 산더미였다. 그 와중에 수업 준비도 해야 했고, 선생님들을 쫓아다니며 손에 익지 않은 새로운 업무까지 배워야 했다. 집에 도착하면 저녁도 먹지 않고 쓰러지듯 침대에 누워 잠들어 버리는 나날의 연속이었다.

하지만 시간이 지나면서 업무가 손에 익어 조금은 익숙해졌고, 학교 행사나 학부모들을 대하는 부분도 감을 잡을 수 있었다. 나는 조금씩 다시 일상의 리듬을 되찾아 갔다. 남은 문제는 아이들이었다.

보통 새 학기가 시작되고 한 달 정도 지나면 자연스럽게 반의 분위기가 풀어지기 마련이라 들었다. 3월 한 달은 아이들이 선생님의 간을 보는 시기이고, 시간이 지나면 본성을 드러낸다고 했다. 그러니 담임 선생님은 한 달간 아이들과의 기 싸움에서 이기든, 마음을 사서 자기편으로 만들든, 어떻게든 교실의 분위기를 주도해야 한다. 그래야 1년이 편하다는데…….

"이제 옆 사람이랑 바꿔서 말하기. 준비, 시작."

나는 짝꿍에게 열심히 설명하는 아이들을 바라보며 우리 반은 어떤지 생각해 보았다. 아이들은 내 말을 꽤 잘 듣는 편이었다. 하지만 그것은 기 싸움에서 이겨서도, 마음을 얻어서도 아니었다. 4월이 되어도 6학년 1반의 공기는 다소 팽팽했다. 나도 아이들도 서로가 아직 어색했다. 단순히 시간의 문제가 아니다. 다음 주가 되어도 이 공기는 그대로겠지.

이유는 알고 있었다. 원인은 나였다. 아이들을 마주할 때마다 가끔 마음 안쪽이 무서울 정도로 싸늘해질 때가 있었다. 그 온도만큼 표정이 굳어 버렸다. 6학년 정도 되는 아이들이라면 선생님이 어떤 사람인지 정도는 쉽게 파악할 수 있을 것이다. 그래서 내가 곁을 잘 내주지 않는 사람이라는 것을 다들 인식하고 있었다.

일은 익숙해졌지만 아이들과의 거리는 좁혀지지 않았다. 나는 종종 느닷없는 정전처럼 눈앞이 깜깜해지는 기분을 느꼈다. 이러다 언니의 마음을 알지 못하게 되면 어쩌지?

어느덧 종례 시간이 되었다. 가방을 책상 위에 올려놓은 아이들은 눈을 반짝이며 나를 바라보았다. 하루 중 나에게 가장 집중하는 시간이다. 수업 시간에도 이렇게 집중해 주면 얼마나 좋을까. 나는 속으로 쓴웃음을 지었다.

"내일 보자."

나의 말에 시아가 자리에서 일어나 차려, 하고 구령을 붙였다. 인사가 끝나자 몇몇 남자아이들은 경쟁하듯 후다닥 교실을 뛰쳐나갔다. 행여나 다칠세라 그쪽을 바라보고 있자니 은경이가 총총거리며 교실 앞으로 나왔다.

"선생님, 다음 주부터 교장 선생님이 다시 학교에 나오시는 거 맞죠? 지난주에 교장 선생님 집에 놀러 가서 들었어요. 그렇게 하기로 정하셨다던데, 결정된 거 맞죠?"

은경이가 말하는 교장 선생님은 작년 1학기까지 우리 학교에서 근무하다 퇴임하신 강진교 선생님이었다. 그분이 은경이의 뒷집에 사신다는 얘기는 공개 수업 날 본인으로부터 직접 들을 수 있었다. 나는 고개를 끄덕였다.

"그래, 맞아. 다다음 주부터 4학년 선생님으로 오실 거야."

내 말에 은경이는 방방 뛰며 온몸으로 기쁨을 표현했다.

"오늘 축하드리러 가야겠네요."

들뜬 목소리로 교실을 나서는 은경이의 발걸음이 춤을 추듯 가벼웠다. 저렇게 좋을까? 은경이는 아무래도 강진교 선생님이 일자리를 다시 찾았다고 생각한 모양이다. 초등학교 선생님은 퇴직 후에도 기간제 교사로 다시 일할 수 있다. 그렇지만……. 거기까지 생각한 나는 고개를 흔들었다.

그래, 지금 그게 문제는 아니지. 은경이는 그냥 강진교 선생님과 함께할 수 있는 시간이 늘어나서 기쁜 거야. 학교에 있으면 언제든 얼굴을 볼 수 있잖아. 보고 싶은 사람을 언제든 만날 수 있다는 건 참 행복한 일이니까. 입가에 씁쓸한 미소가 느껴졌다.

1반 담임을 맡고 나서 얼마 후의 일이다. 방과 후 교감 선생님이 부탁할 것이 있다며 교실로 찾아왔다. 기간제 교사를 구하면서 강진교 선생님을 추천했더니 교장 선생님은 이렇게 말했다고 한다. 그렇게 그분을 모시고 싶으면 김다감 선생님에게 맡겨 보라고.

"저의 추천이긴 합니다만 교장 선생님께서 그렇게 말씀하시니…… 제가 연락처를 드릴 테니 한번 문의를 해 주셨으면 합니다. 혹시 거절하시면 어쩔 수 없고요."

교감 선생님은 미안하다는 듯 눈썹을 찡그렸다. 나는 알겠다고 대답했다.

학년 회의 때 6학년 선생님들에게 그 이야기를 하자 다들 묘한 표정으로 서로의 얼굴을 바라보았다.

"다감 선생님에게 그런 것까지 시키셨다고요?"

3반 주인아 선생님의 말에 나는 고개를 갸웃했다.

"제가 연락하면 이상한 건가요?"

"그럼요, 어디까지나 교감 선생님의 일인데요. 그리고 굳이 강진교 선생님을 모셔 올 필요도 없어요. 일이 잘 안 풀리면 다감 선생님에게 괜히 한소리 하려는 건지도 모르겠네요."

주인아 선생님의 말에 자리에 있는 선생님들은 쓴웃음을 지었다.

이야기는 곧 강진교 선생님이 얼마나 훌륭한 선생님이었는지로 이어졌다. 그분은 선생님이 힘들지 않아야 아이들이 행복해질 수 있다고 말하는 사람이었다고 한다. 바쁜 시기에는 직접 나서서 선생님들의 업무를 도와줬다고 했다.

"선생님께서는 퇴임식도 생략하자고 하셨어요. 퇴근 후에 선생님들이 따로 시간을 빼면서 참석하는 게 싫다고 하셨거든요. 저희는 괜찮은데. 그래서 교무부장 선생님이 나서서 간곡하게 설득을 했죠. 아무리 그래도 퇴임식만큼은 꼭 하자고요."

김선주 선생님이 웃으며 말했다. 결국 퇴임식은커녕 조촐한 식사 자리도 열리지 않았다고 한다. 선생님들이 피곤하면 아이들에게도 영향이 간다며 강진교 선생님은 고집을 굽히지 않았던 것이다.

퇴임식 날 강진교 선생님은 평소의 일과대로 교직원 회의를 하면서 간단하게 작별 인사로 마무리했는데, 그분의 말씀을 들으면서 눈시울이 붉어지고 훌쩍거리는 선생님도 있었다고 한다. 아주 좋은 분이셨다며 6학년 선생님들은 모두 그분을 그리워했다.

나는 문득 강진교 선생님이 어떤 사람인지 궁금해졌다. 선생님이 된다는 것은 무엇인지, 그저 교사의 역할만 충실히 수행하면 되는 것인지, 최근 나 혼자서는 도저히 답을 낼 수 없는 의문에 빠져 있었다. 어쩌면 그와 만나서 얘기를 나누는 것으로 언니의 마음을 알 수 있는 힌트를 얻을지도 모르겠다는 생각이 들었다.

그래서 강진교 선생님에게 직접 연락을 하고 찾아뵐 생각이었지만, 그럴 필요가 없게 되었다. 그가 공개 수업 때 은경이의 보호자로 우리 반을 찾아왔기 때문이다.

백발이 희끗한 그는 큰 키에 마른 체형이었다. 날카로운 인상이라 생각했지만, 미소를 지으니 편안한 느낌을 주는 주름이 얼굴 전체에 도드라졌다. 수많은 아이들이 저 미소를 기억하겠구나, 하고 나도 모르게 생각하게 되었다.

강진교 선생님이 교실에 들어올 때 아이들이 환호성을 질렀다. 학부모들도 선생님에게 반갑게 인사를 했다. 강진교 선생님은 아이들의 이름을 전부 기억하고 있었다.

"여러분, 잘 지냈나요? 못 본 사이에 얼마나 씩씩한 6학년이 되었는지 볼까요?"

그의 말에 아이들은 힘차게 네, 하고 대답했다.

수업이 끝난 후, 강진교 선생님은 나에게 미안하다는 표정으로 말했다.

"공개 수업은 담임 선생님과 아이들이 주인공인데 괜히 폐를 끼치는 건 아닌지 모르겠네요."

"아니에요, 저도 도움이 많이 됐어요."

아이들은 평소보다 더 수업을 잘 따라와 주었다. 수업 분위기가 그렇게 열성적이면서도 진지한 건 처음 봤다. 긴장해서 실수도 했지만 아쉽지는 않았다.

"은경이 어머님으로부터 말씀은 들으셨죠?"

"네, 어제 전화로 이야기 들었어요. 선생님께서 대신 오실 거라는 얘길 듣고 놀랐어요. 은경이랑 가까운 곳에 사신다는 건 들었지만 그 정도로 친분이 있으셨는지는 몰랐네요."

"은경이와는 특별한 인연이 있거든요. 그 아이에게 꼭 힘이 되어 주고 싶어요."

그렇게 말한 강진교 선생님은 은경이가 학교생활을 잘하고 있는지 물었다. 나는 고개를 끄덕였다.

"네, 반 친구들이랑도 잘 지내고요. 교실 분위기를 밝게 만들어 줘서 저도 많이 의지가 돼요."

강진교 선생님은 조용히 미소 지었다. 그의 표정에서 알 수 없는 안도감이 느껴졌다.

공개 수업이 끝난 후 교실에서 학부모 총회가 이어졌다. 앞으로 내가 1년간 어떤 식으로 교실을 꾸려 나갈지 설명하는 자리이기도 했지만, 다양한 학부모 임원을 선출해야 하는 자리이기도 했다. 서로 눈치만 보는 분위기가 되지는 않을까 걱정이 이만저만이 아니었다.

다행히도 강진교 선생님 덕분에 수업 때의 화기애애한 분위기가 그대로 총회까지 이어졌다. 후보자 추천과 투표도 어떻게든 마무리 지을 수 있었다. 나는 안도의 한숨을 내쉬었다.

총회가 끝난 후, 나는 강진교 선생님에게 기간제 교사를 맡아 줄 수 있는지 물었다.

"솔직히 다시 학교에 돌아올 생각은 없었어요. 그래서 계속 거절했지만, 오늘 와 보고 생각이 바뀌었습니다. 다시 한번 아이들과 교실에서 지내 보고 싶어졌거든요."

강진교 선생님은 이런 기회를 준 나에게 고맙다고 했지만 감사한 사람은 나였다. 나중에 학교에서 만나면 오늘 일에 대해서 다시 한번 감사 인사를 드려야겠다고 생각하던 참이었다. 퇴근할 준비를 마치고 막 교실을 나서려는데 스마트폰이 울렸다. 강진교 선생님이었다.

[김다감 선생님, 죄송하게 되었습니다. 제가 사정이 생겨서 기간제 일은 못 하게 되었어요. 교감 선생님께 말씀드려 얼른 다른 선생님을 구해 보시는 게 좋을 것 같아요.]

"아……, 그렇군요. 선생님, 혹시 이유를 여쭤도 되나요?"

[죄송합니다. 지금은 말씀드릴 수가 없네요.]

개인적인 사정이라면 어쩔 수 없다고 생각했다. 다만 무언가 이상했다. 목소리는 차분했지만 숨소리가 묘하게 떨렸다.

[김다감 선생님.]

그때 그가 갑작스레 나를 불렀다.

[부탁드리고 싶은 게 있어요. 은경이에 관한 일입니다만.]

"은경이요? 어떤 건가요?"

[곧 알게 되실 겁니다. 제가 전달을 잘 부탁해 둘게요. 다감 선생님이시라면 제 부탁을 잘 들어 주실 거라 믿습니다.]

강진교 선생님은 그렇게 말하곤 일방적으로 전화를 끊었다. 너무나 이상한 통화였다.

강진교 선생님은 무슨 말을 하고 싶으셨던 걸까? 다음 날 아침, 출근하고부터 그 생각에 몰두하다 보니 어느덧 1교시 시작을 알리는 종이 울렸다. 그래, 별일은 아닐 거야. 나는 애써 걸리는 마음을 무시하며 자리에서 일어났다.

문득 빈자리가 눈에 들어왔다. 은경이가 9시 넘도록 등교하지 않은 것이다. 괜히 불안한 생각이 들던 차에 교실 뒷문이 스르르 열리더니 은경이가 헐레벌떡 뛰어 들어왔다.

"은경아, 오늘은 웬일로 이렇게 늦었니?"

나의 물음에 은경이는 죄송하다고만 할 뿐이었다. 왠지 넋이 나간 것처럼도 보였다.

1교시 수업 내내 은경이는 눈에 띌 정도로 이상했다. 딱딱하게 굳은 표정으로 딴생각을 하는지 수업에 집중하지 못하는 모습을 보였다. 그러던 은경이가 갑자기 눈물을 뚝뚝 흘렸다.

"은경아, 갑자기 왜 그래?"

나도 아이들도 모두 당황했다. 은경이는 계속 울기만 했다.

1교시 쉬는 시간, 은경이를 따로 불러내려고 봤더니 아이들이 은경이를 둘러싸고 이야기를 나누고 있었다. 시아가 은경이의 어깨에 손을 올리고 무언가 진지한 이야기를 했다. 은경이는 연신 고개를 끄덕였고, 잠시 후 자리에서 일어나더니 내게 다가왔다.

"선생님."

나는 은경이를 향해 살짝 의자를 돌렸다.

"응, 얘기해."

"아침에 학교 오려고 나오는데 교장 선생님 집 근처에 경찰 아저씨들이 많이 서 있는 걸 봤어요."

"강진교 선생님?"

은경이는 크게 고개를 끄덕였다.

"저희 집의 담장 구멍으로 교장 선생님 집에 바로 갈 수가 있거든요. 그래서 가 봤어요. 교장 선생님이 걱정돼서요. 그러다가 경찰 아저씨한테 걸려서 혼났어요. 저는 무슨 일이 있었냐고 물어봤어요. 그랬더니 경찰 아저씨가 어젯밤에 이 집에서 무서운 사건이 일어났다고 했어요. 교장 선생님이 누군가한테 살해당했다고요."

"뭐라고?"

나는 깜짝 놀라서 목소리를 높였다. 은경이의 눈에서 눈물이 한 방울 또르르 흘러내렸다.

"그런데요, 선생님. 저 어젯밤에 교장 선생님의 집에 갔었거든요. 그때 제가 범인의 목소리를 들은 것 같아요. 그런데 저는 손님이 온 줄 알고 그냥 집으로 와 버렸어요. 제가 뭐라도 했었어야 했는데……."

은경이는 얼굴을 일그러뜨렸다. 괜찮다고, 네 잘못이 아니라고 말해주고 싶었지만 입이 떨어지지 않았다. 머릿속이 혼란스러웠다.

"선생님, 저는 그 범인을 꼭 잡고 싶어요. 도와주세요."

은경이가 나를 똑바로 바라보며 말했다. 목소리는 조금 떨렸지만 눈빛은 흔들리지 않았다.

"그래, 그럼 경찰에……."

"경찰은 안 돼요!"

은경이가 갑자기 소리쳤다. 낮지만 힘이 잔뜩 들어간 목소리였다. 뭔가 심상치 않은 분위기를 눈치챈 다른 아이들이 숨죽이며 이쪽을 보았다. 나도 은경이를 보며 조용히 목소리를 낮추었다.

"은경아, 정말 범인을 잡고 싶다면 경찰에게 말해야 해. 그게 경찰이 하는 일이잖니."

"경찰은 믿을 수 없어요."

은경이는 이상할 정도로 경찰에 대해 거부감을 드러냈다. 나는 한숨을 내쉬며 그럼 어떻게 하고 싶은지 물었다.

"선생님이 잡아 주시면 안 돼요? 시아가 그랬어요, 선생님은 대단하다고요. 아무리 꼭꼭 숨기려고 하는 것들도 알아내신다고요. 선생님은 믿을 수 있다고 했어요. 그러니까 저도 선생님을 믿을래요."

나는 고개를 들어 시아를 슬쩍 바라보았다. 시아는 나와 눈이 마주치자 살짝 웃어 보였다. 하지만 도저히 은경이의 부탁을 들어 줄 수 없었다. 나는 경찰도 아니고 그저 초등학교 교사다. 살인범을 잡는다는 건 불가능한 일이었다.

"은경아, 경찰에 이야기하는 게 맞아. 그렇게 하자."

단호한 내 말에 은경이는 결국 눈물을 쏟아 내기 시작했다.

2

은경이는 종일 나에게 삐진 티를 냈다. 수업 시간 내내 붉어진 눈으로 책상 위에 펼쳐 놓은 교과서만 뚫어져라 바라보았다. 반 아이들은 그런 은경이의 눈치를 살폈다. 괜스레 교실의 공기가 무거워졌다.

점심시간에 스마트폰을 확인하니 모르는 번호의 부재중 전화가 한 통 있었다. 자신은 A경찰서 형사1과의 김도환 형사이며 수사 협조를 위해서 연락을 했다는 내용의 메시지도 있었다. 심장이 크게 뛰었다. 은경이가 말한 게 정말이었구나. 새삼 강진교 선생님의 죽음이 실감이 났다. 오히려 잘되었다는 생각이 든 나는 스마트폰을 들고 복도로 나왔다.

전화를 받은 김도환 형사는 지난밤 강진교 선생님이 살해당했다는 것, 그리고 내가 어제 강진교 선생님과 전화 통화를 한 사람 중 한 명임이 확인되었다는 것을 알려 주었다. 형사는 내게 강진교 선생님과의 관계를 물었다. 그래서 길벗초등학교의 선생님이라는 것과 강진교 선생님과 기간제 교사 채용 건으로 연락을 주고받았다는 것을 설명했다.

[흐음, 그러니까 강진교 씨가 계약직 교사를 하기로 했다가 갑자기 그만두겠다고 했다는 거죠?]

형사는 잠시 동안 아무런 말이 없었다. 사건과 연관이 있을지도 모른다고 생각하는 것 같았다.

[그 외에 특별히 이상한 점은 없었나요?]

나는 형사에게 지난밤 강진교 선생님이 누군가와 다투는 것을 들었다는 은경이의 말을 그대로 전했다.

[정말인가요?]

김도환 형사의 목소리가 높아졌다. 그가 깜짝 놀라며 몸을 일으키는 모습이 상상되었다.

통화를 마치고 교실로 들어온 나는 은경이에게 다가갔다. 어느새 급식을 다 먹은 은경이는 아이들과 모여 이야기를 나누고 있었다.

"은경아, 6교시가 끝나면 경찰 아저씨가 학교로 올 거야. 네 얘기를 듣고 싶대."

내 말에 아이들은 나와 은경이를 번갈아 쳐다보았다.

"네에……."

예상 밖으로 은경이는 순순히 고개를 끄덕였다.

방과 후, 약속 시간에 맞춰 김도환 형사가 교실을 찾아왔다. 나이는 마흔이 조금 넘었을까, 캐주얼한 정장을 입은 그는 형사라기보다 평범한 직장인처럼 보였다.

"강진교 선생님이 정말 누군가한테 살해당한 건가요?"

"네, 그렇습니다."

교실에서 아이들과 함께 웃던 그의 모습이 머릿속에 떠올랐다. 나도 모르게 깊은 한숨을 내쉬었다. 내가 같이 기다리던 은경이를 소개하자 김도환 형사는 은경이와 차분히 이야기를 나누면 좋겠다고 말했다.

"은경아, 괜찮을까?"

은경이는 바닥으로 시선을 두며 작은 목소리로 네, 하고 대답했다.

나는 두 사람을 상담실로 안내해 준 후 아이들의 청소 지도를 하기 위해 다시 교실로 돌아왔다. 그렇게 일단락이 되었다고 생각했는데……. 아이들이 돌아간 교실에서 홀로 있자니 얼마 후 김도환 형사가 은경이를 데리고 다시 교실로 찾아왔다. 형사는 곤란한 표정을 짓고 있었다.

"은경이가 김다감 선생님께 경찰에서 수사한 내용을 들려주지 않으면 얘기를 못 하겠다네요."

나는 고개를 갸웃하며 은경이를 바라봤다.

"선생님, 죄송해요."

은경이는 고개를 푹 숙였지만 전혀 미안한 표정이 아니었다. 처음부터 그럴 생각이었던 것이다. 나는 괜찮다고 대답해 줄 수밖에 없었다.

"은경아, 이제 네가 보고 들은 걸 이야기해 줄래? 선생님께는 따로 다 설명해 줄게."

김도환 형사가 은경이와 눈을 맞추며 말했다.

"저는 경찰 아저씨 하는 말 못 믿어요. 제가 그걸 어떻게 믿죠?"

형사는 팔짱을 끼고 으음, 소리를 내었다.

"아저씨한테도 초등학교 1학년 딸아이가 있는데, 약속은 반드시 지켜야 한다고 가르치고 있단다. 그런 내가 약속을 어떻게 어길 수 있겠어. 어때, 아저씨를 한번 믿어 주면 안 될까?"

김도환 형사가 미소를 지으며 말했다.

"그럼…… 알겠어요. 사실, 도움이 안 될 수도 있는데……."

은경이는 손을 모으고 우물쭈물했다. 어느 정도는 마음을 연 것 같았다.

"도움이 안 되는 이야기는 없어. 모든 상황에 대해서 여러 방향으로 생각을 해 보는 게 우리 일이거든."

은경이는 고개를 끄덕였다.

"어제저녁, 교장 선생님 집에 갔어요."

"그게 몇 시쯤이었지?"

"저녁 8시 반이었어요."

"은경이 혼자 남의 집에 가기에는 너무 늦은 시간 아닐까?"

"아니에요. 저는 엄마가 항상 늦게 돌아오셔서 교장 선생님 집에서 늦게까지 공부도 하고 논 적이 많아요. 어제는 학교가 끝나고 교장 선생님 집에 갔다가 제가 선생님을 화나게 해서…… 그걸 사과하고 싶어서 다시 찾아갔어요."

평소와 같이 담장 구멍으로 넘어간 은경이는 현관 쪽으로 돌아가려다 선생님이 누군가와 다투는 소리를 들었다고 했다. 은경이는 몸을 낮추고 창가로 다가가서 그들의 이야기를 엿들었다.

"교장 선생님이랑 어떤 아저씨였어요. 말소리가 잘 들리지는 않았지만…… 처음에는 그 아저씨가 뭔가 부탁하는 것 같았어요. 그 아저씨는 다시 한 번만 생각해 보라고 했고 교장 선생님은 이미 늦었다고 했어요. 그 아저씨가 계속해서 부탁한다고 했고…… 한참 동안 그런 이야기를 했던 것 같아요. 두 사람 다 점점 더 목소리가 커졌어요. 뭔가 큰 일이 날 것만 같은 느낌이 들었어요. 그러다가 교장 선생님이 무섭다는 얘기를 한 것 같아요. 그 말을 들은 그 아저씨가 갑자기 화난 목소리로 말했어요. 당신을 스승으로 생각한 게 너무 창피하고 부끄럽다고. 그리고 당장이라도 목을 졸라서 죽여 버리고 싶다고."

은경이는 몸을 부르르 떨었다.

"교장 선생님은 작은 목소리로 속죄가 어쩌고 했어요."

나는 형사의 눈빛이 날카롭게 빛나는 것을 보았다.

"그 아저씨 얼굴은 못 봤니?"

"네, 목소리만 들었어요. 창문에 커튼이 쳐져 있어서 그림자만 보였고요. 교장 선생님은 앉아 있었고, 그 사람은 일어서 있었어요."

형사는 잠시 생각하더니 "혹시 그 남자 목소리를 다시 들으면 알 수 있을 것 같니?" 하고 물었다. 은경이는 크게 고개를 끄덕였다.

"알았다. 큰 도움이 되었구나. 말해 줘서 고마워. 그러면 이제……."

형사는 나를 바라보며 무언가 눈치를 주었다.

"은경아, 이제 집에 가도 돼. 선생님은 아저씨한테 이야기를 좀 들어 볼게."

줄곧 딱딱하게 굳어 있던 은경이의 얼굴이 약간 풀리는 듯했다.

"선생님, 꼭 범인을 잡아 주세요."

내가 어떻게 잡을 수 있겠니, 라고 말하려다가 은경이의 눈빛을 보았다. 너무나도 간절했다.

"알았어."

나는 나도 모르게 그렇게 말하고야 말았다. 은경이는 나와 김도환 형사에게 꾸벅 인사를 하고 교실을 나섰다. 형사가 흥미롭다는 듯 나를 쳐다보았다.

"은경이가 선생님을 무척 신뢰하는 것 같네요."

"그렇지 않아요."

나는 고개를 저었고 형사는 씩 웃었다.

"자, 그러면 이제 사건 이야기를 해 볼까요?"

"정말 이야기해 주시는 건가요?"

"약속은 약속이니까요. 선생님도 은경이가 이야기할 때 굉장히 흥미로운 표정이시던데요?"

그렇게 말한 형사는 순간 진지한 얼굴이 되었다.

"자, 일단 들어 주세요. 어젯밤 10시경, 피해자 강진교 씨의 집에서 황찬성이라는 남자가 어깨에 칼이 찔린 상태로 경찰에 신고를 했습니다."

"황찬성이요?"

느닷없이 등장한 이름에 나는 고개를 갸웃했다.

"네, 황찬성 씨는 강진교 씨의 제자로 종종 방문했다더군요. 그날 강진교 씨는 황찬성 씨에게 늦더라도 집에 꼭 들러 달라고 했답니다. 9시 50분경, 강진교 씨의 집을 찾아간 황찬성 씨는 무언가 이상한 것을 느꼈다고 했습니다. 집 안의 불은 꺼져 있었고, 황찬성 씨는 열려 있는 현관문으로 들어가며 피해자를 불렀습니다. 그리고 거실을 지나 안쪽 방으로 들어가려는 순간 어둠 속에서 느닷없이 습격을 받았습니다. 누군가가 황찬성 씨의 어깨를 칼로 찍어 눌렀습니다. 범인은 황찬성 씨를 밀치고 그대로 현장에서 도망쳤습니다."

형사는 자신의 왼쪽 어깨를 오른손으로 툭툭 두드렸다. 그곳을 찔렸다는 것 같았다. 나도 모르게 반사적으로 어깨에 힘이 들어갔다.

"그분은 괜찮나요?"

"현재 병원에서 치료 중입니다. 상처는 깊지 않지만, 피해자의 죽음에 꽤 충격을 받은 모양입니다."

"그렇군요……. 그럼 그분이 범인의 얼굴을 봤겠네요?"

형사는 고개를 저었다.

"방이 워낙 어두워서 상대를 제대로 볼 수 없었다고 합니다."

그 어두운 방 안에서 범인은 황찬성이란 남자의 어깨를 어떻게 공격할 수 있었던 걸까. 물론 범인 입장에서는 어느 곳을 찌르든 상관없었겠지만.

"강진교 선생님은요?"

"피해자 강진교 씨는 서재에서 살해당한 채로 발견되었습니다. 황찬성 씨와 같은 각도로 칼날로 내리찍듯이 찔렸습니다. 어깨에서부터 내려온 칼이 심장 근처까지 파고들었습니다. 범인은 책장 쪽에 서서 피해자를 공격한 것으로 보입니다. 그런데……."

형사는 턱을 쓰다듬으며 말끝을 흐렸다. 무언가를 생각할 때 나오는 그만의 버릇인 듯했다.

"이상하게도 피해자에게서 아무런 저항의 흔적도 발견되지 않았습니다. 물론 범인이 약물을 쓴 것일 수도 있겠죠. 그 부분은 부검을 해 봐야 알 수 있지만요."

나는 칼에 찔린 강진교 선생님을 상상하다 두 눈을 질끈 감았다. 일반적인 경우, 반사적으로 몸을 움직이거나 대항하려는 흔적이 남는다고 한다. 그러나 강진교 선생님의 경우는 달랐다. 형사의 얘기에 따르면 강진교 선생님은 누군가 자신을 죽이려 하는데 가만히 의자에 앉아 있었던 것이 되었다. 문득 조금 더 이야기를 듣고 싶어졌다.

"형사님, 혹시 또 다른 이상한 점은 없었나요?"

조심스럽게 묻자 형사는 씩 웃으며 말을 이었다.

"역시 관심이 있으시군요. 물론 있습니다. 서재의 책상이 방 가운데까지 옮겨져 있었습니다. 원래부터 가운데에 있었던 건 아닌 것으로 보입니다. 카펫에 끌린 자국이 남아 있었거든요. 그리고 또 한 가지, 피해자의 시신 주변으로 책들이 떨어져 있었습니다."

"책들이요?"

"네. 서재에 들어가자마자 보이는 벽면 쪽에는 세 개의 커다란 책장이 있었습니다. 이 세 개 책장의 책들이 군데군데 비어 있었습니다. 범인이 무언가를 찾고 있었는지도 모르겠네요. 그런데…… 바닥에 떨어진 책을 들어 올리니 피해자의 혈흔이 책의 각진 모양대로 말라붙어 있었습니다."

듣고 보니 확실히 이상했다.

"책은 강진교 선생님이 죽기 전부터 바닥에 떨어져 있었다는 거네요. 선생님이 죽은 후 몸에서 흘러나온 피가 책 주변으로 스며들었다, 맞나요?"

"그렇습니다, 선생님. 이해가 빠르시네요."

"은경이가 용의자의 목소리를 들었다고는 하지만, 금품을 노린 강도일 가능성은 없나요?"

"그 부분도 가능성을 두고 전과자를 중심으로 수사는 하고 있습니다. 하지만 집 안의 귀중품이나 피해자 지갑 속 현금도 도난당한 흔적이 없네요. 물론 좀 더 조사를 해 봐야 합니다만……."

서재에서 무언가를 찾은 흔적은 있지만 다른 귀중품을 도난당한 것처럼 보이지는 않는다. 그렇다면 범인에게만 의미가 있는 물건일 수도 있겠어……. 거기까지 생각이 뻗은 나는 문득 또 다른 궁금증이 생겼다.

"형사님, 저에게 왜 이렇게까지 자세히 알려 주시는 건가요? 아무리 은경이와 약속을 했다고 해도 수사상 기밀 같은데, 괜찮으신가요?"

그가 부드러운 미소를 지었다.

"물론 약속도 있지만 신뢰할 수 있는 분 같아서요. 은경이도 그래서 선생님께 사건 얘기를 해 달라고 한 거 아닌가요? 김다감 선생님, 어떠신가요? 저도 선생님을 신뢰할 수 있을 것 같은데, 좀 도와주시면 안 될까요?"

"오늘 처음 만난 저를 신뢰한다고요?"

갑작스러운 말에 스멀스멀 경계심이 들었다. 그런 나의 감정을 알아차렸는지 그는 가볍게 미소 지으며 말했다.

"학교에 들어오면서 경비원에게 6학년 1반의 김다감 선생님을 만나러 왔다고 했더니 선생님께서 또 뭔가 고발한 거냐고 묻더군요. 그 이야기를 듣고 나서 생각이 났습니다. 얼마 전 이곳 길벗초등학교에서 한 학생의 자살 소동이 있었다는 것을요. 교장 선생님이 비밀로 하자고 한 것을 막 부임한 초임 선생님이 언론에 그 사실을 폭로했다고 들었습니다. 선생님 맞으시죠? 그거 꽤 유명한 얘깁니다. 유명 배우와 관련된 일이라 화제였거든요."

김도환 형사는 진지한 얼굴로 말을 이었다.

"저야 교직 생활에 대해서는 잘 모릅니다만, 역시 조직 사회라 윗사람 눈치를 안 볼 수는 없겠죠. 그럼에도 선생님은 그런 행동을 하셨습니다. 그것도 갓 들어온 초임 선생님이요. 옳지 못한 것을 그냥 넘어가지 못했기 때문이시죠? 저는 그런 선생님은 믿을 수 있다고 생각합니다. 그래서 도움을 부탁드리고 싶어요."

나는 조금 떨떠름해서 아무런 말도 할 수 없었다. 결코 정의감 때문이 아니었기 때문이다. 그 사실을 모르는 형사는 나를 보더니 다시 씩 웃었다.

"그리고 선생님의 도움이 없으면 목격자인 은경이가 절대로 협조해 주지 않을 것 같아서요. 그 아이, 눈을 보면 알 수 있습니다. 전에 뭔가 경찰을 불신하게 된 일이 있었던 것 같아요. 하지만 아까 선생님을 향한 눈빛은 전혀 달랐습니다. 선생님도 느끼시지 않으셨나요?"

문득 내 앞에서 펑펑 눈물을 쏟는 은경이의 얼굴이 떠올랐다. 확실히…… 은경이는 형사 곁에서 끊임없이 나에게 도움을 구하는 눈빛을 보냈다. 너무나 간절한 눈빛을.

나는 작게 한숨을 내쉬었다.

"제가 뭘 하면 되나요?"

"그리 어렵지 않은 일입니다. 은경이는 용의자가 피해자를 선생님이라고 불렀다고 했습니다. 실은 은경이의 증언이 아니더라도 저희는 이미 용의자를 제자 중 한 명으로 굳히고 있습니다. 피해자는 배우자와 오래전 사별을 했습니다. 연락을 하고 지내는 친척이나 친지들도 거의 없었습니다. 하지만 제자들은 달랐어요. 피해자가 원하든 원하지 않든 수시로 연락을 하고 지냈다는 것을 알게 되었습니다. 선생님께서는 은경이와 함께 그 제자들의 목소리가 담긴 녹취록을 들어 주시면 됩니다."

"제자들이요?"

"네, 이미 명단을 추려서 한 명씩 이야기를 들어 보고 있는 참입니다. 그 녹취록을 드리겠습니다. 은경이와 함께 은경이가 들었다는 목소리의 인물을 찾아 주시면 됩니다. 선생님과 함께라면 은경이도 적극적으로 협력할 것 같은데, 어떠신가요?"

형사의 말을 들은 나는 기운이 쭉 빠졌다. 어려운 일은 아니겠지만, 그리고 은경이도 적극적으로 나서겠지만, 아무래도 시간이 좀 걸릴 것 같은 느낌이 들었기 때문이다. 하지만 선택의 여지가 별로 없어 보였다. 나는 강진교 선생님이 은경이에 대해 무언가 부탁할 게 있다고 말한 것이 생각나서 그에게 전했다.

"어떤 부탁인가요?"

"저도 잘 모르겠어요. 곧 알게 될 거라고만 하셨거든요."

그는 흐음, 하며 또다시 턱을 쓰다듬다가 무언가 떠오른 표정을 지었다.

"아, 도움이 되실지 모르겠지만 녹취록을 보내 드리면서 그날 강진교 씨가 통화한 사람의 연락처도 알려 드리겠습니다. 혹시 뭔가 전달받은 것이 있는지 직접 한번 물어보세요."

"그래도 괜찮은 건가요?"

"범인을 잡는 걸 도와주신다면 그 정도는 괜찮습니다. 하지만 저희가 만난 사람 중에는 그런 부탁을 받았다는 분이 없었습니다. 피해자가 미처 전달을 못 했을 가능성도 있겠네요. 아니면 범인이 무언가 알고 있을지도 모르겠군요."

고개를 갸웃하는 그의 눈에 잠시 매서운 빛이 스쳤다.

교실을 떠나기 전, 마지막으로 김도환 형사는 잘 부탁한다며 나에게 고개를 숙였다. 그 정중한 태도에 나는 마지못해 노력은 해 보겠다고 대답했다. 그의 말대로 범인이 무언가를 알고 있을지도 모르는 일이었다.

빈 교실을 서성이며 나는 강진교 선생님과 나눈 마지막 대화를 떠올려 보았다. 은경이를 잘 부탁한다는 강진교 선생님의 목소리는 너무나 애절하고 간곡했다. 죽기 직전의 사람이 남긴 마지막 부탁, 그 사실만으로도 나는 선생님의 부탁을 들어 주고 싶었다.

3

"이 사람도 아니에요."

노트북 앞에 앉은 은경이는 한 사람 분량의 녹취록을 다 듣더니 그렇게 말했다.

"은경아, 듣다가 아니다 싶으면 화살표 키 눌러서 바로바로 넘겨도 돼."

"아, 죄송해요. 교장 선생님에 관한 얘기라 계속 듣게 돼요."

손등으로 눈 주위를 쓱쓱 문지르더니 은경이는 수줍은 미소를 지었다.

점심시간 무렵 김도환 형사로부터 녹취 파일을 보내 주겠다는 연락이 왔다. 어제 약속은 했지만 이렇게 빨리 해야 할 줄은 예상 못 했다. 점심시간에 은경이를 불러 이 사실을 알렸더니 얼른 하고 싶다며 눈을 반짝였다.

종례 후 은경이는 당번도 아닌데 아이들을 도와 교실 청소까지 빨리 끝낼 정도로 의욕을 보였다. 청소를 일찍 끝낸 아이들은 밝은 목소리로 범인 꼭 잡으라는 말을 남기고 교실을 나갔다. 은경이는 아이들을 향해 응, 하고 힘차게 답했다. 벌써 이야기가 다 퍼졌나 보다. 아이들이란 정말…….

녹취록 속 형사들은 주로 강진교 선생님이 어떤 사람이었는지, 강진교 선생님에게 원한을 품을 만한 사람이 있는지를 물었다. 나는 모니터를 바라보며 못다 한 업무를 처리했고, 은경이는 내 옆에 앉아 노트북에서 흘러나오는 목소리에 집중했다.

[10월부터 4월까지 눈이 내리는 산골 마을에서 살았습니다. 아버지가 어머니를 쫓아냈고, 결국 아버지까지 집을 나갔어요. 그런 집에서 병을 앓는 할머니와 단둘이 살았죠. 선생님은 몸이 편찮으신 할머니를 저 대신 매주 병원에 모시고 가셨습니다. 차가 올라오지 못하는 산 중턱까지 할머니를 업고 올라가고 내려가고, 그걸 무려 1년 가까이 하셨어요. 병원에서도 얼마 못 사실 것 같다는 할머니에게 제가 초등학교 졸업하는 것까지는 보게 해 주고 싶다면서요. 할머니는 결국 제가 졸업하기 전에 돌아가셨지만 저는 평생 선생님 은혜를 잊지 못할 겁니다.]

[자기의 삶이 없는 분이었어요. 그 시절 탄광촌 아이들은 말도 못 하게 가난한 아이들이 많았거든요. 저도 그랬고요. 선생님께선 학교에서

지원해 주는 거라고 이것저것 많이 챙겨 주셨는데, 사실 전부 선생님 사비로 도와주신 거였어요. 졸업할 때 그걸 알고 얼마나 울었는지 몰라요.]

[며칠에 한 번씩 반찬을 가져다주셨어요. 선생님은 사모님에게 미안한 일을 시키고 있다면서 씁쓸하게 웃곤 하셨죠. 나흘 동안 내린 눈이 2미터가 넘게 쌓인 날에도 삽 한 자루를 들고 반나절 내내 눈을 치우면서 저희 집까지 오신 분입니다. 대단하시죠?]

[훌륭한 사람이었죠. 선생님은 마음을 열지 않는 아이들도 끝까지 챙기셨어요. 선생님을 좋아해 주는 아이들에게만 좋은 교사로 남아도 되셨을 텐데 말이에요. 고슴도치처럼 빙빙 가시를 두른 아이들까지 껴안으려 했으니, 선생님도 상처를 입었을 거예요. 하지만 그런 내색은 절대 안 하시는 분이셨어요. 늘 웃고 계셨던 것이 기억납니다.]

[벽지 학교에 선생님이 오면 사람들은 '저 선생님도 그냥 승진 점수가 필요해서 왔을 테니 적당히 몇 년 지내다가 가겠지?' 하고 생각해요. 하지만 강진교 선생님은 달랐어요. 아무도 오려고 하지 않는 곳일수록 더 즐거운 발걸음으로 찾아오신 분이셨죠.]

[할아버지랑 단둘이 쓰레기와 곰팡이가 가득한 집에서 살았거든요. 그래서 제가 오랫동안 따돌림을 당한 이유도 알고 있어요. 온몸에서 곰팡내가 진동했을 테니까요. 어느 날 문득 저희 집에 찾아온 강진교 선생님은 할아버지를 설득해서 다음 날부터 저희 집을 청소하기 시작했어요. 우리 집이 이렇게 넓었나, 그리고 밝았나 싶을 정도로 매일 변하는 집을 보면서 참 즐거웠던 기억이 납니다. 저는 선생님과 약속을 했습니다. 무슨 일이 있어도 꼭 제대로 씻기로요. 비누랑 샴푸를 잔뜩 사다 주시고 그걸 다 쓴다는 약속을 하자고 말씀하셨죠. 선생님은 매일

저를 불러 제 머리랑 몸 냄새를 맡는 검사를 하셨어요. 그때 선생님의 그 흐뭇한 미소가 아직도 눈에 선합니다.]

[선생님께서 제 모교에 계실 때 동해안 전체에 큰 산불이 났어요. 태백산맥 곳곳을 태울 정도의 재난이었죠. 일주일 내내 하늘이 새빨갛던 기억이 나네요. 그 피해 복구를 하느라 1년 가까이 선생님이 얼마나 고생하셨는지 몰라요. 그런데 겨우 복구가 되었나 싶더니 다음 해엔 태풍으로 집이 날아가 버렸지 뭐예요. 지금이니까 이렇게 웃으면서 얘기할 수 있지, 그때는 참……. 허탈함에 엉엉 우시는 선생님의 모습이 지금도 떠오릅니다.]

[아이가 조금이라도 힘들어 보이면 무조건 가정 방문을 하는 선생님이셨습니다. 망설임 없이 찾아가는 분이셨죠. 지금도 그렇지만, 그런 선생님은 당시에도 그리 흔치 않았습니다. 저의 경우, 유년 시절부터 가족에게 받은 상처가 많았습니다. 아버지는 저와 어머니에게 매일같이 욕설과 학대를 하는 사람이었죠. 지금 생각해 보면 그래서 더욱 무기력해 보였던 것 같네요. 힘들어도 힘들다고 하지 않고 슬퍼도 슬프다고 하지 않고……. 선생님은 그런 제 문제점을 금방 눈치채셨습니다. 아버지에게 끈질기게 정신과 상담을 권하기도 하셨고요. 학교에서 아무리 잘 가르쳐도 가정이 근본적으로 바뀌지 않으면 아무런 소용이 없다고 생각하신 것 같아요. 돌이켜 보면 교사의 노력만으로는 안 되는 일이 참 많았을 것 같은데, 강진교 선생님은 절대 포기하지 않으셨어요.]

[초등학교 선생님은 보통 한 지역에서 지낼 수 있는 기간이 정해져 있죠? 그때 선생님도 그렇게 학교를 떠났습니다. 저희는 세상이 끝나는 것처럼 펑펑 울었어요. 그런데 얼마 뒤부터 선생님이 놀러 왔다면서 저

희를 종종 찾아오셨습니다. 그때는 자주 오갈 수 있는 거리인 줄 알았습니다. 그런데 나중에야 알았죠, 차로 두 시간은 넘게 운전해야만 올 수 있는 거리란 것을요.]

[선생님 곁에는 늘 아이들이 있었죠. 성인이 되고 사회생활을 하다 보니 새삼 깨달았습니다. 선생님은 좋은 선생님 이전에 좋은 사람이었다는 것을요. 세상에 그런 사람은 또 없을 거라고요. 그런 분이 살해당하다니…… 도저히 믿을 수가 없네요. 형사님, 범인을 꼭 잡아 주세요.]

어느새 나까지 제자들의 목소리에 귀를 기울이고 있었다. 은경이는 눈물샘이 고장 난 것처럼 계속 눈물을 쏟았다. 나는 티슈 곽을 은경이 앞에 가져다 놓았다.

경기 지역에 교장 선생님으로 부임하기 전까지 강진교 선생님은 30년 가까운 시간을 강원도 산간의 학교들만을 찾아다니며 근무했다고 한다. 수많은 아이들을 만났고, 그들 모두에게 사랑을 베풀었다. 정말 대단하다는 말밖에 할 수 없었다. 같은 교사라고 해도 나로선 흉내조차 낼 수 없겠다는 생각이 들었다.

"역시 교장 선생님은 좋은 분이셨어요. 그렇게 평생 좋은 일만 해 오신 분을 도대체 누가……. 저는 범인을 절대 용서 못 해요, 절대로."

은경이가 놀랄 정도로 서늘한 목소리로 말했다.

"제가 그때 뭔가를 해야 했어요. 그랬다면 교장 선생님이 살아 계셨을지도 모르는데……."

나는 의자를 돌려 훌쩍거리는 은경이를 바라보며 말했다.

"은경아, 그렇게 생각하지 마. 네가 잘못한 건 없어. 그렇게 끊임없이 자기를 탓하면 나중에는 잘못된 길로 갈 수 있어."

"잘못된 길로요? 어떻게요?"

나처럼 선생님이 될 수도 있지, 라고 말하려다 그냥 쓴웃음만 지었다. 나는 괜히 민망해서 "강진교 선생님하고는 어떻게 친하게 된 거니?" 하고 말을 돌렸다. 단순히 가까운 이웃이라고 하기에는 지나치게 친해 보였다. 은경이가 그를 마치 친부모처럼 대하는 느낌이었다. 학부모를 대신하여 학교 행사에 참석할 정도였으니…… 두 사람 사이에 무언가 특별한 연이 있었을 것 같았다.

"선생님은…… 저를 도와주셨어요. 그리고 늘 제 곁에 있어 주셨어요. 주말마다 어디론가 데리고 나가 주셨어요. 산도 가고 바다도 갔어요. 미술관도 가고 박물관도 가고 놀이동산도 가고…… 맛있는 것도 같이 먹고, 얘기도 많이 나눴어요. 그리고 많은 사람들을 만났어요."

은경이는 추억을 떠올리며 미소를 지었다.

"선생님은 늘 말씀하셨죠. 세상이 이렇게 넓고 볼 게 많다고요. 그리고 세상에는 꼭 나쁜 마음을 가진 사람들만 있는 게 아니라고요. 이렇게 좋은 사람들도 많고 즐거운 일도 많다고요."

은경이는 반년 넘도록 선생님과 가까이 지냈다고 했다. 은경이의 어머니가 직장 일로 집을 자주 비웠기 때문에 그 빈자리를 채워 준 것이다. 녹취록을 듣고 나니 그렇게까지 은경이를 보살펴 준 강진교 선생님이 전혀 이상하게 느껴지지 않았다. 나는 혼잣말하듯이 물었다.

"그런 강진교 선생님에게 원한을 가질 사람이 있기나 할까? 아무래도 강도의 범행 같은데……. 은경이는 어떻게 생각해?"

"그런 사람 있어요."

은경이의 단호한 한마디에 나는 깜짝 놀랐다.

"교장 선생님을 많이 미워하는 사람을 알고 있어요. 하지만 제가 들었던 교장 선생님과 말싸움한 사람은 절대로 아니었어요. 그 사람 목소리는 확실하게 알거든요. 그리고 그 사람은 절대 여기 있을 수가……."

은경이는 갑자기 입을 다물었다. 아무래도 그 이상은 얘기하기 싫은 것 같아서 나는 손가락으로 노트북 화면을 가리켰다.

"시간이 너무 늦었어. 6시가 되면 무조건 정리하고 나갈 거야. 그전까지 못 끝내면 내일 하는 거로 하자."

"안 돼요! 오늘 꼭 찾아낼 거예요."

은경이는 서둘러 노트북의 스페이스 바를 눌렀다. 그리고 오른쪽 방향 키를 연타하며 녹취록을 빠르게 듣기 시작했다. 목소리가 알아들을 수 없을 정도로 드문드문 끊어졌다. 거의 단어만 들리는 수준인데도 은경이는 개의치 않았다. 나는 조금 걱정이 되었다.

"은경아, 너무 빠른 거 아니니?"

"괜찮아요. 교장 선생님 이야기는 충분히 들었고 이제 목소리만 찾아내면 돼요. 조금만 들어도 바로 알 수 있으니 금방 찾아낼 거예요."

말은 그렇게 했지만 은경이는 강진교 선생님의 이야기를 그냥 지나칠 수는 없는 것 같았다. 어느 부분에 이르러서는 또다시 형사와 제자가 나누는 이야기에 귀를 기울였다.

[강진교 선생님은 누군가의 원한을 살 만한 사람은 아니라 생각합니다만, 사람이 살다 보면 의지와 다르게 별일이 다 생기잖아요. 그래서 전혀 없냐고 묻는다면 솔직히 알 수 없습니다. 저는 선생님께 가끔 인

사를 드릴 뿐이었거든요. 그런데 선생님은 칼에 찔려 돌아가셨다고 하셨죠? 하아, 이게 무슨 일인가요. 왜 하필 그렇게…….

초등학교를 졸업한 지도 어언 18년 정도가 지났네요. 당시 저희 분교의 5학년에는 하수현이라는 여자아이가 있었습니다. 기억 속에서도 반짝반짝 빛이 날 정도로 정말로 예쁘장한 아이였죠. 그런데 어느 날 수현이가 아무런 연락도 없이 학교를 오지 않은 겁니다. 그런 적이 한 번도 없었거든요. 선생님은 걱정도 되고 뭔가 이상하다고 생각하셨나 봐요. 수업하다가 말고 직접 수현이의 집을 찾아갔습니다. 집에 연락해 봤는데 집에서는 학교에 갔다고 했대요.

나중에 소문으로 들은 건데, 그때 선생님은 보셨다고 합니다. 수현이의 아버지가 분노에 휩싸여서 이웃에 사는 아저씨를 칼로 난도질하는 장면을요. 수현이가 등굣길에 그 아저씨에게 납치되어 창고로 끌려가서 몹쓸 짓을 당했던 겁니다. 강진교 선생님은 수현이의 아버지가 복수를 하는 장면을 아주 생생하게 본 것입니다.

그로부터 한참 뒤의 일입니다. 저는 우연히 교무실 문밖에서 선생님이 다른 선생님과 그 사건 얘기를 하시는 걸 들었어요. 사람은 언젠가 죽겠지만, 자신은 저렇게 죽고 싶지 않다고 하셨어요. 칼에 찔려 죽는 것은 가장 끔찍한 죄를 저지른 사람에게만 주어지는 벌 같다고요. 그런데…… 정말 아이러니하네요.]

녹취록을 듣던 은경이가 갑자기 눈물을 쏟았다. 나는 서둘러 휴지를 몇 장 뽑아 건네주려다 멈칫했다. 은경이가 몸을 부르르 떨었다. 낌새가 이상했다.

"은경아, 괜찮니?"

"선생님, 이런 짓을 한 사람은 역시 칼에 찔려 죽어도 괜찮죠? 그렇죠?"

나는 잠시 은경이의 옆모습을 빤히 바라보았다. 은경이는 무언가를 꾹꾹 억누르는 것 같았다.

"그런 끔찍한 소리 하면 못써. 세상에 칼에 찔려 죽어도 좋은 사람은 없어."

은경이가 고개를 홱 돌려서 나를 보았다. 화가 난 표정이었다. 나는 그런 은경이에게 덧붙여 말했다.

"살인이든 성폭행이든 애초부터 절대로 일어나서는 안 되는 일이야. 물론 네 심정은 이해하지만 나쁜 짓을 했다고 해서 똑같이 나쁜 짓으로 그 사람을 벌주려고 하면 안 돼. 그러면 똑같은 사람이 되어 버리잖아."

내가 생각해도 너무 틀에 박힌 말이었다. 그래서 나는 "강진교 선생님이라도 역시 이렇게 말씀하셨을 것 같은데, 안 그래?"라고 덧붙였다.

"저도 알아요."

은경이는 작게 중얼거렸다. 그리고 소매로 눈물을 벅벅 닦아 훔치고는 다시 묵묵히 녹취록을 확인하기 시작했다. 나는 더는 아무런 말도 해 줄 수 없었다. 얼마나 지났을까.

"어라?"

문득 옆에서 은경이의 당황스러운 목소리가 들렸다.

"선생님, 큰일 났어요. 어쩌죠? 방금 그 목소리가 마지막이었어요. 제가 들었던 목소리가 이 안에 없는 것 같은데 어떡하죠?"

은경이는 자리에서 일어나 방방 뛰며 말했다. 나는 손을 들어 은경이를 진정시켰다. 예상은 했지만, 역시 그리 쉽게 찾을 수 있는 건 아니었나 보다.

"알겠어, 은경아. 어쩔 수 없지 뭐. 너는 할 만큼 한 거야. 형사 아저씨한테는 내가 잘 말해 둘게."

"아니에요, 선생님. 어쩌면……, 어쩌면 제가 지나쳤을 수도 있어요. 다시 한 번만 듣게 해 주세요, 네?"

은경이는 손을 모으고 나에게 애원했다. 하지만 시간이 너무 오래 지났다. 나는 단호하게 고개를 흔들었다.

"안 돼. 오늘은 여기까지만 하는 걸로 하자."

은경이는 결국 풀이 죽은 채로 교실을 떠났다. 은경이를 배웅하는 내 마음도 좋지 않았다.

은경이가 돌아간 후, 나는 형사가 메시지로 알려 준 세 명의 연락처를 들여다보았다. 사건이 발생했던 날, 나 이외에 강진교 선생님과 통화를 했던 사람들이었다. 모두 선생님에게 안부 전화를 했던 제자들이었으며 그들의 알리바이도 증명되었다고 한다.

나는 우선 그들 중 황찬성에게 전화를 걸었다. 황찬성은 사건이 있던 날 저녁에 강진교 선생님의 집을 방문했다가 범인의 습격을 받은 사람이다. 신호음이 몇 번 나더니 곧 한 남자의 목소리가 들렸다.

[여보세요.]

"황찬성 씨 맞으신가요?"

[네, 그렇습니다만, 누구신가요?]

"저는 강진교 선생님이 근무하셨던 학교에서 근무하고 있는 김다감이라고 합니다."

[아아, 네!]

"연락처는 김도환 형사님께 받았고요."

[……아, 네. 그러시군요.]

뭘까? 나를 소개했을 때 한껏 높아졌던 그의 목소리가 형사에게 연락처를 받았다고 하자 이상할 정도로 낮아졌다. 나는 단도직입적으로 강진교 선생님과 나눈 통화에 관한 이야기를 했다. 그리고 혹시 선생님으로부터 들은 얘기가 없냐고 물었다.

[아, 분명 강진교 선생님께서는 제게 무언가 부탁을 할 게 있다고 말씀하시긴 했습니다. 하지만 자세한 내용은 모릅니다. 만나면 얘기해 주겠다고 하셨거든요. 그런데 제가 선생님 댁에 갔을 때는 이미 그런 상황이라…….]

황찬성의 목소리에 짙은 슬픔이 배어났다. 그는 아직 병원에 입원 중이며 다음 주 이후에나 퇴원이 가능할 것 같다고 했다. 나는 어서 회복되길 빌겠다는 말과 함께 전화를 끊었다.

불현듯 인기척에 옆을 바라보니 은경이가 우두커니 서 있었다.

"깜짝이야. 은경아, 무슨 일이야? 뭔가 놓고 간 거라도 있어?"

은경이는 인상을 찌푸리며 눈동자를 굴렸다. 그리고 쥐어짜듯이 말했다.

"선생님, 제가 들은 목소리가 이 목소리예요. 틀림없어요."

놀란 나는 으음, 하고 신음 소리를 냈다.

"……은경아, 그럴 리가 없어. 이 사람은 강진교 선생님을 죽인 범인한테 공격당한 사람이야."

"아니에요, 선생님. 아니에요. 이 목소리…… 이 사람이 분명히 그랬어요. 당신 같은 사람은 살아 있을 가치도 없다고, 지금 당장 죽이고 싶다고 했어요. 틀림없어요, 선생님."

은경이의 눈동자에 다시 눈물이 차오르기 시작했다.

4

은경이가 자신이 들은 목소리의 주인공을 지목한 지 이틀이 지났다. 토요일 오전, 나는 황찬성이 입원해 있는 H병원을 찾았다.

김도환 형사에게는 녹취록에서 그날 밤 은경이가 들었던 목소리를 찾지 못했다고 전해 두었다. 거짓말을 한 건 아니잖아? 약간 죄책감이 들었지만, 나는 그렇게 스스로에게 변명했다. 황찬성을 먼저 만나서 확인하고 싶은 것이 있었다. 은경이가 들은 목소리가 그라는 건 그 후에 말해도 늦지는 않을 것이다. 아마도…….

병실로 향하며 나는 은경이와 나눈 대화를 떠올렸다. 전부터 마음에 걸렸는데 묻지 못했던 것이 있었다.

"은경아, 너는 그날 강진교 선생님을 만나러 갔지? 기간제 선생님이 된 것을 축하한다면서 말이야. 그때 어떤 잘못을 해서 강진교 선생님이 화를 냈다고 했잖아. 혹시 뭘 잘못했는지 말해 줄 수 있겠니?"

은경이는 우물쭈물 대답하지 못했다.

"뭔가 큰 잘못이었니?"

"그게…… 실은 저도 잘 모르겠어요."

"모르겠다고?"

"네. 교장 선생님 집에는 항상 잠겨 있는 방이 있었어요. 그런데 그날은 그 방이 열려 있길래 호기심에 들어갔는데…… 방 안에 있는 저를 발견하신 교장 선생님이 크게 화를 내셨어요. 왜 거기 들어갔냐고요."

"그 안에 뭐가 있었는데?"

"상자 안에 앨범들이 많이 있었어요. 비디오테이프도 많았고요."

"비디오? 네가 그게 뭔지 아니?"

"전에는 영상을 볼 때 그런 걸 썼다고 수업 시간에 배웠으니까요. 하지만 직접 본 건 처음이었어요."

은경이는 상자 속 앨범을 하나 꺼내 사진들을 보았다고 했다.

"교장 선생님이 옛날에 찍은 사진들 같았어요. 그걸 보고 있다가 교장 선생님께 들킨 거예요."

"뭐가 찍혀 있었는데?"

"그냥 아이들 사진이요. 그리고 그건 옛날 제자분이 찍은 거라고 했어요. 사진작가 하는 분인데 짐을 잠시 맡고 있었던 거라고요. 그런데 저에게 그렇게 화를 내셔서 좀 당황스러웠어요. 그래도 제가 허락 없이 들어간 거라 죄송하다고 말씀드렸어요."

"그랬구나. 그 아이들 사진에는 뭔가 이상한 점은 없었고?"

"언뜻 보기에는 아주 평범한 사진들이었는데요. 다시 생각해 보니……."

"뭔가 이상했었니?"

아니요, 라고 말한 은경이는 잠깐 고민하는 듯 보였다. 그리고 다시 이상한 것 같기도 하다며 고개를 갸웃했다.

"사진작가의 사진이라 그런지 모르지만…… 원래 사진 찍을 때는 여기 봐, 하나 둘, 하고 찍잖아요. 그런데 모두 다 다른 곳을 보고 있었어요. 앞을 보는 아이는 한 명도 없어서 조금 이상하기도 했어요. 대부분

여자애들이 치마를 입고 뛰어노는 모습만 찍은 것도 좀 그렇고요."

강진교 선생님은 방에서 나온 은경이를 다른 일정이 있다면서 급하게 돌려보냈다고 했다.

어제 오후, 나는 김도환 형사에게 전화를 걸어 사건 현장에 관해서 물어보았다.

"형사님, 혹시 선생님 집에 앨범 같은 게 있었나요? 비디오테이프라든가요."

[사진은 꽤 많이 있었습니다. 아이들 사진도 많았고요. 피해자는 사진을 찍는 것이 취미였던 것 같더군요. 하지만 비디오테이프는 없었습니다. 그런데 갑자기 왜 그런 걸 물어보시죠?]

"어…… 그냥 혹시 해서요. 그런 데서 용의자를 찾을 수 있지 않을까, 하는 생각을 했었거든요."

나는 적당히 얼버무리다가 전화를 끊었다.

어쩌면 그날 은경이의 행동이 강진교 선생님의 죽음과 관련이 있을지도 모른다는 생각에 섣불리 털어놓을 수 없었다. 그래서 황찬성을 만나 직접 확인하고 싶었던 것이다. 나의 느낌이 틀렸다는 것을 말이다.

병실로 들어갔을 때 황찬성은 침대 위에 누워서 책을 읽고 있었다. 나이는 김도환 형사보다 조금 더 많을까. 침대가 딱 맞을 정도로 몸집도 좋고 듬직한 인상의 남자였다. 칼에 찔렸던 사람이 맞나 싶을 정도로 안색도 좋아 보였다.

"김다감 선생님, 갑자기 전화로 찾아오신다고 하셔서 조금 놀랐습니다. 이번 사건에 관해 직접 하고 싶은 이야기가 있다고 하셨죠? 우선 이쪽에 앉으세요."

그와 나는 병실 한쪽 구석에 있는 작은 테이블에 마주 앉았다. 때마침 강진교 선생님의 발인이 있는 날이었다. 황찬성은 아쉬운 표정으로 몸만 괜찮았다면 꼭 참석하고 싶었다고 했다.

"물론 제가 아니더라도 다른 제자들이 잘 치렀겠지만요."

나는 고개를 끄덕였다. 어제저녁, 나는 학교의 선생님들과 함께 강진교 선생님의 장례식장에 다녀왔다. 선생님의 여러 제자들은 그가 떠나는 길을 한마음으로 슬퍼했다.

"몸은 좀 어떠신가요? 정말 큰일 날 뻔하셨어요."

그는 살짝 웃으며 고개를 저었다.

"운이 좋았죠. 다만 나이가 나이인지라 상처가 빨리 아물진 않네요. 아직도 움직이면 아프긴 합니다만, 다 나으면 일상생활에 전혀 지장이 없을 거라네요. 이렇게 칼에 찔리는 경험을 했으니 아무래도 오래 살 것 같네요. 적어도 백 살은 넘기겠죠?"

그는 너스레를 떨며 소리 내어 웃었다. 나는 웃지 않았다. 그의 표정을 찬찬히 살피는 데 온 신경을 기울였다. 나도 모르게 긴장이 되었다. 나는 바로 본론으로 들어갔다.

"솔직히 말씀드리면, 지난번 통화하고 나서 이상하다는 생각이 들었거든요."

"이상한 생각이라고요?"

그가 한쪽 눈썹을 치켜올렸다.

"네, 강진교 선생님께서 저에게 전해 줄 것을 왜 한 번도 뵌 적이 없는 황찬성 씨에게 부탁하려고 했을까요?"

"글쎄요, 저도 그 이유는 잘……."

"제 생각에는 선생님이 무언가에 쫓기고 계셨던 거 같아요. 그래서 어쩔 수 없이 그날 만나기로 한 황찬성 씨에게 부탁하려던 게 아닐까 해요. 실은 강진교 선생님이 제게 전화로 누군가에게 살해당할지도 모른다고 하셨거든요."

순간 그의 얼굴이 딱딱하게 굳어졌다. 나는 작게 심호흡을 했다.

"그래서, 직접 만나 뵙고 당시 상황을 자세히 듣고 싶어서 이렇게 왔어요. 제가 전달받기로 한 것이 이번 사건과 관련이 있지 않을까 해서요. 그런데 이 말씀을 먼저 드려야 할 것 같네요. 오는 길에 범인을 찾았다는 연락을 받았습니다."

황찬성은 놀란 듯 눈썹을 크게 치켜세웠다. 물론 거짓말이었다. 나는 찬찬히 황찬성의 표정을 살폈다. 그는 재빨리 표정을 고쳤다.

"흉기에 묻은 지문의 주인이 확인되었다고 하네요."

"지문이……."

"혹시 지윤호 씨를 아시나요?"

나는 형사가 준 녹취록에서 들은 이름을 아무나 한 명 말했다. 황찬성은 고개를 끄덕였다.

"네, 저랑 나이 차는 있지만 선생님 제자 중 한 명입니다. 선생님 퇴임 이후에 함께 축하를 드리기도 했고요."

"김도환 형사님 아시죠? 사건 수사에 협조를 요청하셔서 그분을 몇 번 뵈었거든요. 제자분들 중에 용의자를 찾는 일이었는데……. 아무튼, 그런 일도 있고 해서 형사님이 제게 알려 줬어요. 감식 결과 현장에서 황찬성 씨를 찌른 후 떨어뜨리고 간 흉기에 지윤호 씨의 지문이 묻어 있었다고요."

일부러 내가 어설픈 연극을 한다는 인상을 심어 줄 필요가 있었다. 그는 이해가 되지 않는다는 듯 고개를 갸웃했다.

"흉기 지문 조사는 발견 즉시 이루어졌을 텐데 왜 이제야 그런 사실을 알게 된 거죠?"

"저도 자세한 건 모르겠네요. 지문이 너무 흐렸던가 실수가 있었는지도 모르죠. 어쨌든 범인은 지윤호 씨예요. 그 사람이 강진교 선생님을 칼로 찌른 다음, 그 칼을 뽑아서 그대로 당신을 공격한 거예요."

그는 어이가 없다는 듯 하하, 소리를 내 웃으며 말했다.

"김다감 선생님, 지금 뭐 하시는 건가요? 흉기에 지문이라고요? 그 칼에는 어떤 지문도 없었잖아요. 도대체 왜 저한테 그런 말씀을 하시는 거죠?"

역시 그렇구나. 나는 굳은 얼굴로 잠시 그를 바라보다가 살짝 미소 지었다.

"바로 이런 거 때문에요."

"뭐라고요?"

"이렇게 황찬성 씨가 말실수하는 거요."

그의 얼굴에서 웃음이 싹 사라졌다.

"말실수요? 제가 무슨……."

"방금 흉기에는 아무런 지문도 안 묻어 있다고 했잖아요. 그걸 어떻게 단언하시죠?"

"그건 범인이 장갑을 껴서……."

나는 고개를 저었다.

"경찰에게는 캄캄해서 범인을 못 봤다고 증언하셨죠? 어둠 속에서 갑자기 공격해 왔다고요. 그런데 그 범인이 장갑을 꼈는지 안 꼈는지 어떻게 아시죠?"

"아……."

"당연히 지문이 묻어 있는지 안 묻어 있는지 아시겠죠. 황찬성 씨가 그 칼의 지문을 닦아 낸 장본인이니까."

그는 잠시 두 눈을 질끈 감았다가 떴다.

"강진교 선생님은 자살하신 거죠?"

황찬성은 긴 한숨을 내쉬었다.

"저를 떠본 거였군요."

"네, 심증밖에 없었거든요. 실은 강진교 선생님의 이웃에 사는 아이인 은경이가 황찬성 씨의 목소리를 들었다고 해요. 처음에는 범인으로 의심했죠. 그런데 은경이가 말해 준 두 분의 대화 내용이 뭔가 이상하다고 생각했어요. 강진교 선생님의 말 중에서 속죄라는 단어를 들었다고 했어요. 그래서 만약 그 서재가 자살 현장이라면 어떨까, 하고 생각했어요."

나는 김도환 형사에게 현장의 이야기를 들은 후 머릿속에 사건 현장을 그려 보았다. 방 한가운데까지 밀려 있는 책상, 의자에 앉은 채로 아무런 저항도 하지 않은 강진교 선생님, 그런 강진교 선생님을 향해 칼을 내리찍은 범인, 선생님 주변으로 바닥에 흩뿌려지듯 떨어진 책들.

"선생님은 세 개의 책장 중 가운데에 있는 책장 위에 칼을 고정해 놓았을 거예요. 아마 끈 같은 걸 걸어 놓았겠죠. 그리고 책상을 책장에서 멀리 밀 필요가 있었어요. 책장이 자신에게 떨어졌을 때의 공간을 확보하기 위해서요. 그리고 그 책상을 의자가 뒤로 밀리지 않게 받침대로 사용했겠죠."

선생님 주변에는 책들이 쏟아져 있었다. 혈흔의 상태를 보아 피가 그 위로 흘러내렸다는 것을 알 수 있었다.

"선생님은 끈을 당겨서 책장의 칼이 그대로 자신의 가슴으로 떨어지도록 만들었어요. 칼은 선생님의 왼쪽 가슴에 박혔고, 책장의 책들은 선생님 주변에 떨어졌겠죠."

황찬성은 내 말에 고개를 끄덕이더니 입을 열었다.

"선생님 댁으로 다시 갔더니 책장이 선생님 몸을 덮치듯이 쓰러져 있었습니다. 저는 즉시 책장을 일으켜 세웠습니다. 선생님 가슴에 박힌 칼도 뽑아냈고요. 책장을 당길 때 쓰신 끈도 챙겼습니다. 바닥에 떨어진 책들은 피가 묻어서 제자리로 돌려놓을 수 없었죠. 임기응변으로 양옆의 책장에서 책을 적당히 가져다가 가운데 책장에 채워 넣었습니다. 그리고 강도로 위장하기 위해 집 안 곳곳을 헤집어 놓았습니다."

"그리고 칼로 자기 자신을 찌르신 거죠? 범인에게 당한 것처럼 보이기 위해서."

그는 고개를 뚝 떨구었다. 병실 안에 잠시 침묵이 흘렀다.

"선생님이 자살한 이유가 뭔가요?"

황찬성은 머뭇거렸다. 쉽게 털어놓지는 않을 것이라 예상하고 있었다. 스스로를 칼로 찌르면서까지, 자살 현장을 살인 현장으로 바꾸면서까지 필사적으로 숨기고 싶었던 그 진실.

"사건의 진상이 보이기 시작하니 또 다른 의문이 들었어요. 강진교 선생님은 왜 하필 칼로 자살을 하셨을까요? 자살하는 사람은 보통 단번에 죽기를 바랄 것 같아요. 그래서 약을 구해서 먹는다거나, 목을 맨다

거나 하는 방법을 많이 쓰죠. 하지만 칼은 너무 고통스럽지 않을까요? 게다가 책장에 칼을 고정하고, 그 책장을 자기 쪽으로 끌어당겨서 칼에 찔리도록 장치를 하다니, 자살 방법치곤 너무 이상하지 않나요? 고통도 고통이지만 너무 번거로워요. 모든 과정이 번잡하기 그지없죠. 하지만…… 선생님에게 반드시 그렇게 칼로 자살을 했어야만 하는 이유가 있었다면 이야기가 달라지겠죠."

나는 수현이라는 초등학생 제자를 성폭행한 남자의 이야기와 복수를 한 수현이 아버지의 이야기, 그리고 그것을 눈앞에서 목격한 강진교 선생님에 대한 이야기를 황찬성에게 들려주었다. 그는 미간을 찌푸리고 입을 벌린 채 나의 이야기를 들었다.

"강진교 선생님이 그 이상한 자살 방법을 선택한 이유도 거기 있다고 생각해요. 선생님은 반드시 그런 모양새로 죽고 싶으셨던 거예요. 하지만 스스로를 찌를 용기가 도저히 안 나서, 결국 그런 장치를 고안하신 거죠."

황찬성은 얼굴을 일그러뜨렸다.

"선생님에게 칼은 그런 의미였군요. 아아, 선생님…… 그래서…… 그래서 그런 식으로……."

이상한 사건 현장, 그리고 강진교 선생님만 알고 있는 칼의 의미. 거기까지 생각하자 갑자기 은경이가 보았다는 사진들과 비디오테이프가 눈앞에 확 나타났다. 여자아이들이 잔뜩 찍혀 있는 사진들, 은경이가 들은 교장 선생님의 말, 그리고…….

머릿속에 플라스틱 조각을 움직여서 그림을 맞추는 슬라이딩 퍼즐이 떠올랐다. 퍼즐 조각들이 원래 있던 자리로 찾아가듯 착착 움직여

갔다. 나는 머릿속에서 완성된 그 그림을 가만히 들여다보았다. 그것은…… 강진교 선생님에게만큼은 절대 어울리지 않는, 결코 어울려서는 안 되는 그림이었다.

나는 황찬성에게 은경이가 강진교 선생님 집에서 본 사진들에 관해 얘기했다.

"그런데 경찰은 은경이가 봤다는 것을 발견하지 못했어요. 저는 이렇게 생각해요, 그것들을 치울 수 있는 사람은 당신밖에 없다고요."

그날 황찬성은 강진교 선생님의 집을 두 번 방문했다. 은경이는 첫 번째 방문 때 그와 강진교 선생님이 다투는 소리를 들었다. 그때 황찬성은 그 사진들과 비디오테이프를 들고 선생님 집을 나왔을 것이었다. 그는 내 말이 맞다고 대답했다.

"전에는 자주 찾아뵈었는데, 해외 출장으로 몇 년 동안 선생님을 뵙지 못하고 있었습니다. 그날은 오랜만에 선생님을 뵐 겸 반가운 마음으로 선생님의 댁으로 찾아갔죠. 그런데 선생님의 표정이 안 좋으셔서 무슨 일이 있으신지 물었습니다. 선생님은 제게 고백을 하셨습니다."

거기까지 말한 황찬성은 잠시 머뭇거렸다.

"강진교 선생님에게는 특수한 성벽이 있었던 거죠?"

"네."

그의 얼굴이 다시 고통으로 일그러졌다.

"선생님은 말씀해 주셨습니다. 자신이 소아성애자라고요. 35년의 교직 생활 중 많은 시간 동안 여자아이들의 속옷 입은 사진이나 알몸 사진을 찍어 왔다고요. 오랫동안 그렇게…… 찍은 사진과 영상들을 보면서 자신의 욕구를 풀었다고요."

순간, 내 안의 깊은 곳에서 뜨거운 무언가가 머리끝까지 확 끓어올랐다. 하지만 이내 머릿속은 놀라울 정도로 냉정해지면서 그 뜨거운 열기는 빠르게 식어 갔다.

경찰이 준 녹취록을 들으며 나는 선생님이 훌륭한 교사라고 생각했다. 하지만 그는 한편으로 교사라는 직위를 이용해서 자신의 욕망을 채워 온 범죄자이기도 했다. 황찬성은 깊은 한숨을 내뱉었다. 나는 어두운 밑바닥으로 끝없이 가라앉는 기분이 들었다.

강진교 선생님은 그런 자신의 비밀을 황찬성에게 털어놓았다고 했다. 자신이 저질러 온 죄에 대해서. 평생을 죄책감에 시달려 왔고, 이제는 삶을 정리할 때가 왔다고 했다. 저녁 8시 반에 은경이는 두 사람이 다투는 소리를 들었다. 그전에 황찬성은 선생님에게 다시 한 번만 생각해 보라고 했다. 하지만 선생님은 뜻을 굽히지 않았고, 그는 벌컥 화를 냈다.

"저는 말했습니다. 선생님께서는 큰 잘못을 저질렀다고요. 저도 너무 큰 충격을 받아서 머리가 어지러울 정도라고요. 너무 큰 배신감을 느껴서, 너무 화가 나서 지금 당장이라도 선생님을 죽이고 싶을 정도라고요."

은경이가 들은 부분이 여기겠구나, 하고 나는 속으로 생각했다.

"하지만, 그럼에도 불구하고 선생님이 살아 주셨으면 좋겠다고 말했습니다. 제발 부탁이니 다시 생각해 달라고요. 그렇게 가 버리시면 저는 선생님을 평생 원망할 거라고 했습니다. 그랬더니 선생님은 결국 마음을 돌리신 듯 보였습니다. 알겠으니 오늘은 이만 돌아가라며 거실에 내놓은 짐만 좀 보관해 달라고 하셨습니다. 저는 선생님을 믿고 우선은 돌아갔습니다. 하지만 직감이라고 해야 할까요, 집에 돌아온 후에 느낌이 너무 좋지 않았습니다. 선생님께 연락했지만 전화를 받지 않으셨습니다. 저는 다시 집을 나와 차를 몰고 선생님 댁으로 향했습니다. 밖에서 들여다본 집 안은 어두컴컴했고, 서재에만 불이 켜져 있었습니다. 현관문은 잠겨 있지 않았습니다. 그리고…… 돌아가신 선생님을 발견했습니다."

어금니를 꽉 깨물었는지 그의 양 볼이 경련하듯 떨렸다.

"선생님은 제가 연락이 안 돼서 다시 찾아올 것까지도 생각해 두셨던 것 같습니다. 그러니까 문도 열어 두셨겠죠. 선생님은 제 앞으로 유서를 남겨 두셨습니다. 부디 뒤처리를 잘 해 주길 바라며, 자신이 자살한 이유를 남은 제자들에게 잘 설명해 달라는 내용이었습니다. 그리고 김다감 선생님의 성함과 연락처도 있었습니다. 봉투에 넣은 편지를 전해 달라고 적혀 있었죠."

"제게 편지를요?"

"네, 전해 드리지 못해서 죄송합니다. 현장을 살인 사건처럼 꾸며야 했는데 편지를 전달해 드리면 전부 들통나 버려서……."

무엇이 이 사람을 그렇게까지 하도록 만든 것일까. 나는 도저히 이해할 수 없었다.

"김다감 선생님, 이 사실을 경찰에게 말하실 건가요?"

그가 낮은 목소리로 물었다.

"네."

나는 고개를 끄덕였다.

"그렇다면…… 부탁드릴 게 있습니다. 제가 살인 현장으로 꾸미고 거짓 증언을 한 것은 직접 경찰에 말하겠습니다. 그러니까 제발…… 사진들에 관한 것만은, 강진교 선생님의 비밀만은 경찰에게 말씀하시지 말아 주세요."

"어째서죠? 강진교 선생님은 자신의 죄를 세상에 알려 주길 바라면서 당신에게 물건을 맡긴 게 아닌가요?"

"맞습니다. 하지만 저는 그럴 수 없습니다. 선생님의 명예를 더럽힐 수는 없어요."

"명예라고요? 강진교 선생님은 범죄자예요!"

나도 모르게 목소리가 날카로워지고 말았다.

"김다감 선생님 말씀이 맞습니다. 하지만 강진교 선생님은 아이들에게 손을 댄 적은 한 번도 없다고 하셨습니다. 몇 번이나 충동이 일었지만, 교육자로서의 신념이 견딜 수 있게 해 주었다고요."

"도촬 자체가 범죄예요. 그런 영상을 가지고 있는 것 자체도 범죄고요. 그건 변명이에요!"

"변명의 여지가 없다는 건 압니다. 선생님은 그래서 자살을 택하셨을 테니까요!"

황찬성도 조금 언성을 높였다. 그는 잠시 자신의 어깨에 손을 얹곤 숨을 골랐다. 상처 부위에 통증이 느껴진 듯했다. 선생님을 위해서 저 정도의 자해까지 하다니, 여전히 그가 이해가 되지 않았다.

"알아요. 저도 유치원에 다니는 늦둥이 딸이 있습니다. 저도 제 딸아이에게 누군가 그런 짓을 한다면 절대로 용서하지 못할 것입니다. 하지만……."

황찬성은 괴로운 듯 두 손으로 얼굴을 감싸 쥐었다.

"아아, 하지만 선생님은…… 선생님은 자신의 삶을 다 바쳐 아이들을 위해 살았습니다. 저를 포함해서 너무나 많은 아이가 선생님에게 구원 받았습니다. 가족도, 친척도, 학교도, 세상도 아이들을 다 버릴 때 선생님만큼은 아이들을 포기하지 않았어요. 저희에게 선생님이 얼마나 소중한 사람인지 아시겠어요? 김다감 선생님, 저는 확신합니다. 선생님의 그 어떤 제자들도 저와 똑같은 선택을 했을 거라고요. 그러니까 부탁드릴게요. 강진교 선생님을 부디 범죄자로 만들지 말아 주세요. 선생님의 은혜를 받은 제자들에게 끝까지 좋은 교육자로만 기억될 수 있도록 도와주세요. 저희만 입을 다물고 있으면 됩니다. 제발요."

얼굴에서 손을 뗀 황찬성이 나에게 머리를 조아렸다. 나는 고개를 저었다.

"아뇨, 그건 선생님의 마지막 뜻을 저버리는 행동이에요. 정말로 그 분을 존경하신다면 그 뜻을 지켜 주셔야 해요."

"김다감 선생님, 그게 정말 모두를 위한 것이라고 생각하시나요? 그러면 은경이라는 그 아이도 상처를 받을 겁니다. 선생님은 자신의 비밀을 누군가가 알게 되는 순간 스스로 목숨을 끊겠다고 아주 오래전부터 생각해 왔다고 하셨어요. 그 아이가 사진을 봤기 때문에 그런 선택을 하신 거라고요."

나는 깊은 한숨을 내쉬었다. 은경이가 그날 방으로 들어가 사진을 보지만 않았더라면 강진교 선생님이 자살을 택하는 일도 없었을지 모른다. 하지만…….

"……그래도, 저는 그럴 수 없어요."

나만 모른 척하면 굉장히 많은 사람들이 상처를 받지 않을지도 모른다. 하지만 나는 진실을 숨기는 일은 도저히 할 수 없었다.

"사랑하는 사람이 죽은 이유에 대해 모르고 사는 것만큼 괴로운 건 없어요. 은경이는 진실을 알아야 해요, 설령 그것이 잔인한 사실이라 할지라도."

어린아이처럼 금방이라도 울 것 같은 황찬성에게 나는 냉정하게 말할 수밖에 없었다. 나는 김도환 형사에게 연락하기 위해 스마트폰을 꺼냈다. 검은 액정에 언뜻 비친 내 얼굴 역시 황찬성과 같은 표정을 짓고 있었다.

5

토요일 오후부터 월요일 새벽까지 고민에 고민을 거듭했다. 마음이 무거우니 몸까지 무거워진 탓일까, 아침에 늦잠을 자고 말았다. 눈을 뜬 나는 황급히 세수만 하고 선크림만 바른 채 뛰쳐나가듯 집을 나섰다. 그리고 1교시가 시작하기 직전 아슬아슬하게 교실에 도착했다. 아이들과 이야기를 나누던 은경이가 나를 보자마자 교실 앞으로 튀어나왔다.

"선생님, 범인 잡았어요? 역시 그 사람이 범인이 맞죠? 그렇죠?"

나는 잠시 아무런 말도 하지 못했다. 문득 어제 오후 김도환 형사와 나눈 통화 내용이 떠올랐다.

[저희 쪽에서도 최대한 조용히 처리하도록 노력해 볼 수는 있습니다. 하지만 평생을 교직에 몸담아 온 교사에게 그런 성벽이 있었다는 사실은 너무 민감한 문제라…… 잘 처리가 될지는 모르겠습니다. 정보 자체를 공개하지 않을 수는 없으니까요. 선생님께서 은경이에게 잘 말씀해

주셔야 할 듯합니다.]

"네, 물론 그럴 생각이에요. 그게 제 일이니까요."

내 말에 그는 교사도 참 힘들겠다며 한숨을 푹 내쉬었다. 그는 나에게 큰 도움을 받았다고, 언젠가 자신이 도와줄 수 있는 일이 있으면 좋겠다고 말하며 전화를 끊었다.

"그래, 은경아. 범인은 잡았어. 수업 다 끝나면 교실에 좀 남아 줄래? 그때 얘기해 줄게."

나는 그렇게 말하곤 부산스럽게 1교시 수업을 준비했다. 김도환 형사의 말대로 아직 수사 결과가 언론에 발표되지는 않았지만, 곧 정보가 빠른 학부모들 사이에 먼저 소문이 돌 것이었다. 머지않아 아이들도 알게 될 테니 은경이에게는 내가 직접 얘기해야만 했다.

방과 후, 청소 당번인 아이들까지 돌아가자 교실에 남아 있던 은경이가 나에게 다가왔다. 나는 옆자리에 은경이를 앉혔다. 금요일에는 이 자리에서 은경이와 범인의 목소리를 찾기 위해 몇 시간을 보냈다. 그날 은경이는 정말 열심히 녹취록을 들었다. 진심으로 범인을 잡고 싶어 했다.

나는 잠시 동안 은경이의 눈을 가만히 바라보았다. 입술을 떼는 게 이렇게 힘들 줄은 몰랐다.

"……은경아, 잘 들어. 범인은 황찬성 씨가 아니었어."

"네? 그 사람이 아니라고요?"

나는 고개를 끄덕였다. 은경이의 눈동자가 갈 곳을 잃고 이리저리 움직였다.

"그 사람 목소리가 틀림없었는데……. 분명 선생님을 죽이고 싶다고 했어요!"

"그래, 네가 들은 목소리가 맞아. 죽이고 싶다고 한 것도 맞고. 하지만 그 아저씨는 오히려 강진교 선생님을 살리려고 했었어."

은경이는 깜짝 놀란 듯 손을 입에 가져다 댔다. 나는 아주 조용한 목소리로 얘기했다.

"은경아, 선생님을 살해한 범인은 존재하지 않아. 그분은 자살하신 거야."

은경이는 정지 화면처럼 미동도 없이 나를 보았다. 어떻게든 내가 한 말의 의미를 이해하려는 것 같았다.

"……교장 선생님은 칼에 찔렸다고 했잖아요. 범인이 칼로 찌르고 도망갔다고요!"

"선생님은 책장에 칼을 고정시키고 그걸 넘어뜨리는 방법으로 스스로를 찌르신 거야. 그러고 나서 선생님 집에 온 황찬성 씨가 선생님이 자살한 흔적을 지워 버렸던 거야."

"왜요! 왜 자살하셔야 했는데요? 선생님한테 그럴 이유가 어디 있어요!"

은경이는 울부짖듯 목소리를 높였다. 나는 심호흡을 한번 한 뒤 말했다.

"그건…… 네가 강진교 선생님이 들어가지 말라고 했던 그 방에 들어갔기 때문이야. 거기서 선생님이 평생 숨기고 싶었던 것들을 봐 버렸기 때문이야."

은경이는 넋이 나간 표정으로 나를 바라보았다. 나는 그 시선을 똑바로 마주 보았다.

"저 때문이라는 거예요?"

은경이의 목소리가 가느다랗게 떨려 왔다.

"그래. 은경이 너는 못 봤을지도 몰라. 하지만 네가 본 그 사진들 속에는 너와 같은 나이의 초등학생 여자아이들이 발가벗은 사진들도 있었어."

순간 은경이의 뺨에 작은 경련이 일었다. 나는 재빠르게 말을 이었다.

"은경아, 선생님은 그 사진들이 선생님 제자가 찍은 것이라고 했다지만, 너는 강진교 선생님을 가까이에서 봐왔어. 선생님이 당황하셨다는 건 충분히 눈치챘을 거야, 그렇지?"

"아니에요. 그땐 선생님이 처음 보는 얼굴을 해서 이상하긴 했어요. 하지만 제가 허락도 없이 들어갔으니……. 그런데 왜요? 왜 선생님이 그런 사진을 가지고 있었던 거예요?"

나는 아랫입술을 깨물며 잠시 교실 뒤편으로 시선을 던졌다. 다감아, 얘기해야만 해. 나는 그렇게 생각하며 작게 한숨을 쉬고 다시 은경이를 바라보았다.

"그건 강진교 선생님이 너처럼 어린 여자아이들한테만 성적인 욕구를 느끼는 사람이었기 때문이야."

은경이는 나를 마치 이해할 수 없는 무언가를 보는 듯한 시선으로 바라보았다. 잠시 동안 초점이 사라진 은경이의 눈동자에 빛이 돌아오더니 서서히 눈물이 차올랐다. 겨우 내 말의 뜻을 이해한 것이다.

"에이, 아니에요."

눈물이 글썽한 은경이는 헛웃음을 지었다. 말도 안 되는 소리 말라는 표정이었다. 그런 은경이의 괴로운 마음이 느껴진 나는 눈 주위가 아플 정도로 두 눈을 꽉 감았다가 떴다.

"아니에요. 아니잖아요? 선생님, 지금 저한테 장난치시는 거죠? 거짓말하시는 거죠?"

은경이는 계속해서 되물었다. 어느새 뺨에는 닦아 내지 못할 정도로 눈물이 흐르고 있었다.

"선생님, 경찰이 준 녹취록 같이 들으셨잖아요. 교장 선생님은 훌륭하신 분이잖아요. 나쁜 사람이 아니라고요! 교장 선생님은 달라요! 그렇지 않다고요!"

은경이는 교실이 쩌렁쩌렁 울릴 정도로 큰 목소리를 내었다. 나는 끝없는 늪으로 가라앉는 기분이 들었다.

"은경아, 강진교 선생님은 교사라는 자기 위치를 이용해서 쉽게 아이들에게 접근했어. 그리고 자기 욕구를 채운 거야. 개중에는 은경이 너의 사진도 있을지 몰라. 게다가 몰래카메라를 찍는 건 엄청난 범죄야. 만약 그 사진들이나 동영상들이 인터넷으로 퍼졌다고 생각해 봐. 그것들을 지우는 건 불가능해. 피해자들은 평생을 고통 속에서 살아야만 한다고."

은경이는 양손으로 자신의 두 무릎을 꽉 부여잡았다. 턱 끝에 맺힌 눈물이 손등으로 뚝뚝 떨어졌다.

"……교장 선생님이 정말로 그런 나쁜 사람이에요? 그게 정말 사실로 밝혀진 거예요?"

은경이는 훌쩍이며 애원하듯 내게 물었다. 내가 아니라고 말해 주길 바라는 듯했다. 하지만 나는 고개를 끄덕였다.

"그래, 강진교 선생님은 아주 나쁜 사람이야. 그런 사람이 얼마나 나쁜 사람인지는 은경이 너도 잘 알잖아? 강진교 선생님은 감옥에 있는…… 너의 새아빠랑 똑같은 사람이야."

"선생님이 그걸 어떻게……."

은경이는 말을 끝맺지 못하고 숨을 삼켰다. 은경이의 얼굴에 떠오른 충격과 절망감이 한층 더 깊어졌다. 온몸을 벌벌 떨기 시작한 은경이는 금방이라도 무너져 내릴 것만 같았다.

이런 식으로 은경이의 마음을 후벼 파는 것에 대해 수없이 고민했다. 하지만 나는 상대방의 마음속 깊은 곳까지 닿기 위해 이렇게 파고드는 방법밖에 알지 못한다. 그러니까 은경아, 네 마음을 잘 들여다봐 줘.

"미안해, 은경아. 그래도 네가 진실을 알면 좋겠다고 생각했어. 은경아, 강진교 선생님이랑 함께 지낸 시간을 생각해 봐. 강진교 선생님은 언젠가 은경이 너에게 손을 댔을지도 몰라. 선생님이 네게 잘해 준 이유도 거기에 있을 거야. 그렇지 않고서는 강진교 선생님이 오직 네게만 잘해 줄 이유가 없어. 네가 느끼기에도 그렇지?"

아주 천천히 흔들기 시작한 고갯짓이 점점 더 거세졌다. 은경이는 목뼈가 부러지지 않을까 싶을 정도로 고개를 거세게 흔들었다.

"……아니에요. 아니에요, 아니에요! 절대 그렇지 않아요. 저를 사랑해 주셨어요! 저는 알아요, 함께 지냈으니까! 교장 선생님은 절대 그럴 분이 아니란 걸 알아요! 그 사람이랑…… 그런 사람들이랑 교장 선생님은 달라요. 다르다구요!"

은경이는 나를 향해 고함을 질렀다. 계속해서 눈물을 쏟아 내는 눈동자 안에 알 수 없는 의지가 싹트는 것이 보였다.

"알다시피 강진교 선생님은 절대로, 절대로 용서받을 수 없는 사람이야. 하지만 너는 그렇게 생각하지 않는다는 거지? 세상 사람들 모두가 강진교 선생님을 미워해도 너는 그렇지 않다는 거지?"

은경이는 고개를 푹 숙이고 금방이라도 끊어질 것 같은 가느다란 목소리로 말했다.

"……저까지 교장 선생님을 미워해야 하는 거예요?"

"그건 내가 알려 줄 수가 없어. 은경아, 네가 직접 생각하고 판단해야 해. 네가 미워하고 싶다면 미워해도 좋고, 여전히 좋아한다면 좋아해도 좋을 거야. 강진교 선생님이 나쁜 사람인 거랑 네가 강진교 선생님을 좋아하는 거랑은 상관없어. 나는 그렇게 생각해. 무언가를 판단할 때는 자기의 경험이 가장 중요한 거야. 오직 네가 본 대로 느끼고 판단해. 나는 강진교 선생님이 잘못되었다고 생각해. 정말 쓰레기 같은 사람이라고 생각해. 하지만 나를 포함한 세상 사람들이 모두 강진교 선생님을 나쁘다고 말해도, 아무리 강진교 선생님을 쓰레기 같은 사람 취급해도 은경이 네가 아니라고 생각한다면 그건 아닌 거야. 어때? 은경이 어머니, 학교 선생님들, 그리고 친구들, 세상 모든 사람들이 강진교 선생님을 미워해도 너는 그렇지 않다고 말할 수 있겠어? 네가 아는 강진교 선생님은 나쁜 사람이 아니라고 말할 수 있겠어?"

말없이 울기만 하던 은경이는 살짝 고개를 끄덕였다.

"저는 아직 교장 선생님이 좋아요. 그런 나쁜 짓을 한 선생님이 너무 미운데, 싫은데, 그래도 좋아요."

은경이는 이빨로 입술을 꽉 깨물고 두 눈을 질끈 감았다. 문득 나는 은경이를 꼭 껴안아 주고 싶은 충동이 들었다. 하지만 그럴 수는 없었다. 내게 그런 자격은 없다는 생각이 들었다. 대신 나는 은경이의 정수리에 손을 올렸다. 그리고 은경이의 이마에 나의 이마를 가져다 대었다. 델 것 같은 아주 뜨거운 열기가 이마를 타고 내 머리로 전해져 왔다.

"은경아, 미안해. 너에게는 너무 끔찍한 진실일 거야. 하지만 어차피 알게 될 거면 내가 직접 알려 주고 싶었어. 그게 나의 일이라고 생각했으니까. 그리고 소중한 사람이 자살한 이유를 모르는 건 너무 고통스러우니까. 나는 그 고통이 어떤 건지 알아."

나는 은경이에게서 손을 뗐다. 그리고 망설임 없이 가방에서 편지 봉투를 꺼내 은경이에게 건네주었다.

"읽어 봐. 강진교 선생님이 나한테 남긴 편지야. 선생님은 네가 이 편지를 읽는 걸 원하지 않을지도 몰라. 하지만 나는 네게 보여 주는 게 맞다고 생각해. 그래야 은경이 네가 당장 내일부터 싸워 나갈 수 있을 테니까."

나는 은경이를 남겨 두고 자리에서 일어나 교실을 나갔다.

6

김다감 선생님께

지금 막 제자인 찬성이를 집으로 부른 참입니다. 이 편지를 읽고 있으시다면 찬성이가 무사히 전해 드렸다는 거겠죠.

선생님께서 이 편지를 읽고 계실 때는 이미 모든 게 다 끝나 있겠군요. 저의 비밀이 공개되면 세상 사람들이 저를 비난할 것이며, 저의 제자들 역시 제게 커다란 실망을 하겠죠. 그리고 은경이 역시 저를 증오하게 될 거라고 생각합니다. 그런 생각을 하니 마음이 찢어지게 아프네요. 하지만 어쩔 수 없는 일이라고 생각합니다. 저는 비난받아 마땅한 사람이니까요.

김다감 선생님, 제가 선생님께 부탁드리고 싶은 건 바로 은경이입니다. 그 아이는 상처가 많은 아이거든요. 그런 아이에게 저까지 또 다른 상처를 주게 된다고 생각하니 너무 괴롭네요. 그래서 고민하던 중에 선생님이 생각났습니다. 그날 선생님을 뵙고 선생님이라면 은경이가 마음을 다잡게 도와줄 수 있을 것 같다고 생각했거든요. 아무래도 그런 부탁을 드리기 위해서는 누구에게도 하지 못했던 얘기를 해야겠죠. 이것이 이 편지를 쓰게 된 이유입니다.

작년 여름의 이야기부터 시작해야 할 것 같습니다. 정년퇴직을 앞두고 있던 저는 다시는 교단에 설 일이 없을 것이라 생각했고, 그즈음 스스로 생을 마감할 작정이었습니다. 그렇게 하자고 아주 오래전부터 정해 놓았거든요.

방학이 한창인 7월이었습니다. 저는 서재에 앉아 몇 번이나 칼을 제 목에 가져갔다가 떼었다가를 반복하고 있었습니다. 도저히 자신을 찌를 용기가 나지 않더군요. 그런데 자정 즈음 누군가 문을 두드리는 소리와 함께 작은 울음소리가 들렸습니다. 이상했습니다. 대문은 분명히 잠가 두었을 텐데, 그렇다면 누군가 담을 타고 정원으로 들어온 셈이 되니까요.

저는 경계를 하며 밖을 살폈습니다. 그런데 앞집에 사는 은경이가 어둠 속에서 팬티 바람으로 서 있는 것이 아니겠습니까. 저는 깜짝 놀라 문을 열었습니다. 그리고 몸을 가릴 옷가지를 건네주며 자초지종을 물었습니다.

은경이의 의붓아버지인 하근태는 은경이의 어머니가 직장 일로 퇴근이 늦어질 때마다 은경이에게 손을 대려고 했던 것 같았습니다. 은경이는 하근태가 위험하다는 것을 알면서도 어머니를 위해서 참아 왔다고 합니다. 하지만 그날, 하근태는 작정을 하고 은경이를 강간하려 했습니다. 그런 상황에서 은경이는 가까스로 도망쳐 온 것이었습니다.

사태의 심각성을 깨달은 저는 곧장 경찰에 신고하려고 했습니다. 그런데 은경이는 경찰은 믿을 수 없다고 하더군요. 지난번에도 경찰에 신고했지만 출동한 경찰관이 하근태의 말을 듣고는 그대로 돌아가 버렸다고 했습니다. 아빠로서 사랑을 표현하려고 했는데 딸아이가 뭔가 오해를 한 것 같다고요.

자신의 말을 믿어 주지 않고 달래기만 하는 경찰관 앞에서 은경이는 더 적극적으로 주장하지 못했다고 했습니다. 그때 마침 어머니가 돌아왔지만 일 때문에 힘들어하는 모습을 보고 그냥 넘어갈 수밖에 없었답니다.

하지만 이번에는 제가 있으니 괜찮다고 말해 주었습니다. 제가 대신 신고를 하고 상황을 설명하자 경찰도 수긍하더군요. 물론 저는 제삼자였지만 교직자라는 신분이 도움이 된 것 같습니다. 다행히 제자 중 경찰인 아이가 있어서 은경이의 일을 조용히 처리할 수 있었습니다. 학교가 방학 중이었던 점도 참 다행이었죠. 학기 중이라면 충격을 받은 은경이가 당분간 학교를 쉬어야 했을 테니까요.

은경이만큼 은경이 어머니도 큰 충격을 받은 것 같았습니다. 하지만 생계를 이유로 다니던 직장을 그만두지는 않았습니다. 그분은 어쩌면 일이란 구실로 현실로부터 도망친 것인지도 모르겠네요. 오히려 이전보다 더 많은 일을 하는 것 같더라구요. 그러면서 당분간 제게 은경이를 돌봐 줄 수 있는지 부탁을 했습니다. 그때 일 이후 저도 은경이를 챙겼지만, 어머니 역시 상의할 수 있는 사람이 저밖에 없었거든요. 물론 은경이 어머니는 제가 어떤 사람인지 알 수 없었겠죠.

그렇습니다. 저는 결코 용서받지 못할 일을 저질러 왔습니다. 김다감 선생님, 선생님 역시 저에게 경멸을 느끼시리라는 걸 알고 있습니다. 그런데도 이렇게 부탁을 드리는 제가 뻔뻔하다고 생각하시겠죠.

김다감 선생님이 믿어 주실지 믿어 주시지 않을지 모르겠습니다만, 한 가지 변명을 하고 싶습니다. 마지막 변명이라고 생각하셔도 좋습니다. 그래도 꼭 말씀을 드려야 선생님께 제대로 부탁을 할 수 있을 것 같습니다.

저는 소아성애자입니다. 제게 언제부터 이런 성향이 생긴 것인지는 잘 알 수 없습니다. 태어날 때부터 그렇게 태어난 것인지도 모르겠습니다. 초임 시절 몇 년간은 그저 제가 아이들을 좋아하는 줄로만 알았습니다. 하지만 아이들과 지내다 보니 저는 아주 자연스럽게 저의 성적 취향을 깨닫게 되었습니다. 분명한 것은 저의 이러한 성향이 저를 교사의 길로 인도했다는 것이었습니다.

불행히도 저는 교사였습니다. 하지만 동시에 그것은 참 다행스러운 일이었습니다. 그 직업적 자부심과 위치가 평생 동안 충동과 싸울 수 있게 해 주었기 때문입니다. 하지만 그만큼 죄스러운 감정 역시 지울 수 없었습니다. 사진과 영상을 찍으며 최소한으로 욕구를 해소하지만, 그 이상의 죄책감이 밤마다 저를 집어삼켰습니다. 이대로 가다간 미쳐 버리지 않을까 생각을 하면서도 아침이 되면 저는 아이들을 만나러 학교에 갔습니다.

27년 전, 그런 제게도 아내가 있었습니다. 그리고 네 살 된 딸이 있었습니다. 가정을 꾸리면 저의 성적 충동이 조금은 나아지지 않을까 하는 마음에 저는 한 여성과 결혼을 한 것입니다. 하지만 한 가지만큼은 분명히 하고 싶습니다. 저는 저의 내면 깊숙이 자리한 뒤틀린 성향과는 별개로 아내를 사랑했습니다. 제 딸도 그렇고요. 그렇기 때문에 하늘이 제게 벌을 내린 것입니다. 가장 소중한 것을 빼앗아 가는 천벌 말입니다.

어느 날 밤, 아내는 운전 중에 밤길을 걸어가던 취객을 피하려 크게 핸들을 틀었고, 마주 오던 차와 정면으로 부딪쳤습니다. 조수석에는 어린 딸아이가 타고 있었죠. 두 사람은 그렇게 허망하게 하늘나라로 떠나 버렸습니다.

저는 아내와 딸을 앗아간 세상을 저주했습니다. 두 사람을 잃은 충격과 슬픔에 고통스러워했습니다. 하지만 동시에 마음속 깊은 곳에서 다행이라고 생각하는 저 자신을 발견했습니다. 제 아내와 딸이 자신의 남편이, 자신의 아버지가 소아성애자였고, 교사라는 직위를 이용해서 욕구를 채우고 있었다는 사실을 알게 될 일은 이제 영영 없으니까요.

저는 결심했습니다. 남은 시간 동안은 오직 아이들에게만 헌신하자고요. 그리고 교사를 그만두는 순간 깔끔하게 삶을 정리하고 아내와 딸을 따라가자고요. 하지만 저 자신을 수없이 자책하면서도 사진과 영상을 수집하는 것을 그만둘 수가 없었습니다. 여전히 제 안의 변태적인 욕구를 채운 것입니다. 이 얼마나 가증스럽고 이중적인 삶인가요.

60여 년의 세월을 살면서 저는 제가 어떤 사람인지 알 수 없었습니다. 그저 모순 덩어리였습니다. 저는 저 자신이 두려웠습니다. 언젠가 아이들에게 손을 대는 게 아닐까 생각했기 때문입니다. 퇴직을 한 다음에는 서둘러 생을 마감하는 것이 교육자로서 옳은 길이라 생각하고 있었습니다. 아내와 딸도 보고 싶었고요. 그렇게 망설이던 와중 은경이를 만나게 된 것입니다.

제가 저의 집으로 들어온 알몸인 아이를 봤을 때 어떤 생각이 들었을 것 같나요? 가장 먼저 느낀 것은 성적인 충동이 아니었습니다. 허망하게 떠난 아내와 딸이 생각났고, 추악한 욕망으로 연약한 아이를 짓밟으려고 한 하근태에 대한 분노가 일었습니다. 하지만 그 모든 게 뒤섞인 감정보다 강했던 것은 이 아이를 지켜 주고 싶다는 생각이었습니다.

김다감 선생님, 그런 자신을 발견한 제가 얼마나 기뻤는 줄 아시겠어요? 저는 평생에 걸쳐 싸워 온 저 자신의 욕망을 그렇게 이겨 낸 것입니다.

지난 반년간 저는 은경이를 위해 최선을 다했습니다. 나이로는 할아버지뻘이겠지만, 은경이를 딸처럼 생각하고 해 줄 수 있는 모든 것을 다 주려 노력했습니다. 그리고 남은 여생 동안 더 많은 것을 줄 수 있다고 생각했습니다. 하지만 결국 은경이는 저의 추악한 면을 발견해 버리고 말았습니다.

오늘 낮에 은경이는 평소대로 학교가 끝나고 저의 집을 찾았습니다. 기간제 교사 얘기를 하면서 제가 다시 학교에 나올 수 있다며 기뻐하더군요. 저도 다시 교단에 돌아가 아이들을 만날 생각을 하니 조금은 설레는 마음이 들었습니다.

은경이는 언제나처럼 거실에서 공부하고 있었습니다. 서재에 있던 저는 몇 가지 할 일을 마치고 은경이에게 공부를 가르쳐 주기 위해 거실로 나갔습니다. 그런데 은경이가 보이지 않았습니다. 저는 혹시나 하는 불안감이 들었습니다.

제가 반년 동안 은경이에게 절대로 들어가지 못하게 했던 방이 있습니다. 평소에도 열쇠로 잠가 두었습니다만, 그날은 깜박하고 말았습니다. 엊그제 찾을 것이 있어서 들어갔다가 미처 잠그지 못했다는 것을 깨닫고는 급히 그 방으로 향했습니다.

은경이가 상자 속에서 앨범을 꺼내서 들여다보고 있었습니다. 그때의 기분을 뭐라 표현해야 할까요. 그야말로 세상이 와르르 무너져 내리는 기분이었습니다. 은경이는 똑똑한 아이입니다. 당장은 자신이 본 사진들의 의미를 이해하지 못했을지도 모릅니다. 하지만 조금 더 시간이 지나면 그 사진들이 어떤 것인지 이해하게 될 것입니다. 결국 시간문제일 뿐입니다.

만약 이 비밀을 누군가에게 들킨다면 목숨을 끊자는 생각은 원래부터 하고 있었습니다. 드디어 그 시간이 찾아온 것입니다. 다만 다른 누구도 아닌 은경이에게 들켰다는 사실이 너무 기가 막혔습니다. 역시 하늘은 저를 벌하는 것을 잊지 않았고, 또다시 가장 잔인한 방법을 택한 것입니다.

이제 김다감 선생님께 부탁드립니다. 부디 은경이의 마음을 잘 달래 주시길 바랍니다. 혹시라도 은경이가 자신 때문에 제가 자살을 했다고 자책하는 모습을 보인다면 꼭 알려 주시길 바랍니다. 저는 이미 반년 전에 죽었어야 하는 사람이라고요. 그런 저를 지금까지 살게 만들어 준 사람이 바로 은경이였다고요. 하늘의 뜻에 따라 예정된 속죄를 하는 것일 뿐이라고 말입니다.

김다감 선생님은 왜 제가 선생님께 이런 부탁을 하는지 알 수 없으시겠죠. 그것은 선생님께서 은경이의 담임 선생님이기 때문입니다. 담임 선생님의 역할은 정말 중요합니다. 어떤 선생님을 만나느냐에 따라서 1년이 결정되고, 또 그 1년이 평생의 삶에 영향을 주기도 합니다. 그리고 이 중요한 시간 동안 은경이와 가장 많은 시간을 보내게 될 사람이 김다감 선생님이라고 생각했기 때문입니다. 앞에서 말씀드렸듯이 저는 김다감 선생님이 좋은 선생님이라고 믿습니다.

공개 수업 날, 저는 은경이의 보호자로 참여했습니다. 그날 저는 1반의 한 아이가 선생님의 질문에 대답을 못 해서 쩔쩔매는 것을 봤습니다. 하지만 선생님께서는 충분히 기다려 주셨습니다. 반 아이들도 마찬가지였습니다. 그 아이가 당황스러움을 이겨내고 말을 할 때까지 떠들지 않고 조용히 기다리더군요. 1반 아이들은 이미 다감 선생님의 그런 방식에 익숙해져 버린 것입니다.

저는 35년 동안 교사 생활을 하면서 배운 것이 있습니다. 제가 무작정 주기 위해서 다가가도 아이들이 받을 준비가 되어 있지 않으면 그 마음이 튕겨 나와 버린다는 것입니다. 힘들고 고독한 아이는 반에서 마치 모서리처럼 툭 불거져 나와 있습니다. 저는 그런 아이를 도와주고 싶어서 무작정 다가갔습니다. 도와주기 위해서 나섰지만 제대로 도와준 경우보다 아무런 도움도 되지 못한 경우가 훨씬 더 많았습니다. 섣부르게 아이에게 다가갔다가 오히려 마음의 문을 더 꼭꼭 걸어 잠그게 하는 경우도 많았습니다. 아이가 마음의 문을 열고 도움을 요청해도 아무것도 해 주지 못한 경우도 있었고요.

저는 그런 것이 무척 서툰 사람입니다. 저는 주고 싶은 대로 아이에게 주었고, 아이가 변하지 않거나, 마음의 문을 열지 않거나, 저를 원망하면 지쳐서 화를 냈습니다. 지켜보기만 하다가 아무런 도움도 주지 못한 아이들도 있었고, 마음만 앞세우고 다가가서 더 아프게 했던 아이들도 있었습니다.

결국 깨달은 것은 아이와 일정의 거리를 두어야 한다는 것이었습니다. 그 거리감이 있어야만 아이들이 보내는 민감한 신호를 잡을 수 있습니다. 놀랍게도 초임이신 김다감 선생님은 그것을 이해하고 있었습니다. 적어도 제게는 그렇게 보였습니다.

은경이가 종종 선생님에 관해 이야기했습니다. 어떤 사람인지 감이 안 잡히는 분이 담임 선생님이 되셨다고요. 한 번도 웃어 주지 않고, 아이들의 장난도 잘 받아 주지 않는다고 하더군요. 아이가 잘못된 행동을 하더라도 곧바로 혼내지도 않고 인상을 쓰며 한숨만 푹 쉰다고 했습니다. 하지만 반드시 따로 그 아이를 불러서 무슨 일이 있는지 넌지시 물어보는 모습을 보았답니다.

그렇게 아이를 조심스럽게 지켜볼 줄 아는 선생님이기 때문에 믿고 부탁드릴 수 있는 것입니다. 은경이를 잘 지켜봐 주시길 부탁드립니다. 그리고 은경이가 잘못된 길로 빠지지 않도록 길을 잘 잡아 주시길 바랍니다.

아시다시피 저는 더 이상 은경이에게 도움을 줄 수가 없게 되었습니다. 그러니까 김다감 선생님께 꼭 부탁드립니다. 그리고 부디 알려 주시기 바랍니다. 지금까지 어떤 삶을 살았는지는 중요하지 않다고, 앞으로 어떻게 살아가느냐가 더 중요하다고 말입니다. 무엇 때문에 무엇이 안 된다, 이런 사고방식은 갖지 말라고 말해 주세요. 모두 이겨 낼 수 있다고 해 주세요. 분명히 행복해질 수 있다는 것을 알려 주세요.

그리고 만약 은경이가 저에 대해서 궁금해한다면, 조금이라도 저를 용서할 수 있다면, 이 말을 꼭 전해 주시기 바랍니다. 제가 은경이를 너무나 사랑한다고요. 부디 건강하고 훌륭한 사람으로 자라 달라는 말을 남겼다고요. 그리고 허락만 해 준다면 언제나 은경이의 곁에 있겠다고요.

김다감 선생님, 때가 된 것 같으니 여기서 줄이겠습니다. 죽는 것은 여전히 두렵지만 그보다 더 두려운 건 은경이에게 미움을 받는 것이군요. 지금에 와서야 그 사실을 깨닫다니 참으로 모순적입니다. 마치 저의 삶과 같네요. 이제 저는 저의 죗값을 받으러 떠나겠습니다. 부디 은경이를 잘 부탁드립니다.

나는 복도에서 잠시 동안 맑은 봄 하늘을 올려다보았다. 그리고 깊은 한숨을 내쉬었다. 문득 언니가 떠올랐다. 오래전의 일이다. 고등학생이었던 나는 선생님이 되어서 가장 좋은 점이 무엇인지에 대해서 언니에게 물은 적이 있었다.

"음, 가장 좋은 거라……. 그건 내가 점점 더 좋은 사람이 되어 가고 있다는 거라고 할 수 있을까?"

"응? 언니, 그게 무슨 말이야?"

"무슨 말이냐면, 아이들에게 좋은 가치를 가르치기 위해서는 내가 먼저 좋은 사람이 되어야 한다는 거야. 거짓말을 하지 말라고 가르치기 위해서는 내가 먼저 정직한 사람이 되어야 해. 포기하지 말라고 가르치려면 내가 먼저 노력하는 사람이 되어야 하고. 그러니까 아이들을 가르치면 가르칠수록 내가 점점 더 괜찮은 사람이 되어 가는 거야. 선생님이 되어서 가장 좋은 점은 바로 그거 같아."

나는 강진교 선생님을 생각하며 언니가 나에게 해 준 그 말을 떠올렸다.

어쩌면…… 강진교 선생님이 자신의 끔찍한 욕망을 제어할 수 있었던 이유는 그가 교육자의 길을 걸었기 때문은 아닐까? 교사라는 직업이 강진교 선생님을 그런 방향으로 이끌고 갔던 것은 아닐까? 교사가 되어 간다는 것은 무엇일까? 교사로 살다 보면 교사처럼 되어 가는 것일까? 그렇다면 언젠간 나도 언니의 마음을 알 수 있을까? 정말로?

머릿속이 혼란스러워서 고개를 거세게 흔들었다. 강진교 선생님은 분명 범죄자였다. 자신을 벌하긴 했지만 절대 용서받을 수 없는 사람이다. 이 편지 속 그의 마음 역시 거짓말일지도 모른다. 진실은 아무도 모른다. 확인할 방법이 없으니까.

하지만 은경이의 생각은 분명 다를 것이다. 가족이라 믿었던 사람에게 성폭력을 당할 뻔한 아이지만, 은경이는 우리 6학년 1반 교실에서 누구보다 밝다. 그것은 모두 강진교 선생님의 덕분이라는 건 부정할 수 없는 사실이다.

이 편지가 진실이라면 강진교 선생님은 자신이 어떤 사람인 줄 알고, 자신의 비틀린 욕망과 끊임없이 싸워 온 사람이다. 나는 절대 강진교 선생님을 용서할 수는 없지만, 은경이가 그것만큼은 알았으면 했다. 은경이는 앞으로도 쭉 그를 그리워하게 될 테니까…….

잠시 후 1반 교실에서 교실이 떠나갈 듯한 울음소리가 터져 나왔다. 창문으로 들여다봤더니 은경이는 두 손으로 얼굴을 감싸고 큰 소리로 울고 있었다. 나는 복도 벽에 기대어 은경이의 울음소리가 잦아들 때까지만 잠시만, 아주 잠시만 더 기다리자고 생각했다.

3장 다감의 마음

1

정자 기둥에 어깨를 기대고 하늘을 올려다보았다. 하얀 물감을 가느다랗게 풀어 놓은 듯한 구름이 맑은 하늘에 걸려 있었다. 바람은 시원했고 햇볕은 따스했다. 오후에는 조금 더 기온이 오를 것 같았다.

나는 잠시 눈을 감고 온몸에 힘을 쭉 빼 보았다. 이마 앞쪽이 자꾸만 욱신거려 눈두덩이에 힘이 들어갔지만 견딜 만했다. 확실히 오전보다는 두통이 조금 가라앉은 것 같다. 왜 하필 오늘 같은 날 이렇게 몸이 안 좋은 건지 모르겠다. 괜스레 모든 게 엄마 탓처럼 느껴졌다. 그래서는 안 되는데…….

오늘 아침, 억지로 몸을 일으켜 출근 준비를 하고 있을 때 엄마로부터 전화가 걸려 왔다.

[다감아, 오늘 소풍 가는 날이지? 안 가면 안 되겠니? 내가 좀 불안해서 그래.]

하아. 나는 한숨을 내쉬며 침대 가장자리에 털썩 앉아 버렸다. 역시 오늘 현장 체험 학습을 간다는 걸 괜히 말한 것 같다. 얼마 전부터 엄마는 시간이 날 때마다 전화해서 그날 쉴 수 없겠느냐는 말을 반복했다. 전화 받기 전부터 느낌이 좋지 않더니만, 또 그 얘기라고?

"엄마…… 이제 그만해."

[다감아, 그렇지만 너도 알잖아. 그러다 혹시 사고라도 나면…….]

"사고가 그렇게 쉽게 일어나는 것도 아니잖아. 나는 괜찮으니까, 그만해. 응?"

머리가 지끈거리기 시작한 것은 그때부터였다. 물론 엄마의 탓만은 아니었다. 내일 아이들과 버스를 타고 어딘가로 가야 한다고 생각하니 이상하게 으슬으슬 몸이 떨렸고, 열이 나기 시작했다. 안 되겠다 싶어서 약을 먹고 최대한 몸을 따뜻하게 하며 잠자리에 들었지만, 아침에 눈을 떴을 때도 상태는 그리 좋아지지 않았다.

[그런데 다감아, 엄마가 이번에 점을 보고 왔는데…… 너한테 안 좋은 일이 생길지도 모르는 사주가 아직 그대로래. 버스를 타고 가는 거잖아. 혹시 너도 다정이…….]

"엄마!"

나는 말을 자르며 버럭 소리를 질렀다. 동시에 머리 안쪽에서 무언가가 터지는 느낌이 들었다.

"엄마, 혹시 그 사람이 내 사주를 바꾸려면 뭘 해야 한다면서 돈을 요구한 건 아니지?"

나는 손으로 이마를 누르며 물었다. 귓가에 울리는 고동 소리에 맞춰 이마의 피부가 팔딱팔딱하고 움직이는 것이 손바닥으로 느껴졌다. 엄마는 잠시 아무런 말도 하지 않았다.

"아아, 엄마. 그 사람은 엄마가 듣고 싶은 말만 해 주는 사람이야. 그런 말을 해 주면 엄마가 돈을 가져다가 바치니까 계속 그러는 거라고! 아빠는 도대체 뭐 하는 거야!"

[다감아, 다 너를 위해서 그러는 거야. 오늘 하루만이라도 좋아. 엄마는 네가 안 갔으면 좋겠어. 또 사고가 나면 어떡해, 다정이 때처럼.]

"정신 차려! 언니가 여기서 왜 나와. 왜 만날 엄마는 그런 소리만 하는 거야? 언니가 죽은 건 사고 때문이 아니잖아? 언니는 자살했어. 자기가 죽음을 선택한 거라고. 그리고 이게 아이가 학교 안 가는 거랑 똑같은 줄 알아? 난 선생님이야. 설령 그런 사고가 난다고 해도……."

거기까지 말한 나는 순간 말문이 막혔다. 사고가 난다고 해도 뭐? 내가 무얼 할 수 있는 건데? 잠시 침묵이 흘렀다. 엄마가 더 강하게 쏘아붙일 줄 알았는데 스마트폰 너머에서는 숨소리조차 들리지 않았다.

"……어쨌든 끊어. 나 출근해야 해. 나중에 다시 전화할게. 너무 걱정하지 마, 알았지?"

나는 엄마의 대답도 듣지 않고 도망치듯 전화를 끊어 버렸다. 갑자기 열을 내 버린 탓일까, 그때부터 이마 안쪽에 들어앉은 정체 모를 뭔가가 마구 날뛰는 기분이 들었다.

엄마가 신앙처럼 굳게 믿는 운명에 관한 이야기를 할 때마다 나는 정신이 아득해지는 기분을 느끼곤 했다. 어떻게든 엄마에게 상처를 주어서, 엄마의 마음을 난도질해서 엄마의 입을 다물게 하고 싶어지는 기분 말이다.

아빠는 그런 엄마를 맞춰 주었다. 그렇게 생각해서라도 살아갈 힘을 낼 수 있다면 좋다는 것이다. 하지만 내 생각은 달랐다. 엄마의 믿음은 삶을 극복해 나가기 위한 신앙이 아니다. 언니의 일을 정당화하는 것일 뿐이었다. 언니의 죽음이 그렇게 처음부터 정해져 있었다니…… 나는 절대 인정할 수 없다. 그렇게 생각하면 언니의 마음 같은 건 중요하지 않게 되어 버리니까. 그 말을 인정해 버리면 내가 여기까지 온 이유조차 사라져 버리니까.

종일 마음이 무거웠다. 옅은 한숨만 쉬고 있는데 점심을 먹은 아이들이 하나둘 정자로 모여들었다. 찾기 쉬운 장소라 그럴까. 역시 이곳을 모이는 장소로 정해 두길 잘했다는 생각이 들었다.

아이들은 옹기종기 둘러앉아 이야기를 나누기 시작했다. 나는 눈을 가늘게 뜨고 하늘을 올려다보았다. 따스한 햇볕을 온몸으로 받으니 점점 두통이 가시는 느낌이 들었다.

“저 구름 이름이 뭐라고 했더라?”

“으음, 저건 그러니까…….”

아이들 사이에서 문득 그런 대화가 들려왔다. 자연스럽게 오전의 일이 떠올랐다.

“여러분, 하늘에 보이는 저 구름 이름 혹시 아시나요?”

아이들 앞에서 간단히 자신을 ‘숲해설가’라 소개한 서보현 가이드가 아이들에게 질문했다. 아이들과 나는 그녀가 손가락으로 가리키는 하늘을 보았다. 파란 하늘이 눈부시게 빛났다.

“아니요.”

아이들이 합창하듯 말했다. 그녀는 빙그레 웃었다.

“구름에는 많은 이름이 있어요. 솜사탕처럼 몽실몽실 보드라운 느낌을 주는 ‘뭉게구름’이 있고, 깃털처럼 보이는 ‘새털구름’도 있고요. 그리고 ‘적란운’이라고 하죠, 여름철에 자주 볼 수 있는 ‘소나기구름’도 있고요. 가을철의 높은 하늘에 펼쳐진 ‘비늘구름’도 있죠. 구름의 이름은 다양해요. ‘양떼구름’, ‘두루마리구름’, ‘안개구름’, ‘비층구름’, 오늘 같은 ‘실구름’까지. 하지만 이름을 모르고 보면 그냥 하얀 구름일 뿐이겠죠?”

그녀는 아이들 한 명 한 명 눈을 맞추며 이야기를 이어 나갔다.

“식물도 마찬가지예요. 다양한 이름이 있답니다. 나무의 결이나 잎의 모양새나 꽃의 생김새 등등, 보이는 것부터 시작해서 피어나는 시기도 지는 시기도 저마다 달라요. 가장 좋아하는 환경도 다르고 활발히 활동하는 시기도 다르죠. 아는 만큼 다르게 보이는 거예요. 오늘은 함께 저희 식물원을 돌면서 하나하나 알아 가 보도록 할게요."

하지만 아이들의 반응이 조금 시큰둥했다.

"얘들아, 재미있을 것 같지 않니?"

겨우 서 있을 기운밖에 없었지만, 나는 그녀가 민망할까 봐 목소리에 힘을 주었다.

"어차피 작년이랑 똑같은 거 하는 거잖아요. 한 바퀴 돈 다음에 토끼랑 염소 보러 가고, 마지막에는 토마토 따서 갈아 먹고."

현수의 말에 서보현 가이드는 웃으며 고개를 저었다.

"작년이랑 완전히 똑같지는 않아요. 새로 들여온 나무랑 꽃도 볼 수 있을 거예요. 그리고 이번에 새로운 동물 친구도 왔거든요. 여러분도 좋아할 거예요. 저는 여러분과 작년에도 만났지만, 선생님께서는 올해 처음이라면서요? 평소에는 여러분이 선생님에게 배우고 있지만, 이번에는 여러분이 선생님께 알려 드릴 수 있지 않나요?"

아이들이 일제히 나에게 시선을 던졌다.

"에이, 선생님은 그런 거 별로 관심 없으실 거예요. 저희한테도 관심 없으신데요, 뭐."

뒷줄에 있던 태형이가 어깨를 으쓱하며 장난기 가득한 목소리로 말했다. 몇몇 아이들이 작게 웃음을 터뜨렸다. 태형이도 그렇고 아이들은 나와 있을 때는 그런 말을 하지 않았다. 내가 워낙 받아 주지를 않으니까. 하지만 지금은 상황이 다르다는 걸까.

"아닐걸요? 아이들한테 관심이 없는데 어떻게 여러분 선생님을 해요. 그렇죠, 선생님?"

서보현 해설가가 나를 보며 씩 웃었고, 태형이는 "저희 선생님은 원래 그래요." 하고 말했다.

"야야, 하지 마."

"왜 그래."

몇몇 아이들이 태형이를 말렸지만, 그 목소리에도 웃음기가 묻어 있었다. 아이들은 제삼자가 있을 때의 내 반응이 궁금한 것 같았다. 평소에는 그런 아이들에게 주의를 주던 시아까지 은근히 내가 어떻게 나올지 기대하는 눈빛이었다. 나는 쓴웃음을 짓고 서보현 해설가님을 바라보았다.

"……관심이 없어도 할 수는 있죠. 정말로 중요한 이유가 있다면요."

그리고 나는 그녀 역시 나와 같을지도 모른다고 생각했다. 나는 그녀와 처음 만났을 때부터 눈여겨본 것을 머릿속에 한 번 더 되새겼다. 서보현 해설가님은 계속해서 코가 맹맹한 소리를 내었고, 아이들에게 양해를 구한 뒤 뒤돌아 크게 콧물을 풀기도 했다. 눈가와 코 아래에는 약간 붉은 기가 돌았다. 손바닥으로 코끝이나 귓가를 톡톡 치기도 했다. 나는 그녀가 이곳에서 일하는 게 얼마나 힘이 들지 짐작해 보았다.

"해설가님, 화분증이 있으시죠?"

나는 확인하듯 물었다. 이번에는 아이들이 그녀 쪽으로 일제히 고개를 돌렸다. 하지만 그녀는 내가 한 말에 고개를 갸웃했다.

"오늘 아침부터 봤는데 조금 힘들어하시는 것 같아서요."

이윽고 그녀는 무슨 말인지 알겠다는 듯 아아, 하고 입을 벌렸다.

"네, 맞아요. 제가 알레르기가 조금 있어요. 그런 게 있다는 사실도 최근에 알았어요."

그녀는 출근만 하면 하루 종일 고생이라면서 웃었다.

"혹시 아이들 알레르기인가요? 저희랑 같이 있으셔서 그러세요?"

다예가 그렇게 말하자 아이들 사이에서 웃음이 터져 나왔다. 그녀도 무언가를 말하려다 아이들과 함께 웃기 시작했다. 분위기가 더욱 화기애애해졌다. 하지만 순간 머리가 울린 나는 살짝 표정을 찡그렸다. 그런 나를 본 서보현 해설가님의 표정이 조금 굳었다.

"선생님, 저보다 선생님께서 더 안 좋아 보이세요. 저희 사무실에 비상약이 종류별로 있는데 그거라도 좀 드릴까요?"

걱정스러운 얼굴로 묻는 그녀에게 나는 괜찮으니 계속 진행해 달라고 했다. 학교를 출발하기 전 보건실에서 두통약을 받았지만 큰 효과는 없었다.

"여러분, 그러면 안쪽으로 이동하도록 해요."

해설가님의 말이 끝나자 갑자기 얘들아, 하고 시아가 말했다.

"오늘 약속했잖아, 선생님 말 잘 듣기로."

"맞아, 그랬지."

"알겠어."

"그러자!"

스물세 명의 아이들은 서둘러 대열을 맞췄다. 갑자기 아이들이 왜 이러는 것인지 알 수 없어서 나는 고개를 갸웃했다. 이윽고 해설가님은 대열을 이끌고 식물원 안쪽으로 걸어 나갔다. 나는 잠자코 대열의 맨 뒤를 따랐다.

오전 중에는 그렇게 식물원을 한 바퀴 돌아보았다. 다양한 나무와 꽃을 살펴보고 몇 가지 체험도 했다. 아이들은 오늘따라 유난히 내 말을 잘 들어 주었다. 기특하다는 생각이 들었다. 동시에 가슴 안쪽이 따끔거렸다.

3월 중순부터 석 달이 조금 안 되는 시간을 함께 지내며 피부로 느꼈다. 아이들은 자세히 들여다볼수록, 알면 알수록 천차만별로 달라서 그런 아이들을 하나의 규칙으로 묶어 내는 일은 정말 어려운 일이었다. 그래서 나는 아이들과 거리를 두는 방법을 택했다. 아이들에게 마음을 내어 주지 않기로 마음먹었다.

그 방법은 어느 정도 효과가 있었다. 아이들은 나를 어려워했고, 교실에는 종종 긴장감이 흘렀다. 그 덕에 지금까지 우리 반에서는 특별히 큰 문제나 말썽이 일어나진 않았다.

만약 오늘 나의 몸 상태가 좋았다면 나는 역시 내가 옳았다고 생각했을 것이다. 아이들이 나를 어려워하지 않고 붕 떠 있었다면 단체 행동에서 벗어나 자기 멋대로 행동하다가 사고가 났을지도 모르는 일이라고, 그러니 이게 내가 아이들을 대하는 최선의 방법이라고, 그렇게 또다시 스스로에게 말할 수밖에 없었을 것이다.

하지만 오늘의 나는 체력적으로도 정신적으로도 너무나 힘들었다. 아이들을 제대로 통제할 기력조차 없었다. 그런데도 아이들은 평소보다 더 말을 잘 들었다. 어째서일까? 아무리 생각해도 알 수 없는 그 답은 2반의 이상미 선생님에게 들을 수 있었다.

해설가님을 따라 식물원을 돌다가 2반 아이들과 마주쳤을 때였다. 아이들은 서로 반갑게 아는 척을 했다. 6학년의 다섯 개 반이 움직이는

데 세 대의 대형 버스를 이용했고, 1반은 2반과 함께 버스를 탔다. 그사이에 벌써 유대감이 생긴 듯했다.

각각의 반을 인솔하는 두 해설가는 잠시 이야기를 나누더니 두 반을 한데 모아 놓고 함께 설명을 시작했다. 그때 나와 함께 뒤쪽으로 물러서 있던 2반의 이상미 선생님이 말을 걸었다.

"다감 선생님, 몸은 좀 어때요. 괜찮아요?"

"아, 네. 괜찮아요."

말은 그렇게 했지만, 사실은 전혀 그렇지 못했다. 함께 버스를 탔을 때부터 나를 챙겨 준 그녀에게 미안했기 때문이다. 그나마 오늘은 아이들을 향해 목소리를 높일 필요가 없어서 다행이라고 생각했다.

"다감 선생님네 반 아이들은 의젓하네요."

"그런가요?"

"보세요. 열심히 들으려는 태도를 보이잖아요, 저희 반 아이들과는 다르게."

"확실히 오늘은 조금 신경을 덜 쓰게 되네요. 뭔가 꿍꿍이속이 있는 건 아닌지 의심될 정도예요."

나는 힘없는 미소를 지었고, 내 말에 이상미 선생님은 고개를 끄덕였다.

"선생님은 밖에서 버스에 타는 아이들 명단을 점검하느라 모르셨구나. 출발하기 전에 버스 안에서 1반 아이들끼리 이야기하는 걸 들었어요. 다감 선생님 몸이 안 좋아 보이시니까 오늘만큼은 신경 안 쓰셔도 되게 하자더라고요."

"아……."

나는 천천히 아이들 쪽으로 고개를 돌렸다. 아이들은 열심히 해설가님의 설명에 귀를 기울이고 있었다. 평소의 수업 태도를 잘 알고 있는 나는 확실히 알 수 있었다. 의식적으로 집중하려는 티가 보였다.

바람을 타고 수목원 어딘가에서 날아온 꽃향기가 코끝에 닿았다. 무엇일까. 머리가 지끈거려서 멈추려고 해 봐도 자꾸만 생각이 피어났다. 가슴 안쪽을 콕콕 찌르는 듯한 이 느낌의 정체는 뭘까.

"와, 정말 모르겠네."

나의 마음을 대변해 주는 듯 누군가 그렇게 외쳤다. 나는 퍼뜩 정신을 차렸다. 정자 한구석에 모여 있는 스물세 명의 아이들이 모두 같은 방향을 바라보고 있었다. 난간이 있었지만 겨우 아이들 허리께 정도였다. 까치발까지 드는 뒤쪽의 아이들이 앞의 아이를 밀면 앞쪽의 아이들이 바깥으로 떨어질지도 모르는 일이었다.

"얘들아, 그렇게 몰려 있으면 위험하잖아. 무슨 일 있어?"

나는 잰걸음으로 다가가 물었다. 아이들은 너도나도 손가락을 들어 어딘가를 가리켰다. 그 방향을 보니 식물원의 관리사무소 건물이 눈에 들어왔다.

"선생님, 잠시만 기다려 보세요. 이제 사람들이 나올 거예요. 이번에는 아마 여섯 명이요."

현수의 말에 그게 무슨 의미인지 다시 물어보려고 할 찰나, 정말로 건물 안에서 여섯 명의 사람들이 터덜터덜 걸어 나왔다. 그들 중에는 서보현 해설가님도 있었다. 자세히 보니 6학년 다섯 개의 반을 안내했던 다섯 명의 직원들이었다. 그리고 모르는 얼굴이 한 명 더 있었다.

"와, 또 나왔네. 진짜 모르겠다."

까치발을 들지 않아도 될 정도로 반에서 가장 키가 큰 대현이가 내 옆에 서서 말했다. 또 나왔다니, 도대체 뭘 말하는 걸까?

"선생님."

문득 시아가 나를 불렀다. 아이들과 무언가를 확인하듯 눈빛을 교환한 후 다시 나를 바라보며 말했다.

"선생님, 저희랑 내기하실래요?"

"내기?"

나는 고개를 갸웃했다.

"갑자기 무슨 내기?"

"저기 숲해설가 선생님들이 왜 저런 행동을 하는지 맞히는 사람이 이기는 거예요."

나는 여전히 이해가 되지 않았다. 아이들은 숨을 죽이고 내 대답을 기다렸다.

"시아야, 내가 왜 그런 내기를 해야 하는 거니?"

"재밌잖아요!"

"맞아요. 선생님, 저희한테 지실까 봐 두려우신가요?"

"야, 그런 얘기는 하지 마."

"선생님, 해요, 해요."

질문은 시아한테 했는데 다른 아이들이 한마디씩 던졌다. 다들 의욕이 넘쳤다.

"선생님이 이기시면 앞으로 선생님 말씀 다 잘 들을게요."

시아가 그렇게 말하자 다른 아이들도 고개를 끄덕였다. 자기들끼리는 이미 얘기가 끝난 듯했다. 도대체 뭘 꾸미고 있는 것인지 알 수 없었다.

"그럼 내가 졌을 땐 어떻게 해야 하지?"

"저희가 이기면 선생님이 말씀해 주셨으면 좋겠어요."

"뭐를?"

"선생님 고민을요. 뭔가 고민이 있으셔서 오늘 종일 기운이 없으셨던 거죠? 뭔지 궁금한데, 선생님은 자기 얘기 절대 안 하시잖아요. 다른 애들도 궁금하대요. 혹시 알아요? 제가 힘들었을 때처럼 선생님도 고민을 털어놓으시면 해결 방법이 떠오를지? 그러니까 어서 내기해요, 네?"

시아는 그 어느 때보다 진지한 표정으로 말했다.

2

그들의 이상한 행동은 아이들이 점심을 먹을 즈음부터 시작되었다고 한다. 처음에는 서보현 가이드 혼자였다.

"어? 아까 그 가이드 선생님이네."

아이들은 오전 내내 자신들을 인솔했던 가이드였기에 그저 호기심으로 지켜보았다.

그녀는 밖에 나와 벤치에 앉아 있다가 10초 만에 다시 건물 안으로 들어갔다. 건물에 들어가서 1분쯤 지났을까, 그녀는 다시 건물 밖으로 나왔다. 이번에는 벤치에 약 30초 정도 앉아 있다가 다시 건물 안으로 들어갔고, 다음에는 1분, 그다음은 5분, 그다음은 10분으로 벤치에 앉아 있다가 들어가는 시간이 점점 늘어났다고 했다. 건물 안에 머무는 시간은 1분 남짓이었지만 바깥에 있던 시간은 점점 늘어 갔다고 했다. 그렇게 20분 정도가 지났다고.

"이상하네, 왜 그런 행동을……."

나는 작게 중얼거렸다.

"그렇죠?"

"그다음에는 서보현 선생님 포함해서 세 명이 같이 나왔어요."

"그리고 다시 나왔다가 들어갔다가……."

아이들은 앞다투어 다음 이야기를 하기 위해서 서로의 말을 가로막기도 했다. 나는 아이들을 진정시키고, 정신없으니 한 사람만 얘기해 달라고 했다. 시아가 대표로 말했다.

"세 분이 똑같은 행동을 하셨어요. 처음에는 잠깐 나왔다가 들어갔어요. 그런데 역시 벤치에 앉아 있는 시간이 점점 길어지는 거예요."

시아의 말에 나는 "5분, 10분, 15분?" 하고 물었다. 아이들은 입을 모아 네, 하고 대답했다. 그렇게 또 20분 정도가 지난 것 같았다. 나는 건물 쪽을 바라보았다. 방금 전에 들어갔던 여섯 명의 직원들이 어느새 다시 건물 밖으로 나왔다. 벤치에 앉아서 무언가 이야기를 나누고 있었다.

"선생님, 보세요. 이번에는 5분 동안 있을 거예요."

시아의 말은 정확했다. 직원들은 5분 뒤 다시 건물 안으로 들어갔다.

"어때요? 이상하죠?"

나는 고개를 끄덕였다.

"저분들이 저러는 이유를 맞히는 사람이 이기는 거예요, 알겠죠? 이제 시작이에요!"

시아의 말이 끝남과 동시에 아이들의 소리가 와글와글 커졌다. 교실 안에서 이렇게 떠든다면 머리가 아팠을 것이었다. 하지만 바람이 정자 옆 버드나무의 잎을 헤집는 소리와 함께 들으니 왠지 그렇게 듣기 싫지만은 않았다. 신기하게도 아침부터 나를 괴롭히던 두통도 어느샌가 사라졌다. 나는 이마에 슬쩍 손을 올려 보았다. 미열이 조금 남아 있을 뿐이었다.

지금 아이들은 자기들끼리 열심히 토론하고 있다. 나를 이겨 봤자 내 고민을 들어 주는 것 정도인데 말이다. 아이들은 오늘 컨디션이 안 좋은 나를 도와주었다. 그리고 나는 분명…… 아이들에게 고맙다는 감정을 느꼈다.

나는 이 아이들의 선생님이다. 어른인 내가 아이들의 도움을 받아도 괜찮은 걸까? 정리되지 않는 생각들이 머릿속에서 소용돌이쳤다. 또다시 머리가 지끈거릴 것 같아 나는 가볍게 머리를 흔들었다.

내일이 되면 또다시 아이들에게 알 수 없는 거리감을 느낄지도 모른다. 지금의 기분이 신기루처럼 사라질지도 모른다. 하지만 지금 이 순간만큼은 그저 단순하게 생각하고 싶었다. 나는 눈을 감고 마음속에 가장 먼저 떠오르는 감정을 가만히 들여다보았다.

이 아이들이 조금은 사랑스럽게 느껴졌다. 마음에서 흘러나온 그 감정이 나의 온몸 구석구석으로 천천히 배어드는 느낌이었다. 나는 아무래도 오늘은 정말로 몸이 좋지 않은 것 같다고 생각하며 쓴웃음을 지었다.

"흐음, 아무리 봐도 잘 모르겠네. 얘들아, 잠깐 휴전하고 서로 정보를 교환하는 건 어떠니?"

나는 고개를 갸웃거리며 일부러 조금 과장되게 말했다.

"에이, 안 돼요."

"좋아요. 좋아요!"

"좋다고? 그러다가 선생님이 먼저 맞히면 어떡해."

"우리가 먼저 맞히면 되지."

아이들은 의견이 분분했다. 반장인 시아와 부반장인 영균이가 무어라 속삭이며 의견을 나눴다. 두 사람의 이야기를 듣기 위해서 다른 아이들이 얼굴을 들이밀었다. 곧 영균이가 "선생님께서 원하시면 그렇게 할게요." 하고 당당하게 말했다. 나는 무심코 피식 웃고 말았다.

"내가 보기에는 이상한 점이 하나 있네."

내 말에 아이들이 눈을 반짝이며 관심을 보였다.

"잘 봐. 저분들은 건물 안에서 밖으로 나올 때는 힘없이 터덜터덜 걸어 나와. 그리고 가끔 건물 안쪽을 힐끗 돌아보기도 해. 그런데 밖에서 안으로 들어갈 때는 어떻지?"

"후다닥 들어가요."

"되게 신나 보여요."

나는 고개를 끄덕였다.

"맞아. 왜 그럴까? 너희들도 수업이 끝나면 신나서 교실을 뛰쳐나가잖아? 그거랑 비슷한 기분일 거 같아."

아이들 사이에 잠시 정적이 흘렀다. 곧 태형이가 조심스럽게 손을 들었다.

"집에 빨리 돌아가고 싶은 것처럼…… 저 선생님들도 건물에 빨리 들어가고 싶은 건가요?"

"그렇지."

태형이는 헤헤, 하고 웃었다.

"그런데 왜 저렇게 자주 밖으로 나오는 걸까? 그런 행동에는 반드시 의미가 있을 거야. 어떤 의견이든 좋아. 손을 들고 자기 생각을 말해 보자."

태형이가 또다시 손을 번쩍 들었다.

"안에서 청소를 하는 게 아닐까요?"

"왜 그렇게 생각하는데?"

"우리 엄마는 청소를 할 때마다 방해된다고 밖에 좀 나가 있으라고 하거든요."

아이들은 서로의 얼굴을 보며 키득키득 웃기 시작했다.

"청소가 다 끝났나 보려고 들어갔다가 아직 안 끝나서 다시 나오는 거 아닐까요?"

그건 아니라고, 아이들은 저마다 한두 마디씩 했다. 태형이는 과장스럽게 손바닥으로 입을 틀어막았다. 아이들은 다시 한번 웃었다. 태형이는 그저 아이들을 웃기고 싶었던 것 같다. 하지만 덕분에 다른 아이들도 차례로 손을 들며 말했다.

"건망증 아닐까요? 무언가 하려고 나왔는데, 잊어버린 거죠."

"으음, 그건 아니겠지."

"화장실이 가고 싶은 걸까요?"

"……그것도 아닐 거 같아."

"잠깐만요, 병이 있는 건 아닐까요? 건물 안에 있으면 몸이 아파지는 거 아닐까요? 그래서 1분에서 2분 정도만 있다가 다시 나올 수밖에 없는 거 같아요."

"……정말 그렇게 생각하니?"

장난을 적당히 받아 주자 남자아이들은 정말로 아무 말이나 내뱉기 시작했다. 여자아이들은 그런 남자아이들에게 그만하라며 핀잔을 주었다.

"처음에는 벤치에서 누굴 만날 약속이 있는 건 아닐까 생각했는데, 선생님 말씀 듣고 보니까 그건 아닐 거 같아요. 역시 밖에서 안으로 들어가는 데 어떤 의미가 있는 것 같아요."

문득 손을 든 지수가 차분한 어조로 말했다. 잘 발견했다고 생각했다. 다시 밖으로 나온 여섯 명의 직원들은 벤치에 앉아 무언가 이야기를 나누고 있었다. 나는 그들을 바라보며 말했다.

"그래, 나올 때랑 들어갈 때 발걸음 자체가 다르지. 해설가님들은 꽤 긴 시간 동안 같은 행동을 반복했어. 30초부터 시작해서 10분까지 바깥에 머무르는 시간은 점점 늘어나지만, 건물 안에 들어갔다가 나오는 시간은 일정해. 지금은 벌써 한 시간 가까이 지났어. 그렇게 오랫동안 같은 행동을 반복하는 이유가 도대체 뭘까? 그리고 건물 안에서는 무얼 하길래 이렇게 빨리 나오는 걸까?"

아이들은 또다시 입을 다물었다.

"얘들아, 잘 생각해 봐. 너희는 오늘 오전 내내 서보현 가이드님이랑 다녔어. 그때 들은 이야기 중에 분명 힌트가 있을 거야. 자, 첫 번째로 바로 저 건물, 사무실에 관한 이야기에 대해서 기억나는 사람 있니?"

으음, 하고 아이들은 앓는 소리를 냈다. 그때 은경이가 손을 들었다.

"아까 지나가다가 2반이랑 만났을 때, 가이드 선생님들끼리 이야기하는 걸 들었어요. 사무실에는 꼭 한 명이 있어야 한다고 했어요. 이러다 퇴근도 못 하겠다고 하더라고요."

은경이의 말에 "맞아요." 하고 몇몇 아이들이 맞장구를 쳤다. 은경이는 잠깐 아차 싶은 얼굴을 했다가 바로 쑥스럽다는 듯 얼굴을 붉혔다. 4월의 사건 이후 한 달 동안 나를 데면데면하게 대하던 아이였다. 나는 살짝 미소를 지어 보였다.

"응, 두 분이 그런 얘기를 했구나. 퇴근도 못 한다는 건 뭔가 사정이 있는 것 같은데, 그 이야기를 하던 두 분 표정은 어땠지?"

"그리 나쁘지는 않았어, 그렇지?"

"응."

"맞아, 맞아. 왠지 즐거워 보였어."

아이들은 서로를 바라보며 확인하듯 말했다. 나는 목청을 가다듬고 천천히 얘기를 시작했다.

"자, 얘들아, 그렇다면 저 건물 안에는 저분들이 모두 소중하게 여기는 무언가가 있다고 봐도 되겠지? 한 명은 꼭 남아 있어야 한다고 했지? 그럼 전부 자리를 비우면 안 되는 거잖아? 그런데 저렇게 모든 사람이 밖으로 나온 건 왜일까? 도대체 저 안에는 뭐가 있는 걸까?"

아이들은 여전히 입을 다물었다. 골똘히 생각하는 아이들의 표정에 나는 문득 웃음이 삐져나왔다. 다음 수업은 이런 식으로 짜 보는 것도 나쁘지 않을 것 같다는 생각이 들었다.

"얘들아, 나 오늘 이상한 것을 느낀 게 있어."

승수가 아주 작은 목소리로 입을 열었다. 평소 그림 그리기를 좋아하는 조용한 아이였다.

"아까 꽃 심을 때…… 재채기를 하고…… 그런데 서보현 선생님……."

승수의 소곤거리는 말소리에 누군가 답답하다며 한마디 했다.

"뭐라고 하는 거야. 좀 크게 알려 줘."

반 아이들이 이야기를 듣기 위해서 승수 곁으로 모여들려고 했다. 그때 나는 아이들에게 질문을 던졌다.

"얘들아, 너희는 작년에도 왔었다면서. 혹시 작년이랑 비교해서 무언가 달라진 거 없니?"

"작년이랑요?"

"작년이랑 뭐가 다르지?"

아이들은 서로의 얼굴을 마주 보며 웅성댔다.

"얘들아, 나는 작년에는 없었던 사람이어서 잘 모르잖아. 오늘 하루를 잘 한번 돌이켜 봐. 너희들만이 알 수 있는 게 분명 있을 거야."

아이들이 감을 못 잡는 것 같아서 나는 "해설가 선생님들이 조금 달라졌다든가, 그런 건 없을까." 하고 덧붙였다. 시아가 문득 "아!" 하고 소리쳤다.

"작년에 서보현 선생님은 재채기를 안 했잖아. 그런데 오늘 아침 기억나? 선생님은 최근에 알레르기가 생겼다고 했어."

시아의 말에 멀리서 다예가 호들갑스럽게 박수를 치며 말했다.

"맞아. 하지만 꽃이나 식물 알레르기는 아닐 거야. 작년에는 그런 거 없으셨잖아. 여기서 일하는 사람이 그런 알레르기가 있다는 것 자체가 말이 안 되잖아."

그렇다면, 하고 시아가 승수를 보았다.

"응, 난 고양이 털 알레르기가 있어. 그런데 아까 서보현 선생님 옆에 섰을 때 나도 콧물이랑 재채기가 계속 났어. 아무리 생각해도 이유는 그거밖에 없어."

승수는 신이 난 듯 계속해서 말을 이었다.

"그래! 가이드 선생님이 그랬잖아! 새로운 동물 친구가 들어왔다고!"

그때 아무 말 없이 잠자코 지켜보던 현수가 갑자기 내 앞으로 튀어나왔다.

“아, 정답, 정답이요! 강아지예요, 강아지! 우리 집도 강아지를 키워서 알아요. 저건 강아지를 혼자 두는 연습이에요.”

3

서보현 해설가님의 말에 따르면, 한 달 전에 식물원으로 유기견 한 마리가 들어왔다고 한다. 목에 인식표는 있었지만 글자가 지워져서 희미했다. 성대는 잘려 있었고, 새하얀 털 곳곳에 염색약을 쓴 흔적이 있었다. 누군가가 키우다가 버린 개가 분명했다.

“비쩍 마른 이 아이가 꽃들과 채소를 뜯어 먹고 있었어요. 곧바로 동물 보건소에 신고했죠. 그런데 직원이 찾아올 때까지 보호하는 그 짧은 기간 동안 정이 들어 버렸지 뭐예요. 결국 보건소에서 이 아이를 데려가긴 했는데 자꾸만 눈에 밟혀서…… 상의 끝에 저희들이 여기서 키우기로 했어요.”

그녀는 손끝으로 강아지의 등을 천천히 쓰다듬으며 말했다. 이름이 뭐냐고 묻는 아이들에게 그녀는 ‘튼튼’이라고 이름을 알려 주었다. 건강하게 지내라고 그런 이름을 붙여 주었다고 했다. 아이들은 그 이름을 듣고 웃었다. 직원들의 마음이 잘 느껴지는 이름이었다.

“얘들아, 무서워하니까 억지로 막 만지려고 하지 마. 먼저 얘가 우리한테 다가오게 둬야 해.”

현수가 튼튼아, 하고 부르며 개를 향해 손바닥 안쪽을 내밀어 보였다.

“이렇게?”

다른 아이들도 현수 옆에 그렇게 쪼그리고 앉아 같은 자세를 취했다.

해설가님 다리 뒤쪽에 숨기만 하던 튼튼이는 곧 아이들에게로 다가갔다. 그리고 손바닥의 냄새를 맡으며 꼬리를 흔들기 시작했다.

"만져도 되는 거야?"

"응, 괜찮은 것 같아."

아이들은 값비싼 유리 세공품을 다루듯이 튼튼이에게 살짝살짝 손을 대었다.

"처음에는 사람 손을 많이 무서워했어요. 들개처럼 야생화가 되어 버린 개는 다시 사람이 키우기 힘들다고 들었거든요. 사람을 공격할 수도 있고. 하지만 알고 보니 사람을 정말 좋아하는 아이였지 뭐예요. 저렇게 꼬리 흔드는 거 보세요. 겨우 저희한테 마음을 열긴 했지만, 문제는 저희가 모두 자리를 비우면 지나칠 정도로 불안해한다는 거였어요."

튼튼이는 몸 전체의 털이 듬성듬성 빠져 있었다. 스트레스를 받을 때마다 자기의 살점을 같이 물어 뜯어냈기 때문이었다. 아이들은 불쌍해하는 표정으로 튼튼이를 더욱 다정하게 쓰다듬었다.

나는 정자에서 아이들과 나눈 대화를 그녀에게 들려주었다. 그녀는 큰 소리로 웃었다.

"생각해 보니 저희가 이상하게 보였을 것 같네요."

나는 고개를 끄덕였다. 처음에는 한 명, 다음에는 세 명, 그다음에는 모든 직원이 일정한 시간 동안 밖으로 나갔다가 안으로 들어오기를 반복한다. 분리 불안을 극복하려는 훈련이었던 것이다.

"버려진 경험이 있는 이 아이는 하루아침에 바뀌진 않겠죠. 그래도 저희가 노력해야죠. 이미 가족처럼 정이 들어 버렸으니까요."

가족이라……. 나는 아이들을 슬쩍 훔쳐보았다. 여기서 아이들의 마음에 남을 만한 얘기를 해 줄까 생각했지만, 나는 이내 삼켜 버렸다. 아이들의 얼굴을 보니 이미 충분히 무언가를 느낀 것 같았기 때문이다.

다른 직원이 와서 튼튼이를 데리고 건물 안으로 들어가자 아이들은 아쉬운 듯 바라보았다. 그때 시아가 목소리를 높여 말했다.

"선생님, 저희 내기했던 거 기억하시죠? 저희가 맞혔잖아요."

"근데 왠지…… 선생님이 너무 봐주신 거 같단 말이야. 선생님, 솔직히 말해 보세요. 정말 몰랐어요?"

"그러게. 선생님이 눈치채신 거 같긴 해."

"아니야, 딱 보니 모르시는 것 같던데. 우리가 이긴 거야."

아이들이 한마디씩 하며 실랑이를 벌이기 시작하자 나는 손을 들어 아이들을 진정시켰다.

"조용조용. 그래, 너희들이 이긴 거 맞아."

시아를 비롯한 몇몇 아이들은 여전히 의심쩍다는 표정이었지만, 내가 패배를 인정하자 아이들은 환호성을 질렀다.

"이럴 줄 알았으면 아이스크림 내기라도 할걸 그랬다."

현수의 장난기 어린 말을 무시하면서 시아가 내게 말했다.

"그럼 이제 말씀해 주세요. 오늘 힘들어하셨던 그 이유, 듣고 싶어요."

아이들의 눈빛은 진지했다. 서보현 해설가님이 흥미롭다는 표정으로 아이들과 나를 번갈아 보았다. 나는 작게 한숨을 쉬었다. 언니에 관한 이야기를 아이들에게 할 수는 없었다. 하지만 약속은 약속이었다. 나는 잠시 고민하다 말했다.

"실은…… 오늘 아침에 엄마랑 싸웠거든. 그래서 기분이 별로 안 좋아."

"네에?"

"겨우 그거?"

"선생님인데도요?"

아이들이 키득거리며 웃기 시작했다.

"그럼 화해하고 싶으신 거예요?"

엄마라는 말 때문인지 시아가 진지한 표정으로 물었다. 솔직히 화해하고 싶은 마음은 없었다. 엄마는 내가 정말로 이해하기 어려운 사람이 되었다. 엄마를 이해하기 위해 노력하고 싶지도 않았다.

"너희들은 부모님이랑 싸웠을 때 어떻게 화해하니?"

나는 아이들 앞에서 우물쭈물하는 내 모습이 싫어서 그렇게 질문을 던졌다.

"저는 싸운다기보다는 대부분 혼나는 거라 잘 모르겠어요."

태형이가 그렇게 말하며 어깨를 으쓱했다. 남자아이들은 부모님께 혼나더라도 크게 개의치 않는 것 같았다. 밥을 먹으려면 일단 죄송하다고 말해야 한다고 옆에서 진호가 말했다. 해설가님과 눈이 마주친 나는 그녀의 표정을 따라서 피식 웃고 말았다. 하지만 여자아이들은 달랐다.

"이거 어때?"

"응응, 맞지?"

저들끼리 모여 무언가를 속삭이더니 문득 시아가 나를 보았다.

"선생님, 먼저 미안하다고 하는 게 힘들면, 자연스럽게 학교에서 있었던 일을 얘기해 보시는 건 어때요? 그러다 보면 어느새 화가 풀리실 거 같아요."

다른 여자아이들은 고개를 끄덕였고, 남자아이들도 좋은 생각 같다며 동의했다. 초등학생다운 대답에 나도 모르게 미소가 지어졌다.

"좋은 의견이네요."

서보현 해설가님이 그렇게 말했고, 나는 고개를 끄덕였다. 나는 문득 엄마에게 학교생활에 대한 이야기를 거의 한 적이 없다는 것을 깨달았다. 해 봤자 엄마는 듣고 싶지 않다고 할 것 같았기 때문이다. 정말 그랬을까?

"……그래, 꼭 해 볼게. 고마워."

오늘 하루 동안 내 말을 잘 들어 주고 나와 내기까지 하면서 고민거리를 듣고자 했던 아이들. 그런 아이들이 진지하게 생각해 준 의견이었다. 한 번 정도는 시도해 볼 가치가 있었다.

문득 시선을 돌리니 아이들은 눈을 동그랗게 뜨고 나를 신기하다는 듯 바라보고 있었다. 지금 나는 어떤 표정을 짓고 있을지 나 스스로도 잘 알 수 없었다.

아이들을 태운 버스는 무사히 학교로 돌아왔다. 버스에서 내리며 나는 안도의 한숨을 내쉬었다. 두통도 열도 나지 않았다. 개운한 기분마저 들었다. 그런 나의 모습에 쓴웃음이 지어졌다.

종례는 운동장에서 각자 반끼리 빙 둘러서서 간단하게 마쳤다. 이제부터 또 어딘가로 놀러 가는 아이들도 있는 듯했고, 그대로 학원 버스에 올라타는 아이들도 있었다. 나는 아이들이 모두 보이지 않을 때까지 운동장을 서성였다. 그리고 홀로 우리 반 교실로 올라왔다.

책상에서 턱을 괸 채로 스마트폰을 가만히 들여다보며 나는 아이들과 약속한 일을 떠올렸다. 꼭 해 보겠다고, 고맙다고 말했을 때 아이들은 기쁜 듯이 웃었다.

오늘 식물원 직원들이 보여 준 행동도 나에게 작은 울림이 있었다.

가족이 된 강아지 한 마리를 위해 그들은 번거로운 일을 기꺼이 함께했다. 그 과정조차 굉장히 행복해 보였다. 언니가 죽은 이후 나는 아빠나 엄마를 위해 무언가를 노력한 적이 있었을까.

잠시 망설이다 나는 스마트폰의 통화 표시를 눌렀다. 하지만 연결되지 않으니 메시지를 남기라는 안내 음성이 나올 때까지 엄마는 전화를 받지 않았다. 어쩌면 일부러 받지 않을 수도 있다는 생각에 마음이 차가워졌다. 나는 차라리 잘되었다고 마음을 고쳤다. 직접 이야기를 하는 것보다 메시지를 남기는 게 나을지도 몰랐다.

"엄마? 나야. 이런 거 남기는 건 처음 해 보네. 잘 다녀왔다고, 엄마가 걱정하는 일은 안 일어났다고 알려 주고 싶었어. 거봐, 내가 뭐랬어…….

엄마, 아침의 일은…… 미안하게 생각해. 엄마의 마음을 이해 못 하는 건 아니야. 깊게 들여다보면 나도 엄마랑 똑같아. 엄마나 나나 언니가 이 세상에 없다는 사실이 너무 힘들어서 이렇게 발버둥 치고 있는 거야. 하지만 이제는 내 마음도 좀 이해해 줬으면 좋겠어. 내 말도 좀 들어 줬으면 좋겠어. 아, 이렇게 푸념하려고 남기는 건 아니었는데…….

오늘 우리 반 아이들이 그러더라. 내가 엄마랑 싸웠다고 했더니 학교에서 있었던 일을 얘기해 보는 건 어떠냐고. 그러는 사이에 엄마의 화가 풀릴지도 모른대. 참 아이들다운 생각이지? 그런데 그 말을 듣고 보니 내가 한 번도 그러지 않았더라. 학교 이야기, 엄마는 듣고 싶을까?

엄마가 나랑 많은 얘기를 하고 싶어 한다는 건 잘 알고 있어. 그게 좋은 딸일 텐데. 언니는 분명 그랬지? 아마 엄마한테 학교 얘기도 많이 했을 거야. 나한테도 학교 얘기 많이 해 줬거든. 그러니까…… 나도 그동안 있었던 일을 얘기해 볼게."

나는 한번 크게 숨을 들이마신 다음 얘기를 계속했다.

"우리 반의 반장인 시아라는 애가 있어. 그 아이가…… 엄마가 또 난리 칠까 봐 자세히는 말 못 하지만 조금 위험한 일이 있었어. 나는 언니가 생각나서, 그냥 내 마음이 불편해서 일방적으로 시아를 도와줬어. 그런데 시아가 3월 말 반장 선거 때 자기가 반장을 하고 싶다고 나선 거야. 나한테 너무 고마워서 나를 도와주고 싶대. 그동안 엄마랑 사이가 안 좋았는데 덕분에 서로를 이해할 수 있게 되었다면서. 이제부터 엄마를 마음껏 사랑할 수 있게 되어서 행복하다는 거야. 내가 자신의 삶을 바꿔 주었다고 말이야.

그리고 또 우리 반에 은경이라는 아이가 있어. 그 아이도…… 자세히는 얘기 못 하지만 은경이가 정말로 좋아하던 선생님이 있는데, 그 선생님이 정말로 나쁜 짓을 저질렀거든. 그런데 얼마 전 스승의 날에 은경이가 자기도 초등학교 선생님이 되고 싶다는 거야. 그 선생님 같은 좋은 선생님이 되고 싶다고. 그래서 그 선생님이 나쁜 사람이 아니란 것을 자기가 증명하겠다고. 그리고 나한테…… 내가 그 선생님의 비밀을 알고 있었는데, 그걸 자기한테 숨기지 않고 알려 줘서 진심으로 고맙다는 말을 하더라. 그리고 나 같은 선생님도 되고 싶다고 하더라고.

아이들 모두 그래. 처음에는 나한테 거부감을 느끼던 애들도 점점 내 말을 잘 들어 주고 있어. 오늘만 해도 얼마나 나를 기쁘게 해 줬는지 몰라."

오후의 옅은 빛이 아이들의 책상 위로 떨어졌다. 나는 아이들의 자리를 하나하나 둘러보며 말했다.

"엄마, 나는 절대로 좋은 선생님이 아니야. 어떤 교사를 만나느냐에 따라서 아이들의 1년이 달라지기도 한다는 이야기를 들었어. 만약 그 말이 사실이라면 나는 우리 반 아이들이 조금 불쌍해져. 나는 언니처럼은 못 하니까. 엄마도 알지? 언니가 정말로 좋은 선생님이었다는 거. 언니의 마음을 알고 싶어서 선생님이 됐지만 이러다 영영 알 수 없게 될까 봐 두려워. 하지만 그 마음과는 별개로 지금은 내 할 일을 할 거야. 이제 어떻게 하겠어. 선생님과 학생으로 이렇게 만나 버렸는데…….

난 그냥 내가 옳다고 생각한 일을 한 것뿐인데. 아니, 옳다고 생각한 것도 아니지. 그냥 상황이 마음에 들지 않아서 내 멋대로 행동한 것뿐인데 아이들은 나한테 고맙다고 말해. 그냥 내가 자기들 담임 선생님이란 이유만으로 나를 좋아해 줘. 이왕에 이렇게 된 거 아이들에게 조금은 도움이 되는 선생님이 되고 싶어졌어. 참 두서없지? 엄마가 도대체 이게 무슨 소린가 하겠다. 그러니까…… 내가 하고 싶었던 말은 나름 열심히 노력하고 있다는 거야. 겨우 이 이야기를 하려고 참 장황하게 늘어놓았네. 어쩌겠어, 그런 게 엄마 딸인데……. 아무튼, 엄마도 힘내. 나중에 또 전화할게.”

4장 태근이의 약속

1

띠리링 하는 소리가 빈 교실에 울렸다. 그 작은 소리에 모니터에서 눈을 떼었다. 나는 천장의 에어컨 날개가 천천히 접히는 것을 바라보다 흘끗 벽시계를 확인했다. 벌써 시간이 이렇게 됐구나. 곧 퇴근 시간이었지만 오늘은 좀 더 학교에 남아 있어야 했다.

나는 저장 버튼을 누르고 마우스 휠을 움직여 조금 전까지 업무 사이트에 입력하던 내용을 훑어보았다. 자신의 의견과 다르더라도 친구가 발표할 때 경청하는 태도를 보이며…… 친구들을 잘 배려하여 교우 관계가 원만하고…… 학교생활에 필요한 규칙을 잘 지키며…… 체육 활동 및 미술 활동을 좋아하고 자신의 생각을 창의적으로 잘 표현하며…….

어느새 1학기 학적 정리 기간이 찾아왔다. 처음 해 보는 일이기도 했지만, 아이들의 특성을 글로 풀어내는 것은 정말 만만치 않은 일이었다. 쥐어 짜 내듯이 쓰다 보니 은미도, 수빈이도, 태형이와 현수도, 다예도 마치 한 사람처럼 느껴지기 시작했다. 내가 쓴 글들을 보며 나는 가볍게 고개를 저었다.

왜 이렇게 진도가 나가지 않는 걸까. 처음에는 그저 표현력이 부족한 탓이라고 생각했다. 하지만 계속해서 글을 쓰고 지우길 반복하다 깨닫게 된 것이 있다. 그건 학습 능력을 표현하는 말이나, 인성을 표현하는 말이나, 아무리 다채롭게 어휘를 사용해도 아이들을 제대로 표현해 낼 수는 없다는 것이다. 내가 이곳에 쓴 것은 아이들이 가지고 있는 것들 중 극히 일부에 지나지 않으니까.

나는 다시 마우스 휠을 굴려 주르륵 아이들의 이름을 훑어보았다. 빠르게 흘러가는 화면 속에서 문득 시아의 이름이 눈에 들어왔다. ……그래, 시아만 해도 그렇다. 시아는 내가 알기 이전부터 모범생이었다. 엄마를 실망시키지 않기 위해서, 그리고 엄마의 관심을 받기 위해서 필사적이었다. 결국 시아는 위험한 행동까지 하고 말았다. 그때의 일을 생각하면 지금도 심장이 두근거린다. 자칫 잘못했으면 정말 큰일 날 뻔했다.

다행히 엄마와의 관계가 좋아지면서 조용하고 내성적이었던 시아는 몰라볼 정도로 활달하고 사교적인 아이로 바뀌었다. 여전히 공부도 잘하고 수업 태도도 좋다. 친구들과의 관계는 말할 것도 없으며 반장으로서 반의 중심을 잘 잡아 준다. 생활기록부에 온갖 좋은 평가를 써 주기에도 칸이 모자랄 정도다. 하지만 나는 마음에 걸리는 부분이 있었다. 최근에 시아의 얼굴에 알 수 없는 빛이 감돌았기 때문이다. 그것은 분명 무언가를 체념한 듯한 느낌이었다.

생활기록부는 아이들의 성장에 대한 기록이다. 하지만 전부를 담아낼 수는 없다. 나는 시아를 보며 바다 깊숙이 잠긴 빙산의 나머지 부분을 연상했다. 시아는 엄마의 명성에 피해가 가지 않도록, 그리고 나중에 자신이 연예계에 진출했을 때 뒷말이 나오지 않도록 온갖 것들을 신경 쓰고 있는 건 아닐까? 그래서 모범적이고 착한 아이를 연기하는 건 아닐까? 혹시 전보다 더 무리하고 있는 건 아닐까? 그렇지만…….

'난 지금이 너무 행복해.'

문득 시아가 한 말이 떠올랐다. 그래, 언젠가 아이들을 향해 그렇게 말했지. 그게 시아의 마음이라면 괜찮을 거야. 그런데 시아가 어쩌다 그런 말을 꺼냈더라? 꼬리에 꼬리를 물며 기억을 더듬어 보니 이번에는 태근이가 생각났다. 또다시 마음이 무거워졌다. 나는 자리에서 일어나 창가로 다가갔다. 창문을 열자 아직 에어컨의 냉기가 남은 교실 안으로 더운 여름의 공기가 밀려 들어왔다.

오늘 5교시 수학 시간은 자살 예방 교육 시간으로 대체되었다.

"그거 또 해? 만날 똑같은 이야기잖아."

"난 수학보다 재밌어서 좋던데?"

교실 앞문 쪽에 앉은 동훈이와 지수의 얘기가 들렸다. 자살 예방에 관한 수업도 학기마다 시수가 정해져 있고, 교과서의 진도는 방학 전까지는 어떻게 해서든 끝내야 했다. 아이들은 어느 쪽이 더 좋은지에 대한 이야기를 했지만, 어차피 둘 다 해야 한다는 것은 변함이 없었다.

선생님도 그렇지만, 아이들도 할 게 정말 많다. 이제 와 생각해 보니 초등학생 시절의 나는 그런 걸 전혀 느끼지 못했다. 그저 아무 생각 없이 학교에 와서 시간만 보내고 갔던 것 같다. 그래서 나는 아이들에게 무엇이든 좋으니 질문하는 자세를 가지라고 말해 주었다. 학교가 짜 놓은 일정에 마냥 끌려가기만 하는 것이 안타까웠기 때문이다. 아이들이 하나라도 더 무언가를 얻어 갔으면 했다.

보건 선생님은 수업 시간 동안 몇 가지 예를 들며 생명을 가볍게 다뤄서는 안 된다는 이야기와 주변에서 힘들어하는 친구들을 도와줘야 한다는 이야기를 해 주셨다. 나는 교실 한 구석으로 물러나 아이들의 태도를 지켜보았다. 다행히도 딴짓하는 아이는 보이지 않았다.

이야기를 마친 보건 선생님이 질문이든 느낀 점이든 자유롭게 이야기해도 좋다고 말했다. 은경이가 번쩍 손을 들었다.

"선생님, 자살이 정말로 나쁜 건가요? 자기가 어떻게 죽고 싶은지 정도는 직접 결정할 수 있지 않을까요? 제가 인터넷에서 찾아낸 게 있는데요."

어떤 나라에서는 편안하게 죽을 수 있게 자살 여행도 한다고 은경이는 진지한 얼굴로 얘기했다.

"으음, 그거는……."

보건 선생님은 당황한 듯 나와 눈을 맞추었다. 나는 순간 아차 싶었다. 은경이의 얘기는 그녀가 수업 시간에 가르친 것과는 반대되는 것이었기 때문이다. 하지만 은경이도 일부러 보건 선생님을 곤란하게 하려는 것은 아니었다. 진심으로 궁금했을 뿐이라는 것을 나는 알고 있다.

"선생님, 괜찮으시면 제가 대신 대답해도 될까요?"

보건 선생님은 난처한 듯 웃으며 그래도 좋다고 말했다. 나는 정답을 얘기할 수는 없지만 조금이라도 은경이에게 도움이 되는 말을 해 주고 싶었다.

"은경아, 내가 전에 자살은 안 된다고 했던 거 기억나지?"

"네."

"사랑하는 사람들이 너무나 슬퍼지잖아, 안 그래? 보건 선생님도 자살하면 주변의 사람들이 너무 불행해진다고 하셨지? 난 말이야, 만약 사랑하는 사람이 자살한다고 하면 못 하게 말릴 것 같아. 은경이 너는 어때?"

은경이는 잠시 무언가를 생각하더니 이렇게 대답했다.

"저도 말릴 거예요. 하지만 선생님, 그 사람이 진심으로 죽고 싶어 한다면 말려도 소용없을 것 같은 생각이 들었어요."

나는 천천히 고개를 끄덕였다. 그리고 조심스럽게 물었다.

"그 사람이 네게 가장 소중한 사람이라고 해도? 그 사람이 그렇게 원한다고 쉽게 포기할 수 있겠어?"

은경이는 눈살을 찌푸리며 아무런 말도 하지 못했다. 문득 가슴이 답답해졌다. 이럴 때 가장 좋은 대답은 무엇일까. 언니라면 어떤 대답을 해 주었을까.

"은경아, 선생님은 끝까지 반대할 거야. 그리고 아무리 죽고 싶어도 혼자서 그렇게 결정하면 안 돼. 아무에게도 말 안 하고 갑작스럽게 떠나면 안 된다고 생각해. 그건 너무 슬픈 일이야. 우선 얘기해서, 그래서 모든 사람이 인정할 수 있을 정도면 모를까, 그렇게 혼자 결정하면 안 되는 거라고."

언니가 생각나서 나도 모르게 살짝 목소리가 높아지고 말았다. 아이들의 어리둥절한 표정이 눈에 들어왔다.

"그럼, 부모님이 허락하면 자살해도 되나요? 우리 엄마는 허락 안 해 주실 거 같은데요."

경훈이의 장난 섞인 말에 아이들의 웃음이 터졌다. 나는 씁쓸한 미소를 지었다. 웃는 아이들 사이에서 홀로 굳은 얼굴을 한 태근이가 눈에 들어왔다. 순간 마음이 무거워졌다. 나는 큰맘 먹고 태근이에게 물어보았다.

"태근아, 너는 어떻게 생각하니? 나는 태근이의 생각을 꼭 듣고 싶은데, 괜찮을까?"

교실의 분위기가 갑자기 가라앉았다. 아이들은 슬그머니 웃음기를 거두고 태근이의 눈치를 살피기 시작했다.

지난달, 태근이의 동생 범근이가 세상을 떠났다. 태근이는 일주일간 학교를 쉬었다. 나는 그 소식을 전하며 아이들에게 부탁했다.

"얘들아, 태근이는 지금 마음이 아주 많이 힘들 거야. 학교에 돌아온다고 해도 당분간은 적응을 잘 못 할지도 몰라. 그러니까 말이나 행동도 조심하면서 태근이를 신경 써 주면 좋겠어."

언니가 죽었을 때, 교실로 돌아온 나를 반 친구들은 아주 조심스럽게 대해 주었다. 위로해 주었고, 격려해 주었다. 하지만 당시의 나는 친구들이 배려해 주는 마음을 깨닫지 못했다. 그때는 갑자기 어두컴컴한 터널로 들어온 것처럼 아무것도 보이지 않았다. 내가 할 수 있는 일은 그저 그 길고 어두운 터널을 끝없이 더듬거리며 앞으로 나아가는 것뿐이었다.

나는 쉬는 시간에도 문제집만 붙들고 책상에서 꼼짝도 하지 않았다. 그 누구와도 말을 섞지 않았다. 반에서 아무도 나에게 말을 걸지 않게 되는 데까지는 그리 오래 걸리지 않았다.

이상할 정도로 언니가 죽은 직후의 기억이 없는 것은 내가 너무나 큰 충격을 받았기 때문일까. 지금도 나는 고등학교 때가 잘 기억나지 않는다. 특별히 추억이랄 만한 것도 남아 있지 않았다. 그래서인지 더욱 태근이에게 마음이 쓰였다.

태근이는 겉으로 보기엔 전과 다름없었다. 늘 그렇듯 교실에서 조용히 있다 집으로 돌아가곤 했다. 아이들은 태근이에게 조심스럽게 배려하는 모습을 보여 주었다. 고맙게도 내 말을 잘 따라 준 것이다. 하지만 한편으로 너무 조심스럽게 대해도 안 될 것 같았다. 곧 1학기가 끝나고 방학이 되는데 이대로면 태근이는 아이들과 더욱 멀어질 것이다.

"태근아, 얘기하기 싫으면 얘기하지 않아도 돼."

나는 그렇게 말했지만 태근이가 뭔가 말해 주길 속으로 빌었다. 태근이는 으음, 하더니 고개를 갸웃하고 나서 입을 열었다.

"경우에 따라서는 자기가 어떤 식으로 죽을지는 결정할 수 있어야 한다고 생각해요. 모두 아는 것처럼 얼마 전에 제 동생이 하늘나라로 갔잖아요? 제 동생처럼 몸이 많이 아픈 사람은 그럴 수 있다고 생각해요. 물론 저도 사랑하는 사람이 건강한데도 죽는다고 하면 무조건 말릴 거예요. 더 살고 싶어도 그러지 못하는 사람도 있으니까요. 보건 선생님 말씀처럼 생명은 소중하다고 생각해요. 자살은 절대 안 돼요. 얼마든지 살 수 있는 사람이 자살한다는 건 정말 바보 같은 짓이에요."

또박또박 자기 생각을 차분하게 말한 태근이는 은경이를 향해 미안하다고 작게 말했다. 은경이는 웃으며 괜찮다고 했다. 태근이 역시 은경이처럼 죽음에 대해 오랫동안 생각해 왔다는 것이 느껴졌다. 몇몇 아이들이 천천히 고개를 끄덕이는 것이 보였다.

문득 태근이가 "선생님." 하고 다시 손을 들었다. 그리고 잠시 동안 우물쭈물하다 결심한 듯 입을 열었다.

"저…… 선생님, 선생님이 전에 말씀하신 적이 있잖아요. 정말로 중요한 선택을 해야 할 때는 자기가 하고 싶은 대로, 마음이 가는 대로 하라고요."

"그랬지."

"그런데 선생님도 자살은 절대 안 된다 하셨죠?"

"응, 맞아."

나는 계속해서 고개를 끄덕였지만 태근이가 무슨 말을 하려는지 짐작할 수 없었다.

“3월에 시아의 자살 소동이 있었잖아요? 하지만 시아는 그 일이 있은 후 너무 잘 풀려서 좋다고 했어요. 그렇지, 시아야?”

태근이가 고개를 돌려 시아를 보았다. 갑자기 이름을 불린 시아는 눈을 동그랗게 떴다. 하지만 바로 생글생글 웃었다.

“맞아, 오히려 잘됐다고 생각해. 난 지금 너무 행복하거든.”

보건 선생님의 어찌할 줄 모르겠다는 표정과는 대조적으로 아이들은 흥미진진해 보였다.

“선생님, 어떤 행동이라도 꼭 해야만 한다면…… 해도 되나요?”

태근이의 표정이 무척 진지해졌다.

“야, 왜 갑자기 그런 걸 물어보냐, 괜히 무섭게?”

“그냥, 궁금해서.”

뒷자리에 앉은 태형이가 목소리를 높여 물었고, 태근이는 뒤를 돌아보며 미소를 지었다. 머릿속이 복잡해진 나는 시선을 반 전체로 넓게 옮기며 말했다.

“애들아, 나는 후회하는 게 제일 좋지 않다고 생각해. 너희들 역시 후회하지 않는 선택을 했으면 좋겠어. 너희들은 6학년이잖아? 어떤 문제에도 충분히 스스로 답을 낼 수 있다고 생각해. 그러니까 태근아.”

나는 다시 태근이를 보았다.

“너에게 반드시 해야만 하는 이유와 후회하지 않을 자신이 있다면 마음이 가는 대로 따라 해도 괜찮다고 생각해. 하지만 혹시 내 도움이 필요하거나 조금이라도 망설임이 생긴다면 나한테 꼭 얘기해 줬으면 좋겠어, 알겠지?”

잠시 말없이 나를 바라보던 태근이는 이내 고개를 끄덕이며 알겠다고 대답했다.

5교시가 끝난 후, 나는 복도까지 보건 선생님을 배웅했다.

"죄송해요, 선생님. 아이들이 곤란한 질문을 해서 힘드셨죠? 제가 궁금한 건 뭐든 물어보라고 했더니 저렇게……."

그녀는 고개를 가로저었다.

"아니에요. 수업 태도가 굉장히 적극적이고 좋았어요. 그리고 질문 수준이 너무 높아서 깜짝 놀랐네요. 애들이 다른 수업 시간에도 그런 질문을 하나요?"

"아, 꼭 그렇지도 않아요."

나는 애매한 표정으로 웃었다. 아이들은 평소에도 질문을 많이 하는 편이다. 하지만 나는 제대로 대답해 주지 못하고 아이들의 선택으로 미루는 경우가 많았다.

"학기 초에 선생님이 시아를 안고 보건실을 찾아오셨을 때 기억이 아직도 생생하네요. 얼마나 놀랐는지 몰라요. 시아가 괜찮을지 걱정했었는데 밝고 활기차 보여서 다행이에요. 태근이가 얼마 전에 안 좋은 일이 있었던 그 아이 맞죠? 많이 힘들 텐데 말하는 것이 굉장히 어른스럽네요. 모두 다감 선생님께서 신경 써 주신 덕분이겠죠."

보건 선생님은 그렇게 말하며 미소를 지었다.

생각이 깊고 아이들과의 갈등 상황에서 타협점도 잘 찾는다. 또래보다 성숙한 사고를 한다. 다시 컴퓨터 앞으로 돌아온 나는 태근이의 행동 특성을 작성하다가 문득 손을 멈추었다. 보건 선생님이 태근이에 관해 말한 '어른스럽다'라는 표현이 왠지 자꾸 걸렸다.

학교에서의 모습만 본다면 태근이는 누구보다 어른스러웠다. 어린 나이에 가족을 잃는 경험을 한다면 자연스럽게 또래보다 성숙해지는 건지도 모른다. 나 역시 언니를 떠나보낸 후 생각하는 것이 많이 달라진 것 같으니까. 하지만 내가 1학기 동안 봐왔던 태근이의 또 다른 면은…….

나는 깊은 한숨을 내쉬며 자리에서 일어섰다. 더는 일이 손에 잘 잡히지 않을 듯하여 잠시 교실 안을 왔다 갔다 했다. 나는 어쩌면 아이들에 관해서 아무것도 모르는 건 아닐까? 문득 그런 생각이 찾아왔다.

목요일 저녁, 겨우 남은 일을 마무리 지은 나는 탁자에 올려놓은 노트북을 덮고 그대로 기지개를 켜듯 바닥에 누웠다. 일을 끝내니 마음이 편해졌다. 눈을 감고 있으니까 그대로 잠이 들 것만 같았다. 그때 스마트폰이 정적을 깼다. 나는 팔을 뻗어 탁자 위의 스마트폰을 낚아채듯 손에 쥐었다. 그리고 누운 자세로 전화를 받았다.

[선생님, 안녕하세요. 저 태근이 아버지입니다.]

나는 급히 몸을 일으켰다. 이런 시간대에 학부모의 전화라니, 어쩐지 불안한 느낌이 들었다.

"아, 네, 태근이 아버님, 안녕하세요. 어쩐 일이신가요?"

[그게…… 태근이가 학교를 며칠 쉬어야 할 것 같습니다. 지금 병원인데……, 오늘 오후에 집에 불이 났었거든요. 다행히 크게 번지지는 않았는데, 태근이가 집에 있다가…….]

"네?"

탁자 밑으로 다리를 뻗고 있었던 나는 자리에서 벌떡 일어서려다 무릎을 탁자에 부딪쳤다. 순간 아파서 소리를 지를 뻔했지만, 얼굴을 찡

그리며 겨우 아픔을 참아 냈다.

"그래서 어떻게 됐죠? 태근이는 괜찮은가요?"

[네, 소방관이 2층 자기 방에 있던 태근이를 구해 주었어요. 크게 다치지는 않은 것 같은데 연기를 마셔서…… 검사를 해 보고 며칠 상태를 봐야 할 것 같다네요. 다음 주에는 학교에 갈 수 있을 것 같은데 상황 봐서 다시 연락드리겠습니다.]

나는 가슴을 쓸어내리며 어쩌다가 화재가 일어났는지 물었다. 그는 잠시 말을 잇지 못했다.

[저…… 선생님, 태근이가 경찰 조사를 받아야 할지도 모르겠습니다.]

"조사요?"

[네, 불을 지른 게 태근이라고 합니다만…….]

"아……."

나는 말문이 막혀서 아무런 말도 하지 못하다 정신을 차리고 물었다.

"아버님, 태근이가 왜요? 왜 불을 지른 거죠?"

그는 끄응, 하고 앓는 소리를 내었다.

[죽은 범근이 때문이라고 하네요. 질투가 나서 견딜 수 없었다며…….]

수화기 너머에서 깊은 한숨이 들렸다. 문득 후회하지 않을 자신이 있다면 어떤 행동을 해도 되는 건지 묻던 태근이의 얼굴이 떠올랐다.

2

3월 중순, 나는 어쩔 수 없이 최보라 선생님에게 6학년 1반이라는 바통을 넘겨받아야만 했다. 그렇게 3월은 새로운 일을 배우느라 정신이 없었고, 반의 아이들에 대해 찬찬히 들여다볼 시간이 부족했다. 4월의 학부모 상담이 있기 전까지 나는 태근이의 가정사에 대해서 아무것도 알지 못했다.

학교에서 본 태근이는 그저 배려심이 많고 어른스러운 아이였다. 친구들과 사이도 좋고, 말썽 한번 없이 학교생활을 잘해서 특별히 주시할 필요도 못 느꼈다. 그런 이미지가 만들어진 것에는 태근이가 쓴 일기의 영향도 있었다. 일기 내용에는 밝고 희망찬 이야기만이 가득했으니까.

담임을 맡으면서부터 나는 아이들에게 꾸준히 일기 쓰기를 시켰다. 초등학교 시절 선생님이 일기를 읽고 일기 끝에 '참 잘했어요'라는 도장과 함께 뭔가를 써 주던 것이 좋은 기억으로 남아 있었기 때문이었다. 물론 아이들이 처음부터 잘 따라온 것은 아니었다.

"저학년도 아니고 6학년이 무슨 일기를 써요. 최보라 선생님은 그런 거 안 시켰는데."

"선생님, 학원 갔다 오면 저녁인데, 쓸 시간도 얘기도 없어요."

"맞아요, 쓸 것도 없는데요? 일기 쓰는 거 너무 힘들어요."

하지만 나는 아이들의 그런 응석을 받아 주지 않았다. 단호한 말투로 6학년이라도 너희는 아직 초등학생이니 일기 숙제를 해야 하고, 꼭 오늘 있었던 일이 아니라도 상관없으니 쓰는 습관을 키우라고 말했다. 길게 쓰기 힘들면 단 몇 줄만 써도 괜찮고, 나에게 하고 싶은 말이 있으면 그걸 써도 좋다고도 했다.

"대신 다른 숙제는 내주지 않을 거고, 검사도 일주일에 한두 번만 할 거야. 그 정도는 할 수 있지?"

시간이 지나자 아이들은 일기 쓰는 것을 좋아하게 되었다. 내가 일기장 끝에 한두 마디씩 달아 주는 글이 재밌었던 모양이다. 어떤 아이들은 일기장을 받아 갈 때 그 자리에서 펼쳐 읽어 보기도 했다. 선생님이 이런 말을 써 줬다면서 다른 아이에게 보여 주기도 했고, 자기만 보고 조용히 덮기도 했다. 태근이는 후자였다. 일기장을 아주 소중한 물건을 다루듯 가방에 넣어 갔다.

일기를 매일 쓰는 아이도 있었고, 검사를 하는 날만 쓰는 아이도 있었다. 몇몇 아이들은 검사 날 아침에 후다닥 일기를 써서 제출하기도 했다. 태근이는 검사하는 날만 일기를 써 오는 아이였다. 내용이 그리 길지는 않았지만 꾹꾹 눌러 쓴 글씨체에서 정성이 느껴졌다.

마당에서 아빠와 캐치볼을 한 적이 있다. 나는 손이 작아 글러브가 헐렁해서 자꾸 아빠가 던지는 공을 놓쳤다. 아빠는 몇 년만 지나면 내 손에 꼭 맞을 거라고 말해 주었다. 그때는 힘도 세져서 좋은 공을 던질 수 있을 거라고 했다. 그렇게 말하며 아빠가 던진 공이 그만 엄마가 키우는 화분을 깨 버렸다. 거실에 있던 엄마가 창문을 열며 소리쳤다. "나 아냐. 아빠가 그랬어." 하고 나는 얼른 일러바쳤다. 아빠는 어린애처럼 엄마한테 혼이 났다. 요즘은…….

오늘은 엄마에게 떡볶이가 먹고 싶다고 했더니 잠깐 기다리라며 밖에 나갔다 오셨다. 나는 당연히 떡볶이 가게에서 사 온 줄 알았는데, 그게 더 맛있는데, 엄마는 직접 만들어 준다면서 재료를 사 오셨다. 하도 열심히 만드셔서 가게에서 파는 떡볶이가 좋다는 말은 할 수 없었다. 엄마가 만들어 준 떡볶이는 맛은 있었지만 너무 매웠다. 물을 두 통이나 먹어서 배가 불렀다. 열심히 만들어 준 정성을 생각해서 나는 엄마가 만든 게 최고라고 했다. 엄마가 웃으셔서 기뻤다. 하지만 다음번에는 꼭 가게에서 사 먹자고 해야겠다.

오늘은 아빠와 함께 할머니께 편지를 썼다. 편지를 다 쓰고 나서 우체통을 찾아 여러 군데를 돌아다녔다. 아빠는 분명 이곳에 있었는데 언제 없어진 거냐며 불평하셨다. 하지만 내 기억엔 원래부터 없었다. 나는 아빠에게 조금만 더 찾아보자고 했다. 아빠랑 내가 바뀐 것 같았다. 여기도 가 보고 저기도 가 보면서 우리는…….

엄마가 나중에 크면 되고 싶은 게 뭐냐고 물어본 적이 있다. 나는 꿈이나 하고 싶은 게 별로 없다고 했다. 내 능력으로는 이룰 수가 없을 것 같기 때문이다. 학교에서 만난 친구들은 나보다 공부도 잘하고 운동도 잘한다. 내 말을 들은 엄마는 꼭 당장 무엇이 되려고 할 필요는 없다고 하셨다. 건강한 게 제일이라고 했다. 그래도 나중에 커서 뭔가 해야 한다면 나는 다른 사람을 즐겁게 해 주는 일을 하고 싶다 했다. 그 말을 들은 엄마는 아주 좋은 생각이라며 웃으셨다. 벌써 꿈을 이룬 것 같은 기분에…….

일기의 내용은 대체로 아빠 엄마와 함께 무언가를 했고 그게 참 즐겁고 기뻤다는 것이었다. 연필로 꾹꾹 눌러쓴 글자 속에서 행복이 뚝뚝 묻어 나오는 느낌이었다.

그 일기가 이상하다고 느끼기 시작한 것은 4월의 학부모 상담 이후부터였다. 상담 안내문을 나눠 준 날, 태근이는 종례가 끝나고 나에게 다가와 말했다.

"선생님, 저희 엄마는 못 올 거예요. 동생이 아파서 동생 곁에 있어야 해요."

"상담은 전화로 해도 돼. 그런데…… 동생은 몸이 많이 안 좋은 거니?"

"네, 소아암에 걸렸어요. 아마 올해를 못 넘길 거래요."

태근이의 담담한 말투에 나는 아무런 말도 할 수 없었다.

태근이 어머니와는 결국 전화 통화로 상담했다. 1학기 상담에서 나는 내가 아이들의 학교생활에 대해 이야기하기보다 학부모로부터 더 많은 이야기를 듣고 싶었다. 아이가 집에서는 어떻게 지내는지만 물어봐도 학부모들은 많은 것들을 이야기해 주었다.

몇몇 학부모들은 화제를 돌려 갑자기 배우자의 흉을 보거나 최근 있었던 힘든 일에 대해 하소연을 하기도 했다. 나는 어쩔 수 없이 그런 이야기들까지 들어 주어야 했다. 분명 학부모의 마음 상태나 생각이 아이들에게 영향을 줄 것이기 때문이다.

태근이의 어머니도 그랬다. 그녀가 가장 마음을 쓰고 있는 건 역시 동생 범근이였다. 병원비가 만만치 않아 통원 치료를 하고 있는데 그게 너무 미안하다, 올해는 병원에 있는 시간이 길어졌다, 여전히 차도가 보이지 않는다, 그러면서도 뭐가 그리 즐거운지 장난기가 여전히 심하다. 그런 이야기들이 줄줄이 이어졌다. 태근이 어머님은 결국 참지 못하고 얘기 도중 흐느끼기 시작했다. 나는 그녀가 진정될 때까지 기다렸다.

"어머님, 태근이는 어떤 아이인가요?"

나는 그녀에게 조심스럽게 물었다.

[죄송해요, 선생님. 태근이 얘기를 하고 있었죠? 태근이는 그이랑 제가 믿고 의지할 만큼 든든한 아이예요. 태근이한테는 늘 미안해요.]

그녀는 태근이가 자신들을 어떻게 도와주고 있는지 말해 주었다. 부모님이 늦게까지 병원에 있어서 태근이는 혼자 집에 있는 시간이 많은 듯했다. 나는 아무도 없는 집에 홀로 남겨진 태근이의 모습을 상상했다. 수화기 너머 그녀의 목소리가 또다시 가느다랗게 떨려 오기 시작했다.

솔직히 나는 그녀가 태근이에 관해서 잘 모르고 있다는 인상을 받았다. 그리고 이야기를 나누면 나눌수록 그녀의 심란하고 불안한 마음이 고스란히 전해져 왔다. 태근이의 어깨가 무겁겠구나, 하는 생각이 들었다.

어쩌면 태근이는 범근이를 싫어하는 게 아닐까? 태근이의 가정사를 알게 된 이후 태근이의 일기장을 들여다보며 나는 그런 생각을 하게 되었다. 모르는 사람이 일기장을 읽으면 태근이에게 세 살 어린 남동생이 있다는 것을 전혀 알 수 없을 것 같았다. 아빠와 엄마, 그리고 태근이만 있을 뿐 범근이에 관한 내용은 단 한 줄도 나오지 않았으니까.

그즈음 나는 은경이의 일을 겪으면서 반 아이들의 가정사에 관여하려는 것이 괜한 오지랖이 아닌지 생각하고 있었다. 내가 깊이 관여하지 않았더라면 은경이는 평생 안고 가야 할 무거운 진실을 알 필요가 없었을지도 모른다. 하지만 태근이를 보고 있으면 나는 자꾸만 언니가 떠올랐다. 나중에 후회하지 않기 위해서라도 부디 형제 사이가 좋았으면 했다.

"태근아, 잠깐 올라와 볼래?"

나는 체육 시간에 축구를 하다 스탠드에서 잠시 쉬고 있던 태근이를 구령대 위로 불렀다. 무슨 일인지 묻는 태근이 이마의 땀방울이 빛났다.

"요즘 동생이랑 잘 지내니?"

태근이는 고개를 갸웃했다.

"네, 잘 지내요. 갑자기 그런 걸 왜 물어보시는 거예요?"

"그냥 내 생각이긴 한데, 일기 검사를 할 때마다 범근이 얘기가 없어서…… 혹시 둘 사이가 안 좋은 건 아닐까 해서 물어본 거야."

태근이는 순간 눈을 크게 뜨고 입을 헤 벌렸다.

"……아니, 아니에요. 범근이랑은 사이좋아요. 어제도 병원에 갔다 왔어요."

"내가 걱정할 필요는 없는 거지?"

"네, 뭐어……, 저희들 사이는 걱정하지 않으셔도 돼요."

그렇게 말한 태근이는 왠지 모르게 엉거주춤하더니 다시 운동장의 아이들 속으로 뛰어갔다. 태근이는 분명 무언가를 들킨 듯한 느낌이었다. 나는 고민하다 결국 태근이의 어머니에게 연락을 했다.

"어머니, 혹시 태근이랑 태근이 동생이랑 사이가 좋나요?"

[그럼요, 아이들 사이에 별문제는 없어요. 왜 그러시죠?]

태근이 어머니는 이상하다는 투로 나에게 되물었다. 나는 태근이가 일기에 범근이에 대한 어떠한 내용도 쓰지 않는다는 것을 말해 주었다. 잠시 말을 잇지 못하던 그녀는 깊은 한숨을 내쉬었다.

[태근이가 그럴 만도 해요. 저랑 남편은 거의 병원에 있어서 태근이를 매일 혼자 내버려 두었으니까요. 집에 돌아와 보면 늘 혼자 잠들어 있고……. 그래도 태근이가 이해해 줄 거라 생각했는데……. 태근이도 아직 애인데, 자꾸만 태근이의 나이를 잊게 되네요.]

그녀는 울음기 가득한 목소리로 태근이에게 신경을 써 줘야겠다며 전화를 끊었다.

태근이는 분명 가족으로부터 소외되어 있었다. 외로웠을 것이다. 하지만 태근이는 그런 이야기를 결코 일기에 쓰지 않았다. 내가 태근이의 속사정을 알게 된 이후에도 일기는 여전히 매일같이 즐거움과 희망으로 가득 차 있었다. 그것이 어른스러운 것인지 어떤 건지 잘 알 수 없었다. '그런 추억이 있다니 참 즐거웠겠구나.', '정말로 그렇게 되었으면 좋겠네.' 하고 답글을 남겨 줄 뿐이었다.

이별의 순간은 너무나도 갑자기 찾아왔다. 한 달 전, 6월 둘째 주가 시작되는 월요일로 기억한다. 아침에 일어나 보니 태근이의 어머니에게 문자가 한 통 와 있었다.

범근이가 세상을 떠났어요. 전화로 연락드리지 못한 점 죄송합니다. 태근이는 당분간 학교를 쉴 것 같습니다.

나는 침대에서 무릎을 감싸 안고 한동안 움직이지 못했다. 언니가 죽었을 때가 떠올라서 자꾸만 눈물이 났다. 출근을 한 다음에도, 수업 시간에도 이가 빠진 듯 휀히 보이는 태근이의 빈자리에 계속 눈길이 갔다. 넋 나간 사람처럼 수업에도 제대로 집중하지 못했다. 아이들에게 미안한 생각이 들었다.

그날 저녁, 무거운 발걸음으로 빈소를 찾았다. 건물로 들어간 순간 예전의 기억이 물밀 듯 몰려오기 시작했다. 다리에 힘이 빠진 나는 복도에 서서 한동안 마음을 추슬러야 했다.

빈소에서 태근이 부모님은 오열을 하고 있었다. 나는 자식을 잃은 부모가 토해 내는 그 소리를 알고 있었다. 슬픔이라는 감정은 그들의 몸보다 더 훨씬 크다. 그래서 몸 안에서부터 폭발하듯 터져 나오는 그 감정 때문에 온몸이 부서지듯 고통스러운 것이다. 두 사람의 눈에는 눈물 자국이 문신처럼 새겨져 있었다. 나는 장례식 내내 그 눈물 자국이 마르지 않을 거라 생각했다.

시한부 환자의 가족들은 환자가 투병 생활을 하는 동안 어느 정도 마음의 준비를 하지 않을까. 하지만 범근이의 나이는 고작 열 살이다. 마음의 준비 따위, 분명 아무런 소용도 없었을 것이다. 태근이는 울지 않았다. 그저 영정 사진 속 범근이를 가만히 바라보고 있었다.

"태근아, 괜찮니?"

"선생님, 와 주셔서 감사합니다."

태근이는 고개를 꾸벅 숙였다. 그런 태근이의 모습은 오래전 그날의 나를 떠올렸다. 무언가를 결심한 듯한 그 눈빛이 그랬다.

장례식이 끝난 다음 날부터 태근이는 다시 학교에 나왔다. 함께 울어 주는 아이도 있었고, 무슨 말을 어떻게 붙여야 할지 몰라 태근이 앞에서 어색한 미소만 짓는 아이도 있었다.

"태근아, 동생한테 작별 인사는 잘했니?"

태근이는 고개를 가로저었다.

"범근이가 새벽에 갑작스럽게 떠나서…… 제대로 인사도 못 했어요. 최근에 입원이 길어져서 얼굴도 자주 못 봤거든요."

"……그렇구나."

"대신에 범근이가 떠나기 얼마 전에 저한테 마지막으로 남긴 말은 있었어요. 그때가 제 생일이었거든요. 입원 중이라 집에 있는 저를 만날 수 없어서 엄마가 전할 말 없냐며 스마트폰으로 범근이 영상을 찍었는데……."

태근이는 묘하게 말끝을 흐렸다. 나는 고개를 갸웃했다.

"그런데?"

"제가 싫다고 했대요."

나는 깜짝 놀라 미간을 찡그렸다. 쓴웃음을 지으며 “참 바보 같죠?” 하는 태근이에게 나는 아무런 말도 해 줄 수 없었다.

태근이의 일기 속에 범근이가 등장하기 시작한 것은 범근이가 죽은 후부터였다. 일기 속에서 어머님은 하루에도 몇 번씩 눈물을 흘렸다. 태근이는 그런 그녀를 보며 마음 아파했다. 하지만 나머지 내용들은 전과 비교해 크게 달라지지 않았다. 아빠와 무엇을 했다든가, 엄마랑 어떤 이야기를 나누었다든가, 부모님과 시간을 보낸 이야기들이 대부분이었다.

달라진 부분이 있다면 전처럼 과거에 있었던 일이 아닌 최근에 일어난 일에 관해 이야기한다는 것이다. 나는 태근이의 부모님이 태근이를 위해 정말 많은 것들을 해 주고 있다는 것을 알 수 있었다.

범근이의 장례식이 끝나고 보름쯤 지났을 때였다. 태근이의 일기를 읽던 나는 문득 가슴이 뭉클해졌다.

학교 끝나고 집에 와 보니 엄마가 울고 있었다. 요즘 엄마는 참 많이 운다. 범근이 때문이라고 생각한 나는 엄마를 위로했지만, 알고 보니 그게 아니었다. 엄마는 서랍장에서 찾았다며 종이쪽지를 하나 보여 주었다. 평소에 장난을 좋아하던 동생은 입원하기 전에 이런 쪽지를 여기저기 숨겨 놓은 것 같았다. 엄마에게 같이 범근이의 쪽지를 더 찾아보자고 하자 엄마는 눈물을 흘리며 기쁘게 웃었다. 오랜만에 엄마가 웃는 걸 봤다. 엄마는 범근이랑 숨바꼭질하는 것 같다고 했다. 쪽지는 아빠 서재랑 거실 서랍에서도 나왔는데…….

나는 점심시간에 태근이를 복도로 불러내어 쪽지에 관해 슬쩍 물어

보았다.

“범근이가 쪽지를 집 안 곳곳에 숨겨 놨었나 봐요. 무슨 보물찾기처럼요. 봄 즈음에 입원하기 전까지는 집에서 지냈는데, 분명 그때 숨겨 놨던 것 같아요.”

쪽지에는 사랑한다는 말, 낳아 줘서 고맙다는 말, 그리고 아빠 엄마와 함께한 추억들이 적혀 있었다고 했다. 어쩌면 범근이는 자신의 죽음을 직감한 것인지도 몰랐다.

“그럼 너한테는 뭐라고 남겼니?”

“네?”

“범근이가 너에게 하고 싶은 말을 쪽지에 쓰진 않았어?”

태근이는 잠시 눈동자를 이리저리 굴리더니 천천히 고개를 끄덕였다.

“아아, 그러고 보니 그러네요. 나한테 남긴 말은 없었네. 아마 제가 많이 싫었나 봐요.”

태근이는 그렇게 말하곤 티가 날 정도로 어색하게 웃었다. 나는 바늘로 콕콕 찌르듯 마음이 아팠다. 나는 서둘러 화제를 돌렸다.

“아…… 그렇구나. 부모님께서 쪽지 보시고 많이 좋아하셨지?”

“처음에는 범근이를 다시 만난 것 같다며 너무너무 좋아하셨어요. 그런데 엄마가 나중에 더 많이 우시더라고요.”

태근이는 슬픔과 괴로움이 섞인 표정을 지으며 고개를 떨구었다.

태근이 아버님으로부터 온 전화를 받으며 나는 그날 봤던 태근이의 그 복잡한 얼굴이 머릿속에 떠올랐다. 태근이가 불을 질렀다니……. 태근이의 아버님은 태근이가 범근이를 미워해서 그런 것 같다고 했다.

[범근이가 죽기 한 달 전부터 둘 사이가 갑자기 나빠졌어요. 두 녀석

이 다짜고짜 서로 싫다고 하지 뭡니까. 얼마 전까지만 해도 그렇게 사이가 좋았는데…….]

"그런 일이 있었군요."

[네.]

나는 태근이의 마음을 헤아려 보았다. 그동안 부모님은 아픈 범근이에게 관심과 사랑을 더 많이 주었을 것이다. 태근이는 자신과 부모님이 행복하게 지냈던 때를 떠올리면서 범근이만 쏙 빠진 일기를 썼다. 그리고 아픈 동생에게 네가 싫다는 모진 말까지 하게 되었다. 범근이도 지지 않고 형에게 싫다는 말을 했다.

[4년 전, 그러니까 범근이가 여섯 살 때였어요. 그때 범근이의 병을 알고 나서부터 저희는 태근이에게 제대로 신경을 써 주지 못했어요. 아이에게 4년은 정말 많은 변화를 겪는 시간일 겁니다. 어느새 태근이가 초등학교 2학년에서 6학년이 된 것처럼요. 그동안 태근이는 많이 외로웠을 거예요. 그러니 태근이가 범근이를 미워할 만도 하죠.]

태근이의 부모님은 장례식이 끝나자마자 범근이의 모든 물건을 정리해 버렸다고 했다.

[저는 앞으로는 태근이에게 온 사랑을 쏟자고 집사람을 설득했어요. 범근이의 빈자리는 크지만 태근이 앞에서는 참자고 했죠. 하지만 아내는 참기 힘들었나 봅니다. 매일 밤 잠들지 못하고 뒤척이며 울고, 퇴근하고 집에 가면 또 얼마나 울었는지 퉁퉁 부은 얼굴로 있더군요. 태근이 앞에서도 눈물을 종종 보였습니다. 범근이의 죽음을 받아들이기가 너무 힘들었나 봐요.]

거기까지 말한 그는 천천히 한숨을 내쉬었다. 그리고 차라리 더 잘된 건지도 모르겠다며 혼잣말하듯 중얼거렸다. 나는 조심스레 그게 무슨 뜻인지 물었다.

[쪽지가 나온 이후부터 집사람은 매일 집 안 곳곳을 살폈습니다. 같은 곳을 몇 번이나 확인했고, 새벽에는 잠도 안 자고 가구를 이리저리 옮기곤 했어요. 쪽지를 찾으면 기뻐했지만, 찾지 못하면 많이 우울해했죠. 제가 보기에 집 안에 범근이의 쪽지가 더는 없는 것 같았어요. 집 안을 싹 뒤집어엎을 정도로 찾아봤으니까요. 하지만 집사람은 포기하지 않았습니다. 정말로 매일매일, 밤낮 할 것 없이 찾고 또 찾고, 오로지 쪽지만 찾겠다고……. 제가 봐도 정상이 아니었죠. 하지만 이제 다 끝났네요. 설령 쪽지가 남아 있다고 해도 집이 불타 버렸으니 집사람도 이제 포기할 수밖에 없겠죠.]

그는 또다시 한숨을 푹 쉬었다. 괴로운 마음이 고스란히 전해져 왔다.

"아버님, 그럼 태근이가 불을 지른 건 범근이가 남긴 쪽지 때문이란 말인가요? 질투가 나서요?"

[네, 그런 것 같습니다. 범근이 쪽지를 태우다가 불이 났다고 하네요. 자세히 물어봐도 그다음부터는 입을 다물어 버려서…….]

쥐어 짜 내는 듯한 그의 목소리를 들으며 나는 아무런 말도 할 수 없었다. 동생이 죽고 이제야 드디어 부모님의 관심이 자신에게 향할 거라 생각했는데, 동생의 쪽지가 나왔다. 부모님은 또다시 동생에게 집착하게 되고 태근이는 그게 너무 화가 나서 집에 불까지 내게 된 것이다.

나는 끝으로 범근이가 태근이에게 남긴 영상 메시지에 관해 물어보았다.

[그날은 태근이 생일이었어요. 집사람이 저만이라도 태근이 생일을

챙겨 주는 것이 좋겠다고 해서…… 둘이 저녁을 먹긴 했는데 무슨 말을 했는지도……. 하아, 생각해 보면 아이들 생일마다 늘 넷이 함께였는데 이제는…….]

말끝을 흐리던 그가 문득 죄송하다며 사과했다.

[참, 영상 메시지 말씀이시죠? 그즈음에 범근이는 몸이 너무 아파서 진통제를 맞고 온종일 잠드는 날이 많았습니다. 아내는 범근이가 깨어났을 때 영상을 찍었다고 했어요. 형제끼리 자주 그런 장난을 쳤거든요. 아내는 원래 애들이 영상을 찍으며 노는 것을 별로 좋아하지 않았어요. 범근이 몸 상태 때문이기도 했고요. 아내가 갑자기 왜 그런 생각을 했는지는……. 어쩌면 의사로부터 조만간 마음의 준비를 해야 할지도 모른다는 얘기를 들어서였는지도 모르겠네요. 아무튼, 아내는 태근이에게 축하 영상 메시지를 보내자고 했다는데…… 그런데 범근이 그 녀석이…….]

거기까지 말한 그는 고통스럽게 목소리를 쥐어짰다.

[축하의 말은 안 하고 형이 너무 싫다고 하더라고요.]

곧 수화기 너머에서 웃는 것인지 우는 것인지 모를 신음이 들렸다.

전화를 끊고 나서 나는 한동안 방 안에 우두커니 서 있었다. 태근이가 불을 냈다니……. 머릿속에서 그동안 내가 지켜본 태근이의 모습과 부모님에게 들은 태근이의 모습이 뒤섞이기 시작했다.

3

태근이 아버님과의 통화를 끝낸 후, 나는 밤잠을 설칠 정도로 생각에 잠겼다. 그러다 오랜만에 언니의 꿈을 꾸었다. 언니의 장례식에서 아빠와 엄마는 정신을 잃을 정도로 눈물을 흘렸다. 하지만 나는 결코 울지 않았다. 나에게는 할 일이 있었으니까.

아침에 알람 소리와 함께 눈을 뜨며 나는 왜 그렇게 태근이에게 마음이 쓰였는지 불현듯 깨닫게 되었다. 새벽에 꿈에서 본 건 범근이의 장례식이었다. 그곳에 절대 울지 않았던 나와 꼭 닮은 태근이가 있었다. 태근이와 나를 겹쳐 보았던 것이다.

경기도 모시의 주택가에서 화재가 발생했다는 내용이 어제저녁 뉴스로 보도되었다. 앵커는 화재가 1층에서부터 시작되었고, 현장으로 출동한 소방관이 2층에 갇힌 초등학교 6학년생 한 모 군을 구해 내었다는 소식을 전했다. 화재는 주택 1층을 태우고 40여 분 만에 진화되었다.

영상 속에서 소방본부 관계자는 연기를 마신 한 모 군 이외에 인명 피해는 없었고, 구조된 한 모 군이 방화를 저질렀다는 것을 시인했으며, 더 자세한 화재 원인을 파악하기 위해 진술에 중심을 두고 조사를 계속할 방침이라고 전했다. 나는 아침에 출근 준비를 하며 스마트폰으로 그 영상을 확인했다.

불이 난 주택이 태근이네 집이란 것을 안 학부모도 있을 것이다. 예상대로 몇몇 아이들이 등교하자마자 태근이에 관한 이야기를 하기 시작했다.

"들었어? 어제 불 난 집 태근이네 집이래."

"정말? 학원 가는 길에 소방차를 봤는데, 태근이네였구나."

"그런데 태근이가 불을 낸 거래."

"에이, 말도 안 돼!"

어느새 아이들의 말소리가 교실을 가득 메웠다. 나는 작게 한숨을 내쉬고 자리에서 일어났다.

"얘들아, 선생님이 할 말 있으신가 봐!"

시아의 말에 바로 교실 안이 조용해졌다. 아이들은 눈을 빛내며 나에게 집중했다.

"얘들아, 너희도 알고 있다시피 어제 오후에 태근이네 집에 불이 났어. 태근이는 지금 병원에 있지만 많이 다치지는 않았다고 해. 다음 주에는 돌아올 거야."

"선생님, 정말 태근이가 불을 냈어요?"

남자아이 중 조용한 편에 속하는 명환이가 갑작스레 목소리를 높였다. 명환이는 교실 안에서 태근이와 단짝인 아이였다.

"그렇다고 확실히 결정이 난 건 아니야. 전에도 얘기했지? 무언가를 판단할 때는 자기가 직접 보고 들은 것만 생각하자고. 다른 사람이 이러쿵저러쿵하는 이야기에 휘둘리지 않도록 하자, 알았지? 나는 태근이가 그럴 아이 같진 않은데, 너희들은 어떻게 생각하니? 태근이가 정말 불을 냈을 것 같아?"

아이들이 두리번거리며 서로의 얼굴을 살폈다. "아니요.", "아니에요.", "아니지?" 확실하게 말하는 아이도 있었고, 잘 모르겠다는 듯 되묻는 아이도 있었다. 그때 태형이가 손을 들었다.

"선생님, 저번에 태근이가 나쁜 짓을 해도 되는지 물어봤잖아요. 혹시 불이 난 게 그때 말한 거랑 상관있는 거 아닐까요?"

아이들 사이에서 오오, 하는 감탄사가 튀어나왔다. 몇몇 아이들이 그런 것 같다며 맞장구를 쳤다. 나 역시 그 점이 마음에 걸리긴 했다. 그때 태근이가 하려던 말이 이 일과 관련이 있는 것은 아닐까?

"에이, 태근이는 그런 짓 안 하지, 태형이면 몰라도."

문득 은경이가 어깨를 으쓱하며 그렇게 말했다. 아이들 사이에서 작게 웃음이 터졌다. 그때 "선생님." 하고 명환이가 손을 들었다. 아이들은 명환이를 바라보았다.

"저도 태근이가 불을 냈을지도 모른다고 생각해요. 하지만 일부러 낸 건 아닐 거예요."

나는 팔짱을 끼며 고개를 살짝 갸웃했다. 일부러 낸 게 아니었다고?

"야, 선생님께서 직접 보고 들은 것만 생각하자고 하셨잖아. 너는 태근이한테 직접 그런 얘기를 들은 거야?"

태형이가 명환이에게 물었다. 명환이는 크게 고개를 끄덕였다.

"사실 태근이가 비밀로 해 달라고 한 이야기가 있어. 난 이 자리에서 그 얘기를 해야겠어. 비밀을 지키는 것도 좋지만, 너희가 태근이를 오해하는 건 정말 싫거든."

명환이가 진지한 얼굴로 다시 나를 보았다.

"선생님, 태근이가 가끔 저한테 동영상을 보내 줬어요. 자기가 찍은 재미있는 영상이라면서요. 태근이는 일부러 불을 낸 게 아닐 거예요. 아마 장난치다 그랬을 거예요. 재밌는 동영상을 찍으려다 뭔가 잘못된 게 분명해요."

명환이는 확신에 차 있었다. 좀 더 자세히 묻고 싶었지만 슬슬 1교시 수업이 시작될 시간이었다. 나는 명환이에게 나중에 영상을 보여 달라고 말하며 이야기를 마무리 지었다.

점심시간에 갑자기 교실에서 웃음소리가 터져 나왔다. 급식을 다 먹은 아이들이 명환이 곁에 옹기종기 모여 명환이의 스마트폰을 들여다보고 있었다.

"얘들아, 폰은 집어넣어야지?"

나는 낮게 목소리를 깔며 주의를 주었다. 하교 시간까지 스마트폰을 꺼내지 않는 것이 약속이었다.

"아아, 재미있었는데."

"태근이한테 직접 다른 것도 보여 달라고 해야겠어."

아이들은 볼멘소리를 내며 남은 점심시간을 즐기기 위해 흩어졌다. 하지만 어떤 내용이길래 저렇게까지 소리 내어 웃었던 걸까? 나 역시 궁금해지는 건 어쩔 수 없었다.

태근이가 명환이에게 보내 주었다는 그 영상은 방과 후에 볼 수 있었다.

- 쉿! 범근아, 절대 웃으면 안 돼, 알지?

- 알았어, 형.

- 지금 웃고 있잖아. 아, 안 되겠다. 일단 지금 최대한 많이 웃어 봐.

환자복을 입고 회색 비니를 쓴 아이는 무엇이 그리 재밌는지 소리 죽여 키득거렸다. 콧잔등에 찡긋 주름이 졌다. 아, 이 아이가 범근이구나. 나는 영정 사진 속에서 해맑게 웃던 그 아이를 단번에 알아보았다. 웃을 때 눈가가 가늘어지는 것과 입매가 시원하게 올라가는 모양이 태근이와 닮아 있었다.

곧 화면은 병실로 들어온 의사와 간호사를 비추었다.

- 태근아, 범근아, 안녕? 어디 불편한 곳은 없니?

- ……선생님, 부탁이 있는데 들어 주실래요?

- 그럼, 뭐든 좋으니 말해 보렴?

- ……바지 내려 주세요.

- 응? 뭐라고?

- 바지가 필요해요. 빨리 내려 주세요. 빨리요, 빨리!

영상 속에서 범근이는 의사에게 애걸복걸 매달렸다. 의사는 당황한 듯 어쩔 줄 모르는 표정을 지었다. 화면이 위아래로 격렬하게 흔들리며 의사와 간호사의 모습도 함께 흔들렸다. 태근이가 참지 못하고 쿡쿡 웃음을 터뜨리는 소리가 들렸다.

의사는 잠시 정면, 즉 태근이를 빤히 바라보았다. 그리고 알겠다는 듯이 쓴웃음을 짓곤 주변을 두리번거렸다. 그리고 TV 뒤편에 숨겨진 바지를 꺼내 범근이에게 건네주었다. 울먹이는 목소리까지 내던 범근이는 손으로 배를 잡고 웃었다.

명환이가 보여 준 것은 이렇게 태근이와 범근이가 장난을 치는 내용의 영상이었다. 또 다른 영상에서 범근이는 붉은 색소가 들어간 음료수를 입에 물고 있다가 침대 시트에 피를 토하듯 내뱉었다. 범근이는 그러고는 고통스러운 듯 몸을 떨었다.

- 범근아! 범근아! 태근아, 빨리 선생님 불러와. 이런 상황에서 지금 뭘 찍는 거야! 빨리!

- 알았어, 엄마. 범근아, 기다려! (탁, 탁, 탁, 탁.) 헉, 헉, 선생님, 범근이가…… 범

근이가!

화면 속에서 복도를 지나는 환자들은 깜짝 놀라며 벽 쪽으로 바짝 붙어 섰다. 의사와 간호사들이 우르르 복도를 달려 병실로 들어간 순간, 배를 잡고 깔깔대는 범근이의 모습이 나타났다.

– 형, 더 참아야 되는데 못 참아서 웃어 버렸어. 선생님들, 죄송해요. 장난이었어요. 엄마, 미안해. 울지 마.

범근이는 침대 위에서 무릎을 꿇었다. 그리고 자꾸만 새어 나오는 웃음을 억지로 참으며 거듭 사과를 했다. 태근이 어머니는 장난이 지나치다며 폭발하듯 화를 냈고, 의사와 간호사는 쓴웃음을 지으며 돌아갔다. 태근이 어머니는 여전히 영상을 찍고 있는 태근이 쪽을 가만히 바라보더니 한숨을 푹 내쉬었다. 그리고 결국에는 태근이와 범근이를 따라 웃어 버렸다.

영상 속에서 그녀는 단 몇 분 동안 몇십 년의 나이를 먹은 것처럼 느껴졌다. 역시 장난이 좀 심했다는 생각이 들었지만, 명환이는 그게 아주 재미있는 모양이었다.

"저만 보기 아까울 정도로 재밌어요. 태근이는 나중에 이런 것들을 유튜브에 올릴 거라고 했어요."

"유튜브에?"

"네, 재밌는 영상을 올리는 사람들이 되게 많거든요. 태근이도 그런 걸 하고 싶었다고 했어요."

명환이는 태근이가 대단하다면서 엄지손가락을 들어 보였다.

"그렇구나……. 명환아, 너는 태근이가 이렇게 장난치는 영상을 찍다가 불을 냈다고 생각하는 거지?"

"네. 그건 실수였을 거예요. 분명해요."

확신으로 가득 찬 말투였다.

"……알았어. 명환아, 영상 보여 줘서 고마워. 이제 그만 가 봐도 돼. 주말 잘 보내고."

명환이는 허리 숙여 인사를 하고 가벼운 발걸음으로 교실을 나갔다.

그런 거였구나. 단순하게 예전의 날 겹쳐 본 것 때문만은 아니었어. 영상을 보면서 나는 내가 왜 그렇게 태근이에게 마음이 쓰였는지 깨닫게 되었다. 나는 작게 한숨을 내쉬었다.

언니가 떠난 후 나는 고등학교를 졸업할 때까지 같은 식탁에서 아빠 엄마와 밥을 먹지 못했다. 마주 앉으면 4인용 식탁의 남은 한 자리가 더욱 눈에 들어와서, 가슴속에 있는 상처가 거울처럼 들여다보여서 도저히 밥이 넘어가지 않았다. 우리 가족이 언니가 있던 그 시절로 돌아갈 수 없다는 사실이 견디기 힘들 정도로 가슴에 사무쳤다. 나는 태근이네 가족도 같을 것이라 생각했다.

태근이의 아버지와 어머니, 그리고 범근이는 영상 속에서 웃고 있었다. 화면이 흔들릴 정도로 웃으면서 영상을 찍은 태근이 역시 무척 즐거워했다는 것을 알 수 있다. 하지만 범근이가 죽은 지금 그런 기억들은 모두 아픔으로 다가올 것이다. 분명 그들은 몸의 일부를 잃은 것처럼 고통스러울 것이다. 결코 행복했던 과거로 돌아갈 수 없기에 더더욱.

그럼에도 나는 영상에서처럼 그들의 웃음이 계속되기를 바랐다. 남은 세 사람이 우리 가족과 같지 않길 바랐다. 가정을 등지고 일로 도망친 아빠, 언니가 그렇게 될 수밖에 없었던 온갖 이유를 찾아 헤맨 엄마, 그리고 교사가 되겠다며 고립되어 공부만 하던 나. 그렇게 우리 가족은 행복과는 아주 멀어져 버렸다.

언니가 죽은 후 우리가 서로를 위로하고 의지했다면 언니의 죽음을 잘 이겨 냈을까? 지금쯤 행복하다고 느끼고 있었을까? 그건 알 수 없다. 알 수 없지만, 태근이를 생각하면 내 몸 안쪽에서부터 깊이를 모를 정도의 강한 의지가 솟아났다.

엄마는 말했다. 내가 초등학교 선생님이 된 이상, 앞으로 나를 힘들게 할 온갖 일들이 닥쳐올지도 모른다고. 하지만 이번만큼은 시아 때나 은경이 때와는 달랐다. 나는 이 가족을 다시 하나로 뭉치게 하고 싶었다. 그러니 나는 순전히 내 욕심을 가득 담아 이 사건 속으로 들어갈 것이다. 무엇보다 나는 모르는 것을 모르는 채로 두는 것이 싫으니까.

실은 줄곧 마음에 걸렸었다. 상담 때 들은 대로 태근이의 부모님은 범근이의 치료비에 부담을 느끼고 있었다. 태근이도 그 사실을 잘 알고 있었을 것이다. 그런데 태근이가 집 전체를 불태우려 했다니…….

물론 태근이는 동생을 질투했을 수도 있다. 태근이도 이제 겨우 열세 살일 뿐이다. 하지만 태근이는 우리 반에서 누구보다 어른스러운 아이다. 그리고 누구보다 부모님을 사랑하는 아이다. 지금까지 태근이의 일기를 읽어 온 나는 확신할 수 있다. 그런 아이가 불을 냈다니, 나는 역시 믿을 수 없었다.

나는 태근이 어머니에게 전화를 걸어 내 생각을 말했다. 그리고 화재가 정확히 어떤 식으로 일어났는지 물어보았다.

[그냥 범근이가 너무 미워서 쪽지를 다 태워 버리려고 그랬다는 말밖에 안 하네요. 저도 선생님처럼 믿고 싶진 않은데 태근이가 그랬다고 하니…….]

그렇게 말끝을 흐리던 그녀는 으음, 하고 무언가 고민하는 듯한 소리를 내었다.

"어머님, 알고 계시는 게 있으시면 말씀해 주세요."

[실은 오전에 경찰에게 연락이 왔어요. 화재 원인을 조사하다 보니 그게…… 저희 집 김치냉장고에서 불이 났을 가능성이 있다고요.]

나는 고개를 갸웃했다.

"김치냉장고요?"

[네, 오래된 김치 냉장고에서 불이 나는 경우가 가끔 있다고 설명해 주더라고요.]

"그럼 태근이가 거짓말을 했단 건가요?"

[그건 잘 모르겠어요. 경찰이 좀 더 조사를 해 봐야 한다고 해서 아직 태근이한테는 말하지 않았어요.]

그녀는 경찰이 김치냉장고를 얼마나 사용했는지, 그리고 제조사나 모델명을 기억하고 있는지 물었다고 했다.

"그렇군요."

나는 천천히 고개를 끄덕이며 머릿속으로 상황을 정리해 보았다. 역시 태근이가 무언가를 숨기고 있다는 생각이 들었다. 나는 주말에 태근이의 병문안을 가도 괜찮은지 조심스레 물었다.

[저, 선생님, 크게 다친 곳이 없어서 다음 주에는 학교에 보낼 거라 병문안까지 오실 필요는 없을 것 같은데요?]

그녀의 목소리에 당황스러움이 묻어 있었다. 하지만 나는 단호하게 말했다.

"아니요. 꼭 태근이에게 직접 묻고 싶은 게 있어요. 태근이가 거짓말을 하고 있다면, 자기가 불을 냈다고 주장하는 이유도 확인하고 싶고요. 그리고 김치냉장고 얘기는 내일까지 태근이한테 하지 말아 주세요."

통화를 마친 나는 태근이의 이해할 수 없는 행동을 다시 짚어 보았다. 그리고 더 나아가 태근이에 관한 것들을 하나씩 정리해 보았다.

태근이는 일기에 범근이 얘기를 전혀 쓰지 않았다. 태근이와 범근이는 언제부터인가 서로 싫어했고, 범근이는 형의 생일 축하 영상 메시지를 찍을 때조차 그런 태도를 바꾸지 않았다. 범근이는 죽기 전에 집 안 곳곳에 쪽지들을 숨겨 두었다. 하지만 그 쪽지에는 부모님에게 남긴 메시지만 있을 뿐, 태근이에게 남긴 메시지는 하나도 없었다. 태근이는 범근이가 남긴 쪽지를 태우려고 집에 불을 질렀다고 했다. 하지만 화재의 원인이 다른 곳에 있을 가능성이 있다.

태근이는 장난을 치며 스마트폰으로 동영상을 찍었다. 유튜브에 그 영상을 올리고 싶다고 했다. 영상 속에는 늘 범근이가 있었다. 비로소 태근이가 계속해서 숨기고 있었던 무언가의 형체가 어렴풋이 보이는 기분이 들었다. 하지만 아직 부족했다. 나는 더더욱 큰 확신이 필요했다. 문득 머릿속에 나를 도와줄 만한 사람이 떠올랐다. 나는 망설임 없이 스마트폰을 들었다.

"김도환 형사님, 안녕하세요. 석 달 만이네요. 잘 지내시죠? 네, 그럼요. 저는 잘 지내고 있어요. 아아 네, 은경이도 잘 지내고 있어요. 다름이 아니라 부탁드리고 싶은 게 있어서요. 그때 형사님이 그러셨잖아요, 나중에 도움이 필요한 일이 있으면 연락하라고요. 그래서 말인데, 알아봐 주셨으면 하는 게 있어서…… 괜찮을까요? 별건 아니고요. 엊그제 저희 초등학교 근처 가정집에서 일어난 화재 사건인데 혹시 아실까요? 2층짜리 가정집에서 초등학교 6학년 아이가 불을 냈다고 자백한 건데……. 아, 들어 보셨군요. 실은 그 아이가 저희 반 아이거든요. 태근이라고 해요, 한태근. 네에, 네에, 뭐…… 그렇게 되었네요. 저는 괜찮아요, 좀 놀라긴 했지만……. 어쨌든, 사건 조사가 거의 끝난 것 같더라고요. 그래서 말인데, 경찰이 조사한 내용을 미리 좀 알고 싶어서요. 어떤 식으로 화재가 일어났는지만요. 혹시 어려울까요? 어차피 언론에 공개될 내용이면 괜찮을 것 같아서……. 아, 네. 다행이네요. 감사합니다. 그럼, 기다리고 있을게요."

4

병실로 들어가자 침대에 걸터앉아 있던 태근이가 나를 보며 천천히 몸을 일으켰다.

"월요일에 학교에서 봬도 될 텐데……. 그래도 이렇게 와 주셔서 감사합니다."

"그래, 몸은 좀 어떠니?"

"멀쩡해요. 집에 가고 싶은데 며칠 더 있어야 한다고 해서 좀 답답했어요. 오후에 퇴원할 거예요."

태근이는 힘없는 미소를 지었다. 무얼 하고 있었는지 물으니 손가락으로 천장을 가리키며 TV를 보고 있었다고 했다. TV에서는 어느 예능

프로그램의 재방송이 나오고 있었다.

8인실의 병실에는 태근이 외에도 환자가 세 명 더 있었다. 나는 태근이와 단둘이서만 이야기를 나누고 싶었다. 조금 전 복도에서 태근이의 어머니에게 허락을 받아 놓았다.

오전의 해는 아직 그리 뜨겁지 않았다. 나는 태근이에게 바깥으로 나가자고 했다. 조용한 곳을 아는지 묻자 태근이는 생각난 곳이 있다며 병실을 나섰다. 우리는 계단실을 통해 1층으로 내려갔다. 태근이가 먼저 앞장서서 어딘가의 뒷문으로 나를 이끌었다.

복도가 다소 어두워서 밖으로 나가는 문은 여름빛으로 유독 하얗게 빛나고 있었다. 햇빛 아래로 나가자 환자복을 입은 태근이는 더욱 환하게 빛이 나서 나는 앞으로 확인하게 될 태근이의 마음 그 자체 같다는 생각이 들었다.

"여기가 제일 좋아요. 시원하고 조용하거든요."

도착한 곳은 나무 아래 벤치를 놓아 쉼터처럼 꾸며진 곳이었다. 우리는 먼 하늘을 바라보며 벤치에 나란히 앉았다. 바람이 불자 머리 위쪽에서 짙은 녹음이 흔들렸다.

태근이는 동생 범근이가 이 병원에 오랫동안 입원했었다고 얘기해 주었다. 여섯 살 때부터 처음 2~3년까지는 입원과 퇴원을 반복했고, 1년 전부터는 집보다 이곳에 있는 시간이 더 많았다고 했다.

"그럼 이 병원 구석구석을 잘 알고 있겠네?"

"네. 의사 선생님이랑 간호사 선생님이랑, 그리고 입원한 환자들과도 친하게 지냈어요. 모두 범근이를 밝고 귀여운 아이라고 좋아했어요."

태근이의 옆모습을 바라보며 나는 생각했다. 이 아이가 꼭꼭 숨긴 마음을 과연 끄집어낼 수 있을까. 나는 후우, 하며 작게 숨을 뱉었다.

"태근아, 네가 명환이한테 보내 준 영상 봤어."

"명환이가요? 다른 사람한테는 보여 주지 말라고 했는데……."

태근이는 잠시 우물쭈물하더니 "어땠어요?" 하고 물었다. 곤란한 듯 보이면서도 내 대답을 기대하는 듯한 눈빛이었다.

"재밌던데? 태근이 넌 학교에서는 그렇게 장난치는 거 못 봤는데, 조금 놀라기도 했어."

나는 옅게 미소 지었다. 그리고 태근이에게 그 외에 또 어떤 장난을 쳤냐고 물었다.

"찍은 거 전부 있는데 지금 보여 드릴까요?"

태근이는 신이 난 듯 주머니에서 스마트폰을 꺼냈다. 내가 그냥 말로만 얘기해 줘도 된다고 하자 살짝 실망한 듯 눈살을 찌푸렸다. 하지만 금세 웃음기 가득한 얼굴로 열을 올리기 시작했다.

"아침마다 간호사 선생님들이 범근이 피를 뽑거든요. 제가 대신 누워 있는 거예요. 그러다 제 팔에 정말로 주삿바늘을 찌르려고 하면 제가 왜 멀쩡한 사람 피를 뽑냐고 크게 화를 내죠. 범근이는 그걸 보고 막 웃었어요."

"아이고……."

"범근이는 병원에서 지내면서 입원한 아이들이랑 다 친구가 됐어요. 다 같이 병원 곳곳을 다니면서 숨바꼭질도 했고, 복도에서 휠체어를 타고 경주도 했어요."

병원 사람들에게 꽤 민폐를 끼쳤겠구나, 생각하며 나는 쓴웃음을 지었다.

“범근이가 아빠한테 먹고 싶은 과자를 사 달라고 조른 적도 있어요. 아빠는 마음이 약해서 엄마한테는 비밀로 하고 사다 주시거든요. 그걸 범근이가 수술실 들어가기 직전에 엄마한테 일렀어요. 그렇게 일부러 아빠가 엄마한테 혼나게 만들고 범근이는 막 웃었어요. 두 분이 심각한 분위기일 때면 그런 장난을 쳤죠. 수술실에 들어가기 전까지도 범근이는 장난을 멈추지 않았어요. 벌레 모형에다가 실을 묶은 다음 간호사 선생님들을 깜짝 놀라게도 했고…….”

태근이는 들뜬 목소리로 얘기를 계속했다.

“가장 재밌었던 건 역시 그거였어요. 손가락에 채워 놓으면 뚜뚜뚜 하면서 맥박을 알려 주는 기계가 있어요. 그런데 그걸 빼면 삐 소리가 나면서 꼭 죽은 것처럼 보이거든요. 제가 아빠랑 엄마한테 막 달려가서 소리쳤어요. 범근이가 죽은 것 같다고. 그랬더니 아빠랑 엄마랑 의사 선생님이랑 간호사 선생님들까지 다 같이 복도를 뛰어서 병실로 달려갔어요. 그리고 범근이한테 가까이 간 순간 범근이가 ‘와악!’ 하고 소리 지르며 놀라게 했죠.”

나는 한쪽 눈썹을 살짝 찡그렸다.

“아아, 태근아, 그건 좀 심했다. 부모님이 화를 많이 내셨겠는데.”

“네, 그래서 두 번밖에 못 했어요. 두 번째엔 다들 속아 주지도 않더라고요.”

“……또 했단 말이지.”

바람이 불어 가볍게 머리칼을 흔들었다. 태근이가 병원에서 이렇게 장난을 많이 쳤을 줄은 생각도 못 했다. 이야기를 듣던 나는 간간이 소리 내어 웃기도 했다. 추억에 젖은 태근이의 얼굴에서 행복이 느껴졌다. 나는 잠시 눈앞의 아이를 지긋이 바라보았다.

"태근아, 넌 범근이가 싫어서 불을 냈다고 했지? 집 안의 쪽지를 다 불태워 버리고 싶어서."

"네, 맞아요."

"그래서, 지금은 만족하니?"

태근이는 어색하게 굳은 얼굴로 고개를 끄덕였다. 태근이의 마음은 다시 딱딱한 껍질 안으로 들어가 버렸다. 지금부터 나는 그 마음을 갈고리로 긁어낼 것이었다.

"태근아, 오늘 내가 너를 찾아온 건 너를 축하해 주기 위해서야."

"네? 축하요? 퇴원하는 걸요?"

나는 고개를 저었다.

"내 이야기 좀 할까? 나한테도 언니가 있었거든. 언니의 이름은 다정이었어. 너와 동생의 이름에 '근' 자가 들어가는 것처럼 부모님이 우리 자매의 이름을 맞춘 거야."

"다정, 다감. 같이 붙으니까 참 듣기 좋네요."

"그렇지?"

나는 잠시 한 호흡을 쉰 후 말을 이었다.

"고등학교 2학년 때 언니가 죽었어. 자살이었지."

태근이는 놀라며 눈을 크게 떴다.

"언니가 죽고 나서 내가 어떤 기분이 들었냐면…… 태근이 너랑 같은 기분을 느꼈어."

나는 아주 찬찬히, 맑은 시냇물 속 물고기의 움직임을 살피듯이 온 신경을 집중했다. 아차 하면 후다닥 도망갈지도 모른다는 느낌으로 조심스럽게 입을 열었다.

"그래서 나는 태근이 너의 마음을 이해할 수 있어."

태근이의 눈빛이 약간 떨렸다. 아아, 어쩌면 이렇게 눈동자가 맑을까. 그 눈빛만으로도 나를 위로해 주고 싶어 하는 마음이 전해졌다. 나는 결심하고 내뱉듯이 말했다.

"태근이 너처럼……, 나는 언니가 아주 잘 죽었다고 생각했어."

태근이는 순간 놀란 표정으로 고개를 갸웃했다. 다음 순간, 내 말의 뜻을 겨우 이해했는지 알 수 없는 낯선 생물을 보는 듯한 얼굴로 천천히 바뀌었다. 역시 그랬구나. 나는 확신했다. 이 아이는 결코 범근이를 미워하지 않는다. 확신이 든 나는 더욱 세게, 더욱 강하게 몰아붙이기로 했다. 나는 벤치에서 일어나 태근이를 내려다보며 말했다.

"언니가 죽고 나서 언니가 누리던 많은 것들을 나 혼자 독차지할 수 있었거든. 너도 그렇잖아, 태근아. 그러니까 질투가 나서 불도 지른 거고. 이제 정말 잘됐어, 그치? 범근이의 모든 흔적이 사라졌으니까."

태근이는 허벅지에 올려놓은 손을 꽉 말아 쥐었다.

"학부모 상담 때 어머님이 그러셨어. 병원비가 부담되어서 입원과 퇴원을 반복했는데 그게 너무 미안하셨다고. 하지만 이젠 그럴 필요 없잖아? 너희 가족한테는 참 잘된 일이지? 이제 부모님은 태근이 너에게 신경을 많이 써 주실 거야. 정말 좋지? 그동안 부모님이 범근이만 신경 써서 많이 외롭고 힘들었잖아, 그렇지?"

태근이는 아랫입술을 깨물며 나를 흘겨보기 시작했다. 나는 태근이의 눈을 바라보며 아주 천천히, 또박또박 말했다.

"그렇지? 정말 잘된 거지, 태근아? 범근이가 죽어서."

태근이는 “아니에요, 아니에요.”라고 말하며 목이 부러지지는 않을까 싶을 정도로 고개를 거세게 흔들었다.

“아니라고? 그게 무슨 소리야? 태근아, 너도 사랑받고 싶었잖아?”

이 정도로 마음에 생채기를 낸다면 아무리 남자아이라도 울어 버리는 건 아닐까 생각했다. 하지만 태근이는 울지 않았다. 벤치에서 벌떡 일어서 나를 향해 있는 힘껏 소리 질렀다.

“저는 선생님이랑은 달라요! 범근이만 잘 지낸다면 혼자 있어도 외롭지 않았어요. 범근이가 즐거워한다면 어떤 심한 장난도 칠 수 있었어요. 그러니까 저는 선생님하고 다르단 말이에요! 범근이가 죽지 않고 살았으면 좋겠단 말이에요!”

지난 4년간 태근이의 부모님은 동그란 원을 그리며 몸이 아픈 범근이만을 바라보았다. 태근이는 원 밖으로 밀려나 있었다. 다른 사람에게는 그렇게 보일 수 있었다. 하지만 태근이야말로 더 큰 원을 그리며 부모님과 범근이를 감싸 안고 있었던 것이다. 태근이의 가족은 그렇게 태근이의 커다란 마음 안에 모여 있었던 것이다. 순간 나는 나보다 작은 눈앞의 아이가 나보다 훨씬 큰 것처럼 느껴졌다.

“……알고 있어.”

“네?”

“네가 동생을 사랑하는 것 정도는 알고 있어. 네 말이 맞아. 너는 나랑은 정말 다르니까.”

태근이는 어안이 벙벙한 얼굴이 되었다. 그리고 맥이 풀린 듯 벤치에 털썩 엉덩이를 대었다. 나는 그런 태근이를 보며 옅게 미소 지었다. 손을 뻗어 머리를 마구 헝클어 주고 싶은 가벼운 충동이 일었다. 나는 태근이 곁에 앉으며 태근이의 눈동자를 들여다보았다. 그리고 "집에 불을 낸 게 너라고 했지?" 하며 낮게 물었다.

"네, 제가 그랬어요."

"범근이가 남긴 쪽지들을 모아서 태웠다고, 그렇게 불이 났다고. 여기까지만 이야기했다던데…… 괜찮으면 나한테 더 자세히 이야기해 줄래?"

태근이는 잠시 머뭇거리다 입을 열었다.

"거실에서 아빠 재떨이에 쪽지를 넣고 라이터로 불을 붙였어요. 한 번에 다 못 태워서 하나하나 태웠어요."

"왜 하필 거실에서 태운 거야?"

"엄마한테 보여 주려고요."

나는 턱을 쓰다듬으며 고개를 끄덕였다.

"그래, 그래야만 했겠지. 그래서, 다 끝낸 다음에는 어떻게 했어?"

"2층 제 방으로 올라갔어요."

"어머님께 혼날까 봐 무서웠던 거야?"

태근이는 혀로 입술을 축이며 고개를 끄덕였다.

"네, 엄마는 그걸 아주 소중하게 여기셨거든요. 분명히 저는 불이 다 꺼진 걸 보고 방으로 올라갔어요. 그런데 불씨가 조금 남아 있었나 봐요. 그게 번져서 불이 났어요. 설마 그렇게 될 줄은 몰랐어요."

태근이는 두 손으로 머리를 감싸 쥐곤 몸을 살짝 떨었다. 나는 태근이의 어깨에 살포시 손을 올렸다.

"그런데 태근아, 그건 너의 착각이라면 어쩔래?"

"네? 착각이요?"

태근이는 눈썹을 찌푸렸다.

"응, 네가 그런 게 아니란 얘기야."

태근이는 이해할 수 없다는 눈빛을 보였다.

"선생님, 착각 아니에요. 집에 저밖에 없었는데 저 말고 누가 불을 내요."

고개를 갸웃거리는 태근이를 보며 나는 생긋 웃었다. 그리고 오전에 김도환 형사로부터 연락을 받은 내용을 떠올렸다.

[김다감 선생님, 부탁하신 거 알아봤는데요. 역시 김치냉장고의 노후화로 인한 화재가 맞다고 합니다. 현장의 김치냉장고는 14년 전에 출시된 모델이었고요. 저도 몰랐는데, 그동안 김치냉장고로 인한 화재가 꽤 있었더라고요. 김치냉장고는 10년 정도 사용하면 화재 위험성이 높아진다고 하네요. 제조사 이야기도 들어 보니 그 모델은 팬을 직접 돌리는 방식이라 내부에 먼지가 쌓일 수밖에 없다고 합니다. 팬이 돌아가면서 열을 식혀야 하는데 먼지가 두껍게 쌓이면 모터에 무리가 갈 수 있고, 그러다 전기 스파크가 튀면서 화재가 일어나는 경우가 왕왕 있다네요. 동일 모델에서 이미 몇 차례의 화재가 발생한 사례도 있습니다. 참, 조사 결과를 보니 거실에서 재떨이에 무언가 태운 흔적이 있다고 돼 있더군요. 그러니까 그날 그 집에서는 실제로 두 곳에서 화재가 발생한 겁니다. 시간차는 있었겠지만요.]

나는 김도환 형사에게 들은 이야기를 해 준 후 태근이를 바라보며 다시 한번 찬찬히 설명해 주었다.

"태근아, 알겠지? 불은 너희 집에 있던 오래된 김치냉장고에서 일어난 거야."

태근이가 "정말요?" 하고 새된 목소리로 되물었다.

"응, 그건 우연한 사고였을 뿐이야. 그러니까 태근아, 집에 불을 낸 건 네가 아니야."

태근이는 아아, 하고 더욱 크게 목소리를 높였다.

"다행이다. 정말 다행이에요. 저는 계속 제가 잘못한 줄 알았어요."

태근이는 이빨로 입술을 꽉 깨물었다. 이번에도 태근이는 눈물을 참아 냈다.

"태근아, 그동안 부모님에게 진실을 말하지 못해서 답답했지? 그리고 무서웠지? 범근이 쪽지를 태우는 것만 해도 그런데, 심지어 집까지 태워 버렸다고 생각했으니까."

"네, 이제 아빠 엄마가 저를 정말로 미워할 거라 생각했어요. 그게 너무 무서웠어요."

"너희 부모님도 마찬가지로 무서우셨을 거야. 그래서 자세한 이야기도 묻지 못하셨고. 두 분은 네가 자살하려고 했다고 생각했을 거야."

"자살이요?"

태근이는 양손을 흔들며 거세게 고개를 저었다.

"아니에요. 선생님도 그때 말하셨잖아요? 무슨 일이 있어도 자살은 절대 안 된다고. 저는 죽을 생각 없어요. 그러면 아빠랑 엄마가 더 슬퍼하실 거예요."

"맞아. 태근이 넌 부모님을 사랑하니까. 그래도 정황상 그런 생각을 할 수밖에 없어. 두 분은 너마저 잃어버릴지도 모른다고 생각했을 거야. 그래서 아무 말도 하지 않은 거겠지."

가족이라고 해도 서로의 마음을 제대로 말하지 않으면 오해가 쌓인다. 그리고 정신을 차려 보면 서로의 사이에 뛰어넘기 힘든 깊은 골이 생기게 된다. 이 아이의 가족만큼은 그렇게 되지 않길 바랐다.

"선생님, 고맙습니다."

태근이가 문득 고개를 살짝 숙였다.

"선생님이 아니었으면 저는 몰랐을 거예요."

나는 그렇지 않다고 말했다. 내가 다른 사람보다 먼저 알려 주었을 뿐이지 태근이도 어차피 알게 되었을 것이라고.

"아니에요. 불 얘기가 아니라, 제가 이렇게까지 할 수 있는 사람이란 걸 몰랐다는 뜻이었어요. 선생님이 그러셨잖아요, 무슨 일이든 꼭 해야만 한다면 잘 생각해 보라고. 후회하지 않을지를 말이에요."

"……그랬지."

그것은 어쩌면 교사로서는 아이들에게 해서는 안 되는 말일지도 모른다. 하지만 그건 나의 진심이었다.

"저는 지금도 쪽지를 태운 것을 후회하지 않아요. 꼭 해야만 하는 일이었어요."

나는 작게 한숨을 내쉬었다. 그렇구나. 수업 시간에 무슨 일이든 해도 괜찮냐고 묻던 태근이는 범근이의 쪽지를 태우려 마음먹고 있었다. 나는 그런 태근이에게 힘을 실어 준 것이었다.

"선생님, 저는 범근이를 싫어하지 않아요. 하지만 그걸 아빠랑 엄마한테 말할 수 없었어요."

"왜 말 못 했는데?"

"범근이랑 약속을 했으니까요."

"약속? 태근아, 그러면 사람들이 너를 나쁜 아이로 볼 텐데 그래도 괜찮아?"

"……괜찮아요."

태근이는 결연한 눈빛으로 고개를 끄덕였다. 이 아이를 이렇게까지 만드는 힘이 무엇인지, 나는 진심으로 궁금해졌다.

"태근아, 아까 내가 언니의 죽음에 관해 말했지? 그건 사실이야. 그 이후에 우리 가족은…… 서로를 어떻게 대해야 할지 잘 몰랐던 것 같아. 그래서 서로를 외면했던 것 같아. 나는 이제 어떻게 하면 좋을지 모르겠어. 아무래도 너무 멀리 와 버린 것 같아서……. 그러니까 태근아, 나는 네가 너희 가족에게 거짓말을 하진 않았으면 좋겠어."

숨도 쉬지 않고 한 번에 내뱉은 나는 태근이의 표정을 살피며 넌지시 물었다.

"태근아, 숨기고 있는 게 또 있지?"

"네?"

"너랑 범근이가 서로 싫어하는 게 아니라는 거, 네가 사실은 동생을 사랑한다는 거, 그거 말고 다른 게 또 있지?"

태근이는 잠시 나를 빤히 쳐다보았다. 그리고 힘겹게 입을 열었다.

"제가 솔직하게 말씀드리면 선생님은 아빠, 엄마에게 알리실 거죠?"

"응, 너희 부모님도 알고 있어야 한다고 생각해. 그럴 권리가 있다고 생각해."

하지만 태근이는 두 눈을 질끈 감았다.

"선생님, 죄송해요. 역시…… 말씀드릴 수 없어요."

나는 쓴웃음을 지었다. 태근이의 고집을 말로 꺾을 수 없다는 건 이미 느끼고 있었다.

"그래, 그럼 내가 그것을 알아내서 부모님께 말씀드릴게. 그래도 될까?"

태근이는 입술에 침을 묻히며 아주 작게 고개를 끄덕였다.

"선생님은…… 그게 뭔지 아시겠어요?"

"아니, 아직 몰라. 그러니까 이제부터 확인할 거야. 네가 얼마나 좋은 아들인지, 그리고 범근이에게 얼마나 좋은 형인지."

나는 그렇게 말하고 스마트폰을 꺼내 들었다.

5

"선생님, 실은 오늘 선생님이 찾아오신다고 해서 조금 기대했어요."

"뭐를?"

"선생님은 뭐든 알아내니까요. 우리 반 애들은 다 그렇게 알고 있어요. 고마워요, 선생님. 저는 범근이를 싫어하지 않아요. 하지만 역시 말씀드릴 수는 없는 것이 있어요."

"그래, 그건 꼭 지켜야 하는 거지?"

"네."

"그럼 됐어. 더는 묻지 않을게."

대화를 마친 우리는 잠시 말없이 하얗게 빛나는 여름 하늘을 올려다보았다. 그나저나 어쩜 이런 우연이 있을 수 있을까. 태근이가 쪽지를 태우고 방에 올라간 시점에 김치냉장고에서 불이 나다니. 태근이가 자기 때문이라고 착각할 수밖에 없는 상황이었다. 그 이야기를 했더니 태근이는 "그니까요." 하고 씁쓸하게 웃었다.

잠시 후, 태근이 어머님이 나와 태근이가 있는 벤치로 찾아왔다. 나는 자리에서 일어나 그녀를 맞이했다.

"어머님, 여쭙고 싶은 게 있어서 이렇게 오시라고 했어요. 시간은 괜찮으시죠?"

태근이는 그녀를 보자마자 고개를 돌려 시선을 피했다.

"네, 괜찮지만, 무슨 일로……."

분위기가 이상하다고 느꼈는지 그녀의 말투가 조심스러워졌다.

"어머님, 범근이가 남긴 쪽지, 기억하시죠?"

나는 바로 본론을 꺼냈다.

"그럼요."

"쪽지를 찾고 나서 어떠셨나요? 전에 태근이한테 얘기 들었거든요. 엄마가 더 많이 슬퍼하시는 것 같다고."

그녀는 앉아 있는 태근이를 보더니 잠시 머뭇거렸다.

"쪽지를 처음 봤을 때는 정말 행복했어요. 기뻐서 눈물이 났죠. 범근이를 다시 만난 것 같은 기분까지 들었으니까요. 하지만 시간이 지나면서 쪽지를 볼 때마다 범근이가 이 세상에 없다는 게 더 실감이 나서…… 견딜 수가 없어서 그만……."

그녀는 금방이라도 울 것 같은 얼굴이 되었다.

"지금은 괜찮으시죠?"

"네, 이제 그만 정신 차려야죠. 힘내야죠. 태근이를 봐서라도 그렇게 할 거예요."

나는 슬쩍 태근이를 살폈다. 태근이는 말없이 바닥을 내려다보고 있었다. 나는 작게 심호흡을 했다. 그리고 그녀에게 물었다.

"어머님, 그 쪽지, 정말 범근이가 남긴 건가요?"

그녀는 의아한 표정으로 눈을 동그랗게 떴다.

"네? 그야 당연히 범근이가 남긴 거죠."

나는 고개를 저었다.

"제 생각에 그 쪽지는 태근이가 써서 숨겨 놓았던 것 같아요."

"네에?"

그녀가 깜짝 놀라며 목소리를 높였다.

"태근아, 정말이니? 정말 네가 쓴 거야?"

태근이는 여전히 고개만 푹 숙이고 있을 뿐이었다.

"태근아, 대답해 줘. 정말 네가 쓴 거 맞아?"

그녀가 다시 채근했지만 태근이는 역시 아무런 말도 하지 않았다.

"그럴 리가 없는데……."

작게 중얼거린 그녀는 내 쪽으로 얼굴을 홱 돌렸다. 그리고 확신에 찬 어조로 말했다.

"맞아요, 그럴 리가 없어요. 글씨체도 범근이 글씨고……."

"아이 글씨체야 태근이도 쉽게 따라 할 수 있을 거예요. 글씨체가 특징적이라면 더더욱 따라 하기 쉽죠."

"그래도…… 글씨체는 그렇다고 쳐도, 쪽지 내용은 범근이랑 저랑 둘 사이에만 있었던 일이에요. 너무 사소한 일들이라 태근이가 절대 알 수 없는 건데……."

예상은 했지만 나는 "예를 들어서 어떤 건가요?" 하고 물었다.

"쪽지에 있던 내용 중에…… 예를 들어서 범근이가 제 그림을 그려 줬는데, 하나도 안 닮아서 제가 웃다가……."

"그리고 소파에 털썩 앉으셨는데 범근이가 먹으려고 놔뒀던 귤을 깔아뭉개서 바지에 귤즙이 배었다는 얘기요? 그런데 너무 예쁜 무늬 같아서 웃음을 터뜨리셨죠?"

나는 재빨리 끼어들어 말했다. 그녀가 깜짝 놀라며 고개를 끄덕였다. 역시 그랬다. 나는 모든 상황을 확실하게 파악할 수 있었다.

"떡볶이가 먹고 싶다고 해서 어머님께서 만들어 주셨는데, 너무 매워서 물을 두 통이나 마셨다는 얘기도 있죠?"

"……네, 맞아요."

그녀의 미간에 굵은 주름이 생겨났다.

"그럼 아버님에게 남긴 쪽지에는 야구공을 던지다가 화분을 깼다든가, 할머니께 부칠 편지를 쓴 다음 우체통을 찾아서 헤맸다는 내용도 있겠네요?"

"선생님께서 어떻게 그걸……."

나는 태근이의 얼굴을 살폈다. 태근이는 체념한 듯, 그러면서도 무언가 후련한 표정을 짓고 있었다.

"어머님, 제가 4월에 학부모 상담이 끝난 다음 전화드린 거 기억하시죠? 태근이의 일기 속에 범근이가 전혀 나오지 않는다고 했던 거요."

"네……."

"그 쪽지의 내용은 태근이가 쓴 일기 속 내용과 같아요."

읽는 나까지 기분이 좋게 만드는 이야기들, 그 이야기들은 사실 범근이와 부모님 사이의 추억이었다.

"태근이 일기와 같은 내용이라고요? 하지만 쪽지는 정말로 범근이랑 저희 부부만 아는 얘기들만 있었는데……."

그녀는 혼란스러운 듯 나와 태근이를 번갈아 보았다.

"여기까지 밝혀졌으니까 이제 네가 얘기해 줘, 태근아. 이제 됐잖아? 내가 범근이가 죽기 전까지 본 일기는 범근이가 쓴 거였어, 그렇지?"

태근이는 나와 어머니의 눈치를 살피며 고개를 끄덕였다.

"네, 맞아요. 범근이는 학교에 너무 가고 싶다고 했어요. 하지만 올해부터 몸이 더 안 좋아져서……. 그래서 제가 할 수 있는 걸 해 주기로 했어요. 학교에 일기를 써서 내게 되었다고 했더니 자기도 해 보고 싶다길래 좋다고 했죠. 저는 범근이가 말한 내용을 그대로 일기에 옮겨 적었어요. 잘한 것 같았어요. 범근이는 선생님이 써 주신 걸 읽으며 너무 좋다고 했으니까요."

잠시 밝은 표정이었던 태근이는 고개를 떨구었다.

"그동안 속인 거, 죄송합니다."

태근이는 몇 달 동안 나를 속인 셈이었다. 하지만 나는 전혀 화가 나지 않았다.

"어머님, 태근이는 그 일기 내용을 범근이가 남긴 척 쪽지에 그대로 옮겨 써서 집 안 이곳저곳에 숨겨 둔 거였어요."

"태근아, 왜…… 어째서 그런 일을 한 거야?"

"두 분이 너무 슬퍼 보였으니까요. 두 분을 기쁘게 해 드리고 싶었던 거예요. 그렇지, 태근아?"

나는 대신 대답하며 태근이를 보았다. 태근이가 고개를 끄덕였다.

"맞아요. 그렇게 해서라도 아빠랑 엄마가 기뻐하시는 모습을 보고 싶었어요. 게다가 아빠 엄마는 집 안에서 범근이 물건을 전부 다 치워 버렸어요. 그게 싫었어요. 범근이를 잊으려고 하는 것 같았거든요. 그래서 어떻게든 범근이를 기억할 수 있게 하고 싶었어요."

나는 태근이에게 살짝 미소를 짓고 나서 어머님의 얼굴을 보며 말했다.

"어머님, 혹시 경찰에게 들으셨나요? 거실에 있던 재떨이에서 뭔가를 태운 흔적이 발견되었다고요."

"아니요, 그것까진……."

"아직 못 들으셨군요. 태근이는 거실에서 범근이가 남긴 쪽지들을 모아 태웠어요. 경찰이 발견한 건 그 흔적이에요."

그녀는 놀란 얼굴로 나와 태근이를 번갈아 보았다. 그리고 "잠깐만요, 잠깐만." 하고 쫙 편 손바닥을 들어 보였다.

"선생님, 그게 무슨 말씀이시죠? 태근아, 대체 왜 그런 거니? 난 이해가 잘 안 돼. 쪽지를 네가 만든 건 알겠어. 하지만 왜 그 쪽지를 네가 태워 버린 거야?"

나는 태근이를 보며 "괜찮아." 하고 목소리에 힘을 주었다.

"엄마가 너무 힘들어했으니까……."

태근이는 기어들어 가는 목소리로 말했다.

"엄마가 너무 힘들어했으니까, 매일같이 쪽지를 찾았으니까, 나는 그걸 더 만들 수 없으니까, 그래서 태웠어. 그렇게 하면 엄마가 포기할 거라고 생각했어."

문득 그녀가 태근아, 하고 목소리를 높였다. 태근이는 순간 움찔 몸을 떨었다.

"쪽지는 네가 쓴 거라고 아빠랑 나한테 솔직하게 말했으면 되잖아! 그걸 꼭 태울 필요는 없었잖아!"

나는 주눅이 든 태근이를 보며 나도 모르게 미소를 지었다. 그리고 이번에도 대신 대답했다.

"왜냐면, 태근이는 어머님을 너무도 사랑하니까요. 아버님도, 그리고 범근이도, 세상 그 누구보다 세 사람을 사랑하니까요. 두 분은 범근이가 남긴 쪽지를 찾았을 때 많이 기뻐하셨죠?"

그녀는 인상을 찌푸린 채 천천히 고개를 끄덕였다.

"그러니까 태근이는 부모님의 그 기분을 깨고 싶지 않았던 거예요. 그래서 부모님을 위해서 쪽지를 썼고, 다시 부모님을 위해 자기가 쓴 쪽지를 태워 버렸던 거예요. 죽은 동생을 질투하는 나쁜 형이 되는 것까지 감수하면서 그런 행동을 한 거예요."

그녀의 눈가에 어느새 그렁그렁 눈물이 맺혔다.

"그런데 태근아, 너는 범근이가 싫다고 했잖아. 범근이도 역시 형이 싫다고 했고. 이건 어떻게 된 거니?"

그 부분은 짐작 가는 것이 있었다. 나는 그동안 태근이가 범근이와 함께 스마트폰으로 찍어 온 영상들을 떠올렸다.

"태근이와 범근이는 서로 약속을 했던 거예요. 서로 싫어한다고 하자고요. 전에 했던 장난처럼 일종의 게임 같은 거였어요. 태근이랑 범근이의 사이가 틀어진 게 언제부터였죠? 혹시 제가 어머님께 전화를 드린 다음부터 아닌가요?"

그녀는 잠시 생각하는 듯하더니 고개를 끄덕였다.

"맞아요, 그때쯤부터 그랬던 것 같아요. 세상에, 장난이라니. 태근아, 정말 그런 거니?"

태근이는 씁쓸한 미소를 지으며 고개를 끄덕였다. 그리고 결심을 한 듯 벤치에서 일어나 그녀와 마주 보았다.

"맞아, 엄마. 엄마가 선생님한테 들었다며 그 일기 얘기를 해서 범근이랑 그걸 이용해서 장난을 쳐 보자고 했어. 엄마, 미안해. 금방 끝낼 생각이었어. 기회를 보고 범근이와 함께 깜짝 놀라게 해 줄 생각이었거든. 하지만…… 그 전에 범근이가 갑작스럽게 떠나 버린 거야."

그녀는 계속해서 고개를 작게 흔들었다. 자꾸만 뭐라 말을 하려다 깊은 한숨을 내쉬기를 반복했다. 화가 난 것처럼 보이기도 했고, 어이가 없는 것처럼 보이기도 했다.

"태근아, 아무리 그래도 나는 도무지 이해가 안 돼. 그런 장난을 쳤다는 것도 그렇고…… 범근이가 떠난 다음에라도 아빠랑 나한테 이야기할 수 있었잖아. 정말로 싫어하는 게 아니라 장난이었다고 말이야. 범근이가 죽고 나서까지 그런 장난을 칠 필요는 없었잖아!"

결국 그녀는 마지막 순간 날카롭게 목소리를 높였다. 그러나 태근이는 전혀 주눅 들지 않았다. 더욱 씩씩하게 가슴을 펴고 그녀를 바라보았다.

"엄마, 나도 그러고 싶었어. 하지만 그럴 수 없었어. 범근이가 나한테 그런 영상까지 남겼는데 내가 어떻게 그만둬."

태근이는 내가 장례식장에서 보았던 바로 그 눈빛으로 고개를 가로저었다. 나와 아주 많이 닮았다고 생각한 그 눈빛.

"내가 어떻게 먼저 포기하냐고, 범근이가……."

그렇게 말하는 태근이의 몸이 마구 떨려 오기 시작했다.

6

범근이랑 처음 약속한 날

검은색 화면 위에 하얀 자막이 나타났다가 사라졌다. 다음 순간 화면 안이 어슴푸레하게 밝아졌다. 스탠드 등을 켠 작은 손이 이불을 덮고 있는 누군가를 흔들었다. 잔잔한 피아노 선율이 깔리고, 두 아이의 대화가 시작되었다.

- 범근아, 일어나 봐.

- 형? 뭐야, 뭐 하는 거야?

- 일어나서 똑바로 앉아 봐. 그리고 여기 봐 봐.

- 뭐야…….

- 범근아, 오늘 아빠랑 엄마한테 네가 울면서 말한 거 들었어. 죽는 게 너무 무섭다고 했지?

- …….

- 그리고 사람들한테서 잊히는 게 너무 무섭다고 했지?

- 맞아. 모두 나를 잊어버릴 거야. 벌써 학교 친구들도 내 얼굴을 까먹었을 거야. 그리고 내가 없어지면 언젠가 아빠랑 엄마랑 형도 그렇게 될 거야. 나만, 나만 없어지는 거야.

- 그래, 언젠가 그렇게 될지도 몰라.

문득 범근이가 작게 흐느끼기 시작했다. 범근이는 이빨로 이불을 꽉 깨물며 소리를 죽였다. 그럼에도 공포는 억누를 수 없는 울음소리가 되어 화면 밖으로 흘러나왔다. 작은 몸이 덜덜 떨렸다. 태근이는 범근아, 범근아, 하고 계속해서 이름을 불렀다.

- 범근아, 얼굴 들어. 나 좀 봐. 걱정하지 마. 내가 절대로 그렇게 안 둘 거야. 내가

아빠나 엄마나 학교 친구들이 절대 너를 잊지 않게 만들 거야.

– 정말? 정말이야?

– 당연하지. 그것만이 아니야. 이 세상 사람들 모두가 너를 기억하게 만들 거야.

– 어떻게?

– 사람들이 핸드폰으로 유튜브 보지? 이제부터 매일 이렇게 너를 찍을 거야. 그리고 유튜브에 올릴 거야. 세상 사람들이 모두 너를 볼 수 있게 말이야. 어때, 하고 싶어?

– 하고 싶어. 꼭 하고 싶어!

얼굴이 눈물과 콧물로 범벅이 된 범근이는 보는 사람조차 기분이 좋아질 정도로 아주 밝게 웃었다.

태근이의 부모님은 일주일에 한 번씩 태근이가 찍은 영상을 편집해서 유튜브에 올리기 시작했다. 어느 주말, 태근이 어머님은 그 사실을 나에게 문자로 알려 주었다. 나는 범근이도 분명 하늘에서 기뻐할 거라는 답장을 보냈다.

방학이 얼마 남지 않은 어느 날의 점심시간, 교실에서 태근이는 아이들에게 우물쭈물 유튜브 이야기를 꺼냈다. 유튜브에 영상을 올리자마자 여기저기 말하고 다닐 거라 생각했는데, 막상 쑥스러웠던 모양이다. 하긴, 교실에서의 태근이의 이미지는 영상과는 꽤 달랐으니까. 태근이는 구독자가 많이 늘지 않아 걱정이라고 말했다.

"뭐야, 왜 진작 말 안 했어? 그럼 우리가 도와줄게."

"야, 지금 당장 구독해 주자."

"지금은 핸드폰 안 되잖아……."

아이들이 책상에 앉아 있는 나를 힐끗힐끗 쳐다보았다. 나는 작게 한숨을 내쉬었다.

“아아, 수업 준비할 게 있어서 학년 연구실에 다녀와야겠네. 간 김에 커피도 한잔 마시고, 5교시 시작할 때 딱 맞춰서 들어와야지.”

나는 책상 위의 물건들을 정리하며 괜히 큰 소리로 혼잣말을 했다. 내 의도를 눈치챘는지 아이들이 까르르 웃었다.

“얘들아, 고마워. 정말로 고마워.”

교실을 나서며 곁눈으로 슬쩍 본 태근이는 밝게 웃고 있었다. 영상 속의 범근이와 꼭 닮은 미소였다. 다행이다. 적어도 우리 반의 아이들만큼은 앞으로도 범근이를 기억해 줄 테니까.

이 정체 모를 감정은 대체 뭘까. 내가 개입하지 않아도 반 아이들끼리 돈독해지는 것을 보면 내 안의 깊은 곳에서 알 수 없는 힘이 솟았다. 교실을 나서며 나는 그 감정에 대해서 곰곰이 생각해 보았다. 잘은 모르지만 언니도 분명 아이들을 가르치며 같은 기분을 느끼지 않았을까.

채널 이름은 ‘태근범근’이었다. 나도 전부는 아니지만, 업로드된 영상들 속에서 몇 가지를 골라 봤다.

범근이가 항암 치료를 받은 날

– 형, 왜 울어? 나 때문에 그래?

– ……항암 치료라는 거 많이 힘들지?

– 나 오늘은 하나도 안 힘들었어. 난 형이랑 장난칠 수 있으면 이 정도 아픈 건 참을 수 있어. 그러니까 걱정하지 마. ……형, 엄마한테 들었어. 너무 많이 울어서 밥 먹은 것도 다 토했다면서?

- 난 괜찮아.

- 나도 괜찮은데.

- …….

- …….

- 형, 그럼 나랑 내기 하나 할까? 앞으로 서로 앞에서는 절대 울지 않기로 하는 거야.

- 뭐? 나는 할 수 있는데, 범근이 너는 못 할 거 같은데. 너는 맨날 울잖아.

- 그러니깐! 이제부터 안 울 거야. 먼저 우는 사람이 지는 거야, 알겠지? 나도 그렇지만 형이 지는 것도 싫어.

범근이는 화면을 바라보며 해맑게 웃었다. 나는 범근이가 아무 말 없이 지긋이 화면을 응시하는 광경이 참 좋게 느껴졌다. 그건 분명 태근이와 범근이가 서로를 지긋이 바라보고 있는 모습일 것이다. 영상을 보는 나는 태근이의 시선이 되어 웃고 있는 범근이와 만난다. 그렇구나. 나는 태근이가 장례식에서 절대 울지 않았던 이유를 알게 되었다. 태근이는 필사적으로 그 약속을 지킨 것이었다.

- 범근아, 엄마가 선생님이 내 일기에 네 얘기가 없다고 하셨다고 둘이 무슨 일 있냐고 묻더라. 일기 때문에 내가 널 싫어한다고 생각하나 봐.

- 잠깐만, 형, 형! 그러면 우리가 막 서로를 싫어하는 척하는 건 어때? 그러다가 어느 순간 아빠랑 엄마를 깜짝 놀래키는 거야. 그리고 아빠랑 엄마 표정을 찍는 거야.

- 오오, 좋은 생각인데. 그래도…… 범근아, 이건 아빠랑 엄마 마음을 너무 아프게 할 거 같은데, 괜찮을까?

- 무슨 소리야, 형! 그만큼 영상이 재밌어지잖아!

- 알겠어. 그럼 절대로 먼저 사실을 얘기하면 안 되는 거 알지?

- 당연하지!

나는 영상을 본 후 한숨을 푹 내쉬었다. 이 아이들의 마음이 이해되는 만큼 가슴 안쪽이 아려 왔다.

범근이의 마지막 인사

자막이 사라지고 코에 산소 튜브를 낀 범근이가 초점 없는 눈으로 화면을 응시하고 있다.

- 범근아, 오늘은 태근이 생일이야. 기억나? 작년 생일 때는 네가 신나 했잖아. 같이 생일 축하 노래도 부르고, 맛있는 케이크도 먹고……. 형한테 한마디 해 줄래? 어쩌면 이게…… 아니, 오늘은 형을 만날 수 없으니까, 이렇게 영상으로 하고 싶은 말을 남기면 형이 좋아할 것 같아. 태근이한테 생일 축하한다고 말해 줄래?

영상 속에서 태근이 어머니의 목소리가 들렸다. 금방이라도 눈을 감을 것 같은 범근이의 눈에 조금씩 생기가 돌았다. 그리고 살짝 웃어 보였다.

- 형……, 난, 형이……, 싫어.

그렇게 말한 범근이는 만족스러운 얼굴로 가만히 화면을 응시했다.

그날, 병원의 벤치에서 태근이는 나와 태근이의 어머니에게 울분을 토하듯 말했다.

"내가 어떻게 먼저 포기하냐고. 그러는 범근이를 보고 어떻게 포기해. 그런 상황에서 그 바보 같은 녀석이 끝까지 그렇게 말했어. 엄마, 이게 말이 돼? 선생님…… 이게 말이 돼요? 형한테 마지막으로 남기는 말이 그래도 되는 거예요? 아무리 먼저 말하지 않기로 했다고 그래도 범근이가……."

나는 아무런 말도 할 수 없었다. 태근이의 어머님도 마찬가지였다. 우리는 태근이의 마음을 조금도 헤아리지 못한 것이다. 태근이는 금방이라도 눈물을 쏟을 것처럼 얼굴이 벌게졌다.

"엄마, 범근이는 대단한 애야. 나는 집에 불났을 때 너무 무서웠어. 죽을지도 모르겠다고 생각했어. 범근이는 그런 걸 매일같이 느끼고 있었던 거잖아. 하지만 범근이는 죽는 그 순간까지도 장난을 그만두지 않으려고 했어. 끝까지 나랑 한 약속을 지키려고 했어. 나랑 약속한 이후에 내 앞에서 절대로 안 울었던 것처럼…… 그때처럼 약속을 지키려고 한 거야. 끝까지! 정말로 끝까지! 범근이가 그런 말을 남겼는데, 내가 어떻게 아빠랑 엄마한테 그걸 말을 할 수 있겠어? 내가 어떻게 진실을 얘기할 수가 있겠냐고."

결국 태근이의 뺨에 눈물이 흐르기 시작했다. 태근이는 훌쩍거리며 환자복 소매로 거칠게 눈물을 닦아 냈다. 나는 그제야 태근이가 왜 그렇게까지 진실을 말하지 않았는지 알게 되었다.

태근이의 마음속에서 범근이는 분명 살아 있다. 태근이가 찍어 놓은 많은 영상 속에서 범근이는 분명 살아 있다. 열세 살인 태근이가 스물세 살이 되고, 서른세 살이 되고, 그 이상으로 나이를 먹을 때까지 언제까지나 범근이는 곁에 있을 것이다. 그래, 태근이는 그렇게 생각했던 것이다. 자신이 약속을 어기는 순간, 범근이는 정말로 죽게 될지도 모른다고.

잠이 오지 않는 새벽, 나는 어두운 방에서 스마트폰으로 이것저것 검색을 하다 문득 태근이의 유튜브 채널에 업로드된 영상을 보았다. 내가 일기장에 써 준 코멘트를 범근이가 읽는 내용이었다.

– 범근아, 이번에는 선생님이 뭐라고 써 줬어?

– 언젠가 네가 정말 하고 싶은 일을 찾았으면 좋겠구나. 이렇게 써 주셨어.

– 아아, 다른 사람을 즐겁게 해 주는 일을 하고 싶다고 쓴 거지?

– 응.

– 그러고 보니 선생님이 자주 하는 말이 있어. 나중에 후회하지 않기 위해서는 꼭 하고 싶은 걸 하라고.

– 그렇구나……. 형, 그거 딱 지금의 내 마음인데? 나는 지금 너무 좋아. 즐겁거든. 나중에 절대 후회 안 할 것 같아.

– …….

– 형, 왜 그래?

– 아니, 아무것도 아니야. 그럼 선생님한테 범근이가 한마디 할래?

– 선생님 이름이 김다감 선생님이랬지?

– 응, 맞아.

범근이는 잠시 생각하는 듯하더니 정면을 응시했다. 그리고 천천히 입을 떼었다.

– 김다감 선생님, 고맙습니다. 저는 형이 일기장을 가져다줄 때마다 너무 기대돼요. 좋은 말 많이 써 줘서 고맙습니다. 나중에…… 만약에 제가 건강해져서 학교에 가면 꼭 제 선생님 해 주세요. 꼭이요!

그렇게 말한 범근이는 그 누구보다 밝은 얼굴로 환하게 웃었다.

5장 현수의 세상

1

눈 깜짝할 사이 한 달간의 여름방학이 끝났다. 개학 날, 조금 일찍 교실에 도착한 나는 창문을 열어 환기를 시키고 바닥을 한번 쓸어 냈다. 손걸레를 빨아서 교실 곳곳의 먼지도 닦아 내었다. '다시 만나서 반가워. 2학기도 잘해 보자.' 칠판에 커다랗게 글씨도 써 놓았다. 그렇게 아이들을 맞이할 준비를 마쳤다.

여름의 끝자락이라고 해도 아직은 꽤 더웠다. 손걸레를 빨아다가 창가에 널어놓을 때쯤에는 등줄기에 땀이 조금 배어났다. 9월 중순까지는 에어컨을 틀어 줘야 할 텐데. 그런 생각을 하며 창가에 몸을 기댔다. 교실은 고요했다.

난 방과 후에 혼자 교실에 있을 때가 참 좋아. 언젠가 언니는 나에게 그렇게 말을 한 적이 있었다. 가끔은 주말에 학교에 가서 여유롭게 일하는 것도 좋다며 언니는 눈을 가늘게 뜨고 웃었다.

중학생 때의 나는 언니가 지나치게 성실한 사람이라고 생각했다. 주말까지 쉬지 않고 일을 해야 한다니, 언니가 안쓰럽기까지 했다. 사실은 많이 힘든데 언니가 내 앞이라 애써 웃어 보인다고 생각했다. 하지만 지금은 다르다. 학급 수가 많은 학교의 선생님이었던 언니는 지금의 나보다도 업무량이 적었을 것이다. 언니는 정말로 교실에서 보내는 시간을 좋아했던 것이다. 더 나아가 자기 일을 정말로 사랑했던 거다.

얼마나 예쁘게 꾸미려고 했을까. 또 얼마나 정리하고 쓸고 닦고 했을까. 언니는 시선이 닿는 모든 곳을 사랑했겠지. 그 공간을 가득 채워 주는 아이들까지 말이야.

나도 방과 후의 고요한 교실이 좋았다. 종일 아이들에게 시달리다가 나만의 시간을 가질 수 있었으니까. 하지만 언니처럼 주말에도 교실을 찾고 싶을 정도는 아니었다. 역시 나는 언니와는 다르다. 그러니 언니를 이해할 수 없는 것도 당연하다. 다시 만나서 반갑다니, 사실 그렇게 반가운 건 아닌데……. 나는 칠판에 써 놓은 글씨를 보며 쓴웃음을 지었다.

문득, '그럼 나는 어떤 선생님이지?' 하는 의문이 들었다. 갑자기 든 생각은 아니었다. 1학기가 끝나 갈 무렵부터 나는 언니에 대해서 생각하는 날보다 내가 어떤 사람인지에 대해서 생각하는 날들이 많아졌다.

기억 속 언니가 고등학교 교복을 입고 있었으니 내가 초등학생일 때였을 것이다. 우리는 노래 연습을 한다면서 녹음기를 앞에 두고 서로 번갈아 가며 노래를 불렀다. 그리고 녹음된 목소리를 들었다. 언니의 목소리는 늘 듣던 대로 아주 예뻤다. 마음에 스며드는 맑은 목소리였다. 하지만 내 목소리는 충격적일 정도로 낯설었다. 너무 이상해서 나는 그대로 굳어 버렸다.

언니는 괜찮다고 말해 주었다. 자신이 듣기에는 아주 예쁜 목소리라고 했다. 나는 재생 버튼과 일시 정지 버튼을 반복해서 누르며 몇 번이나 녹음된 목소리를 들었다. 이게 진짜 내 목소리구나. 생각만큼 좋지는 않지만 이게 나구나. 그렇게 느끼며 점점 익숙해지니 받아들일 수 있었다. 하지만 그 충격과 낯선 감각은 분명 뇌리에 남아 있었다.

아이들과 함께한 지난 1학기는 그런 충격의 연속이었다. 나는 매 순간 새로운 나를 만났다. 그리고 그런 나를 힘겹게 받아들였다. 나는 가차 없이 아이들을 몰아붙이는 사람이었다. 누군가에게 상처 입히는 것을 주저하지 않았다. 시아도, 은경이도, 태근이도 내 말에 상처를 받았을 것이다. 아이들이 꼭꼭 숨겨 놓은 진심을 끄집어내기 위해서였다고는 하지만, 분명 더 좋은 방법이 있었을 것이다. 나는 역시 미숙했다.

언젠가부터 나는 6학년을 나와 지내게 된 아이들에게 미안한 마음을 가지게 되었다. 적어도 남은 2학기만큼은 아이들을 잘 대해 주고 싶었다.

"남은 2학기는 말썽 부리지 말고, 사고 치지 말고, 부디 남은 학기 무사히 마무리 짓도록 노력해 보자. 알겠지?"

하지만 나는 속내와는 달리 오랜만에 만난 아이들 앞에서 그렇게 매정하게 말하고 말았다. 아차 싶었지만 아이들은 네, 하고 힘차게 대답해 주었다. 그런데 무슨 일인지 두 아이, 현수와 태형이가 입을 꾹 다물었다. 나는 고개를 갸웃했다. 평소 같으면 서로 경쟁하듯 크게 대답하려 했을 것이기 때문이다.

아직 방학의 기분에서 헤어 나오지 못한 걸까. 사실 두 아이뿐만 아니라 대부분의 아이들이 수업에 집중하지 못하는 모습을 보였다. 학년 회의 때 다른 반의 선생님들에게 이 시기는 모든 아이가 으레 그렇다는 이야기를 들었다. 그래서 처음에는 대수롭지 않게 생각하고 넘어갔다.

하지만 현수와 태형이는 며칠이 지나 달력이 9월로 넘어가도 교실에서 서로 말 한마디 섞지 않았다. 역시 둘 사이에 무슨 일이 있는 것 같았다. 따로 한 명씩 불러서 이야기를 들어 봐야겠다고 생각한 참이었는데, 그럴 필요가 없게 되었다.

학교에서는 두 달에 한 번씩 학교 폭력에 관한 설문 조사를 실시한다. 학교 폭력에 관한 동영상을 보여 준 다음 아이들에게 실제로 그런 피해를 당한 적이 있는지, 주변에서 본 적은 있는지, 혹시 현재 자신이 당하고 있는지 등을 조사하는 설문지를 나눠 준다. 항목은 많지만 체크할 사항이 없다면 금세 끝나는 설문지였다.

두 달에 한 번씩 돌아오는 그 시간이 아이들에게는 지겨울 수도 있었다. 평소 같으면 대부분 설문지 항목을 꼼꼼하게 읽지도 않고, '그런 적 없다'나 '잘 모르겠다' 등이 쓰인 첫 번째 항목만 쭉 체크한 다음 옆자리 아이들과 수다를 떨었을 것이다.

하지만 오늘 오전은 달랐다. 웬일인지 아이들은 동영상을 볼 때 이상할 정도로 집중하는 모습을 보여 줬다. 짝꿍과 무언가를 속삭이기도 했다. 설문지를 넘기는 아이들 사이에는 묘한 긴장감이 흘렀다. 설문지를 받은 아이들은 슬쩍 내 눈치를 보더니 분주히 펜을 움직여서 무언가를 적었다. 스멀스멀 불안감이 차오르는 것을 느꼈다.

전에는 설문지를 걷으면 그 자리에서 빠르게 훑듯 확인하곤 했었다. 어차피 별 내용 없을 테니까. 하지만 이번에는 그렇게 할 수 없었다.

"얘들아, 그럼 수업 잘 받고 와."

다행히 그다음 시간은 과학 전담 시간이었다. 나는 아이들이 교실을 나간 후 혼자서 설문지 내용을 확인했다. 반 이상의 설문지에 태형이가 현수를 괴롭히고 있다는 이야기가 적혀 있었다. 가슴 안쪽의 두근거림이 점차 욱신거림으로 바뀌었다.

나는 설문지를 넘겨 보다 현수가 제출한 설문지에서 손을 멈추었다. 물리적인 폭력을 당한 적이 있다, 금품을 갈취당한 적이 있다, 욕설 등의 언어 폭력을 당한 적이 있다 등등 설문지 안의 모든 항목에 체크가 되어 있었다. 그리고 마지막 비고란에 이렇게 쓰여 있었다.

선생님, 태형이가 저를 1학기 내내 괴롭혀 왔어요. 이제 더 이상은 못 참겠어요.

정말? 정말로 태형이가 현수를? 종이조차 들어 올릴 수 없을 정도로 온몸에서 힘이 스르르 빠져나갔다. 나는 책상에 팔꿈치를 괴고 두 손으로 얼굴을 감쌌다. 잠시 그 상태로 굳어서 아무것도 할 수 없었다.

학교 폭력이 일어났을 때는 상황을 정확하게 파악한 후 피해자와 가해자를 분리해 내는 것이 먼저였다. 방학 동안 받은 학교 폭력에 관한 연수 교육에서 분명 그렇게 얘기했던 것이 기억이 났다. 하지만…… 두 사람은 1학기 내내 자석처럼 찰싹 붙어 다닐 정도로 정말로 친한 사이였다. 그런 모습이 절대 거짓으로 보이지도 않았다. 나는 두 아이에게 어떻게 된 일인지 자세한 이야기를 듣고 싶었다.

"현수야, 종례 끝나고 나 좀 잠깐 볼까?"

쉬는 시간, 나는 현수에게 다가가 대놓고 말했다. 현수는 반 아이들 쪽으로 한번 시선을 두었다가 다시 나를 보곤 알겠다고 대답했다. 태형이에게도 같은 얘기를 해 두었다. 왜냐고 반문할 거라 예상했지만 태형이는 생글생글 웃으면서 생각보다 순순히 알겠다고 대답했다.

방과 후, 나는 시아에게 교실 청소의 검사를 맡겨 두고 먼저 현수를 데리고 교실을 나왔다. 시아는 물론 청소 당번인 아이들도 굳은 얼굴로 우리 쪽을 힐끔거렸다. 태형이는 내 쪽을 보지도 않고 딴청을 부렸다.

"선생님, 설문지 쓴 거 보셨죠?"

복도를 걷는 동안 아무런 말이 없던 현수는 상담실에 도착하자마자 의자에 앉으며 물었다. 나는 책상 위에 깍지 낀 손을 올리고 한 호흡을 쉬었다. 그리고 "응, 읽어 봤어." 하고 말을 이었다.

"현수야, 정말로 태형이에게 괴롭힘을 당하고 있었니?"

현수는 내 눈을 피하지 않고 고개를 끄덕였다.

"네. 태형이는 같은 반이 된 날부터 저에게 시비를 걸기 시작했어요. 그리고 매일같이 저를 때렸어요. 1학기 내내 그랬어요."

"정말이야?"

"네, 정말이에요."

현수의 말에 나는 가슴이 따끔거렸다. 1학기 때부터 그런 일이 있었다니, 하지만……. 나는 입술을 한번 핥곤 조심스레 말을 이었다.

"그런데…… 현수야, 난 솔직히 네 말이 믿기지 않아. 그동안 봐온 게 있거든. 예를 들어서 우리 1학기 때 6학년 축구 대회가 있었지? 4반이랑 시합할 때 기억나? 그때 너랑 태형이는 상대편 골대 앞까지 공을 주고받으면서 달려갔잖아. 그리고 멋지게 골도 넣었지. 서로 하이파이브를 하고, 껴안고 좋아했어. 그런 모습은 어느 한쪽이 폭력을 휘두르는 사이에서는 절대 나올 수가 없다고 생각해. 그것뿐만이 아니야……."

"다 연기였어요."

현수는 단호하게 내 말을 끊었다.

"태형이가 저보고 친한 친구인 척하라고 협박한 거예요. 선생님, 저는 솔직히 죽고 싶었어요. 방학 때는 정말로 죽으려고도 생각했었단 말이에요."

죽는다는 말까지 나오다니, 사태는 생각보다 훨씬 심각했다.

"현수야, 내가 말했지? 자살은 절대로 해서는 안 되는 거라고."

"알고 있어요. 그래서 이번 설문지에 쓴 거예요. 선생님께서 도와달라고요."

현수가 아주 진지한 표정으로 말했다. 나는 천천히 숨을 들이마셨다가 내뱉었다. 몸이 조금 떨렸다.

"현수야, 왜 좀 더 일찍 말하지 않았니? 나를…… 선생님을 믿을 수 없었던 거야?"

"죄송해요, 선생님."

현수는 고개를 푹 숙였다.

"다른 아이들도 태형이를 고발하는 글을 썼더라. 그건 네가 부탁한 거니?"

"네, 더는 참을 수 없어서 제가 부탁했어요."

스물세 명의 아이들 중 열 명 이상의 아이들이 같은 내용의 글을 썼다. 이상하다고 생각했는데, 역시 현수의 부탁이었다.

"그럼 요즘에는 태형이와 말도 하지 않던데, 그건 어떻게 된 거니?"

"제가 오늘 있을 설문 조사 때 그렇게 쓴다고 말했거든요. 태형이도 무서웠던 거겠죠. 그래서인지 방학이 끝나고 며칠 동안은 저를 안 건드렸어요."

그런 것이었구나. 우리 반에서는 분명 폭력이 일어나고 있었다. 나는 마음을 굳힐 수밖에 없었다.

"알겠어, 현수야. 학폭 절차가 어떻게 진행되는지는 배웠지? 신고가 되면 학교에 있는 학폭 담당 선생님이 먼저 절차대로 조사할 거야. 사태가 심각하다고 판단하면 학폭위까지 열릴 수도 있어."

"선생님, 그 학폭위 열어 주세요. 저는 꼭 열고 싶어요. 피해자 학생이 열고 싶다면 무조건 열 수 있는 거죠?"

현수가 눈을 빛내며 말했다. 확실히 조사의 결과에 상관없이 피해자가 학폭위를 열고 싶어 하면 열어야 한다는 것이 관련된 법이었다.

"왜? 태형이한테 벌을 주고 싶어서?"

"……네, 태형이를 꼭 혼내 주고 싶어요."

나는 머릿속이 하얘져서 더는 아무런 말도 할 수 없었다. 하지만 선생님인 내가 그래선 안 되었다. 나는 정신을 가다듬었다.

"알았어. 그동안 많이 힘들었지? 이제 괜찮아. 절차대로 진행되도록 담당 선생님에게 말해 둘게. 자세한 내용은 담당 선생님이 알려 줄 거야. 부모님께도 연락드릴 거고."

현수는 알겠다고 대답했다. 나는 현수에게 교실로 돌아가서 태형이를 불러 줄 수 있는지 물었다. 말 걸기 어려우면 내가 직접 가겠다고 했다.

"그 정도는 괜찮아요."

현수는 자리에서 일어섰다. 상담실을 나서는 현수의 등에 대고 나는 "그동안 눈치채지 못해서 미안해."라고 말했다.

"아니에요. 진작 말씀드리지 못해서 제가 더 죄송해요."

현수는 고개를 저으며 조금 슬픈 표정을 지어 보였다. 잠시 후 상담실 문을 두드리는 소리가 들렸다. 문이 열리고 태형이가 쭈뼛거리며 들어왔다.

"어서 와, 태형아. 여기 앉아."

날이 선 목소리가 튀어나올까 봐 나는 의식적으로 부드럽게 말했다. 태형이는 나의 눈치를 보며 자리에 앉았다.

"태형아, 나한테 뭐 할 말 없니?"

"다 알고 계시지 않나요?"

평소의 장난스러움이 태형이의 얼굴에 잠시 스쳤다.

"제가 현수를 괴롭히고 때렸다는 거죠? 돈도 좀 뺏었고요."

나는 깊은 한숨을 내뱉었다.

"……태형아, 왜 그런 짓을 한 거니? 너희 둘은 친구 아니었어?"

"친구면 그런 짓은 안 했죠, 뭐."

태형이는 내 시선을 피하며 어깨를 으쓱했다. 하지만…… 역시 이상했다. 태형이가 가해자고 현수가 피해자라니, 역시 난 이 아이들의 말을 믿을 수 없었다.

"태형아, 아마 봄이었을 거야. 미술 시간에 그림을 그리려고 다 같이 밖에 나간 거 기억하지? 그때 화단에 새가 한 마리 떨어져 죽어 있었잖아?"

태형이는 갑자기 내가 왜 그런 이야기를 꺼내는지 궁금한 얼굴로 고개를 끄덕였다.

"다른 아이들은 호들갑스럽게 비명을 지르면서 피했어. 무섭고 더럽다면서. 하지만 너는 달랐어. 아이들이 수위 아저씨를 불러오자고 했을 때, 너는 뭐라고 했지?"

"수위 아저씨를 불러오면 분명 새를 쓰레기통에 넣을 거라고요. 불쌍하니까 묻어 주자고 했죠."

"맞아. 너는 죽은 생명이라도 아주 소중하게 여기는 아이야. 그런 녀석이 현수를 1학기 내내 괴롭혔다고? 나는 믿을 수가 없어. 그리고 그날 아이들이 다 싫다고 피할 때 너를 도와준 애가 누구니?"

태형이는 나의 눈치를 슬쩍 보더니 기어들어 가는 목소리로 말했다.

"……현수였죠."

"그래. 아이들은 다가가지 못하는데 현수가 뛰어와서 너를 도와줬잖아. 그래서 그 죽은 새는 어떻게 했다고 했지?"

"학교 끝난 다음에 집 근처 뒷산에 올라가서 묻어 줬어요, 저희 둘이서요."

나는 고개를 끄덕였다.

"태형아, 그런 네가 정말로 현수를 괴롭혔니? 현수를 때리고 돈을 뺏고 욕도 하고, 정말 그런 거야? 선생님은 태형이가 그런 아이라곤 생각되진 않는데."

내 말에 태형이는 무언가를 생각하듯 잠시 말이 없어졌다. 그리고 문득 비릿한 미소를 지었다.

"선생님, 학교 폭력이 신고되면 그다음부터 담임 선생님은 저희한테 관여할 수 없는 거 맞죠?"

나는 그렇다고 답했다. 담임 선생님이 어느 한쪽의 편을 들거나 했다가 나중에 가해자나 피해자의 학부모 측에서 뒷말이 나올 수도 있기 때문이다.

"그럼 현수랑 제 일은 신경 쓰지 마세요. 저 이제 가 봐도 되나요?"

태형이의 눈에서 굳은 의지가 느껴졌다. 더는 아무런 말도 할 수 없었다.

나는 태형이에게 앞으로의 절차에 대해서 간단하게 얘기해 주었다. 얘기가 끝나자 태형이도 현수처럼 꾸벅 고개를 숙여 인사하고는 상담실을 나섰다. 나는 상담실 천장을 올려다보며 깊은 한숨을 내쉬었다.

뒤늦게 교실로 돌아오니 아무도 없었다. 시아가 검사를 끝내고 아이들을 돌려보낸 것 같았다. 청소는 다른 날보다 더 잘되어 있었다. 교실은 여느 때와 같이 고요했다. 하지만 내 마음은 평소와는 전혀 달랐다. 마치 얕은 냇가에 있는 힘껏 커다란 돌덩이를 던져 넣은 것 같았다. 온갖 부정적인 감정이 모래알처럼 피어올라 마음을 탁하게 만들었다.

아아, 그렇구나. 나는 오후의 햇살이 비쳐 드는 교실을 멍하니 바라보다 문득 깨달았다. 나는 어느새 이 교실을 생각보다 많이 좋아하게 된 것이다. 어느새 우리 1반은 내가 마음을 놓고 편하게 있을 수 있는 장소가 되었다.

나는 두 아이와 이야기를 나누며 왜 그렇게 가슴이 아팠는지 알게 되었다. 아이들에게 있어서도 이 교실이 그런 장소가 되었으면 하고, 내 마음 한구석에서 바랐던 것이다. 결국 나는 아이들에게 우리 반 교실을 마음 편한 장소로 만들어 주지 못한 것이다.

최근 나는 조금 우쭐해져 있었다. 나름 좋은 선생님이 되어 간다고, 조금만 더 있으면 언니의 마음을 알 수 있으리라고, 그렇게 생각했는데……. 난 정말 선생님 실격이다. 어떻게 그걸 모를 수가 있단 말이지? 녀석들도 그래. 왜 이제 말해 주는 거야? 내가 그렇게 믿을 수 없었던 걸까? 가슴이 아팠다. 너무 욱신거려서 나는 잠시 눈을 감고 흐려진 나의 마음을 가만히 들여다보았다. 분노와 안타까움, 슬픔 사이에 배신감이라는 감정도 있었다. 배신감이라니…….

6년 전, 사랑했던 언니는 예고도 없이 하루아침에 나의 곁을 떠났다. 사랑했던 만큼 배신감이 너무나 컸다. 그래서 언니가 미웠다. 지금 나는 그런 감정을 아이들에게도 느끼고 있었다. 좋아하지 않는다면, 믿지 않는다면 결코 느끼지 않을 감정.

같은 풍경을 보고 있으면 아이들을 이해하게 될 줄 알았다. 그래서 나는 선생님이 되었고, 1반 아이들을 마주했다. 하지만 나는 언니의 마음도, 아이들의 마음도 전혀 이해하지 못했다. 가까이 있었는데도 서로의 마음을 전혀 알 수 없었던 것이다. 나는 깊고 깊은 한숨을 내쉬며 생각했다. 역시 나는 선생님이 어울리지 않는다고.

2

학교 차원에서 태형이와 현수 사이에 일어난 학교 폭력 사건을 조사한 지 나흘이 지났다. 그것은 교장 선생님이 나에게 공개적으로 핀잔을 주기 시작한 지 나흘이 지났다는 뜻이기도 했다.

학폭 사건을 알게 된 그날, 나는 교감 선생님의 지시대로 태형이의 어머니와 현수의 어머니에게 차례로 전화를 걸었다. 두 사람 모두 같은 반응을 보였다. 태형이가 그런 짓을 했다니, 믿을 수 없다고.

[선생님, 뭔가 잘못 알고 있을 거예요. 아시잖아요? 태형이는 물론 까불거리기는 하지만 다른 아이를 괴롭히거나 그런 아이는 아니에요. 그것도 현수라뇨. 현수랑 태형이가 얼마나 친한데요!]

태형이의 어머니는 그렇게 말하며 목소리를 높였다.

[태형이가요? 우리 현수를요? 아니, 어떻게……. 그런 아이로는 안 보였는데……]

잠시 말을 잇지 못하던 현수의 어머니는 갑작스럽게 흐느끼기 시작했다.

[제 잘못이에요. 너무 큰 일이 있다 보니 제가 현수를 신경 쓰지 못해서……]

아무래도 여름방학 동안 현수네 집에 무슨 일이 있었던 것 같았다.

나는 두 어머니에게 앞으로 학교가 자체적으로 학교 폭력 전담 기구를 꾸려 태형이와 현수 사이의 일을 조사하게 될 거라는 것, 조사가 끝나면 전담 기구가 학교폭력대체자치위원회, 줄여서 학폭위를 열 것인지 말 것인지에 대해서 논의를 할 예정이라는 것, 그리고 학폭위가 열리면 태형이는 규정에 맞게 처벌을 받게 될 것임을 전했다. 학교 폭력의 경과에 대해서는 내가 아닌 업무를 담당하는 선생님과 연락을 주고받게 될 것이라는 것도 전했다.

두 어머니와 통화를 마치고 나니 마음이 착잡했다. 그러나 더 착잡한 일은 그 뒤에 있었다. 다음 날 아침, 사건에 대해 보고를 받은 교장 선생님이 교장실로 나를 호출한 것이었다.

"김다감 선생님, 애들 관리를 어떻게 하신 거예요? 1학기 내내 반에서 그런 일이 일어났는데 어떻게 모를 수가 있죠? 나는 도저히 이해가 안 됩니다. 김다감 선생님은 자질이 부족해요, 자질이!"

교장 선생님은 목에 핏대까지 세우며 나를 비난했다. 나는 아무런 말도 할 수 없었다.

"교장 선생님, 자세한 건 조사를 해 봐야 알 수 있습니다. 진정하시고 상황을 좀 더 지켜보시죠."

함께 자리한 교감 선생님은 옆에서 그렇게 교장 선생님을 말렸다. 하지만 쓴소리는 그 이후에도 계속되었다. 나는 어깨를 떨어뜨린 채로 교장실을 나왔다.

교장 선생님의 핀잔은 며칠간 계속되었다. 심지어 학교 폭력의 업무를 담당하는 임형준 선생님이 조사 경과를 보고하는 자리에도 굳이 나를 불렀다.

"어라, 다감 선생님?"

나와 눈이 마주친 임형준 선생님은 어리둥절한 얼굴로 교장 선생님과 교감 선생님을 차례로 보았다.

"내가 불렀어요. 김다감 선생님은 자기가 한 잘못을 알아야 합니다. 그래서 부른 거예요."

임형준 선생님은 곤란한 듯 머리를 긁적였다.

"그래도 교장 선생님, 제가 작년에도 학폭 업무를 해서 아는데, 절차상 담임 선생님께는 다 끝난 다음에 알려 드리는 게 맞는 것 같습니다. 저희가 아무리 객관적으로 조사를 잘했다고 하더라도 다감 선생님이 조사에 관여했다는 얘기가 나오면 나중에 피해 학생이나 가해 학생의 부모 측에서 무슨 소리가 나올지도 모르거든요. 절차를 어겼다고 할 겁니다. 분명 어느 한쪽은 학폭위의 조치가 마음에 들지 않을 테니……. 조심을 하는 게 좋을 것 같습니다."

하지만 교장 선생님은 표정 하나 까딱하지 않았다.

"여기 있는 우리만 알고 있으면 되잖아요. 임형준 선생님이나 김다감 선생님은 누구한테 얘기라도 하실 건가요? 그런 건 아니죠?"

됐으니까 얼른 진행해 달라며 교장 선생님은 차갑게 눈을 빛냈다. 임형준 선생님은 마지못해 가져온 파일을 넘기기 시작했다.

임형준 선생님은 방과 후마다 태형이와 현수, 두 아이를 불러 이야기를 들었다. 그렇게 가해자와 피해자의 입장에서 차근차근 진술서를 정리했다. 더 구체적인 상황을 그리기 위해서 다른 아이들의 이야기도 듣고 아이들의 진술서를 만드는 중이라고 했다. 임형준 선생님도 참 힘들 거라는 생각이 들었다. 그런데 정리한 진술서의 내용을 가만히 듣다 보니 나는 고개를 갸웃할 수밖에 없었다.

"어허, 임형준 선생님, 그러니까 태형이라는 아이가 현수를 때리고 물건도 뺏고 부모님 욕도 했다는 거죠? 아이들을 시켜서 따돌림도 하려 했고. 상해에 폭행에 금품 갈취에 명예 훼손까지, 참 나, 정말 한 아이가 교실에서 이 정도 일을 벌인 거예요. 김다감 선생님, 어떻게 그동안 눈치 못 챌 수 있죠? 이상하다고 생각되지 않으세요?"

팔짱을 낀 나는 교장 선생님의 핀잔을 들으며 천천히 고개를 끄덕였다. 태형이가 올 3월 초부터 현수를 괴롭힌 건 들어서 알고 있었다. 하지만 체육 시간에 운동장의 구석에서 폭행? 교실에서 물건을 뺏었다? 학기 초, 자리가 가까웠을 때는 수업 시간에도 뾰족한 연필로 찌르기도 했다? 급식도 못 먹게 괴롭혔다고?

"……그러네요, 교장 선생님. 너무 이상하네요."

"뭐라고요?"

교장 선생님은 한쪽 뺨을 일그러뜨리며 나를 쏘아봤다. 나는 팔짱을 풀고 슬그머니 시선을 피했다.

"그 정도면 전후 사정이 확실하게 보이네요. 선생님, 학부모 측에서 증거를 제출한다는 말은 없었나요?"

교감 선생님이 물었고, 임형준 선생님은 고개를 저었다.

"없었습니다. 태형이는 가해 학생이니까 그렇다고 치지만, 현수 쪽도 제출할 게 없다고 하네요. 학폭은 대부분의 경우 사이버 폭력이 따라온다고 보면 되는데, 이번에는 그런 게 없네요. 그래서 아이들 말만 듣고 정리를 하고 있습니다."

학폭 사건의 경우 문자나 메신저 메시지가 큰 증거가 되는 듯했다. 하지만 태형이와 현수는 학폭과 관련된 어떠한 메시지도 주고받지 않은 것 같다. 이상하지 않냐고, 머릿속에서 누군가가 속삭였다.

오늘 교직원 회의 시간에 교장 선생님은 학교 폭력을 예방하기 위해 교사가 해야 할 일에 대해서 열변을 토했다. 물론 좋지 않은 교사의 예시는 나였다. 선생님들은 쓴웃음을 지었다.

"교장 선생님도 참 너무하시네. 다감 선생님, 힘내요."

"선생님이 애들 사정을 다 파악할 수는 없잖아요. 애들이 작정하면 속을 수밖에 없고…… 일일이 쫓아다니지 않으면 어떻게 알겠어요."

회의가 끝나고 몇몇 선생님들이 내 어깨를 한 번씩 토닥여 주었다. 한두 마디씩 격려도 덧붙였다. 하지만 사실 나는 괜찮았다. 아무리 생각해도 자꾸 마음에 걸리는 것이 있어서 교장 선생님의 핀잔도, 주변 선생님들의 격려도 귀에 들어오지 않았다.

교실로 돌아온 나는 손가락으로 책상을 퉁기며 마음에 걸리는 점을 곱씹었다. 어제 임형준 선생님의 이야기를 들으면서 나는 위화감을 느꼈다. 태형이가 나 모르게 그동안 현수를 괴롭혔다는 얘기는 두 아이로부터 직접 듣기까지 했으니 잘 알겠다. 교장 선생님이 내게 교사의 자질이 없다고 한 것도…… 맞다, 맞는 말이다. 나는 아직 미숙한 선생님이고, 매 순간 아이들을 어떻게 가르쳐야 할지 알 수 없을 때도 많았으니까.

하지만 교실 안에서 그렇게 여러 번 내가 모르는 일들이 있었다니……. 처음 현수와 태형이의 일을 들었을 때는 충격으로 정신이 없었다. 나는 제대로 이야기도 듣지 못한 채 학폭 사건의 절차대로 한발 물러설 수밖에 없었다. 하지만 지금은 생각이 다르다. 나는 천천히 교실을 둘러보았다.

1학기 동안 담임 선생님을 하며 느낀 게 있다. 교실은 커다란 호수와 같다. 누군가 호수에 돌을 던진다면 교실 어딘가에는 파문이 인다. 그러니까 호숫가에서 호수 전체를 바라보고 있는 내가, 설령 그 누군가를 보지 못했다고 하더라도, 흔들리는 물살을 놓쳤을 리가 없다. 그렇지, 다감아? 우리 반에서 일어나는 작은 균열을 보지 못했을 리 없잖아?

나는 아이들을 찬찬히 관찰하는 눈만큼은 분명 자신이 있었다. 그러니 그런 나를 믿는다면 생각할 수 있는 답은 한 가지였다. 처음부터 그런 균열은 없었다는 것이다. 태형이가 현수에게 폭력을 휘두른 일 따위는 없었다는 것이다. 결론을 짓고 나니 가볍게 심장이 뛰기 시작했다. 그렇다면 반의 모든 아이들이 나를 속이고 있었다는 게 되는데…… 도대체 왜?

똑똑. 누군가 교실 문을 두드리는 소리에 퍼뜩 생각 속에서 빠져나왔다. 2학년 3반의 임형준 선생님이었다. 눈이 마주치자 그는 힘없는 미소를 지었다.

"다감 선생님, 들어가도 되나요?"

"아 네, 들어오세요. 많이 바쁘시죠? 방과 후마다 고생이시네요."

나는 슬쩍 눈치를 살피며 물었다. 요즘 그는 매일같이 야근을 하고 있었다.

"할 수 없죠. 수업 시간에 애들을 불러서 이야기를 들을 수도 없고요. 정리할 게 너무 많네요."

그는 이마를 긁으며 쓴웃음을 지었다.

그동안 그는 사안 조사를 하며 나에게 이것저것 물어보았고, 나는 내가 아는 대로 성실하게 답해 주었다. 하지만 뭐가 어떻게 도움이 되었다는지 등의 이야기는 들을 수 없어서 약간 답답했었는데…… 진행 상황을 들을 수 있게 해 준 교장 선생님에게 감사해야 할지도 모르겠다.

"다감 선생님, 여쭙고 싶은 게 있는데, 어제 제가 태근이라는 아이한테 이상한 이야기를 들었거든요. 현수가 태형이를 때리는 걸 봤다고요."

나는 그가 잘못 말한 줄 알고 "태형이가 현수를 때리는 걸 정말 봤대요?" 하고 되물었다.

"아니요, 현수가 태형이를 때렸다고 했어요."

"네에?"

나는 소리치듯 되물었다. 임형준 선생님이 뒤통수를 긁적이며 말을 이었다.

"혹시 그에 관해서 뭔가 아는 것이 있으신가요?"

"죄송해요, 저도 처음 듣는 얘기라……."

그는 골치 아프다는 듯이 살짝 인상을 찌푸렸다.

"지금까지는 태형이가 가해자고, 현수가 피해자였잖아요? 그런데 이렇게 새로운 이야기가 나오니까 지금까지 조사하고 정리한 게 전부 흔들리네요. 이럼 쌍방 폭행이 되어 버리는데……. 어쨌든, 잘 모르신다는 거죠? 알겠습니다. 다음 주 월요일에 다시 태형이와 현수를 불러서 물어봐야겠네요. 조사는 그다음에 종결지어야겠어요."

나는 마지막으로 학폭위가 언제쯤 열리는지 물었다.

"원칙적으로는 신고된 시점에서 2주 안에 열려야 하거든요. 부득이한 경우에는 조금 더 연장할 수는 있지만, 교장 선생님도 더는 질질 끌지 말라고 하시네요."

이제는 어떻게든 열 수밖에 없다는 뜻으로 들렸다. 그렇다면 다음 주

즈음이겠구나.

"가장 중요한 건 소속 위원분들의 시간을 맞추는 거니까요. 최대한 많이 참석할 수 있는 날짜를 찾아야겠죠."

나는 잘 부탁한다는 말과 함께 고개를 살짝 숙였다.

임형준 선생님이 떠나고, 나는 깊게 들이마신 숨을 천천히 내쉬며 생각했다. 그럼, 이제부터 무엇을 해야 하지? 나는 이번 주 동안 내가 느낀 이상한 점을 되짚어 보았다.

첫 번째는 현수의 태도였다. 학교 폭력이 일어났을 때 가장 먼저 해야 하는 것은 가해자와 피해자를 분리시키는 일이다. 그래서 조사 기간 동안 태형이를 잠시 다른 반에서 수업을 받게 할 수도 있었다. 하지만 그 말을 들은 현수는 태형이와 떨어지는 것을 완강히 거부했다. 이미 학교 폭력을 신고했기 때문에 태형이가 더 이상 자신을 괴롭히지는 않으니 같은 교실에 있어도 상관없다는 것이었다.

이야기를 들은 교장 선생님은 그래도 우선 두 아이를 떼어 놓으라고 지시했다. 학교 폭력이 신고되어도 가해 학생과 피해 학생을 같은 교실에 두는 경우가 물론 있었지만 그것은 사안이 경미할 때다. 태형이와 현수의 일은 대충 들어도 결코 가벼운 사안이 아니었다. 먼저 들은 것처럼, 절차대로 하지 않았다가 나중에 뒷말이 나오면 골치 아파진다. 그럼에도 현수는 "제가 괜찮다는데 왜 그러세요?"라고 반문하며 학교의 조치를 거부했다.

두 번째는 태형이의 태도였다. 지난주 수요일 점심시간, 태형이는 교실 앞의 내 책상으로 다가와 슬쩍 물었다.

"선생님, 혹시 학폭위가 안 열리는 경우도 있나요?"

그때 나는 학폭위가 정말 열릴까 봐 걱정돼서 물어보는 줄 알았다.

"태형아, 경우에 따라 학교장 선에서 사건을 종결시킬 수도 있어. 태형이 네가 진심으로 반성하는 모습을 보여 주고 현수가 너를 용서하면 그게 가능할 거야. 지금은 현수의 뜻이 가장 중요해."

나는 태형이에게 진정한 사과와 용서가 무엇보다 중요하다고 알려 주었다. 태형이는 흐음, 하고 고개를 끄덕거리더니 무표정한 얼굴로 자리로 돌아갔다.

나중에 듣기로, 태형이의 어머니는 학폭위가 열리지 않도록 태형이에게 무조건 사과하고 현수에게 잘못했다고 빌라고 한 것 같았다. 하지만 태형이는 절대 사과하지 않겠다고 버텼다고 한다. 이해할 수 없는 모습이었다. 마치 빨리 벌을 받게 해 달라고 조르는 것 같았다.

태형이의 태도에 현수 어머니는 더욱 분개했다고 한다. 현수 어머니 역시 현수처럼 조사 결과에 상관없이 태형이에게 벌을 주겠다는 생각을 바꾸지 않았다.

그리고 내가 느끼기에 정말 이상한 점이 있었다. 요즘 반 아이들의 수업 태도가 이상할 정도로 좋아졌다는 것이었다. 아이들은 내 말을 무척 잘 들었다. 왠지 나의 눈치를 보고 있는 것 같았다.

솔직히 이렇게 오랫동안 학교 폭력이 있었다면 지금쯤 우리 반은 학급 붕괴가 일어나도 이상하지 않았다. 하지만 반의 분위기는 나쁘지 않았다. 무엇보다 아이들은 태형이와 대화하는 걸 의식적으로 피하기만 할 뿐, 태형이를 미워하거나 경멸하는 태도를 보이지는 않았다. 역시 이상했다. 나는 반 전체가 단합하면서까지 나에게 무언가를 숨기고 있다는 확신이 들었다.

교대에 다닐 때 상담학에 관한 수업을 듣긴 했다. 아이들과 학부모와 상담할 때는 이야기하기 좋은 분위기를 만들고, 충분히 공감을 해 주고, 무엇보다 평소에 심리적 라포를 잘 쌓아 놓아야 한다고 배운 기억이 났다. 하지만 지금은 상황이 다르다.

과연 아이들에게서 이야기를 끄집어낼 수 있을까? 혹시라도 나와 심리적인 거리가 가까운 아이들이라면 무언가 얘기해 줄지도 몰라. 문득 그런 생각이 들었다. 나는 교실을 서성이며 시아와 은경이, 그리고 태근이의 자리를 천천히 훑어보았다.

3

주말이 지나 월요일이 되었다. 1교시부터 6교시까지, 오늘도 아이들의 수업 태도는 놀라울 정도로 좋았다. 시간이 지날수록 나는 더더욱 확신했다. 아이들은 끈끈한 무언가로 이어져 있었다.

9월 셋째 주부터는 학사 일정으로 학부모 상담 주간이 잡혀 있다. 1학기 상담과는 다르게 아이들의 진로에 관한 이야기를 나누는 자리였다. 어차피 학부모와 이야기를 나누기 전에 간단하게 아이들과도 진로 상담을 할 생각이었다. 나는 상담을 핑계로 방과 후 시아와 은경이 그리고 태근이를 데리고 상담실로 향했다.

시아와 은경이, 태근이가 내 앞에 쪼르르 앉았다. 상담을 시작하기 전 나는 지나가는 말로 "선생님이 요즘 태형이랑 현수 때문에 고민이야." 하고 운을 떼었다. 순간 아이들 사이에 침묵이 흘렀다. 역시…… 세 아이는 무언가 약속한 듯 서로의 얼굴만 쳐다보았다. 으음, 그냥은 안 되겠구나. 마음의 거리가 한순간 멀어지는 것이 느껴졌다.

현수와 태형이의 얘기도 묻고 싶었지만 실제 상담이 우선이었다. 나는 아이들이 요즘 어떤 것에 관심이 있는지부터 물었다. 시아가 종알종알 이야기했고, 은경이는 즐겁게 맞장구를 쳐 주었다. 태근이는 두 아이의 활발한 대화에 끼지 못하고 어색한 표정으로 앉아 있었다.

나는 가족들하고는 어떻게 지내는지 물었다. 시아는 어머니가 곧 새로운 영화 촬영에 들어간다고 했다. 자신이 다른 배우의 역할을 연기하면서 함께 대본 연습을 하고 있는데 그게 너무 재밌다고 했다.

은경이의 어머니는 똑같이 회사를 열심히 다니고 있다고 했다. 어머니가 이제 주말에는 시간이 되어서 은경이는 엄마와 함께 요리를 만드는 등 시간을 같이 보내고 있다고 했다.

태근이는 "네, 두 분 다 잘 지내세요."라고 짧게 대답했다. 그러다 문득 나에게 전부 선생님 덕분이라는 말을 덧붙였다. 시아가 "저도 선생님 덕분이에요." 하고 갑자기 끼어들었다. 은경이는 무어라 말을 하려다가 입을 다물었다.

학부모 상담 때는 아이들의 장래 희망에 관해 이야기를 나눠 볼 생각이어서 나는 다음으로 세 아이에게 앞으로 커서 무얼 하고 싶은지 물었다. 시아는 어머니와 같은 배우가 되고 싶다고 말했다. 이미 어머니에게 여러 가지를 배우고 있는 것 같았고, 학교도 예술 학교 쪽으로 진학을 할 것 같았다. 은경이는 선생님이 되고 싶다고 했다. 흔들리지 않는 눈빛을 보니 더는 물어볼 필요도 없을 것 같았다. 태근이는 당장은 구체적인 꿈이 없다고 했다.

"당장 꼭 어떤 직업을 생각할 필요는 없어. 그냥 어떤 사람이 되고 싶다, 도 좋아."

"그런 건 있어요. 사람을 살리는 일을 하고 싶어요."

태근이의 말에 문득 나는 아무런 말도 할 수 없었다. 시아가 "의사 같은 거?" 하고 물었다.

"의사는 아니야. 의사도 못 하는 일?"

"그게 뭐야?"

은경이는 고개를 갸우뚱거렸고, 태근이는 사실은 자기도 잘 모르겠다며 옅게 웃었다.

"반년 넘게 범근이를 찍어서 그런지 사실 영상을 찍는 일도 궁금해요. 아까 시아네 엄마가 영화 찍는다고 했잖아요. 그런 거 찍어 주는 사람처럼요."

"그럼 나한테 물어봐!"

시아가 태근이 쪽으로 바짝 몸을 기울이자 가운데에 낀 은경이가 곤란한 듯 웃었다. 학부모님들과 대화를 나눌 재료는 충분히 모인 것 같았다. 이후엔 평소 무엇에 관심이 있는지에 대한 이야기를 조금 더 나누고 필요한 상담을 끝냈다.

자아, 그럼 이제 어떻게 이야기를 꺼내야 할까. 사실 나에게는 반드시 이야기를 들을 수 있는 마법의 말이 있었다. 너희들은 나한테 빚이 있으니 진실을 말해 달라고. 세 아이의 눈을 한 명 한 명 들여다보며 그렇게 말하면 분명 얘기해 줄 것이다. 왜 아이들이 나를 속이고 있는지에 대해서 말이다.

그러나 시아 때도, 은경이 때도, 태근이 때도 나는 아이들의 숨겨진 마음을 꺼내려고 일부러 더욱 모진 말을 했다. 이 아이들을 더는 몰아붙이고 싶지 않았다. 정 방법이 없다면 어쩔 수 없지만…….

"현수가 요즘 많이 힘들 거야."

나는 스치듯 툭 말을 던졌다. 가족들 이야기를 하고 있던 아이들은 내 말에 갑자기 격하게 고개를 끄덕였다. 아니, 정확히 그런 반응을 보인 건 시아와 은경이뿐이었다. 태근이는 움찔하며 나를 쳐다봤다.

"맞아요, 이해해요."

은경이가 한숨을 푹 내쉬며 말했고, 시아는 계속해서 고개를 끄덕이더니 "나도 알 것 같아."라고 맞장구를 쳤다.

응? 순간 머릿속이 번뜩였다. 아이들은 분명 현수가 진짜로 괴롭힘을 당하지 않았다는 것을 알고 있을 것이다. 반 아이들 전체가 연극을 하고 있다는 것도. 그런데도 내가 한 말, 현수가 힘들 거라는 말에는 고개를 끄덕였다. 한순간이라도 대화가 끊기면 안 된다는 생각에 나는 슬픈 목소리를 꾸며 냈다.

"맞아. 현수가 참 안됐어. 시아랑 은경이는 이해하지?"

나는 전혀 모르지만 뭔가 아는 것처럼 물었다. 진심으로 아파하는 듯한 두 아이의 표정을 그냥 흘려보낼 수는 없었다.

"그럼요……. 아!"

은경이가 무언가 말하려고 할 때 태근이가 팔꿈치로 은경이의 옆구리를 쿡 찔렀다. 은경이가 소리쳤고, 시아의 표정도 순식간에 굳었다.

"선생님, 얘네 둘이 전에 왕따를 당했거든요. 아이들한테 괴롭힘을 당하는 건 힘들 거예요. 그래서 현수를 더 잘 이해할 거예요, 그렇지?"

태근이가 어색한 미소를 지으며 그렇게 말했다. 시아는 다급하게 고개를 끄덕였다. 하지만 은경이는 도대체 무슨 소리 하고 있냐는 표정이었다. 나는 귀여운 아이들의 표정에 피식 웃고 말았다. 이윽고 뭔가 깨달았는지 은경이가 눈을 동그랗게 뜨며 두 손으로 자신의 입을 틀어막았다.

나는 상황을 정리해 보았다. 처음에 현수와 태형이의 이야기를 꺼냈을 때 세 아이는 의식적으로 나를 경계했다. 하지만 방금 시아와 은경이만큼은 무의식적으로 마음의 빗장을 열었다. 그것도 아주 자연스럽게.

조금 전까지 우리는 가족에 관한 이야기를 하고 있었다. 시아와 은경이가 격하게 공감하고, 태근이는 쉽게 공감하지 못하는 감정……. 그러니까 시아, 은경이, 현수 사이에만 있는 공통분모……. 무서운 속도로 머릿속에서 퍼즐이 맞춰지기 시작했다. 하지만 아직 한 조각이 부족했다. 전체적인 그림을 볼 수 있는 마지막 퍼즐 조각은 현수의 입으로 직접 듣고 싶었다.

다음 날 아침, 나는 현수가 등교하자마자 현수를 데리고 교실을 나왔다. 1교시 시작하기 전까지 이야기를 나누기에는 시간이 충분했다. 나는 현수가 순간 태형이와 눈빛을 교환하는 것을 놓치지 않았다. 현수는 군말 없이 나를 따라왔다. 상담실로 들어온 나는 현수가 자리에 앉자마자 말했다.

"현수야, 내가 왜 너를 부른지 알겠니?"

현수는 무어라 대답해야 좋을지 알 수 없는 표정을 지었다.

"아니요, 잘 모르겠는데요."

"왜냐면, 나는 현수랑 태형이, 너희 둘이 거짓말을 하고 있다는 걸 눈치챘기 때문이야. 학교 폭력은 없었지? 그렇지?"

직설적으로 말하면 현수가 조금은 당황할 것이라 생각했다. 하지만 현수의 표정엔 변화가 없었다. 나는 학기 중 몇몇 아이들이 보여 준 이 눈빛을 잘 알고 있었다. 강한 결의가 담긴 눈빛이었다.

"선생님, 왜 그렇게 생각하시는데요? 제가 괴롭힘을 당했다고 했고, 또 태형이가 그걸 인정했는데 뭐가 문제인가요?"

현수는 허리를 꼿꼿이 세웠다. 물러서지 않겠다는 마음이 느껴졌다. 나는 본격적으로 이야기를 시작해야겠다는 생각이 들었다.

"……알겠어. 그럼 내가 느낀 이상한 점들을 순서대로 얘기해 줄게. 첫 번째 이상한 점은 현수 네가 태형이를 무서워하지 않는다는 거야."

"네?"

"정말 심각한 학교 폭력이 있었다면 현수 너는 태형이와 같은 공간에 있기도 두려웠을 거야. 어떻게든 멀어지려고 했겠지. 하지만 넌 태형이를 끝까지 우리 반에 남겨 두려고 했어. 학폭위를 열어서 태형이에게 벌을 주고 싶다고 했으면서도 태형이를 우리 반에 계속 두려고 하다니, 그건 좀 이상하지 않니?"

현수는 입술을 살짝 깨물었다.

"태형이는 학폭위가 열리고 처벌이 결정 날 때까지 임시로 다른 반에서 수업을 받거나 다른 조치를 취할 수도 있었어. 임형준 선생님과 얘기하면서 태형이는 어느 쪽이든 상관없다고 했고. 하지만 정말 그렇게 됐다면 태형이는 얼마나 힘들었을까. 다른 반 아이들은 태형이를 마구 비난했을 거야. 너는 태형이가 그런 취급을 받는 게 싫었던 거야. 그래서 어떻게든 우리 반에 남겨 두려고 했던 거고. 그렇지?"

현수는 아무런 대답도 하지 않았다. 하지만 상관없었다. 나는 계속해서 말을 이었다.

"두 번째로 이상한 점은 태형이가 절대로 사과를 하지 않았던 거야. 너희는 지금 민감한 시기야. 생활 기록부에 남겨진 학폭 기록은 초등학교를 졸업하면서 사라져. 하지만 사안에 따라서는 중학교까지 올라가는 기록도 있을 수 있어. 그럼에도 불구하고 태형이는 결코 너에게 사과를 하고 합의를 보려 하지 않았어. 그때 생각하게 된 거야. 너희들의 목적은 학폭위를 여는 것 그 자체가 아닐까 하고 말이야. 그렇지?"

나는 잠시 현수의 말을 기다렸다. 하지만 현수는 미간을 찌푸리기만 할 뿐, 여전히 아무런 말이 없었다. 상담실 안에 무거운 침묵이 흘렀다. 나는 작게 한숨을 내쉬었다. 그렇다면 현수가 얘기해 줄 때까지 현수의 마음을 헤집어야만 하는 걸까. 아니, 아니다. 이제 나는 그렇게 아이들에게 상처를 주고 싶지 않았다. 이야기를 끌어내는 다른 방법이 분명히 있을 터였다.

"현수야, 너도 알다시피 나는 요즘 우리 반 애들이랑 진로 상담을 하고 있어. 어제는 시아랑 은경이랑 태근이와 진로 상담을 했어. 너의 꿈은…… 내가 기억하기론 변호사였는데, 아직 그대로니?"

"네, 맞아요."

"그래, 그랬지. 그런데 상담이 끝나고 아이들이랑 얘기하다가 현수네 얘기가 나왔어. 네가 많이 힘들 거라고 하더라. 특히 시아랑 은경이가 많이 공감하는 것 같았어."

"시아랑 은경이요?"

"응. 그런데 현수 너도 알고 있을까? 시아도 그렇고, 은경이도 그렇고, 사실은 아버지가 안 계시거든."

현수의 눈동자가 흔들리는 것을 나는 놓치지 않았다.

"현수야, 나는 네가 솔직하게 이야기해 주었으면 좋겠어. 그래야 내가 도와줄 수 있어."

하지만 현수는 여전히 대답할 생각이 없어 보였다.

"……선생님, 학교 폭력이 일어나면 담임 선생님은 끼어들 수 없다는 거 잘 알고 계시죠? 그러니까 그 얘기는 그만하셨으면 좋겠어요."

현수가 아주 작은 목소리로 애원하듯 말했다. 나는 천천히 고개를 저었다.

"나는……, 너희들을 믿어. 같이 생활해 왔던 너희들을. 우리 6학년 1반에서는 절대로 학폭이 일어나지 않았어."

"선생님, 죄송해요."

현수는 그 말을 끝으로 다시 입을 굳게 다물었다. 상담실의 벽시계를 보니 곧 1교시 수업이 시작될 것 같았다. 이제 그만 일어나야 했다.

"잘 알겠어, 현수야. 그만 교실로 돌아갈까?"

나는 일부러 조금 밝게 목소리를 높였다. 우리는 함께 복도로 나왔다. 저도 선생님을 믿어요. 말없이 내 옆을 걷던 현수는 문득 그렇게 툭 내뱉었다.

"선생님은 늘 말씀하셨잖아요? 잘 생각해 보고 정말로 하고 싶으면 그렇게 하라고요. 후회는 절대로 하지 말라고 하셨잖아요. 저도 후회하기 싫어요, 선생님."

나는 문득 발걸음을 멈췄다. 함께 멈춰 선 현수는 "저 먼저 갈게요."라고 말하곤 교실 쪽으로 뛰어갔다. 복도에서는 뛰지 말라고, 아이들에게 하루에도 몇십 번씩 하는 그 말을 나는 잠시 잊고 말았다.

4

학폭위가 시작되는 시간은 오후 3시 반이었다. 나는 6교시 수업이 끝나자마자 종례를 마치고 아이들에게 청소를 시켰다. 검사도 서둘러 마치고 아이들을 돌려보냈다.

아이들은 나의 눈치를 슬쩍 살피더니 현수의 귓가에 속삭이듯 한마디씩 해 주고 교실 뒷문을 나섰다. 무슨 말을 한 걸까. 힘내. 잘될 거야. 파이팅. 나는 아이들이 현수를 격려하는 말들을 상상해 보았다. 현수는 옅게 웃으며 아이들에게 무어라 말했고, 창가 자리에 앉은 태형이는 그런 아이들을 조용히 지켜보았다. 태형이는 나와 눈이 마주치자 서둘러 창문 밖을 내다보았다.

현수와 태형이, 나는 멀찍이 떨어져 앉은 그 두 아이를 잠시 바라보았다. 현수는 자꾸만 손을 만지작거렸고, 태형이는 혀로 입술을 축이며 다리를 달달 떨었다. 교실은 고요했다.

요 며칠간 진로 상담을 하며 나는 아이들에게 숨기고 있는 것은 없는지 넌지시 떠보았다. 아이들은 모두 입을 다물거나 잘 모르겠다고 말할 뿐이었다. 솔직히 참 신기했다. 우리 반 아이들 전부가 그 거짓말에 어울려 주다니…….

하지만 분명 알 것 같았다. 현수가 이런 일을 꾸민 그 이유. 그 이유는 분명 현수에게도, 태형이에게도, 그리고 우리 반 아이들 모두에게도 둘도 없을 정도로 소중한 것이었겠지. 그러니까 아이들도 현수의 거짓말에 동조해 준 것이겠지.

알고 있다. 우리 반에서 학교 폭력 같은 건 일어나지 않았다. 내가 적극적으로 나서서 학교에 진실을 말한다면 학폭위도 결국 열리지 않을 것이었다. 하지만……, 현수는 나를 믿는다고 말했다. 내가 한 말처럼 후회만큼은 절대 하고 싶지 않다고 말했다.

선생님이 하는 모든 말에는 이토록 무거운 책임이 실린다. 나는 그 사실을 새삼 깨닫게 되었다. 하지만 현수에게, 아니 우리 반 아이들에게 때때로 하는 그 말은 진심이었다. 아이들이 부디 소중한 것을 잃고 후회하는 일은 없길 바랐다.

나를 믿는다는 아이들을 위해 과연 내가 할 수 있는 일은 무엇일까. 당장 진실을 밝히는 것이 아이들의 믿음보다 중요한 것일까. 길고 긴 생각 끝에 나는 일단 두고 보기로 마음먹었다. 현수와 태형이가 꾸민 것이 어떤 결과를 가져오든 지켜보기로. 그리고 모든 일이 끝난 후에 책임을 나누기로.

잠시 후, 부모님들이 학교에 도착했는지 임형준 선생님이 현수와 태형이를 데리러 왔다.

"잠깐만요, 선생님. 아이들도 준비를 해야 하니까요. 제가 대신 바래다줄게요. 그 정도는 괜찮죠?"

"그 정도야 뭐……, 알겠습니다. 현수 어머님은 1학년 1반 교실로 안내했고, 태형이의 부모님은 1학년 4반 교실로 안내했어요. 그렇게 데려다주면 됩니다."

임형준 선생님은 정신이 없는지 내 대답도 듣지 않고 서둘러 사라졌다.

"현수, 태형이, 가방 챙기고 가자."

나는 두 아이와 함께 복도를 나섰다. 현수와 태형이는 교실에서부터 계속 말이 없었다. 기운 없는 그 모습이 자꾸만 마음에 걸렸다. 2층 계단참에서 나는 빙글 돌아서 두 아이를 바라보았다. 현수와 태형이는 갑작스러운 내 행동에 놀라 몸을 움찔했다.

"둘 다, 걱정하지 마. 잘될 거야."

나는 싱긋 웃어 보이곤 다시 계단을 내려가려 했다.

"선생님."

문득 현수가 나를 불렀다.

"만약에 말이에요. 만약…… 제가 도저히 받아들이기 힘든 사실을 알게 되면요. 그때도 괜찮으려면 어떻게 해야 하죠?"

현수는 울 것 같은 얼굴로 나를 올려다보았다.

"무슨 뜻으로 그런 말을 하는지 모르겠지만, 네가 받아들이기 힘든 사실이라며. 그럼 안 괜찮은 거잖아. 왜 괜찮아지고 싶은 건데?"

"그건……."

현수는 말꼬리를 흐리며 고개를 떨구었다. 태형이는 말없이 그런 현수를 바라보았다.

"……그건 진실을 말해 준 사람을 안심시키고 싶어서야?"

현수의 고개가 살짝 위아래로 움직였다. 나는 뭔가 도움이 되는 말을 해 주고 싶어졌다. 하지만 당장은 좋은 생각이 떠오르지 않았다.

"이미 다 알고 있었다고 이야기하는 건 어떨까? 다 알고 있으니까 나는 괜찮다고……, 나라면 그렇게 말할 것 같아."

잠시 무언가를 생각하던 현수는 "알겠어요."라고 말하더니 나를 앞질러 계단을 내려갔다.

나는 각각의 교실에 현수와 태형이를 데려다주었다. 교실 문을 열면서 현수의 어머님에게도, 태형이의 어머님에게도 가볍게 인사를 했다. 현수의 어머님은 굳은 얼굴로 인사를 받았고, 태형이 어머님은 나를 보고도 못 본 척했다. 대신 아버님이 정중히 인사를 했다. 하긴, 부모님 입장에서 그동안 학폭을 눈치채지 못한 나는 참 꼴 보기 싫은 교사일 것이었다.

여기까지구나. 후우, 하고 깊은 숨을 내쉰 나는 다시 우리 반 교실로 올라가려다 방향을 틀었다. 학폭위가 열리는 교실을 한번 보고 싶었기 때문이다. 1층에는 다목적실로 사용하는 빈 교실이 있었다. 나는 창문으로 안을 들여다보았다. 안에는 커다란 11자 모양으로 책상이 배치되어 있었다. 책상 위에는 이름표 삼각대가 세워져 있었고, 몇몇 사람들이 이미 책상에 앉아 있었다.

나는 복도를 알짱거리면서 다목적실로 들어가는 사람들에게 일일이 인사를 건넸다. 아마 학폭위에 참석하는 학부모 위원들일 것이었다. 그들은 영문도 모른 채 나의 인사를 반갑게 받아 주었다. 문득 다목적실 안에 있던 임형준 선생님이 나를 발견하곤 밖으로 나왔다.

“다감 선생님, 애들이 걱정되시는 건 알겠지만 선생님은 참여하실 수가 없어요. 그거 아시죠?”

“그럼요, 알죠.”

그는 교장 선생님이 보기 전에 얼른 가 보라며 진심으로 걱정 어린 말을 해 주었다.

나는 쓴웃음을 지었다. 현수의 마음이 잘 통하기를. 나는 그런 마음을 남겨 두곤 다시 우리 반 교실로 올라왔다. 하지만 교실에 와서도 나는 자리에 앉을 수가 없었다. 걱정되는 마음에 계속해서 교실을 서성였다. 손에 땀이 나고 가볍게 심장이 뛰었다.

학폭위는 짧으면 한 시간 안에 끝나기도 하지만, 길게 이어진다면 두 시간이 넘게 걸릴 때도 있다고 들었다. 위원들끼리 토론이 격해져 결론을 맺지 못하는 경우에는 그렇게 길어질 수 있다고 한다. 아마 현수와 태형이의 학폭 사건은 쉽게 결론이 나지 않을 것이다.

지금쯤 임형준 선생님의 사회로 학폭위가 시작되었겠지. 나는 머릿속으로 학폭위가 진행되는 과정을 그려 보았다. 학폭위에는 한 명의 위원장과 다섯 명의 학부모 위원, 교원 위원인 임형준 선생님과 5학년의 권영주 선생님까지 총 여덟 명의 인원이 참석한다. 먼저 임형준 선생님이 자신을 소개한다. 그리고 다음은 위원장부터 위원들까지 스스로를 소개하는 시간을 가진다. 소개가 끝나면 임형준 선생님은 진행 순서를 설명한다.

본격적으로 회의가 시작되면 임형준 선생님은 위원들에게 학교 차원에서 조사한 결과를 간추려 설명하겠지. 그리고 피해 학생 측부터 진술하는 시간을 가질 것이다. 현수는 그동안 임형준 선생님에게 말했던 대로 태형이에게 당한 폭력을 진술할 것이다. 혹은 임형준 선생님이 만든 진술서를 직접 읽을 것이다. 현수의 어머니는 현수에게 들었던 내용을 추가로 설명한다. 학부모 위원들은 더 자세한 상황에 대해서 현수에게 이것저것 질문을 하겠지.

하지만 학교 폭력 자체는 거짓이다. 현수는 즉흥적으로 온갖 거짓말을 짜내야 할 것이다. 잘할 수 있을까? 아니, 솔직히 그다지 불안하지는 않다. 현수는 좋은 의미로 거짓말에 재능이 있다. 다시 말해 창의력과 상상력이 있는 아이다. 그러니까 학교 폭력까지 끌어들여서 이런 말도 안 되는 일을 꾸밀 수 있었겠지.

시간은 어느덧 오후 4시가 가까워졌다. 지금쯤이면 현수의 진술이 끝났을까. 나는 끊임없이 교실을 앞뒤로 서성였다.

피해 학생 측의 진술이 끝난 다음은 바통 터치를 하듯 가해 학생 측이 나와서 진술할 것이다. 듣기로 태형이의 부모님은 변호사를 불렀다고 했다. 이때 위원장과 위원들은 이 학폭 사건이 쉽게 결론을 지을 수 있는 사건이라 생각할지도 모른다. 현수의 증언은 너무나 명확했으니까. 게다가 임형준 선생님이 만든 진술서에는 태형이가 어느 정도 자신이 저지른 폭력을 인정한다는 내용도 포함되어 있을 것이었다. 하지만 현수와 태형이는 이 회의가 그렇게 쉽게 끝나게 두지 않을 것이다. 생각대로만 된다면…….

누군가 김다감 선생님, 하고 나를 불러서 나는 화들짝 놀라 뒤를 돌아봤다. 임형준 선생님이 교실 앞문에 서 있었다.

"안 바쁘시죠? 1층 다목적실로 같이 가 주셔야겠어요. 위원분들이 담임 선생님 의견을 들어 보고 싶다고 하셔서요. 당장 부탁드릴게요."

그가 경직된 얼굴로 내게 말했다. 심장이 크게 두근거렸다. 나는 한 발 앞서 계단을 내려가는 그에게 어떤 상황인지를 물었다.

"현수랑 태형이가 같이 있어요. 원래대로라면 학폭위에서 가해 학생 측과 피해 학생 측을 한자리에 모이게 하진 않지만 지금 상황이 꽤 어려워져서요. 처음부터 상황을 다시 맞춰 가고 있어요. 저의 잘못이긴 합니다만……."

그는 말끝을 흐리며 한숨을 푹 내쉬었다. 임형준 선생님에게는 죄송한 마음이 들었지만, 그럭저럭 일이 잘 풀려 가는 듯했다. 나는 다행이라 생각하며 주먹을 꽉 쥐었다.

1층의 다목적실 앞에 도착했을 때, 다목적실은 안에 사람이 있나 싶을 정도로 아주 조용했다. 임형준 선생님은 노크를 하고 문을 열었고, 안에 있는 사람들은 딱딱한 얼굴로 모두 나를 바라보았다. 그 시선들 속에서 나는 가장 먼저 현수와 태형이를 찾았다.

현수와 태형이는 각자 부모님 곁에 앉아 있었다. 현수는 눈에 힘을 주고 살짝 고개를 끄덕였고, 태형이는 콧잔등에 주름을 만들며 살짝 윙크를 했다. 아무래도 둘 다 나에게 비밀스레 신호를 보낸 것 같았다. 나는 모른 척 임형준 선생님을 따라 다목적실로 발을 들였다.

문득 중년의 남자가 자리에서 일어나 나를 맞이했다. 눈썹이 짙고 얼굴 윤곽이 뚜렷해서 인상이 강해 보이는 남자였다.

"6학년 1반 담임 선생님인 김다감 선생님, 맞으시죠? 저는 학폭 위원장을 맡고 있는 박영래라고 합니다. 학부모 위원님들 한 분씩 소개해 드리는 건 시간상 어렵고요. 자…… 저희가 지금 굉장히 상황이 곤란합니다. 지금 여기 두 학생은 서로가 서로를 괴롭혔다고 하는데, 어디서부터 여쭤봐야 할지……."

위원장은 곤란하다는 듯 인상을 찌푸렸다.

나는 허리를 숙여 인사를 하며 다시 한번 사람들을 살폈다. 위원장과 다섯 명의 학부모 위원, 현수의 어머님, 태형이네 부모님, 그리고 태형이 측의 변호사와 권영주 선생님까지, 모두 나에게 듣고 싶은 이야기가 있어서 나를 이곳에 불렀을 것이다. 하지만 지금은 모르는 척 티를 내며 상황을 살펴야 했다.

"서로요? 그게 대체 무슨 말씀이신지……."

나는 머리를 긁적였다. 학부모 위원 중 한 명이 내 말에 크게 혀를 찼다. 위원장은 팔짱을 끼며 나를 바라보았다.

"요약하면 이렇습니다. 저희는 장태형 학생이 가해자고, 오현수 학생이 피해자로만 알고 있었습니다. 그런데 가해자 측의 진술 시간에 새로운 증언이 나와서요. 장태형 학생은 실은 자기야말로 학폭 사건의 피해자라고 하는군요. 오현수 학생이 자신을 협박해서 학폭 사건의 가해자처럼 행동하게 만들었다고 말입니다. 1반에 한태근이라는 학생이 있죠? 그 학생의 목격 증언이 나왔습니다."

"아아……."

나는 그의 설명을 들으며 상황을 이해했다.

새로운 증언이 나오자 분명 임형준 선생님은 당황하고, 위원장과 학부모 위원들도 혼란스러워했을 것이다. 여기서부터는 함께 온 변호사가 나섰지 않았을까. 아마도 변호사는 임형준 선생님에게 이것저것 질문을 했을 것이다. 그의 무기는 태근이의 증언. 태근이는 임형준 선생님에게 현수가 태형이를 때리는 장면을 목격했다고 했다. 하지만 며칠 뒤에는 의도적으로 임형준 선생님에게 자기가 잘못 본 거 같다고 얼버무린다.

시간이 부족했던 임형준 선생님은 더 알아보지 못하고 우선 조사를 마무리 짓는다. 변호사는 이 점을 집요하게 파고들었을 것이다. 이로 인해 임형준 선생님이 사건을 제대로 조사하지 않은 것이 되어 버렸다. 그가 작성한 진술서는 신뢰도가 급격히 떨어진 것이다.

그다음 변호사는 결정적인 증거로 태근이를 포함한 우리 반의 몇몇 아이와 나눈 인터뷰를 정리한 자료를 그 자리에서 위원들에게 나눠 줬다. 그리고 화려한 언변으로 위원장과 위원들을 설득했을 것이다. 현수야말로 학교 폭력의 가해자라고.

머릿속에 그런 일련의 과정이 빠르게 그려졌다. 위원장은 깊은 한숨을 내쉬었다.

"저희는 양측의 의견 진술이 끝나면 위원님들끼리 처벌 조치에 대해 논의를 해야 합니다. 하지만 지금 이 학폭 사건은 누가 가해자인지, 누가 피해자인지 불분명한 상태입니다."

그래, 그게 현수와 태형이의 노림수였다. 그렇게 이 사건을 질질 끌게만 한다면, 어쩌면 현수가 이루려던 목적을 이룰 수 있을지도 모른다고 생각했을 것이다. 나는 현수의 어머님을 살폈다. 그녀는 입을 꾹 다문 채 심각한 얼굴로 바닥만 바라보고 있었다. 반면 변호사와 함께 있는 태형이의 부모님은 의기양양한 얼굴이었다. 그렇다면 여기서는…….

"김다감 선생님, 담임 선생님으로서 어떻게 보시나요? 교실에서 그런 징후가 있었나요?"

위원장은 골치 아프다는 표정으로 나에게 물었다.

"아니요, 솔직히 저는 잘 모르겠어요."

학부모 위원들도 이것저것 나에게 질문했지만 나는 역시 잘 모르겠다는 말만 반복했다. 한심하다는 시선이 조금 따가웠다.

"위원장님, 그만 논의를 끝내는 게 좋을 듯합니다. 추후 담당 선생님께서 재조사를 하시고, 장태형 군이 피해자인 새로운 학폭위를 열어야 합니다. 이 학폭위에서 가해자 측인 장태형 군은 죄가 없어요."

태형이 측의 변호사가 자리에서 일어나 그렇게 말했다. 학부모 위원들은 서로의 눈치를 살폈다. 역시 대세는 현수가 거짓말을 하고 있다는 쪽으로 기우는 것 같았다.

문득 현수가 어머니의 귀에 대고 뭐라고 속삭이는 것이 보였다. 현수 어머니의 표정이 일그러졌다. 현수는 두 손을 가슴 앞에 모으고 간절한 눈빛으로 그녀를 바라보았다.

"알겠습니다. 김다감 선생님, 감사드리고요. 양측의 대면은 여기까지 하죠. 그럼 저희끼리 마무리를 해야 하니……."

위원장이 말하는 그때, "잠깐만요." 하고 현수의 어머니가 번쩍 손을 들었다.

"잠깐, 잠깐만요. 저희도 변호사가 있어요. 지금 당장 불러 드릴 수 있으니까, 조금 기다려 주실 수 있나요? 한 3~40분 정도면……."

하지만 위원장의 반응은 냉담했다. 학부모 위원들도 노골적으로 인상을 찌푸렸다.

"어머님, 저희도 한가한 사람은 아닙니다. 이미 시간이 많이 지체됐는데 지금 변호사를 부른다고요?"

임형준 선생님도 뒤통수를 긁적이며 그녀에게 말했다.

"현수 어머님, 지금 불러도 조치 결과에 크게 영향은 없을 것 같습니다."

"크게 영향이 없다니요? 지금 현수가 거꾸로 가해자로 몰리고 있는데 그걸 말이라고 하세요?"

현수의 어머니가 날카롭게 소리쳤다. 나는 이 기회를 놓칠 수 없어서 학부모 위원들에게 재빨리 머리를 숙였다.

"위원장님, 그리고 여러분, 저도 부탁드릴게요. 조금만 기다려 주실 수 있으신가요?"

나의 부탁에 현수 어머니는 놀란 얼굴이 되었다. 하지만 곧 나와 함께 머리를 숙였다.

"현수 어머님, 어머님이 부르시려는 사람이 현수 아버님 맞죠? 현수 아버지도 변호사시니까요. 그러니까 위원장님, 위원님들, 조금만 더 기다려 주세요. 아이 아버지잖아요? 학부모를 기다려 주신다고 생각하시고 조금만 더 기다려 주세요. 부탁드릴게요!"

나는 목소리에 힘을 주어 다시 한번 머리를 숙였다.

"김다감 선생님, 지금 뭐 하시는 거예요? 그만두세요."

어느새 내 곁에 다가온 임형준 선생님이 애원하는 투로 나를 말렸다.

"안 돼요, 저희는 반대입니다!"

태형이의 아버지가 목소리를 높였다. 짜증 섞인 사람들의 목소리가 겹쳐지며 다목적실은 금세 시끄러워졌다.

"저는 괜찮아요!"

순간 태형이의 목소리가 크게 울렸다. 실내가 갑작스럽게 조용해졌다.

"그러니까 불러도 돼요. 저는 결백하니까요!"

5

다목적실 안에는 무거운 공기가 흘렀다. 잠시 휴식 시간을 가졌지만, 시간이 평소보다 더 더디게 가는 것처럼 느껴졌다. 이미 모두가 지쳐 있었다. 모두 얼른 이 회의가 끝났으면 하고 바라는 듯했다.

40분 정도가 지났을 무렵, 누군가가 앞문을 똑똑 두드렸다. 문이 열리자마자 현수가 외쳤다.

"아빠!"

"아아, 현수야……."

안으로 들어온 남자는 신음 비슷하게 현수의 이름을 불렀다. 의자에 앉아 있던 현수가 갑작스럽게 뛰쳐나갔다. 그리고 아버지의 품에 왈칵 안겼다.

"아빠, 보고 싶었어요. 왜 나를 피한 거예요? 왜 나를 안 만나 준 거냐고요! 갑자기 게임기 하나 달랑 사 주고 사라져 버리다니. 왜 사 달라고 할 때는 안 사 주고! 아빠가 그렇게 나가 버릴 거면 난 그딴 게임기 필요 없어요!"

현수는 하염없이 눈물을 흘렸다. 현수의 아버지는 무릎을 꿇고 그대로 현수를 꼭 안아 주었다. 현수 어머니는 굳은 얼굴로 그 모습을 바라보았다. 나는 안도의 한숨을 내쉬었다.

"됐어! 현수야, 성공이구나!"

태형이가 느닷없이 현수 쪽으로 달려갔다. 그리고 아버지에게 매달린 현수의 목에 팔을 두르며 진심으로 기쁜 듯이 웃었다. 나는 그 두 아이를 바라보며 쓴웃음을 지었다. 하지만 쓴웃음은 점차 옅은 미소로 바뀌었다. 억지로 끼워 맞췄지만, 성공은 성공이었다. 정말…… 마지막 순간 정말 어떻게 되나 싶었다.

다목적실 안에 있는 모두 아무런 말도 하지 않았다. 그 당황스러움이 고스란히 느껴졌다. 나는 잠시 목소리를 가다듬고 한 손을 높게 들었다. 그리고 자리에서 일어나 다목적실 가운데로 나섰다. 심장이 두근거렸다.

"위원장님, 그리고 위원님들, 죄송합니다. 학폭위는 여기서 그만 끝내도 될 것 같아요."

다목적실에 있는 모두 어안이 벙벙한 표정이 되었다. 나는 몸을 돌려 앉아 있는 모든 사람과 한 번씩 눈을 맞춘 후 말을 이었다.

"왜냐면 학폭은 애초부터 일어나지 않았으니까요. 그렇지, 현수야? 태형아?"

두 아이는 동시에 고개를 끄덕이며 서로 어깨동무를 했다. 다목적실 안의 사람들이 술렁거리기 시작했다.

"김다감 선생님, 이게 도대체 어떻게 된 일이에요?"

임형준 선생님이 안절부절못하며 나에게 물었다.

"현수야, 네가 설명할래? 여기선 네가 설명해야 맞는 것 같아. 부탁할게."

나는 아버지의 손을 꼭 잡고 있던 현수를 나의 옆으로 불러냈다. 현수는 흐르는 눈물을 닦고는 내게 "고마워요, 선생님." 하고 속삭이듯 말했다.

"정말 죄송해요. 태형이는 저를 때리지 않았어요. 제 돈을 뺏지도 않았고, 심한 욕도 안 했어요. 태형이는 저의 정말 친하고 좋은 친구예요. 저를 위해서 가짜로 나쁜 아이가 되어 줄 정도로요."

"현수야, 그게 무슨 말이야!"

현수 어머니가 날카롭게 외쳤다. 현수 아버지도 멀뚱히 서서 알 수 없다는 표정으로 현수를 바라보았다. 태형이의 부모님 측도 마찬가지였다.

"이게 다 연극이었단 거야? 엄마를 속인 거라고? 왜? 왜 그런 짓을 한 거야!"

현수 어머니는 비명을 지르듯 목소리를 높였다.

“아빠를 만나고 싶어서 그랬어. 엄마는 절대 못 만나게 하잖아. 아빠도 나를 만나 주질 않고. 그러니까…… 아빠는 변호사니까, 이런 일을 하는 사람이니까, 내가 곤란해지면 엄마는 분명 아빠를 부를 거라고 생각했어. 아빠도 나를 도와주러 올 줄 알았고.”

현수도 어머니에게 지지 않을 만큼 목소리를 높였다. 몇몇 학부모 위원의 입에서 짧은 탄식이 튀어나왔다.

“아니…… 다감 선생님, 도대체 이 사실을 언제부터 알고 계셨던 거죠?”

임형준 선생님이 내 곁으로 다가와서 물었다. 나는 순간 미안한 마음이 차올랐다. 임형준 선생님에겐 2주 동안의 노력이 헛수고가 되었으니까.

“선생님, 죄송해요. 처음부터 알았던 건 아니에요. 심증은 있었지만 현수랑 태형이가 계속 잡아떼었으니까요. 확실한 증거도 없었고요. 그래도 말씀 못 드린 건 죄송해요.”

“잠깐만요, 잠깐만.”

문득 위원장이 씩씩거리며 자리에서 일어섰다.

“그러니까 현수 학생은 피해자도 가해자도 아니었고…… 모든 건 다 여기 계신 아버님을 이 자리에 부르기 위해서 거짓으로 꾸몄던 일이고…… 그걸 담임 선생님은 눈치챘으면서도 모르는 척하셨다는 거고, 세상에…… 그럼 저와 학부모 위원분들은 오늘 대체 무얼 한 거죠? 이 많은 사람을 여기 불러 놓고 모든 게 거짓말이었다고요?”

그는 진심으로 화를 내고 있었다. 몇몇 학부모 위원도 씩씩거리며 한마디씩 더했다. 현수와 태형이는 깜짝 놀란 듯 목을 움츠렸다. 나는 허리를 더욱 꼿꼿이 세웠다. 지금은 내가 이 두 아이를 지켜 줘야 했다.

"여러분, 죄송해요. 진심으로 죄송합니다. 책임은 제가 지겠습니다. 하지만 현수가 왜 이런 일을 벌였는지에 대한 마음만큼은 알아주셨으면 해요. 현수야, 너는 아버지를 만나고 싶었던 거지?"

현수는 진지한 얼굴로 고개를 끄덕였다.

"현수 아버님, 현수 어머님, 잠시 현수의 이야기 좀 들어 볼 수 있을까요?"

나는 현수의 부모님을 번갈아 쳐다보았다. 두 사람은 서로 눈빛을 교환했다. 현수의 아버지는 고개를 푹 떨구었고, 어머니는 미간을 확 찌푸리며 소름 끼친다는 표정을 지었다.

"현수야, 당장 집에 가자. 집에 가서 얘기해."

현수의 어머니가 현수에게 다가가 현수의 팔을 확 잡아끌었다. 하지만 현수는 그녀의 손을 세게 뿌리쳤다.

"싫어. 여기서 얘기할 거야! 어느 날 갑자기 아빠가 사라졌어. 그런데 엄마는 아빠가 그냥 집을 나갔다고만 했어. 그러곤 아무 이유도 말 안 해 줬잖아. 아빠가 왜 그래야만 하는데? 엄마는 앞으로도 절대 아빠를 만나지 못할 거라 했어. 아빠도 그래, 왜 내가 전화하고 찾아가겠다는데 절대 안 만나 주는 거야? 왜 나를 피하는 거야? 그래서…… 그래서 나는 이렇게 할 수밖에 없었어. 엄마한테 물어봐도 아무것도 안 알려 주고, 이렇게라도 안 하면 절대 못 만날 것 같았으니까!"

현수 어머님의 얼굴이 점점 더 붉어졌다. 나는 서둘러 그녀의 앞으로 나섰다.

"어머님, 현수는 답답했던 거예요. 그러니까 태형이에게 부탁을 해서 이런 연극을 꾸민 거예요. 어머님, 이 연극은 현수의 마음 그 자체예요. 어떻게든 아버님을 만나고 싶다는 그 마음이요. 그러니까 아버님, 어머님, 현수도 알아야 해요. 알 권리가 있어요. 두 분이 갈라섰다고 해도 현수는 여전히 두 분의 아들이잖아요?"

나는 숨도 제대로 쉬지 않고 토해 내듯 말했다. 실내에 정적이 흘렀다. 위원장이 아이고, 하며 손으로 얼굴을 훑어 내렸다. 그리고 잠시 골똘히 무언가를 생각하다 입을 열었다.

"김다감 선생님, 뭐, 책임에 관해서는 나중에 이야기하도록 하겠습니다. 현수 아버님, 어머님, 이왕 이렇게 된 거 남의 가정사이긴 하지만 이 아이를 이렇게까지 하게 만든 이유를 저도 듣고 싶네요. 괜찮으시면 말씀해 주시겠어요? 저희가 이런 자리까지 만들게 하셨으니까 이 자리에서 얘기해 주시는 게 어떠세요?"

위원장은 방금까지 화를 내던 사람이 맞나 싶을 정도로 정중하게 부탁했다. 현수의 아버지는 손바닥으로 얼굴을 벅벅 쓰다듬었다. 그리고 아주 깊은 한숨을 내쉬었다.

"여보, 얘기해도 될까?"

현수 어머니는 아무런 말도 하지 않았다. 그저 그를 노려보기만 했다. 현수 아버지가 그윽한 눈길로 현수를 바라보았다.

"현수야, 정말 듣고 싶니? 이야기를 들으면 현수 넌 아빠를 싫어하게 될지도 몰라."

"아니요, 아빠. 절대 그렇게 되지 않을 거예요. 전 알고 싶어요. 엄마랑 아빠는 도대체 왜 헤어지는 거예요? 우리는 왜 같이 살 수 없는 거냐고요."

현수는 부모님을 번갈아 쳐다보았다.

“당신, 알고 있죠? 얘기하면 안 돼요. 절대 안 돼요. 당신, 다시는 현수를 못 만나게 될 줄 알아요. 그냥 이대로 조용히 나가요. 그리고 두 번 다시 우리 앞에 나타나지 마요.”

현수의 어머니는 귀기가 서렸다는 표현이 어울릴 정도로 낮은 목소리로 말했다. 현수의 아버지는 잠시 말이 없었다. 그리고 알 수 없는 미소를 지으며 천천히 고개를 저었다.

“선생님이 말씀하셨잖아, 이 자리는 현수의 마음 그 자체라고. 여기 있는 사람들에게 용서를 받기 위해서라도, 그리고 현수에게 용서를 받기 위해서라도 나는 말해야만 해. 그리고 나는 당신 전화를 받고 여기로 오는 순간부터 이미 각오했어.”

그는 한 번 깊게 심호흡하고 말을 이었다.

“여러분, 뭐라고 말씀드려야 할까요. 저는 동성애자입니다. 쉽게 말해 게이입니다.”

한순간 다목적실의 공기가 싸늘해졌다. 여기저기서 짧은 탄식이 터져 나왔다. 머리를 얻어맞은 기분이 이런 걸까. 예상치 못한 고백에 나는 순간 머릿속이 하얘졌다. 나는 서둘러 현수를 보았다. 아버지를 보는 현수의 얼굴은 크게 일그러져 있었다. 현수의 아버지는 외면하듯 현수의 눈을 피했다. 그리고 다목적실 전체로 시선을 돌렸다.

“저는 철이 들 무렵부터 제가 남들과는 다르다는 것을 깨달았습니다. 같은 동성을 사랑했죠. 하지만 부모님은 그런 저를 인정해 주지 않았습니다. 이런 저를 받아들이면 자신들이 이뤄 온 것들의 많은 부분을 포기하셔야 했기 때문입니다. 부모님은 어떻게든 필사적으로 숨기려 하셨습니다. 하지만 원망하진 않았습니다. 저도 같았기 때문입니다. 저 역시 욕심이 많은 사람이었으니까요.

지금 제게는 인간관계나, 사회적 위치나, 그 외의 수많은 것들이 있습니다. 제가 진즉 저의 성향을 밝혔다면 결코 손에 넣을 수 없는 것들입니다. 14년 전의 저는 더욱 많은 것들을 얻기 위해서 가정이 필요했습니다. 결혼 상대는 아무나 상관없었습니다. 그저 세상을 향해 그럴듯한 모습을 보이기만 하면 되었습니다. 그렇게 현수 엄마를 만났고, 현수를 얻게 되었습니다.

처음부터 원하지 않는 가정이었습니다. 현수 엄마도, 현수도요. 물론 저 나름대로 노력을 했지만, 마음은 정말 의지대로는 안 되더군요. 어쩔 수 없었습니다. 저는 끝내 지치고 말았습니다. 이미 너무 먼 길을 왔습니다. 더 늦기 전에 솔직해지자고 결심한 저는 현수 엄마에게 모든 것을 털어놓았습니다. 당연히 엄청난 충격이었겠죠."

현수의 어머니는 왈칵, 눈물을 터뜨리며 이를 악물었다.

"더 늦기 전이라고? 이제 자기 삶을 찾으려고 떠나려는 거야? 처음부터 시작을 하지 말았어야지! 지금도 충분히 늦었어. 당신 때문에 지난 내 인생은 뭐가 돼 버리는 건데? 그리고 지금 그 얘기를 왜 한 거야? 이제 현수의 인생은 뭐가 되는 거냐고!"

그녀의 절규가 날카로운 쇳소리처럼 울렸다. 몇몇 학부모 위원은 끔찍한 이야기를 들었다는 듯 고개를 절레절레 흔들었다. 현수의 아버지는 현수의 어머니를 바라보며 고통스럽게 얼굴을 일그러뜨렸다.

"미안해, 여보. 나는 어쩔 수가 없었어. 아무리 노력해 봐도 당신을 사랑할 수가 없었어. 하지만 당신도 나랑 10년이 넘게 살았잖아. 계속 무언가 이상하다고 느꼈을 거야. 그렇지만 당신은 나에게 아무것도 묻지 않았어. 알고 있어. 그건 현수 때문이란 걸. 내가 밝히지 않았다면 당신은 앞으로도 줄곧 현수를 위해서 참고 살았겠지. 당신은 그런 사람이니까. 하지만 내가 지금에 와서 밝히는 건 이기적으로 들릴지 몰라도 당신을 위해서이기도 해. 이제 그만해도 된다고. 그리고 현수를 위해서이기도 해."

그렇게 말한 현수의 아버지는 다시 사람들을 향해 몸을 돌렸다.

"여러분, 제 아내는 이해하지 못하겠지만, 그리고 여기 있는 분들도 이해하지 못하겠지만, 저는 무엇보다 제 아들 현수를 부모로서 사랑합니다. 이 아이를 위해서라면 무엇이든 할 수 있습니다. 왜냐하면 저는……."

현수의 아버지는 끝내 말을 잇지 못했다. 실내는 조용해졌고, 어느 학부모 위원이 옆자리의 위원에게 속삭이는 소리가 들렸다.

"게이가 자식을 사랑한다고? 말도 안 돼."

현수의 아버지는 그 말을 한 학부모 위원을 보았다. 그리고 그 말에 대답하듯 말했다.

"……저는 현수의 아버지니까요. 그러니 지금 현수의 아버지로서 여러분께 용서를 구합니다. 큰 용기를 내서 말씀드립니다. 저도 여러분에게 제 이야기를 고백할 용기가 생길 줄은 몰랐습니다."

현수는 어느새 하염없이 눈물을 흘리고 있었다. 현수 아버지의 고백을 들으며 나는 발밑이 부드럽게 흔들리는 감각을 느꼈다. 이런 결말을 원한 건 아니었는데. 어떻게, 어떻게 해야만 하는 거지?

"현수야, 내가 밉고 싫지? 하지만 어쩔 수가 없어. 미안하다. 이게 진짜 내 모습이었어. 아빠가 끔찍하고 추하지?"

"당연히 추하지! 당연히 끔찍하지! 당장 나가요! 앞으로 현수랑 내 앞에 나타날 생각 말라고요!"

현수 대신 대답을 한 사람은 현수 어머니였다. 나는 그녀가 받았을 상처의 크기를, 그 배신감을 도저히 짐작할 수 없었다. 그러나…… 그녀는 끔찍할 정도로 싫은 그를 이 자리로 불렀다. 아들을 위해서. 현수를 학교 폭력으로부터 구하기 위해서. 그 마음을 알기에 나는 더욱 가슴이 아팠다.

현수의 아버지는 현수를 잠시 바라보다 조용히 등을 돌렸다. 그리고 다목적실 앞문으로 성큼성큼 걸어갔다. 그때 현수가 날카롭게 목소리를 높였다.

"알고 있었어요!"

현수 아버지는 순간 발걸음을 멈추고 어깨를 움찔 떨었다. 그리고 아주 천천히 뒤를 돌아보았다.

"그런 거…… 다 알고 있었다고요. 아빠가 그런 사람이란 거……. 그러니까 괜찮아요. 내가 괜찮다니까요? 그러니까 가지 마세요!"

이 가족은 처음부터 깨지기 쉬운 유리로 만들어졌다. 언제 깨져도 이상하지 않았고, 그 시기가 지금일 뿐인지도 모른다. 하지만 현수는 손이 베이든 찔리든 상관없었다. 산산조각 난 유리를 피투성이가 되면서까지 다시 맞추려 하고 있었다. 어떻게든 가족이란 형태를 만들기 위해서. 자기는 괜찮다고, 전부 알고 있었다고, 그러니까 가지 말라고.

현수 아버지는 한순간 너무나도 슬픈 표정을 지었다. 그리고 고개를 끄덕이며 살짝 웃어 보이곤 다시 등을 돌렸다. 나는 직감적으로 현수와 현수의 아버지가 다시는 만나지 못할 것 같다는 생각이 들었다.

"잠깐만요, 아빠, 아빠! 서로가 서로를 생각한다면, 떨어져 있어도 함께 있는 거예요. 저는 그렇게 믿어요! 아빠! 사랑해요!"

앞문을 나서는 그의 등에 대고 현수가 소리를 질렀다. 꼭 마지막 인사 같았다.

현수 어머니가 무너지듯 바닥에 털썩 주저앉았다. 이윽고 그녀가 오열을 토해 내는 소리가 다목적실을 가득 메웠다. 현수도 몸을 떨면서 울기 시작했다.

위원장은 깊은 한숨을 내쉬곤 자리에서 일어나 창가 쪽으로 다가갔다. 태형이네 부모님을 포함해 자리에 있는 모두가 굳은 얼굴로 어찌해야 할지 모르는 표정을 지었다. 이 상황을 어떻게 받아들여야 하는지 혼란스러운 듯 보였다.

'저도 선생님을 믿어요.'

문득 현수의 목소리가 귓가를 맴돌았다. 그렇다. 현수는 날 믿었다. 그래서 내가 큰 고민도 하지 않고 알려 준 말을 있는 힘껏 내뱉은 것이다. 사실은 처음부터 알고 있었다고.

교사란 무엇일까? 아수라장이 된 다목적실 안에서 정말 너무나도 뜬금없이 그런 질문이 머릿속에 떠올랐다. 나는 답을 알 수 없다. 하지만 마음속에 분명하게 떠오르는 감정이 있었다. 아이들의 신뢰를 받는 것은 선생님으로서 정말로 기분이 좋은 일이다. 그러니 결국 선생님은 아이들의 마음에 보답을 해 주는 사람이 되어야만 한다. 두 주먹을 꽉 쥐고 고개도 들지 못하면서 울고 있는 현수를 이대로 두고 싶지 않았다. 어떻게든 해 주고 싶었다.

"태형아!"

나는 손가락을 들어 다목적실 앞문을 가리켰다.

"알겠어요."

내가 무어라 시키지 않았는데도 태형이는 현수에게 달려가 현수의 손을 덥석 잡았다. 그리고 현수와 함께 앞문으로 달려 나갔다.

"현수 어머님, 일어나 주세요."

나는 힘주어 그녀를 일으켜 세웠다. 그리고 태형이 어머님을 불렀다.

"어머님, 부탁 좀 드릴게요."

이번에는 태형이 어머니가 현수 어머니를 데리고 다목적실 밖으로 나갔다.

나는 심호흡을 하며 천천히 가운데로 걸어 나갔다. 그리고 "위원님들!" 하고 힘껏 목소리를 짜냈다. 다목적실 안의 사람들이 나를 바라보았다. 나는 학부모 위원들 한 명 한 명과 눈을 맞추었다. 다시 어수선해지던 분위기에 바짝 긴장감이 돌았다. 심장이 빠르게 뛰었다.

"드리고 싶은 말씀이 있어요. 저희 1반 아이들은 8월 말부터 9월 중순까지 단합해서 저를 속였어요. 현수가 학교 폭력을 당하고 있다는 이야기가 거짓말이라는 것을 단 한 명도 제게 얘기해 주지 않았어요. 스물세 명의 아이들 전부 담임 선생님인 저를 속인 거죠. 왜 그랬을까요? 그 아이들이 어떻게 그렇게 한마음이 될 수 있었을까요?"

나의 박력 때문인지 학부모 위원들은 아무런 말도 못 하고 서로의 얼굴만 바라보았다. 나는 그들이 어떤 반응을 보이든 신경 쓰지 않고 계속해서 말을 이었다.

"이 중에는 사춘기를 겪는 자녀를 두신 학부모님도 분명히 계실 거예요, 그렇죠? 잘 아시겠지만, 아이는 사춘기를 지나면서 변하기 시작해요. 내가 생각하는 나 자신의 모습과 세상이 바라보는 나 자신의 모습이 크게 다르다는 것을 알게 되면서, 그 혼란 속에서 새로운 자아를 만든다고 해요. 그때, 늘 정답이라고 생각하던 부모님의 말이 어쩌면 잘못되었을지도 모르겠다고 의심하기도 하고요. 가족으로부터 떨어져 나오면서 나라는 한 사람에 대해서 진지하게 고민하게 된다고 들었어요. 아이는 그렇게 자기의 세계를 만들면서 어른이 되어 가는 거예요. 하지만…… 사춘기 이전의 아이는 어떨까요? 나라는 자아가 아직 가족의 울타리 안에 있어요. 오직 부모님이 최고라고, 정답이라고 생각해요. 그건 다시 말해 가족이 세상 전부인 거나 마찬가지인 거예요."

나는 잠깐 호흡을 가다듬고 나서 말을 이었다.

"저희 반 아이들이 합심해서 저를 속인 이유도 여기에 있어요. 그건 가족이, 부모가 이 세상의 무엇보다 소중한 존재라는 것에 모두 동의하기 때문이었어요. 공감하기 때문이었어요. 그래서 반 아이들 모두 현수를 도와준 거예요. 현수가 아빠를 만나게 해 주려고요. 지금 현수는 자기 자신의 몸이 뜯어져 나가는 듯한 고통을 느끼고 있을 거예요. 세상의 일부를 잃었으니까요."

사람들은 얼이 빠진 얼굴로 나를 바라보았다. 실내엔 정적이 흘렀다. 나는 계속해서 아랫배에 힘을 주고 목소리를 내었다.

"현수 아버님은 이렇게 많은 사람들 앞에서 커밍아웃을 했어요. 저는 그게 어느 정도로 큰 용기인지 잘 몰라요. 하지만 이렇게 공개적인 자리에서 말한 건 분명……, 분명 엄청난 결심일 거예요. 그러니까 위원님들! 현수가 아빠를 사랑하는 마음, 그리고 현수 아버님이 자식을 사랑하는 마음을 이해하신다면 부디 이곳에서 들은 이야기를 다른 곳에서 말씀하시지 말아 주세요. 현수네 가족을 위해서라도 현수 아버님의 비밀을 꼭 지켜 주셨으면 좋겠어요. 부디 현수가 더 큰 상처를 받지 않도록요. 부디, 부디, 제발 비밀로 해 주셨으면 해요. 이렇게 부탁드리겠습니다."

나는 다목적실 안의 사람들에게 거듭 고개를 숙였다. 이 비밀이 지켜질 수만 있다면 나는 정말로 몇 번이라도 고개를 숙일 수 있을 것만 같았다.

6장 다정의 이유

1

7시 정각에 스마트폰 알람이 울린다. 힘겹게 침대를 빠져나온 나는 세수를 하고 이를 닦으며 겨우 잠에서 깨어난다. 저녁에 먹다 남은 음식으로 아침을 때우고 가볍게 몸단장을 하며 출근 준비를 마친다. 이부자리 정리나 설거지, 그 외의 청소는 퇴근 후 돌아올 나에게 미뤄 둔다.

8시 전에 자취방을 나와 큰길을 따라 근처 버스 정류장까지 걸어간다. 버스를 타고 네 정거장을 간 후 내려 학교 후문까지 5분 정도 걷는다. 학교로 들어가면 비로소 오늘 하루가 시작되는 것을 실감한다.

교실에 도착하면 8시 30분. 내가 가장 먼저 올 때도 있고, 아이들이 먼저 와 있을 때도 있다. 나는 숙제라든가 동의서라든가, 제출할 것들을 TV 모니터 화면에 띄워 놓는다. 아침 시간은 책을 읽는 시간이지만 친구들과 잡담을 나누는 아이들이 더 많다. 나는 굳이 주의를 주진 않는다. 잠시 커피를 마시러 동학년 연구실에 다녀오면 9시 10분, 1교시 수업이 시작된다.

진도를 따라오지 못하는 아이는 없는지, 덜 알려 준 것은 없는지 이것저것 신경을 쓰다 보면 40분의 수업 시간은 어떻게 지나가는지 모를 정도로 빠르게 끝난다. 10분의 쉬는 시간도 그렇다. 틈틈이 숙제 검사와 일기 검사를 하거나, 아이들의 이야기를 들어 줄라치면 어느새 수업 시작을 알리는 종이 울린다.

12시 20분, 4교시가 끝나면 당번인 아이들이 급식차를 가지고 교실로 온다. 점심을 먹은 아이들은 운동장으로 놀러 나가거나 교실에서 보드게임을 하며 시간을 보낸다. 나도 교실에서 미처 못다 한 일을 마무리 짓는다.

1시 10분에 5교시가 시작되고, 2시 40분에 6교시가 끝난다. 아이들의 청소 지도까지 하면 3시가 조금 넘는다. 컴퓨터에는 어김없이 업무 메시지가 도착해 있다. 급한 일부터 처리한 후 회의가 있으면 참석하고, 다음 날 있을 수업을 준비한다. 4시 40분. 퇴근 시간이 되면 교실을 서성이며 하루를 되돌아본다. 그리고 잠시, 아주 잠깐이라도 언니를 떠올려 본다.

이것이 내가 지난 8개월이 조금 넘는 시간 동안 반복해 온 일상이다. 지겹도록 틀에 박혔고, 때론 답답하기까지 한 하루하루. 하지만 이 일상 속으로 들어온 것은 오롯이 나의 선택이었다. 언니의 마음이 이곳 어딘가에 있으리라 믿었으니까.

그러나 8개월이 조금 지난 지금도 나는 여전히 언니의 마음을 헤아릴 수 없었다. 가끔은 끝도 없이 추락하는 기분을 느끼곤 했다. 차라리 어딘가에 곤두박질이라도 치고 싶은 이 기분을 뭐라 표현해야 할까.

가을이 깊어 가면서 교정 곳곳이 울긋불긋 물들기 시작했다. 우리 학교에 이렇게 단풍나무가 많았다니, 나는 전혀 모르고 있었다. 수업 중 이 이야기를 꺼내자 아이들은 선생님이면서 그것도 모르냐며 웃었다.

"에이, 선생님, 우리 학교 나무가 단풍나무잖아요?"

앞자리에 앉은 다예가 나를 바라보며 말했다.

"어? 정말이네. 교목이 단풍나무였어."

나는 멋쩍게 웃을 수밖에 없었다. 그렇구나. 학교가 정한 상징에 맞게 교정을 꾸며 둔 것이었다. 가을이 되면 고운 단풍이 학교 안에 예쁘게 수를 놓도록.

어느덧 10월이 지나고 11월이 되었다. 단풍은 불에 타는 듯하다는 표현이 어울릴 정도로 짙게 물들어 갔다. 최근 나는 '물들어 간다'는 의미에 대해서 생각하게 되었다.

"1반 아이들은 참 어른스러운 것 같아요."

동학년 회의가 끝나고 잠시 담소를 나누던 도중 김선주 선생님이 문득 그렇게 운을 떼었다.

"딱 보면 다감 선생님네 반 아이라는 느낌이 있어요. 분위기가 차분하다고 해야 할까, 신중하다고 해야 할까, 초등학생답지 않다고 해야 할까. 그렇죠?"

그녀는 다른 선생님들을 둘러보며 말했다.

"맞아요, 1반 애들은 참 침착한 것 같아요."

강지은 선생님도 고개를 끄덕였다. 주인아 선생님도, 이상미 선생님도 그런 면이 있는 것 같다고 한마디씩 더했다. 나는 머리를 흔들었다.

"그럴 리가요. 막상 같이 지내 보시면 생각이 달라지실 거예요. 애들이 제 앞에서 얼마나 까불까불하는데요."

"그 말씀 이해할 수 있을 거 같네요."

확실히 담임 선생님 앞에서만 보이는 모습이 있다며 김선주 선생님이 웃었다.

"1년 내내 붙어 지냈잖아요. 1반 아이들은 자연스럽게 어떤 식으로든 다감 선생님 영향을 받았을 거예요. 그 부분을 거꾸로 생각해 보는 것도 재미있을 거예요."

나의 영향을 받았다라……. 왠지 자꾸만 그 말이 머릿속에 맴돌았다.

언젠가 비슷한 이야기를 들은 적이 있다. 언제였을까?

회의가 끝나고 교실로 돌아온 나는 퇴근 시간이 지날 때까지 교실에서 잠시 시간을 보냈다. 요즘은 놀랄 정도로 해가 짧아져서 조금만 늦게 퇴근을 하면 밖이 금세 어둑어둑해졌다. 나는 창가로 다가가 교정을 내다보았다. 교정 안의 단풍나무는 석양빛을 받아 더욱 붉게 반짝였다.

우리 학교는 교정이 참 예쁘구나. 나는 잠시 넋을 놓고 그 광경을 바라보며 생각했다. 함께 이 광경을 본다면 언니는 어떤 감상을 들려주었을까. 언니는 분명 '와!' 하고 소리 내어 감탄사를 뱉었겠지.

언니는 눈앞의 작은 광경에도 감동하는 사람이었다. 비 온 뒤의 깨끗한 하늘을 올려다보며 오늘은 어느 때보다 하늘이 참 예쁘다고 말하곤 했다. 나는 고개를 갸웃했다. 늘 보던 하늘은 그냥 하늘일 뿐이라고 생각했다. 그래도 나는 그렇다고 맞장구를 쳤다. 가슴에 와 닿지는 않지만, 눈앞의 하늘이 얼마나 예쁜지는 잘 알 것 같았다. 언니가 그토록 넋을 놓고 바라보았으니까.

"아, 맞다."

빈 교실 안에 내 목소리가 울렸다.

'교실은 학기 말이 되어 갈수록 그 반의 담임 선생님을 닮아 간다고 해.'

이번에는 언니의 목소리가 머릿속에 울렸다. 맞아, 그 이야기는 다른 누구도 아닌 언니가 한 말이었다.

"그런 말이 있어?"

나는 고개를 갸웃했다.

"응, 낭만적이지 않니?"

언니는 눈을 가늘게 뜨며 웃었다. 나는 잘 이해가 되지 않았다. 언니는 예쁘고 똑똑한 사람이니까, 그야 닮고 싶을 만도 하겠지만 그게 왜 낭만적인 것인지 알 수 없었다. 하지만 나는 그 이유를 묻지 않았다. 멋진 풍경을 보고 있을 때와 같았다. 언니의 표정이 워낙 좋아 보여서 그냥 좋은 말이구나, 하고 어렴풋이 이해했을 뿐이다.

아이들은 선생님에게 영향을 받는다. 단풍이 물드는 시기에 맞춰서 선생님의 색으로 예쁘게 물들어 간다. 6학년 선생님들은 말했다. 1반의 차분함은 분명 나의 영향을 받았기 때문이라고.

하지만…… 나는 그렇게 생각하진 않았다. 우리 반에는 그 나이에 겪지 않아도 되는 상실을 겪은 아이들이 있다. 마음 한편이 전부 허물어질 정도로 커다란 상처를 받은 아이들. 또래보다 더 일찍 어른이 되어버린 아이들.

예를 들어 현수가 그렇다. 11월 초에 아이들의 중학교 입학 원서를 쓰는 작업을 했다. 등본상 거주지와 실거주지가 같은지 확인하는 부분이 있어서 아이들은 학교로 주민등록초본과 등본을 떼 와야 했다. 그날 아침, 아이들이 다소 무질서하게 나의 책상 위에 제출물을 올려놓고 자리로 돌아가는 와중 현수가 내 앞에서 잠시 우두커니 서 있었다. 그 상태로 자신의 손에 든 종이를 한참 동안 바라보았다.

"현수야, 왜 그래?"

"왠지 이렇게 세 가족이 쓰여 있는 건 마지막일 거 같아서요. 에이 참, 이게 뭐라고……. 그렇죠?"

현수가 억지로 미소를 짓는 게 느껴졌다. 눈동자가 조금 붉었다. 9월의 학폭 사건이 있고 난 뒤 현수는 그렇게 까불거리던 아이가 맞나 싶을 정도로 풀이 죽었다. 너희 아빠 변태라면서? 옆 반의 아이가 키득거리며 놀려도 현수는 씁쓸하게 미소 지을 뿐 화내지 않았다. 감정을 터뜨릴 힘조차 잃어버린 느낌이었다. 대신 화를 내 준 건 우리 반 아이들이었다. 나중에 듣기로는 아이들끼리 큰 싸움이 일어날 뻔한 걸 오히려 현수가 말렸다고 했다.

"고마워, 얘들아. 나는 괜찮아."

현수는 진심으로 괜찮다는 얼굴이었다. 하지만 체념한 듯한 그 눈빛이 마음에 걸렸다. 나는 가슴 한편이 아리는 것을 느꼈다.

다행히도 반 아이들은 현수에게 많은 신경을 써 주었다. 마음을 살피고 지켜봐 주었다. 그러니 다른 선생님들이 보기에 아이들이 차분하고 신중한 것 같았다면, 그건 내가 아닌 아이들의 배려심 덕분일 것이다.

어느새 해가 뚝 떨어지고 교실은 깊은 어둠으로 뒤덮였다. 나는 문득 세상에 홀로 남겨진 기분이 들었다. 그래, 교실이 나의 색으로 물들었다면 분명 이럴 것이다. 예쁜 단풍색이 아니라 혼란스러워서 언니의 마음도 알 수 없고 내 마음도 알 수 없는, 이런 정체 모를 어둠같이…….

수십 가지 생각을 떠올리고 지워 봐도 항상 종착지는 같다. 언니는 도대체 왜 자살한 것일까. 나는 오늘도 습관처럼 생각해 보다 천천히 머리를 흔들었다. 역시 알 수 없었다. 나는 도망치듯 교실을 나왔다. 언제나처럼.

2

유리창으로 비쳐 드는 햇볕이 전철 바닥에 네모난 무늬를 그려 냈다. 전철 안은 한산했다. 나는 바닥에 떨어진 하얀빛을 멍하니 바라보다 문득 생각했다. 그렇게 갑자기 뛰쳐나오지 말았어야 했을까. 나도 모르게 깊은 한숨이 나왔다.

"다감아, 그래서…… 그 일은 언제까지 할래?"

어제는 무얼 했다든가, 내일은 무얼 할 예정이라든가, 그런 일상적인 이야기를 하던 엄마가 갑자기 그렇게 물었다. 순간 식탁의 분위기가 싸늘해졌다.

"……엄마, 갑자기 왜 또 그 얘기야. 우리 방금까지 좋았잖아?"

나는 엄마를 보지도 않고 흥얼거리듯 가볍게 말했다. 하지만 내 목소리는 이미 차갑게 굳어 버렸다. 씹고 있던 음식의 맛도 순간 사라졌다.

"다감아, 엄마가 느낌이 너무 안 좋아서 그래. 이러다 꼭 큰일이 또 터질 것만 같아서……."

무의미한 대화가 또 시작되는구나. 나는 젓가락을 내려놓으며 고개를 푹 숙였다. 엄마는 내가 괜찮다고, 괜찮다고 아무리 말해도 틈만 나면 이야기를 원점으로 되돌린다. 두 달 전에 나는 엄마에게 선포했다. 그런 이야기 꺼낼 거면 다시는 나한테 연락하지 말라고.

그래도 언제까지나 냉전 상태로 지낼 수는 없었다. 엊그제 엄마로부터 주말에 한번 오라는 연락이 있었고, 나는 못 이기는 척 오랜만에 집을 찾았다. 어떻게든 화해를 해 볼 생각이었다. 하지만 엄마는 역시 그 이야기를 하고 싶었던 것이었다.

"나 그만 가야겠다. 저녁에 약속이 있어."

나는 물 컵을 들어 벌컥벌컥 마시고 의자에 걸어 놓은 겉옷을 챙겨 현관으로 향했다. 조금이라도 기대를 했던 내가 바보였어. 역시 엄마랑은 말이 안 통한다. 엄마는 그런 나의 뒤를 졸졸 따라왔다.

"다감아, 이번에야말로 너한테 큰 사고가 일어날지도 모른대. 그런 운을 타고났다고 하니 불안해서 그래."

"하아, 그놈의 사주 정말!"

신발을 신던 나는 결국 참지 못하고 폭발하고 말았다. 말을 꺼낸 순간 동시에 후회가 밀려왔지만 억누를 수 없었다.

"엄마, 제발 좀! 그런 거 믿지 말라니까! 그리고 사고 얘기를 자꾸 하는데, 언니도 사고 때는 안 죽었어. 그 이후에 아빠랑 엄마랑 내가 언니를 말려 주지 못해서, 잡아 주지 못해서, 알아주지 못해서, 그래서 죽은 거라고! 언니는 사고 때문에 죽은 게 아니야. 우리 때문에 죽은 거야! 그래서 나는…… 내가!"

거기까지 말한 나는 문득 말문이 막혀 고개를 돌렸다. 한마디라도 더 하면 눈물이 쏟아질 것 같았다. 하지만 엄마도 물러서지 않았다.

"다감아, 꼭 사주 때문만이 아니야. 네가 다정이랑 달라서 그래. 내가 널 모르니? 엄마가 널 몰라? 한다고 하면 주변 사람들 말 싹 다 무시하고 끝까지 가 버리는 네 똥고집을 몰라? 넌 그런 사고가 일어나면 끝까지 발버둥 칠 사람이야. 다감이 넌 그런 사고가 일어나면 끝이야! 끝이라고! 나는 네가 잘못될까 봐 두려운 거야. 너까지 잃을 수는 없단 말이야……."

엄마는 그렇게 말하고 조용히 흐느끼기 시작했다. 하지만 나의 마음은 아주 차가웠다. "또 올게."라고, 나는 마음에도 없는 말을 하고 등을 돌렸다.

오늘 집에 들른 건 오랜만에 아빠 얼굴이 보고 싶었기 때문이기도 했다. 지난번에 아빠와 통화를 하며 엄마 흉을 보다 아빠에게 한 소리 들었다.

"다감아, 너희 엄마 그렇게 바보 같은 사람 아니야. 엄마도 힘들어서 그래. 이런 말 하면 어떻게 들릴지 모르지만, 부모가 자식을 잃는 심정, 너는 이해 못 할 거야. 그리고 다감이 너, 엄마 너무 가르치려고 들지 마. 나도 네 엄마도 아무리 나이를 먹어도 부모니까, 네 걱정을 하는 건 당연한 거야."

아빠는 약간 화가 난 투로 말했다. 네가 참고 이해해 달라고, 늘 그렇게 부탁하듯 말하던 아빠도 나의 감정을 받아 내기 힘들었던 것인지도 몰랐다.

아빠의 말이 맞았다. 나는 엄마를 무시했다. 가까운 사람을 무시하지 말고 상처 주지 말라고 반 아이들에게 그렇게 누누이 말했으면서도 정작 나는 엄마에게 어떻게 하면 더 큰 상처를 줘서 입을 다물게 할지를 생각하고 있었다. 나는…… 정말 나쁜 딸이다.

하지만 오늘 나는 아빠에게도 화가 났다. 오늘 약속도 내가 집에 간다고 하니 서둘러 잡은 게 분명했다. 분명 나랑 엄마가 한바탕 싸울 것이라는 생각에 자리를 피한 것이다. 아빠는 늘 그렇게 피하고 도망치는 사람이었다. 이건 누구를 탓할 수도 없는 거겠지. 각자 그저 발버둥 치는 것뿐이니까. 우리 가족은 참 어렵다. 언니가 죽고 나서 정말로 어렵게 되어 버렸다. 대체 어떻게 해야만 하는 걸까. 이제 함께 행복하게 지낼 수 없는 걸까.

문득 맑은 웃음소리에 고개를 들었다. 전철 안 맞은편 자리에 엄마로 보이는 여자와 초등학교 2학년쯤 되어 보이는 여자아이, 그리고 유치원생으로 보이는 여자아이가 앉아 있었다. 엄마는 꾸벅꾸벅 졸고 있었고, 자매는 둘이서 스마트폰을 들여다보고 있었다. 어린 동생은 언니가 든 스마트폰에서 눈을 떼지 못했지만, 언니는 이따금 동생을 힐끔거렸다. 어쩌면 저 어머니도 첫째 아이에게 이렇게 말했을지 모른다. 엄마가 동생을 돌보지 못할 때는 네가 엄마 대신이라고.

나는 시선을 돌려 창밖을 바라보았다. 맑은 가을 하늘이 무심하게 흘러 지나갔다.

"다감아, 넌 모르지? 언니가 널 업어서 키운 거나 마찬가지야. 그러니까 나한테 잘해야 해."

수시로 언니가 한 번씩 나에게 하던 말. 그때의 나는 그 말이 지겨웠지만, 생각해 보면 맞는 말이기도 했다. 언니는 내가 태어났을 때부터 언니였다. 언젠가 아빠, 엄마와 언니에게 들은 이야기가 있다.

언니는 여덟 살 때 엄마의 배 속에 내가 생겼다는 걸 알았다고 한다. 어린 나이의 언니는 처음에 남동생이면 좋겠다고 했다. 여동생은 싫다고, 누나가 좋고 언니는 싫다고. 하지만 언니는 곧 다정 언니, 다정 언니, 나는 다정 언니야, 하고 노래를 불렀다고 한다. 아빠와 엄마는 그 모습이 너무 귀여웠다고 얘기해 줬다.

언니는 엄마가 태동을 느끼는 순간에도 곁에 있었다고 한다. 엄마의 배 안에서 곧 태어날 동생이 움직이는 느낌, 그건 얼마나 신기한 느낌이었을까? 나로서는 절대 알 수 없는 것이다.

나를 낳으러 부모님이 병원에 갔을 때 아홉 살인 언니는 홀로 집을 보고 있었다. 아빠는 언니에게 전화를 했고 무사히 내가 태어난 것을 알려 줬다.

"그날은 비가 엄청 많이 왔거든. 세상이 무척 어두웠는데, 그 이야기를 듣는 순간 밖이 밝아진 기분이 들었어. 그게 엄청나게 신기했어."

8년 동안 외동으로 자란 언니는 주변 사람들에게 혼자라 외롭겠다는 이야기를 자주 들었다고 한다.

"나는 하나도 안 외로운데 주변 사람들이 오지랖을 부리는 거야. 그런데 네가 태어나고 알았어, 어쩌면 그동안 외로웠을지도 모른다는 걸."

언니는 그렇게 말하며 웃었다.

전철이 환승역에 다다르자 사람들이 쏟아지듯 안으로 들어왔다. 사람들은 경쟁하듯 빈자리에 엉덩이를 들이밀었다. 스마트폰을 들여다보던 어린 동생은 깜짝 놀라 언니의 곁으로 바싹 몸을 붙였다. 어머니는 여전히 꾸벅꾸벅 졸고 있고, 언니는 주변을 살피며 동생을 살짝 안아줬다. 나도 모르게 슬며시 미소가 지어졌다. 동시에 어떤 기억이 자연스레 떠올랐다.

가끔 학교 끝나고 언니가 엄마를 대신해서 어린이집으로 나를 데리러 오던 때도 있었다. 하지만 그날은 언니가 조금 늦게 왔다. 홀로 남겨진 나는 선생님들 몰래 어린이집을 나왔다. 어차피 늘 오가며 눈에 익은 길이었다. 나는 혼자서 슈퍼에 들러 간식도 사 먹고 다른 아파트 단지의 놀이터에 들러 놀다 내가 사는 아파트 단지로 갔다. 모험을 떠난 것처럼 뿌듯한 기분을 느꼈던 것 같다.

집으로 가는 길에 저 멀리 언니가 보였다. 나는 언니를 알아보곤 반갑게 뛰어가다가 깜짝 놀랐다. 언니가 엉엉 울고 있었다. 나는 언니에게 달려갔고, 나를 본 언니 역시 나를 향해 달려왔다. 그리고 언니는 나를 있는 힘껏 껴안았다. 나는 영문을 알 수 없어서 미안하다는 말만 반복하는 언니를 계속 밀어냈다. 도대체 왜 이러는 거냐고.

나중에 들은 얘기로 언니는 전날 엄마와 말다툼을 했다고 한다.

"나 다감이 돌보기 싫단 말이야. 친구들이랑 놀다가도 만날 동생 봐야 한다고 빠지고. 그러다 나만 같이 놀 친구 없게 되면 엄마가 책임져!"

그날 언니는 어린이집 하원 시간에 늦은 걸 알았으면서도 친구들과 조금 더 놀았다고 했다. 그리고 뒤늦게 어린이집으로 가서 내가 없는 걸 깨닫고 나를 찾아 온 동네를 돌아다녔다고 했다. 그때 어린 언니는 얼마나 마음을 졸였을까.

돌이켜보면 그런 기억들이 참 많았다. 언니는 나를 돌봐 주었고, 나는 당연하게 그것을 받아들였다. 언니는 언제나 언니였고, 나는 언제나 동생이었던 것이다.

전철역을 나와 버스 정류장으로 걸어가며 나는 또다시 가슴이 답답해지는 것을 느꼈다. 언니와는 정말로 많은 시간을 보냈음에도 나는 언니를 이해할 수 없었다. 나는 잠시 멈춰 서서 두 눈을 질끈 감았다. 그만 생각하자. 오늘은 엄마와 만나 이야기를 나눈 것만으로도 몸이 피곤했다. 얼른 자취방으로 돌아가 푹 쉬고 싶었다. 나는 무거운 발걸음을 억지로 옮겼다. 그때였다.

"잠깐만요!"

누군가 갑자기 내 어깨를 잡았다. 나는 화들짝 놀라 뒤돌아보았다. 눈앞에는 조금 앳된 모습의 남자가 있었다. 고등학생일까? 그는 인상을 잔뜩 구기고 금방이라도 울 것 같은 얼굴로 나를 바라보았다.

"누구세요?"

나는 날 선 목소리로 물었다. 그는 움찔하더니 고개를 푹 숙였다.

"아……, 죄송해요. 제가 아는 분이랑 너무 닮아서……. 죄송합니다."

그는 황급히 등을 돌렸다. 순간 머릿속에 작은 불꽃이 튀었다. 나는 그를 알고 있었다. 다감아, 움직여. 문득 누군가의 목소리가 머릿속에 울렸다. 그와 이야기를 나눈다면 언니의 마음을 알 수 있을지도 몰라.

하지만 이상하게도 나는 멀어져 가는 그를 쉽게 쫓아갈 수 없었다.

3

6년 전, 내가 고등학교 2학년 때의 일이다. 5교시 수업이 막 끝나 갈 무렵 담임 선생님이 노크도 없이 교실 앞문을 벌컥 열었다. 수업 중인 국어 선생님과 학생들은 깜짝 놀랐다. 그리고 나는 더 크게 놀랐다. 담임 선생님 뒤에 아빠가 서 있었기 때문이다.

"아빠?"

나는 나도 모르게 자리에서 일어서 소리쳤다. 그리고 무슨 일이 일어났다는 것을 직감적으로 깨달았다. 아빠의 얼굴이 무서울 정도로 굳어 있었으니까.

가방 챙겨서 나오라는 담임 선생님 말에 곧장 교실을 나섰다. 아빠는 얼른 병원으로 가야 한다며 서둘러 나를 이끌었다. 왜냐고 묻자 "다정이가 사고가 났어."라며 가늘게 떨리는 목소리로 말했다.

순간 서늘한 바람이 내 몸을 통과한 것 같았다. 곧 온몸이 오들오들 떨릴 정도로 한기가 찾아왔다. 무릎이 꺾일 만큼 다리가 떨려 오기 시작했다. 핏기가 가신다는 말을 그렇게 생생하게 느껴 본 것은 처음이었다. 아빠도 마찬가지였다. 병원으로 가는 동안 아빠는 자꾸만 급출발과 급제동을 반복했다. 나는 운전대를 잡은 아빠의 오른손을 꼭 잡았다.

놀랄 만큼 차가웠다.

언니는 산소 호흡기를 쓴 채 누워 있었다. 의사는 큰 걱정은 안 해도 될 것이라고, 긴장이 풀려 정신을 잃은 것뿐이라고 했다. 아빠도 나도 언니가 교통사고가 났다는 이야기만 들었지 어떠한 경위로 사고가 났는지까지는 알지 못했다. 병원에서 경찰로부터 자세한 이야기를 들으며 아빠는 휘청이다 벽을 짚었다. 나는 울음을 터뜨리고 말았다. 언니가 무사한 것에 대해 하늘에 감사했다.

당시 5학년 담임을 맡았던 언니는 2박 3일의 수련회를 마치고 학교로 돌아오는 길이었다. 사고는 예상치도 못하게 일어났다. 고속도로의 반대편 차선에서 달려오던 트레일러가 중앙 분리대의 콘크리트를 부수며 언니가 탄 버스로 돌진해 온 것이다.

버스 기사는 일순 오른쪽으로 핸들을 꺾었지만 트레일러를 피하지 못했다. 트레일러는 버스를 정면으로 덮쳤고 버스 기사는 그 자리에서 사망했다. 버스의 차체는 오른쪽으로 넘어졌고 도로에 끌리듯 미끄러졌다. 앞쪽의 가드레일을 들이박을 때는 이미 버스 뒤쪽에서 불길이 치솟기 시작했다.

상황은 최악이었다. 트레일러가 매달고 오던 컨테이너가 가로로 도로를 막아 버렸고 뒤따라오던 차량끼리 연쇄 추돌 사고가 일어났다. 그날, 도로 위에 있던 운전자들은 사고가 난 버스에 쉽게 다가갈 수 없었다.

잠시 정신을 잃었던 언니가 눈을 떴을 때, 버스 안은 앞이 보이지 않을 정도의 시커먼 연기로 가득 차 있었다. 숨을 쉴수록 매캐한 연기가 언니의 목구멍 안으로 꾸역꾸역 밀려 들어왔다. 언니는 순간 죽을지도 모른다는 공포를 느꼈다. 하지만 콜록거리는 기침 소리와 살려 달라고 울부짖는 아이들의 목소리에 정신이 번쩍 들었다.

언니는 안전벨트를 풀고 의자를 벗어나 어떻게든 상황을 살피려 노력했다. 버스의 출입문은 바닥 쪽에 있었고, 검은 연기는 버스 앞쪽으로 빠져나가고 있었다. 자세히 보니 트레일러와 충돌하며 버스의 앞 유리가 절반가량 깨져 있었다. 언니는 출입문 옆에 붙어 있는 비상용 망치를 손에 쥐었다.

몸을 숙이고 앞쪽으로 향한 언니는 버스 기사의 시체를 보곤 화들짝 놀랐다. 하지만 멈출 순 없었다. 언니는 이를 악물고 힘껏 망치를 휘둘러 나머지 유리를 깼다. 그리고 밖으로 나와 있는 아이들을 힘껏 불러냈다.

아이들은 연기를 뚫고 버스 밖으로 나왔다. 뛰쳐나오는 아이도 있었고, 몸을 낮춘 채 바닥을 기어 나오는 아이도 있었다. 언니는 밖으로 나온 열다섯 명 아이들의 얼굴을 확인했다. 하지만 "선생님!" 하고 언니를 부르는 목소리가 아직 버스 안에 가득했다.

다시 안으로 뛰어 들어간 언니는 움직일 수 있는 아이들을 찾아냈다. 버스가 옆으로 넘어진 상태여서 의자가 방해되었다. 언니는 벽면에 딱 붙어서 가란 말과 함께 움직일 수 있는 아이들을 계속해서 밖으로 내보냈다. 그리고 정신을 잃은 아이를 데리고 버스 밖으로 나왔다.

언니는 멈추지 않고 버스 안으로 들어갔다 나오기를 반복했다. 언니의 힘으로 한 번 들어갈 때 데리고 나올 수 있는 아이는 한 명뿐이었다. 그럼에도 언니는 홀로 다섯 명의 아이를 그 버스 안에서 더 끄집어냈다.

뒤늦게 달려온 사람들이 언니를 돕기 위해 버스 안으로 뛰어들었다. 움직일 수 있는 공간은 한정적이었다. 사람들은 일렬로 선 채 아이를 옮겼다. 언니는 대열의 중간에서 아이들을 받아 내었다. 그렇게 여섯 명의 아이를 더 구해 냈다.

그때 버스에서 불길이 갑자기 크게 치솟기 시작했다. 사람들은 화들짝 놀라서 버스 밖으로 뛰쳐나왔다. 동료 선생님들은 아이들을 데리고 최대한 버스에서 멀어졌다. 하지만 언니는 도망치지 않았다. 언니는 사람들의 손을 뿌리치고 다시 버스 안으로 들어갔다. 그리고 버스의 뒤쪽에 있는 두 명의 아이를 더 끄집어냈다.

언니의 체력은 이미 한계에 다다랐다. 그래도 언니는 비틀거리며 버스 안으로 들어가려 했다. 하지만 사람들은 언니를 거칠게 잡아끌어 최대한 버스에서 멀어졌다. 버스는 이내 '쾅' 하는 거대한 폭발음과 함께 거센 불길에 뒤덮였다.

"더 구해 내고 싶었어요. 하지만…… 그럴 수 없었어요, 죄송합니다."

사건 당시의 상황을 묻는 경찰에게 언니는 그렇게 대답했다. 나는 그 자리에 엄마와 함께 있었다.

"아닙니다. 선생님은 대단한 일을 하셨어요."

경찰의 말에 언니는 고장 난 것처럼 계속해서 고개를 세게 저었다.

"죄송해요, 죄송해요."

엄마는 언니의 손을 꼭 잡으며 괜찮다고 말해 주었다. 나는 차마 언니의 손을 잡을 수 없었다. 잘못 건드리면 손가락부터 시작해 언니의 온몸이 부서질 것만 같은 무서운 기분이 들었다.

아빠는 당분간 언니 앞에서 사고 얘기는 하지 않는 게 좋겠다고 했다. 엄마와 나는 고개를 끄덕이며 그 말에 동의했다.

언니는 회복을 위해 조금 더 병원에 입원해 있었다. 하지만 병실을 자꾸만 찾아오는 기자들 때문에 도망치듯 퇴원해야 했다. 언니가 퇴원하는 날, 병원을 찾아온 기자 한 명이 언니에게 집요하게 인터뷰를 요청했다. 아빠와 엄마는 크게 화를 내며 그를 쫓아내었다.

그날 언니를 기다리고 있던 사람은 기자뿐만이 아니었다. 기자와 실랑이를 벌이며 병원을 나섰을 때 초췌한 몰골의 한 여자가 언니에게 다가왔다. 언니는 그녀의 얼굴을 보자마자 작게 숨을 삼켰다.

"선생님, 저희 애는 왜 안 구해 주신 거죠? 저희 애가 그렇게 싫었나요? 왜 저희 애는……."

여자는 울부짖으며 언니에게 매달렸다.

"어머님, 죄송…… 죄송해요."

언니는 눈에 띄게 몸을 떨기 시작했다. 아무래도 언니가 맡은 반 아이의 학부모 같았다. 아빠와 나는 어찌해야 할지 몰라 머뭇거렸지만 엄마는 "그만하세요!"라고 소리치며 그녀를 떼어 냈다. 기자와 여자를 남겨 둔 채 우리는 아빠의 차를 향해 서둘러 걸어갔다.

언니는 퇴원 후 모든 기력을 잃은 사람처럼 방 안에서 꼼짝도 하지 않았다. 스마트폰은 사고와 함께 불에 타 버렸고, 언니는 사람들과 어떤 연락도 하지 않았다. 언니는 세상으로부터 도망치는 것 같았다.

듣기 싫어도 보기 싫어도 뉴스나 인터넷 기사에서는 얼마간 언니에 관한 이야기를 쏟아 냈다. 언니는 영웅이었다. 언론에서는 목숨을 걸고 아이들을 구해 낸 참된 교사라 극찬했다. 스물여섯의 초등 교사에게서 아이들을 위해 희생하는 교사 본연의 모습을 보았다는 말도 있었다.

버스를 들이박은 트레일러의 무게가 25톤이었다든가, 버스가 넘어지며 기름이 새었고 마찰로 불꽃이 일어 화재가 일어났다든가, 나는 뉴스를 보며 언니의 입을 통해 듣지 못했던 새로운 사실들을 알 수 있었다. 그중에는 언니가 보지 않았으면 하는 내용도 포함되어 있었다.

서른여덟 명의 아이 중 스물여덟 명의 아이가 살았다. 자력으로 탈출한 열다섯 명의 아이를 제외하고 언니가 구해 낸 열세 명의 아이들도 모두 무사히 깨어났다. 하지만 버스 안에서 열 명의 아이가 죽었다. 조사 결과 열 명의 아이들은 산소 결핍으로 인한 질식사로 죽은 것이 아니었다. 결국 폭발에 의해 사망한 것이다. 다시 말해 더 빠르게 조치만 취할 수 있었더라면 모든 아이를 살릴 수 있었다는 얘기였다.

언니가 불타는 버스를 드나드는 그 순간에도 안에 있던 아이들은 살아 있었다. 그것은 너무나 가슴 아픈 일이었다. 하지만…… 나는 내 마음속의 감정을 가만히 저울질해 보았다. 솔직히 나는 언니네 반 아이들이 죽든 말든 상관없었다. 나에게 무엇보다 소중한 사람은 언니였다. 아이들이 죽은 건 안타까운 일이다. 알고 있다. 하지만 나는 다행이라고 생각했다. 언니는 죽지 않았으니까. 무사히 우리 가족 곁으로 돌아왔으니까.

"앞으로 무슨 일이 있어도 나 때문에 힘들어하지 않기야. 그렇게 해 줄 수 있지?"

하지만 그 말을 남긴 언니는 자취방에서 목을 매었다.

전에는 성인이 된 이후에도 어렸을 적의 트라우마를 말하는 사람은 모두 핑계를 대는 것이라 생각했다. 트라우마를 극복할 의지조차 없는 사람이라고 생각했다. 하지만 그게 아니었다. 눈앞에서 사랑하는 사람이 죽어 있는 것을 본 것은……, 결코 그럴 수 있는 게 아니었다.

지난 6년 동안 나는 수없이 언니를 만났다. 느닷없이 일상의 광경이 일그러지고 내 앞에 천천히 흔들리는 언니가 툭 튀어나왔다. 그때마다 심장이 너무 아팠다. 숨을 쉬고 싶지만 쉬어지지 않았다. 하지만 그런 식으로라도 나는 언니를 만나고 싶었다. 묻고 싶은 게 너무나 많았으니까.

언니는 왜 자살한 거야? 아이들을 다 구해 내지 못했다는 죄책감? 언니, 그게 교사의 마음인 거야? 언니는 언니가 할 수 있는 일을 다 했잖아. 언니가 거기서 더 뭘 할 수 있었겠어?

내가 아무리 물어도 언니는 대답 대신 조용히 흔들릴 뿐이었다.

4

토요일 오후의 한산한 거리가 가을볕을 받아 부드럽게 빛났다. 나는 잠시 창밖을 바라보며 커피를 한 모금 마셨다. 그리고 눈앞의 그를 보았다. 그는 어색한 듯 자꾸만 엉덩이를 들썩거렸다. 나는 앞에 앉아 있는 고등학생, 연호를 알고 있었다.

"다시 한번 반가워. 연호는 나를 잘 모르겠지만, 나는 작년에 추모관에서 너를 본 적이 있어."

"저를요?"

"뒷모습뿐이었지만 말이야. 매년 언니를 찾아와 주는 거지?"

"그냥…… 제가 어떻게 지내고 있는지 선생님도 궁금해하실 것 같고, 저만은 꼭 그렇게 해야만 할 것 같아서요."

연호는 나의 시선을 피하며 빨대로 콜라를 크게 들이켰다.

"고마워. 언니도 분명히 고마워할 거야."

그가 언니의 기일 즈음마다 찾아오는 것은 알고 있었다. 올해 5월 말에도 어김없이 꽃이 놓여 있었다.

작년에 나는 언니의 납골함 앞에서 묵념하는 연호의 뒷모습을 보았다. 그때 나는 대학교 4학년이었다. 나는 무슨 일이 있어도 빨리 교단에 서고 싶었다. 임용 고시 준비로 큰 스트레스를 받으며 폭발하기 직전이었다. 나는 나도 모르게 화를 내 버릴까 봐 그대로 건물을 뛰쳐나왔다. 연호와 그의 어머니로 보이는 사람이 돌아갈 때까지 밖에서 한참 동안 서성거렸다.

하지만 지금은 눈앞의 연호가 그때처럼 미워 보이지 않았다. 어쩌면 지난 1년 동안 내 안에서 어떤 변화가 일어난 것인지도 모르겠다. 처음엔 길에서 언니의 제자를 우연히 만났다고만 생각했다. 하지만 연호에게는 우연이 아닐 수도 있다. 연호는 그 사고가 발생한 날 이후로 단 한 시도 언니를 잊은 적이 없다고 했다. 그렇구나……. 나만이 아니었다. 나만이 아니었던 것이다.

"너에게 언니는 어떤 선생님이었어? 뭐든 좋으니 얘기해 줄 수 있을까?"

나는 내가 모르는 언니를 알고 싶었다. 연호는 잠시 눈을 가늘게 떴다.

"저희가 선생님이랑 지낸 시간은 겨우 두 달이 조금 넘는 정도였어요. 하지만 확실히 알 수 있었어요. 다정 선생님은 정말 착하고 좋은 분이셨어요. 반 아이들에게 좋은 말을 많이 해 주시는 분이었어요."

"어떤 말인데?"

"공부도 좋지만 무엇보다 추억이 가득한 반을 만들자고 하셨어요. 또 언제 어느 때나 선생님을 많이 의지해 주면 좋겠다고도 하셨고요. 또 세상에 자기 자신보다 가치 있는 존재는 없으니 절대 스스로를 함부로 대하면 안 된다는 말씀도 하셨어요. 저희가 조금이라도 좋은 일을 하면

늘 칭찬을 해 주셨어요. '이렇게 좋은 일을 해 줘서 선생님은 정말 기쁘고 행복해.'라고 하셨는데요. 제가 말하니까 약간 간지러운 느낌이네요. 하지만 다정 선생님께는 그런 말을 해도 어울리는 아우라가 있으셨어요."

나는 연호의 이야기를 들으며 커피를 또 한 모금 마셨다. 마음속까지 따뜻한 온기가 퍼지는 느낌이 들었다. 역시 언니는 내가 알고 있는 언니였다. 누구보다 좋은 선생님이었다.

나는 언니가 꾸리는 교실의 분위기가 자연스럽게 머릿속에 떠올랐다. 분명 언니도, 아이들도 하루하루가 행복한 교실이었을 거야. 내가 그런 생각을 이야기하자 연호는 잠시 인상을 찌푸리더니 천천히 고개를 저었다.

"아니에요, 솔직히 말씀드리면 저희 반 분위기는 전쟁터 같았어요. 최악이었던 것 같아요. 지금 생각해 보면 다정 선생님은 정말 많이 힘드셨을 것 같아요."

나는 잔을 내려놓으려던 손을 멈칫했다.

"그래?"

"네. 저희 반에는 악질적인 아이들이 있었거든요. 5학년 초딩 입에서 나오는 말이 맞나 싶을 정도로 거친 욕을 하는 아이도 있었고요. 선생님한테 욕을 하기도 하고, 수업 시간에 갑자기 물건을 집어 던져서 선생님을 위협한 아이도 있었어요. 여자아이 중에는 다정 선생님을 싫어해서 선생님을 따돌리자고 선동하는 아이도 있었거든요."

나는 그 말이 잘 이해가 되지 않았다.

"언니가 그렇게 미움받을 만한 사람이라고 생각하진 않는데……."

"선생님은 학기 초부터 아이들한테 방긋방긋 웃는 모습만 보여 주셨으니까요. 처음부터 오냐오냐해 주는 다정 선생님을 얕보고 있던 거예요. 그리고 다정 선생님의 수업 방식이 마음에 들지 않았던 것 같아요. 착한 척을 하는 게 가식적으로 보인다나. 다정 선생님은 애들이랑 대화를 많이 하려고 노력하셨거든요."

"대화……. 언니라면 분명 그럴 것 같아. 예를 들어서 어떤 대화?"

연호는 슬쩍 내 눈치를 보더니 머리를 긁적였다.

"제가 사실은 학기 초에 짝꿍 물건을 몰래 슬쩍한 적이 있어요. 그때 아이들 사이에서 유행하던 카드 게임이 있었거든요. 지금은 이름도 생각 안 나네요. 호진이가 가지고 있던 카드는 정말 잘 안 뜨는 초 레어 카드였어요. 지금 보면 그게 대단한 것도 아닌데. 제가 훔친 다음에는 당연히 교실이 뒤집어졌죠. 저는 모른 척 잡아뗐고요. 그런데 다정 선생님은 그걸 어떻게 아시고 저를 조용히 부르신 다음 말하셨어요.

연호야, 선생님이 널 왜 찾았을까? 짐작 가는 건 없니? 그렇게 이것저것 물으시면서 제가 직접 이야기를 할 때까지 기다려 주셨어요. 누가 네 것을 아무 말 없이 가져가면 기분이 어떨 것 같아? 그렇지, 기분이 나쁘겠지? 그럼 선생님이 너를 불렀을 때 어떤 기분이 들었어? 그래, 많이 무서웠지? 진짜 나쁜 사람은 나쁜 짓을 하고도 모르는 사람이야. 하지만 연호 너는 네가 호진이한테 나쁜 짓을 했다는 걸 잘 알고 있지? 그리고 나쁜 짓을 하면 마음이 편하지 않지? 학교에 오기도 싫었지? 선생님은 연호가 학교에 올 때 무서워하는 건 싫어. 연호 너는 도둑질이 나쁜 짓이라는 걸 알고 있어. 이제 다시는 안 할 수 있지? 선생님은 연호를 믿어. 그리고 혹시라도 다른 애들 물건에 손을 대고 싶은 마음이

들면 선생님한테 꼭 얘기해 줘. 알겠지?

선생님은 저에게 그렇게 말하셨어요. 제가 사과를 할 때도 방과 후에 호진이를 조용히 불렀어요. 호진이가 처음에는 화를 굉장히 많이 냈어요. 하지만 다정 선생님은 호진이를 열심히 달래면서 제가 사과할 자리를 만들어 주셨어요. 사과하는 건 쉽지만 용서하는 건 쉽지 않다고 하셨어요. 지금 사과를 받아 주면 둘이 정말로 친한 친구가 될 수 있을 것 같은데, 어떻게 생각하냐고요. 호진이랑은…… 처음에는 어색했지만 지금은 죽고 못 사는 절친이 되었죠. 물론 걔가 절 용서해 줘서 가능했던 거지만요. 전부 다정 쌤 덕분이에요.

교실을 나오면서 저랑 호진이는 선생님 팬이 되어 버렸어요. 이번 5학년 담임 선생님은 너무 좋은 선생님이라고요. 하지만 다른 아이들에게는 그런 행동이 가식적으로 보였을지도 모르겠네요."

거기까지 쉬지 않고 말한 그는 "선생님은 종종 울었어요." 하고 잠시 한숨을 쉬었다. 나는 나도 모르게 미간을 찌푸렸다. 그리고 다음 말을 가만히 기다렸다.

"아까 말씀드렸죠? 저희 반에는 악질적인 애들이 있었다고요. 다른 애들 이름은 생각 안 나는데 서민한이랑 오명훈, 얘네는 생각나요. 다정 선생님한테 막말을 하고, 수업도 방해하고, 저처럼 힘이 약한 아이들도 때렸어요. 장난도 어떤 장난까지 쳤냐면 급식차 국 통이랑 반찬통에 침을 뱉는 짓까지 했다니까요. 하여간 미친놈들이었죠."

그는 인상을 찌푸리며 씩씩거렸다.

"그래도 선생님은 그 애들을 포기 안 했어요. 아이들 앞에서 화를 낼 법도 한데 대화로 설득하려고 하셨어요. 그 아이들이 바뀌도록요. 다정 선생님은 애들한테 너희가 나를 싫어해도 괜찮다고 말씀하셨어요. 힘들더라도 조금씩 천천히 알아 가자고요. 하지만 그 애들 부모가 더 장난이 아니었어요. 선생님이 애들을 붙들고 얘기를 하려고 하면 학교에 정신적으로 학대를 했다고 민원을 넣었대요. 그게 말이 돼요? 다정 선생님은 걔네 엄마한테 또 사과하고, 걔네들은 더 신나서 선생님을 괴롭히고……. 아오, 정말 얘기만 해도 화가 나요."

나도 교실에서 아이들과 지내 봐서 짐작이 갔다. 그 당시 언니의 교사 생활은 정말 힘들었을 것 같다. 겨우 몇 번 그렇게 대화를 나눈다고 해서 아이들은 짠, 하고 바뀌지 않는다. 그것은 환상이다. 무엇보다, 아이를 바꾸려고 해도 학부모 측에서 그렇게 나와 버린다면 언니는 할 수 있는 게 아무것도 없다. 그저 아이들의 눈치를 보면서 몸을 사릴 뿐이다.

"그날은 선생님이 힘이 없어 보여서 선생님을 위로해 드리려고 다시 교실로 돌아갔어요. 저는 까치발을 들고 복도 창문으로 선생님을 봤어요. 선생님은 운동장을 보고 있었는데, 잠깐 고개를 돌렸을 때 선생님은 울고 있었어요. 늘 저희가 보던 밝은 얼굴이 아니었어요. 저는 도저히 교실 안으로 들어갈 수가 없었어요. 정말 후회돼요. 그때 제가 들어가서 무슨 말이라도 했으면……. 선생님은 항상 저희들 말에 귀를 기울였어요. 저희가 힘들고 지칠 때마다 할 수 있다고, 힘내자고, 저희한테 늘 그렇게 말씀하셨어요. 하지만 다정 선생님 마음에는 누가 귀 기울였는지 모르겠네요."

문득 숨을 못 쉴 정도로 가슴이 답답해졌다.

"저는 다정 선생님을 굉장히 좋아했어요. 그래서 호진이랑 같이 매일 그 애들이랑 싸웠던 것 같아요. 어떻게든 선생님을 지켜 드리고 싶었어요. 그 사고가 없었다면 저희 반 아이들은 6학년으로 올라갈 때쯤에는 모두 선생님의 영향을 받아 착해졌을지도 몰라요. 선생님을 힘들게 하던 아이들이 그 사고로 모두 죽지만 않았다면……."

그는 그렇게 말하고 한숨을 푹 내쉬었다. 문득 그 말이 마음에 걸렸다.

"모두라고?"

"네. 반에서 잘나가는 남자애들은 보통 버스 맨 뒷자리에 타잖아요? 서민한, 오명훈도 마찬가지였어요."

화재는 버스 뒤편에서부터 일어났다. 뒤쪽의 아이들일수록 유독 가스에 더욱 빠르게 노출되었을 것이다.

"언니는 그 버스 사고 때 너를 구해 준 거지?"

그는 고개를 끄덕였다.

"저는 사고 때의 기억이 없어요. 엄청나게 큰 소리가 난 이후로 갑자기 기억이 끊겼어요. 눈을 뜨니까 병원 천장이 보였어요. 다정 선생님이 거의 마지막에 버스 안에서 저를 데리고 나왔다는 이야기를 엄마한테 들었어요. 그리고 호진이도요. 선생님은 마지막 순간 저랑 호진이를 구한 거였어요. 그리고 선생님은……."

그는 내 눈치를 보며 말을 잇지 못했다. 나는 미소를 지으며 말했다.

"괜찮아. 언니는 자살했지."

나와 그 사이에 잠시 침묵이 흘렀다.

"……선생님은 저랑 호진이를 참 좋아했어요. 힘들어도 너희 덕분에 선생님이 학교에 오는 맛이 난다며, 방과 후에 저희를 조용히 불러 말씀해 주신 적도 있어요. 그래서 그 애들 때문에 선생님이 자살했다는 생각을 하면 너무 화가 나요. 그런 녀석들, 그냥 죽든 말든 내버려 둬도 되었을 텐데.”

연호는 화난 표정을 지었다가 바로 누그러뜨리며 말을 이었다.

“그래도 시간이 지나고 곰곰이 생각해 보니까 조금은 알겠더라고요. 다정 선생님이 왜 그런 선택을 했는지요.”

“응? 그건 무슨 뜻이야?”

나는 깜짝 놀라 따지듯 물었다.

“혹시…… 아는 거야? 언니가 왜 자살했는지?”

내 표정은 연호에게 어떻게 비치고 있을까? 연호는 잠시 떨떠름한 표정을 짓다가 이내 진지한 얼굴로 고개를 끄덕였다.

“네, 실은 한참 후에 깨달은 게 있어요. 6년 전 그 사고가 있던 날, 마지막까지 버스 안에 있다가 죽은 아이들 중에는 제 앞자리에 앉았던 애들도 있었다는 걸요.”

나는 연호의 말을 바로 이해하지 못했다. 내가 고개를 갸웃하자 연호는 콜라를 들이마신 후 말을 이었다.

“저는 몇 번이나 그날의 일을 생각해 봤어요. 버스가 오른쪽으로 넘어지면서 저희들은 밑으로 떨어졌어요. 아이들은 앉은 순서대로 바닥에 뒤엉켜 있었을 거예요. 그런데도 선생님은 그 안에서 저랑 호진이를 끌어냈어요. 다정 선생님이 저희를 구해 내려면 저희보다 앞쪽에 있는 아이들을 지나서 안쪽으로 들어왔어야 했거든요. 그러니까 선생님은 다른 아이들을 내버려 두고 저희를 선택한 거예요. 저는 선생님이 자살한 건 아마 그것 때문이 아닐까 싶어서……. 어? 왜 그러세요? 괜찮으세요?”

연호는 허둥거리며 어찌해야 할지 모르는 표정을 지었다.

버스를 타고 정류장에서 내린 것까지는 기억하지만, 그 이후로는 기억이 없다. 정신을 차려 보니 나는 어딘가의 주택가를 정처 없이 걷고 있었다. 계속해서 걷고 또 걸었기 때문일까, 심장이 아플 정도로 빠르게 뛰었다.

연호의 이야기를 듣고 나는 그날의 사고 현장을 다시 한번 머릿속으로 그려 보았다. 언니네 반에는 언니를 아주 힘들게 하던 아이들이 있었다. 언니가 아무리 노력해도 바뀌려 하지 않는 아이들. 그 아이들은 사고 날 버스의 뒤편에 타고 있었다.

언니는 아이들을 구해 내며 반 아이들의 얼굴을 일일이 확인했을 것이다. 그리고 아직 버스에 남아 있는 아이들의 얼굴을 떠올렸을 것이다. 버스에선 마지막 신호탄인 듯 거세게 불길이 치솟았고, 언니는 이제 남은 시간이 없다는 것을 깨닫는다. 마지막으로 언니는 생각했을 것이다. 적어도 한 명, 아니 두 명만 더 구해 낼 수 있다면, 부디 그런 시간이 주어진다면, 하고.

뜨거운 공기, 새카만 시야, 숨통을 틀어막는 연기, 아이들의 울음소리, 땀으로 젖은 몸, 금방이라도 폭발할지 모른다는 공포, 그리고 불타는 버스 안으로 다시 뛰어든 언니.

나는 언니가 아이들을 전부 구해 내지 못한 죄책감 때문에 자살했다고 생각하고 있었다. 하지만 그게 아니었다. 언니는 아이들 전부를 구할 수 없다는 것을 직감적으로 판단했을 것이다. 그 순간 언니의 머릿속에는 먼저 구하고 싶은 아이의 우선순위가 정해져 버린 것이다.

함께 생활하는 동안 더 마음이 간 아이와 그렇지 않은 아이를, 그래서 앞으로 더욱 살게 해 주고 싶은 아이와 그렇지 않은 아이를 언니는 한순간 판단한 것이다. 그렇게 아이들 목숨을 저울질한 것이다. 그리하여 언니는 연호 군과 호진 군, 두 명의 아이를 구해 냈다. 가장 빠르게 구해 낼 수 있는 아이, 발밑에 걸린 아이를 넘으면서까지.

아아, 그렇구나. 나는 언니가 자살한 이유를 겨우 이해하게 되었다. 언니는 누구보다 좋은 선생님이 되고 싶어 했다. 모두에게 관심과 애정을 갖고, 자기를 아무리 힘들게 하는 아이라도 결코 포기하려 하지 않았다. 하지만 언니는 예기치 못한 상황이 닥치자 자신의 진짜 모습을 깨닫고 만 것이다.

나는 문득 길거리를 지나는 모든 사람을 붙들고 하소연하고 싶었다. 언니, 그게 뭐가 나빠? 그건 사람으로서 당연하잖아. 방과 후에 교실에서 그렇게 울었다면서. 그렇게 힘들어했다면서. 싫은 아이가 있을 수도 있지. 언니 덕분에 산 아이들도 있잖아?

하지만 언니는 그렇지 않았다. 나는 어두운 방 안에서 웅크린 채로 끊임없이 자책하는 언니를 떠올려 보았다. 너는 위선자였다고, 너는 앞으로도 절대로 좋은 선생님이 될 수 없다고, 언니는 그렇게 끊임없이 스스로를 몰아붙였다. 교사가 되며 쌓아 올린 소중한 마음이 사실은 처음부터 거짓이었다고, 그렇게 자신의 삶 전부를 부정해 버렸다. 그리고 언니는 그렇게 세상을 떠난 것이다.

문득 발 아래 아스팔트 위에 검은 무늬가 점점이 찍히는 것이 보였다. 멍하니 그것을 바라보다가 나는 내가 울고 있다는 것을 깨달았다.

"왜 우는 거야, 바보같이."

입 밖으로 작게 목소리를 내자 정말로 내가 바보처럼 느껴졌다. 나는 왜 낯선 거리에서 이렇게 질질 짜고 있는 걸까. 손등으로 눈 주위를 벅벅 문지르고 하늘을 올려다보았다. 어느새 오후의 햇빛에 황금빛이 섞이기 시작했다. 어딘가의 집 안에서 아이들이 즐겁게 웃는 목소리가 들렸다.

다리가 떨리고 호흡이 가빠 오고 제대로 서 있을 수 없었다. 나는 지금 무언가에 충격을 받았다. 도대체 왜? 나는 도대체 무엇에 충격을 받은 거지? 무엇이 나를 이렇게 뒤흔드는 거지? 어째서일까? 어째서일까? 나는 그 말만을 자꾸만 되뇌었다. 어째서 겨우 언니의 마음을 알게 되었는데도 자꾸만 어디론가 도망치고 싶은 기분이 드는 것일까?

나도 내 마음을 잘 모르겠다. 들여다보고 싶지 않았다. 하지만 그럴수록 이상하게도 문득, 우리 반의 아이들이 떠올랐다. 너무나 힘든 일이 있었는데도 결코 자신의 감정에서 도망치지 않았던 그 아이들.

나는 잠시 심호흡을 했다. 그리고 머릿속에 휘몰아치는 폭풍에 집중했다. 지난 6년간 나는 언니의 마음을 알고 싶었다. 언니가 왜 자살했는지 알면 언니를 떠나보내 줄 수 있을 줄 알았다. 그리고 드디어 언니의 마음을 알게 되었다. 다감아, 이제 됐잖아? 네가 그토록 알고 싶었던 언니의 마음을 알았잖아? 그럼 이제는……, 이제는?

세상이 폭발하는 듯한 천둥과 번개, 부술 듯 창문을 흔드는 바람 소리, 진짜일 리 없는 머릿속의 소리들이 점점 더 귓가에 선명해졌다. 언니, 하고 누군가가 힘껏 목소리를 높였다. 그 소리들이 내 귓가에만 들리는 환청인지 아닌지도 확신할 수 없었다. 뒤섞인 소리 탓일까, 문득 언젠가의 기억이 선명하게 되살아났다.

그날은 비가 오는 어두운 날이었다. 중학생인 언니는 우산이 없어서 비가 그칠 때까지만 친구 집에서 놀다가 오겠다고 집으로 전화를 했다.

집에 혼자 있던 나는 괜히 언니가 얄미워서 "언니, 어디야? 나 무서워. 빨리 와." 하고 우는 척 연기를 했다. 그 뒤에 신경도 쓰지 않고 TV 만화 채널을 보며 놀았다. 언니에게 그런 말을 했다는 것은 까맣게 잊었다.

얼마나 지났을까, 다급하게 현관문 비밀번호가 눌리는 소리가 들렸다. 그리고 현관문이 벌컥 열렸다.

"다감아, 나 왔어."

헐레벌떡 숨을 몰아쉬던 언니는 이제 괜찮으니 걱정하지 말라며 웃었다. 언니의 모습은, 젖은 머리칼이 뺨에 찰싹 달라붙어 조금 우스꽝스러웠다. 그래도 나는 차갑게 젖은 언니의 몸을 꽉 안았다. 따스한 체온이 언니에게 옮겨 가는 기분이, 서로의 체온이 만나 하나가 되어 가는 기분이 느껴졌다.

언니, 내가 사랑하는 언니, 나에게는 늘 언니일 수밖에 없었던 언니. 왜 더 많이 안아 주지 못했던 걸까. 왜 더 많이 사랑한다고 말하지 못한 걸까. 순간 빛이 번지듯 눈앞이 확 밝아졌다. 기억 속에서 빠져나오며 나는 아주 긴 터널을 지나온 느낌이 들었다. 뭐야, 설마…… 그런 거였어? 나는 하하, 하고 소리 내어 웃어 버렸다. 스스로가 너무 어이가 없고 바보 같았다.

연호와 카페에서 이야기를 나눌 때도 그랬다. 언니가 자살한 이유를 알고 있다고 말하는 순간부터 나는 자리를 뜨고 싶었다. 사실은 전혀 듣고 싶지 않았던 것이다. 사실은 언니가 왜 자살을 했는지 알고 싶지 않았다. 그런 건 나에게 있어서 중요하지 않았으니까. 아니, 결코 알아서는 안 되는 거니까. 나는 그저 언니를 놓아 줄 수 없었던 거야!

그제야 나는 6년이란 시간 동안 나 자신을 속여 왔다는 것을 깨달았다. 나는 언니를 잊고 싶지 않았던 것이다. 언니의 마음을 이해하고 싶지 않았던 것이다. 이해해 버리면 떠나보낼 수밖에 없으니까. 이해해 버리면 용서할 수밖에 없으니까. 언니의 죽음을 받아들일 수밖에 없으니까. 나는 그렇게 평생 언니의 마음을 모르는 채로 앞으로도 줄곧 언니를 그리워하고 싶었던 것이다. 언니를 떠나보낼 수 없는 마음을, 언니를 알고 싶다는 마음으로 포장했던 것이다.

온몸의 힘이 빠져나가는 걸 느꼈다. 나는 휘청거리면서 바닥에 주저앉았다. 나는 이제 어떻게 살아야 하는 거지? 나는 이제 무엇을 버팀목으로 삼아야 하는 거지?

그때였다.

"어? 선생님, 거기서 뭐 하세요?"

익숙한 목소리. 나는 소리가 나는 쪽으로 천천히 고개를 돌렸다. 눈물이 앞을 가려서 잘 보이지 않았다. 오후의 빛이 감싸 안은 한 아이의 실루엣뿐이었다.

"태형아, 이리 와 봐. 빨리! 선생님이!"

골목 안쪽에서 또 다른 빛 덩어리가 뛰쳐나왔다.

"뭐야? 어, 선생님? 괜찮으세요?"

선생님…….

맞다. 나는 흐르는 눈물을 닦아 내며 생각했다. 나는 지금 선생님이다. 처음에는 정말로 언니의 마음을 알고 싶어서 충동적으로 초등학교 선생님이 되려는 결심을 했다. 하지만 처음 학교에 부임해 왔을 때, 나는 마음속의 나침반이 빙글빙글 도는 기분을 느꼈다. 분명 제대로 목적지에 도착했는데도 이상하게 길을 잘못 든 느낌을 강하게 받았다.

나는 이제야 그 이유를 깨닫게 되었다. 나는 두려웠던 것이다. 언젠가 이렇게 아이들과 지내다 보면 언니가 느꼈을 유대감을 알게 되는 게 아닐까 하고. 언니를 이해하게 돼 버리는 게 아닐까 하고.

하지만 선생님으로 일을 시작하며 나는 안심했다. 아이들이 너무나 거북했기 때문이다. 내가 이토록 아이들이 불편하다면 결코 그런 유대감을 느낄 수 없을 거라서, 그러니까 언니의 마음을 여전히 알 수 없을 거라서, 그래서 안심할 수 있었던 것이다. 아아, 그래, 그랬구나.

태형이와 현수가 나에게 황급히 뛰어왔다. 나는 눈앞의 두 아이를 보며 최근의 내 마음이 왜 그렇게 싱숭생숭했는지, 내가 왜 그렇게 하루하루 불안에 떨었는지 단숨에 깨달았다.

나의 색으로 물들어 가는 아이들, 서로를 배려해 주면서 학교생활을 너무나 잘하는 아이들, 상처를 입었음에도 또 한 뼘 성장하는 아이들을 보면서 나는 언니가 자살한 이유를 어렴풋이 이해하게 되었다. 그 불안감은 언니의 자살을 이해해 버린다는 불안감이었다. 언니를 그만 떠나보낼 때가 되었다는 불안감이었다.

나 역시 아이들과 지낸 지난 1년의 시간이 너무나도 소중해지기 시작했으니까. 아이들이 내 안에서 점점 더 크게 자라나기 시작했으니까. 나 역시도 그런 일이 있었다면 언니와 같은 선택을 해 버릴지도 모른다고 생각했으니까. 엄마가 두려워한 대로 끝까지 그 불타는 버스 안에 남아 있을지도 모른다고 생각했으니까.

나는 어린아이처럼 엉엉 울면서 두 팔을 벌렸다. 무릎을 꿇고 쓰러지듯 나에게 달려온 현수와 태형이, 두 아이를 양팔로 껴안았다.

“어우, 무거워요, 선생님.”

"선생님, 무슨 일 있으세요?"

두 명의 아이는 어찌할 줄 몰라 하면서도 온몸에 힘을 주어 나를 받아 주었다. 그리고 작은 손으로 내 등을 열심히 토닥였다.

5

퇴근 시간이 되자마자 학교를 나선 덕에 저녁 시간 전에 집에 도착할 수 있었다. 엄마는 어색한 표정으로 현관문을 열어 주었다. 며칠 전 엄마와 싸우고 그렇게 집을 뛰쳐나온 게 갑자기 부끄러워졌다. 그렇게까지 소리 지를 일이 아니었는데…….

내가 전화로 갑자기 다시 찾아가겠다고 하자 엄마는 당황한 듯한 반응을 보였다.

"언니 방 아직 그대로지? 보고 싶은 게 있어서 그래. 참, 저녁도 먹고 갈 거니까 준비해 줘."

수화기 너머로 알겠다고 말하는 엄마의 목소리가 조금은 부드러워졌다.

"엄마, 그날은 미안했어."

나는 신발을 벗으며 은근슬쩍 운을 떼었다. 나도, 라는 말이 들려올까 기대했지만 엄마는 사과하지 않았다. 역시 고집을 꺾을 생각은 없어 보였다. 예전의 엄마는 먼저 사과를 하는 사람이었는데……, 이제 그렇게 되지는 않는구나.

상관없었다. 나도 절대 고집을 꺾을 생각은 없었다. 내가 엄마의 그 고집을 닮았나 보다.

"아빠는? 오늘은 같이 저녁 먹을 수 있는 거야?"

"응, 퇴근하고 바로 오겠대."

주방에서 설거지를 하는 엄마의 뒷모습을 보며 나는 문득 궁금한 게 생겼다. 나는 언니의 뒤를 좇아 선생님이 되었다. 그렇다면 언니는 왜 선생님이 된 것일까? 내가 열두 살 때 언니는 이미 대학생이었다. 미처 물어볼 기회가 없었다. 혹시 엄마는 알고 있을까? 생각난 김에 바로 물어봤더니 엄마는 잘 안다고 답했다.

"고3 진로 상담 때 담임 선생님이 다정이한테 좋아하는 일이 뭐냐고 물어봤다고 하더라. 다정이는 초등학생인 동생을 가르치는 것이 즐겁고 좋다고 했대. 그래서 담임 선생님이 권유한 거야. 그 정도 성적이면 교대도 충분히 갈 수 있으니 잘 생각해 보라고 말이야."

나는 조금 놀랐다. 겨우 그런 이유였다고?

"다정이는 원래는 디자이너가 되고 싶어 했어. 학생 때 미술 대회에서 상도 여러 번 탔으니까. 미대에 가고 싶어 했지. 그런데 내가 반대를 심하게 했어."

나는 아아, 하고 목소리를 높였다.

"맞아, 언니는 그림 그리는 걸 좋아했지."

엄마는 "그때 차라리 미대에 가게 둘걸." 하고 한숨을 내쉬었다.

"가출까지 했었는데 내가 끝까지 그걸 막았어. 공부도 잘했으니까 더 안정되고 좋은 진로를 선택하길 바랐거든."

"아아, 그때가 그때였구나."

가출이라고 하니 머릿속에 언젠가의 기억이 떠올랐다.

내가 열한 살 때였다. 그날 언니는 저녁을 먹으면서부터 엄마와 크게 싸웠다. 진로에 관한 문제라 나는 잘 이해하지 못했지만, 언니가 하고 싶은 걸 엄마가 반대한다는 것 정도는 알 수 있었다. 내가 방에서 숙제를 할 때도 밖에서는 엄마와 언니가 크게 다투는 소리가 들렸다. 그리고 곧 현관문이 세게 닫히는 소리가 났다.

9시가 넘어 집을 나간 언니는 자정이 지나도 돌아오지 않았다. 핸드폰도 집에 놓고 나간 언니와 연락할 방법이 없었다. 아빠는 경찰에 신고했고, 엄마는 언니를 찾으러 밖으로 나갔다. 아빠도 나에게 집 잘 보고 있으란 말을 하고 엄마를 따라 나갔다.

그땐 어디서 그런 용기가 솟았는지 모르겠다. 나는 언니를 찾기 위해 밤거리로 혼자 뛰쳐나갔다. 세상은 너무도 캄캄하고 고요했다. 하지만 나는 전혀 무섭지 않았다.

'언니, 기다려. 내가 찾아 줄게.'

나는 그런 생각을 하며 내가 알고 있는 모든 곳을 일일이 확인했다. 밤의 거리 끝자락 어딘가에 언니가 있을 것 같아서 뛰고 또 뛰었다. 언니가 전에 나를 찾아 헤맸던 것처럼, 내가 필요로 하면 달려와 줬던 것처럼 나도 언니를 그렇게 찾아낼 수 있을 것만 같았다. 그리고 나는 결국 언니를 발견했다. 밤거리의 가로등이 저 멀리서 언니의 윤곽을 빛으로 둘러싸고 있었다.

"다감아! 다감아!"

언니의 목소리가 들렸다.

"언니!"

우리는 서로를 향해 있는 힘껏 달렸다. 나는 팔짝 뛰어 언니의 품에 꼭 안겼다. 언니는 조금 휘청거렸지만 쓰러지지 않았다.

"언니, 어디 갔던 거야? 내가 얼마나 걱정한 줄 알아? 언니가 나가면 내 숙제는 누가 도와줘? 나 아직 못 끝냈단 말이야!"

나는 언니에게 마구 쏘아붙였다. 여덟 살이나 많으면서 나보다 어린 애 같으면 어떡하냐고.

"뭐라고?"

언니는 황당하다는 듯 웃었지만 곧 내 머리를 쓰다듬어 주었다.

"정말……. 그래, 다감아. 언니를 찾아내 줘서 고마워. 내가 또 어디론가 가 버리면 네가 나를 찾아 줘. 기다리고 있을게."

"언니, 걱정하지 마. 나만 믿어."

그날 집으로 돌아간 나는 아빠와 엄마에게 크게 혼났다. 언니는 진즉 집으로 돌아왔고, 그 이후부터는 내가 가출을 해 버린 상황이 된 것이었다.

그렇구나. 언니는 나 때문에 선생님이 된 거였구나. 하지만 지금의 나는 안다. 선생님이 된 계기 같은 건 조금만 교사 생활을 하다 보면 금방 잊어버린다. 언니도 그랬을 것이다. 선생님으로서 앞으로 어떻게 살아가느냐가 더 중요해져 버리니까. 나는 어떤 선생님으로 살고 있는 걸까.

"엄마, 오늘 쉬는 시간에 우리 반 애들이 몰려오더니 그러더라고, '선생님, 자살하지 마세요.' 하고."

나는 엄마의 뒷모습을 가만히 바라보다 문득 그렇게 말했다. 어깨를 움찔 떤 엄마는 고무장갑을 벗고 화가 난 듯 천천히 돌아보았다.

"내가 가끔 말하거든, 무슨 일이 있어도 자살 같은 거는 생각도 하지 말라고. 이번엔 아이들이 나한테 거꾸로 그렇게 말하더라고. 힘들다고 막 그런 생각 하면 안 된다고. 너무 웃기지 않아?"

엄마는 복잡한 감정이 섞인 얼굴로 나를 빤히 쳐다보았다. 무언가 듣기 싫은 소리가 또 날아올 것 같아서 나는 서둘러 언니의 방으로 향했다.

방문을 열고 불을 켰다. 언니의 방은 6년 전과 다름없었다. 열여덟 살의 나, 앞으로 내가 어떤 사람이 되는지조차 알 수 없었고 내 마음조차 몰랐던 나는 언니의 방문을 멋대로 열고 들어가지 못했다. 새벽마다 언니의 방문에 등을 기대고 흐느끼는 언니의 목소리를 들을 뿐이었다. 어렸을 때는 내 방에 있는 시간만큼 언니의 방에 있는 시간이 많았는데……. 어릴 땐 정말 틈만 나면 언니의 방문을 발칵발칵 열었다.

"나 컴퓨터 해도 돼?"

"언니, 지금 놀아도 돼?"

"나 숙제 도와줄래?"

"재밌는 얘기 해 줄까?"

나는 언니를 정말 많이 귀찮게 했다. 그때 나는 언니가 가끔은 혼자 있고 싶어 한다는 걸 이해하지 못했다. '이따가' 아니면 '나중에'라는 말은 언니의 입버릇이었고, 난 그 말이 정말 듣기 싫었다.

"심심하단 말이야. 심심해, 심심해, 심심하다고!"

나는 침대 위에서 방방 뛰면서 언니를 괴롭혔다. 나를 발로 밀어내던 언니는 "엄마!" 하고 달려가 다감이 좀 말려 달라며 짜증을 냈다. 엄마는 나를 불러 크게 혼냈고, 아빠는 그저 피식 웃고 말 뿐이었다.

이 방에 들어오니 그런 기억들이 참 많이 났다. 이곳에 들어오면 언니를 만날 수 있다. 나는 침대에 남아 있는 동그랗게 움푹 팬 자국에 가만히 손을 대 보았다. 아빠나 엄마도 언니와 만나기 위해서 종종 방에 들어오는 듯했다. 두 분에게도 너무나 소중한 공간이겠지.

언니의 유품 중에는 언니가 쓴 학급 일지도 있었던 걸로 기억한다.

오늘 집에 온 이유는 그 기록을 보고 싶어서였다. 언니가 아이들을 어떻게 생각했는지에 대해서 알고 싶었다.

언니의 마음을 알고 싶다고 스스로를 몰아붙이면서도 나는 한 번도 그것을 들여다보지 않았다. 하긴, 실제론 알고 싶지 않았으니까. 지금 와서 찾다니 너무 늦은 게 아닐까 싶기도 했지만, 지금이 아니고서는 또 언제 열어 볼지 알 수 없었다.

책상 위에는 밝게 웃고 있는 언니의 탁상 사진이 있었다. 나는 사진들을 한쪽으로 치워 두곤 책상 밑에서 상자를 꺼내 책상 위에 올려놓았다. 그것은 언니가 3월부터 쓰기 시작한 학급 일지였다. 정갈하고 예쁜 글씨체로 쓰여 있는 걸 보니 언니가 얼마나 신경 써서 노트를 꾸몄는지 알 것 같았다.

하지만 나는 기록을 읽으며 고개를 갸웃했다. 이건 뭐지? 아이들과 있었던 일에 대해서 쓴 것이 아니었다. 아이들과의 상담 기록도 아니었고, 언니의 마음에 대해 토로하며 쓴 것도 아니었다.

3월에 무엇이 바쁜지, 무엇을 걱정해야 하는지, 아이들과의 첫 만남에서 무엇을 해야 하는지, 수업 시간에 아이들과 어떤 게임을 해야 하는지, 학급 임원은 어떻게 정하는지, 아이들과는 어떤 원칙을 정해야 하는지, 어떻게 화를 내야 하는지 등등이 적혀 있었다. 4월과 5월도 마찬가지였다. 학부모 상담을 어떻게 준비하는지나 현장 체험 학습을 갈 때 무엇을 준비하는지 등이 적혀 있었다. 꼭 학급 경영에 대해 알려 주는 가이드북 같은 느낌이 들었다.

언니는 이런 걸 쓰고 있었던 걸까? 하긴, 3년 차의 선생님이니 자기가 어떤 식으로 교사 생활을 하는지 정리해 둘 법도 하지만……. 6년 전에 봤어도 똑같이 언니의 마음을 알 수 없었겠구나. 나는 한숨을 내쉬었다. 언니에게 그런 사고가 일어나지 않았더라면 이 노트는 6월부터 다음 해 1월까지 가득 채워졌을 것이다. 나는 노트의 빈 부분을 넘겨 보다가 문득 마지막 페이지에서 손을 멈추었다. 그리고 작게 숨을 삼켰다.

'사랑하는 동생에게.'

꼭꼭 눌러쓴 글씨로 그렇게 적혀 있었다. 나를 위한 거였어? 언니, 나한테 주려고 했던 거야? 하지만 그때 난 선생님이 될 생각이 하나도 없었어. 없었다고, 언니.

'다감이는 좋은 선생님이 될 수 있을 거야.'

문득 언니의 목소리가 머릿속에 울렸다.

언니의 짐은 다시 책상 밑에 정리해 두었다. 그리고 나는 언니의 사진을 바라보았다. 언니에게 전해질지 전해지지 않을지 알 수는 없지만 지금의 마음을 소리 내어 입 밖으로 말하고 싶어졌다.

"언니, 내가 아직도 언니를 그리워한다고 하면 언니는 곤란해할까? 언니가 그랬잖아. 나 때문에 힘들어하지 말라고. 그런데 나는, 아직 힘들어. 매일매일 힘들어. 그런데 나는 나 힘든 거만 생각했던 거 같아. 언니도 아직 힘들까?

얼마 전에 연호라는 학생을 만났어. 나랑 헤어지기 전에 그런 말을 하더라. 언니가 맡았던 5학년 3반 애들 중에는 아직도 무서워서 버스를 못 타는 친구도 있대. 아직도 악몽을 꾸는 친구도 있대. 그래도 크게 엇나가 버린 아이는 없다고 하더라. 그날 언니가 목숨을 걸고 구해 준 걸 기억한다고 말이야.

나도 선생님이야. 선생님이 돼서 아이들이랑 같이 지내다 보니 알겠어. 나는 진심을 다해 말할 수 있어. 언니는 정말 엄청난 일을 해낸 거야. 언니, 그 아이들을 구해 줘서 고마워. 언니는 대단해. 그러니까 그만 괴로워해도 괜찮아. 알았지?

그리고 언니, 내가 선생님이 되게 해 줘서 고마워. 지금은 그냥 이 말이 꼭 하고 싶어. 언니 덕분에, 그 녀석들을 만나서 나는 조금이라도 구원을 받은 것 같아. 정말 아이러니하게도…….

언니, 보고 싶다.

정말, 정말, 정말 보고 싶다. 진심으로…….

언니, 사랑해."언니, 사랑해."

에필로그

"아니……, 아무리 김다감 선생님이 부족한 사람이라도 그렇지, 인사도 하나 없고, 사진도 안 찍고 가 버리다니, 6학년 1반 아이들은 좀 너무한 것 같네요. 반장이 대표로 꽃다발 하나는 챙겨 줘야 하는 거 아닌가요?"

교장 선생님이 잔뜩 화가 난 투로 말했다.

"이건 가정 교육의 문제입니다. 하여간 요즘 엄마들은……."

나는 그만 소리 내어 작게 웃어 버리고 말았다. 설마 교장 선생님이 나를 이렇게 생각해 줄 줄은 몰랐다. 교장 선생님은 나에게 무어라 쏘아붙이려다가 혀를 차며 고개를 절레절레 흔들었다.

졸업식은 1월의 둘째 주 금요일에 진행되었다. 우리 학교는 강당이 없어서 근처 고등학교의 강당을 빌렸다. 매년 그렇게 한다고 들었다. 나는 아침에 일어나자마자 졸업식이 열리는 고등학교로 향했다. 아이들도 따로 교실에 들르지 않고 바로 그곳으로 모였다.

어제 교실의 분위기는 제법 무거웠다. 나는 아이들에게 책상과 사물함의 물건들을 싹 다 챙겼는지 다시 한번 확인했다. 그리고 마지막 인사를 하기 전에 아이들에게 말했다.

"중학교 가서도 잘 지내야 해. 나한테는 연락하지 않아도 괜찮아. 하지만 너희들끼리는 꼭 연락하면서 지냈으면 좋겠어. 그게 가장 중요한 거야. 얘들아, 그럴 수 있지?"

나는 가벼운 목소리로 그렇게 말했다. 아이들은 무거운 목소리로 네에, 하고 대답했다.

“1년 동안 부족한 선생님 밑에서 배우느라고 고생 많았어. 내가 항상 말했듯이 앞으로 너희가 무슨 일이 있어도 후회하지 않는 길을 택했으면 좋겠어. 그럼 이만 끝내자.”

인사를 마치고 아이들은 하나둘 교실을 떠났다. 문득 다예가 쭈뼛거리며 나에게 다가왔다.

“선생님, 이번 학년은 재미있었어요. 6년 중에 제일 재미있었어요. 매일매일 학교 오는 게 즐거울 정도로요.”

다예는 그런 이야기를 하곤 부끄러운지 도망치듯 교실을 나갔다. 재미있었다고? 나는 잘 이해할 수 없었다. 아이들을 재미있게 해 주려 한 적은 없었기 때문이다. 하지만 다예는 웬만하면 방긋방긋 잘 웃는 아이였다. 내가 아닌 다른 선생님을 만났어도 분명 즐거웠을 것이다.

그런 다예를 포함해서 오늘 아침부터 아이들은 조금 이상했다. 9시에 강당에 도착해도 나에게 인사만 할 뿐 무어라 말을 걸어 오는 아이가 없었다. 졸업식 내내 아이들은 나와 눈을 맞추려고 하지도 않고, 저들끼리 무언가 심각하게 이야기를 나누었다.

6학년 아이들 모두 한 명씩 단상 위로 올라가 교장 선생님에게 직접 졸업장을 받았다. 그리고 교장 선생님의 졸업 축사가 끝나자마자 우리 반 아이들은 도망친다는 표현이 어울릴 정도로 후다닥 강당을 빠져나갔다. 6학년 대열 중 한쪽이 우르르 사라졌다. 선생님들과 다른 6학년 아이들은 무슨 일이 일어나는 건지 모르겠다는 얼굴이 되었다.

다른 반 선생님들이 아이들과 사진을 찍고 눈물 어린 작별 인사를 나누는 광경을 나는 강당 한구석에서 가만히 지켜보았다. 이상미 선생님,

주인아 선생님, 강지은 선생님, 김선주 선생님 모두 졸업식이 처음은 아닐 것이었다. 그럼에도 후련함과 아쉬움이 반반 섞인 얼굴을 하고 있었다.

강당 정리가 끝나고, 선생님들끼리 점심을 먹고 학교로 들어가자는 말이 나왔다. 나는 학교로 먼저 돌아가 보겠다고 말했다.

"다감 선생님, 정말 괜찮아요?"

그렇게 묻는 교감 선생님에게 나는 웃으며 괜찮다고 말했다.

"혼자 계시는 게 안돼 보여서 같이 가자고 했는데 거절하시니 참……. 뭐, 알겠습니다. 마음대로 하세요."

교장 선생님도 핀잔을 주듯 말한 후 등을 돌렸다. 모두 괜한 위로는 하지 않는 게 좋다고 생각한 모양이었다.

밖으로 나오자마자 크게 숨을 내뱉었다. 하얀 입김이 허공에서 부서지듯 사라졌다. 강당은 따뜻했지만 목이 아플 정도로 건조하고 갑갑해서 지금은 정말 상쾌한 기분이 들었다.

나는 버스를 타고 학교 앞 정류장에서 내렸다. 그리고 곧장 6학년 1반 교실로 올라가며 일주일 전의 일을 떠올렸다. 수업이 끝난 후 시아가 은근슬쩍 나에게 와서 물었다.

"선생님, 졸업식 날은 뭐 하세요?"

"뭐 하냐고? 너희들 졸업식 하지."

"아니요, 끝난 다음에는 선생님도 집에 가시냐고요."

나는 선생님들은 다시 학교로 돌아와서 퇴근 시간까지 있어야 한다고 말했다. 왜 그런 게 궁금한지 묻자 시아는 그냥 이유 없이 궁금하다고 얼버무렸다. 배우를 꿈꾸고 있다지만 표정 연습은 더 해야 할 것 같다고 생각하며 나는 속으로 조용히 웃었다.

오늘 아침, 아이들은 이상할 정도로 나의 눈을 피했다. 어디서 본 광경인데……. 그렇게 생각하다가 이 분위기가 지난 9월 현수와 태형이가 몰래 일을 꾸미던 때와 비슷하다는 걸 느꼈다. 뭔지는 잘 모르겠지만 무언가를 꾸미고 있다는 것 정도는 알 수 있었다. 그게 졸업식이 끝나자마자 다 같이 짠 듯이 돌아가는 것이라니. 더 황당한 일이 아니라서 다행이라고 솔직히 생각했다.

교실 문을 열기 전, 나는 잠시 심호흡을 했다. 그리고 천천히 문을 열었다.

역시…….

교실 곳곳에는 알록달록한 풍선이 붙어 있었다. 아이들은 오늘 아침, 졸업식이 열리는 고등학교가 아닌 우리 반 교실에 먼저 들른 것이다.

나는 조심스레 교실 안으로 발걸음을 옮겼다. 가장 먼저 칠판이 눈에 들어왔다. 칠판의 정 가운데에는 '선생님, 사랑해요.'라는 글씨가 큼지막하게 쓰여 있었다. 그리고 글씨 주변으로 아이들이 하고 싶은 말을 적은 메모지와 사진들이 잔뜩 붙어 있었다.

나는 우리 반 아이들의 일상이 담긴 사진들을 한 장 한 장 들여다보다 쓴웃음을 지었다. 학교가 끝나기 전까지 스마트폰은 꺼내지 말라고 그렇게나 말했는데, 아이들은 언제 이렇게 많은 사진을 찍었던 걸까.

"하여간 끝까지 말을 안 듣는다니깐."

그렇게 중얼거리며 사진을 살피던 나는 문득 깨달았다. 사진 속의 나는…… 웃고 있었다. 너무나 즐거운 듯이 아이들과 함께 웃고 있었다. 내가 이런 표정을 짓고 있다니, 스스로도 깜짝 놀랄 정도였다. 나는 문득 다예가 왜 이번 연도가 제일 즐거웠다고 말했는지 이해하게 되었다. 나 역시 너무나도 즐거웠던 것이다. 이렇게 어쩔 수 없다는 듯이, 이렇게 흐뭇하다는 듯이, 이렇게 즐겁다는 듯이 웃을 만큼. 나도 모르는 사이에 아이들과 같은 표정으로 웃을 만큼.

"선생님, 사랑해요."

나는 나지막하니 칠판에 쓰여 있는 그 말을 읊조려 보았다. 빈 교실에 나의 목소리가 은은하게 울렸다.

학기 초부터 나는 아이들이 싫고 거북했다. 단순히 언니의 마음을 알기 싫어서 아이들을 싫어하려 했다는 거로는 설명이 되지 않았다. 왜냐하면 언니의 마음을 알고 나서도 그 감정이 나의 마음속에 남아 있었으니까.

왜 나는 여전히 아이들과 거리를 두려고 한 것일까? 나는 교실 뒤편에서 알록달록한 칠판을 한눈에 다 넣어 보다 그 이유를 깨닫고 말았다. 그렇구나. 그런 거였구나.

그럼 슬슬 올 때가 됐을 것이다. 나는 창가로 다가가서 창밖을 내다보았다. 역시, 손에 꽃을 든 우리 반 아이들이 교문 쪽에서부터 몸을 낮추고 학교로 들어오고 있었다. 누군가에게 들킬세라 저렇게 몸을 낮추는 것인지도 몰랐다. 멀리서 줄줄이 이어지는 꽃다발의 행렬을 보며 나는 피식 웃고 말았다.

사실은 알고 있었다. 왜냐하면 정을 줘 버리면, 좋아해 버리면 헤어질 때 너무나 힘드니까. 사랑한 만큼 사랑하는 사람이 떠났을 때의 반동이 너무나 가슴 아픈 걸 아니까. 그러니까 나는 담임 선생님을 하는 내내 아이들에게 거리감을 만들어 왔던 것이다. 아이들을 싫어하기 위해 노력해 왔던 것이다. 왜냐하면 오늘처럼 헤어질 때 너무 슬플까 봐. 너무나 아쉬울까 봐. 너무나 보고 싶을까 봐. 나는 한숨을 푹 내쉬곤 혼잣말을 했다. 다감아, 왜 그랬니. 초등학생도 아니고…….

그래서일까, 학교 건물로 줄지어 몰래 들어오는 아이들을 보면서 나는 다시 한번 깨달았다. 역시 나는 누구보다 녀석들이 싫다고. 그리고 누구보다 녀석들이 좋다고.

아이들이 들고 있는 꽃을 보니 벌써 봄이 온 것 같은 느낌이 들었다. 나는 고개를 들어 하늘을 보았다.

아아, 다행이다. 오늘이 이렇게 맑은 날이라 정말 다행이야.

다감 선생님은 아이들이 싫다

초판 1쇄 발행 2021년 2월 23일
개정판 1쇄 발행 2023년 5월 17일

지은이 공민철
편집 주자덕
윤문 및 교정 김미숙(초판)
발행인 주자덕
인쇄 미래피엔피
펴낸 곳 아프로스미디어
출판등록 제 2016-000073호
주소 서울특별시 성동구 금호로 173, 101동 904호
전화 02-6352-5133
팩스 02-6455-5891
홈페이지 www.aphrosmedia.com
전자우편 spitz70@aphrosmedia.com
ISBN 979-11-89770-38-9 (03810)